TO SLEEP
IN A SEA OF STARS

Christopher Paolini

Translated by Shinobu Horikawa

星命体

中

奪われた思惑

クリストファー・パオリーニ
堀川志野舞・訳

静山社

星命体

中

奪われた思惑

「星命体」これまでのあらすじ

西暦2257年。宇宙生物学者のキラは調査中の衛星で、異星人が造った地下室を発見した。全身を奇妙な埃に覆われたキラは、気がついたとき謎の異生物に寄生されていた。キラを乗せた巡航船が、異生物を手に入れようとするエイリアンに襲撃される。逃げのびたキラは、宇宙船〈ウォールフィッシュ〉号に助けられる。そこで〈ジェリー〉と呼ばれる異星人と人類のあいだに宇宙戦争が勃発していることを知る。異生物の能力により、エイリアンの考えが理解できるようになったキラは、ジェリーがこの戦争に勝利するために〈蒼き杖〉を必要としていることを知る。この戦争を止められるのは自分しかいないと確信したキラは、〈ウォールフィッシュ〉号の乗組員たちとともに、〈蒼き杖〉を手に入れるため、約60光年先の惑星をめざすことにした。

星命体
中
奪われた思惑

目次

フラクタルバース・ノベル

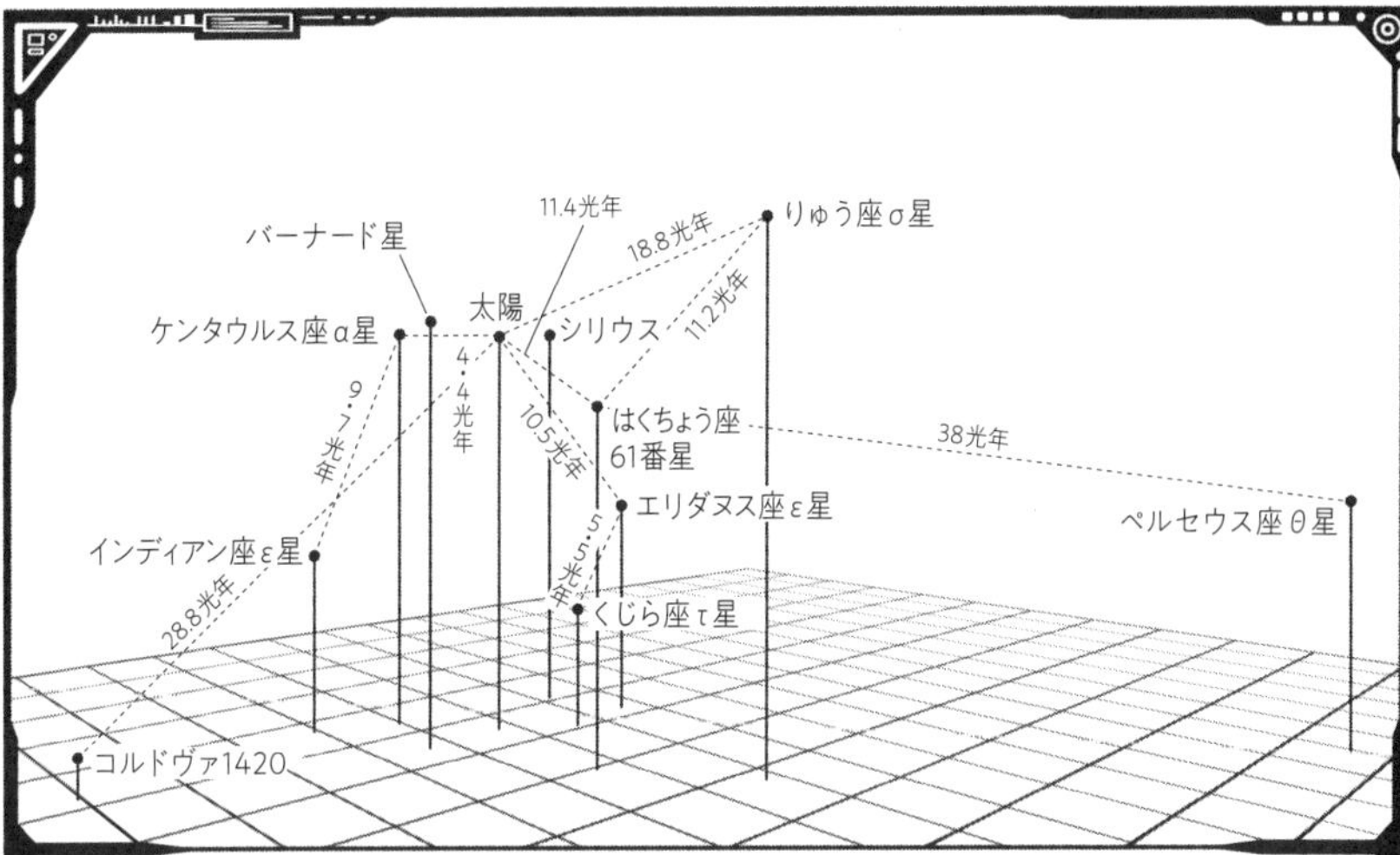

〈星間連盟〉

- 太陽
- ケンタウルス座α星
  - ・スチュワートの世界
- エリダヌス座ε星
  - ・アイドーロン
- インディアン座ε星
  - ・ウェイランド
- りゅう座σ星
  - ・アドラステイア
- ペルセウス座θ星
  - ・タロスVII
- はくちょう座61番星
  - ・ルスラーン

〈非連盟星〉

- コルドヴァ1420
- くじら座τ星
  - ・シン－ザー

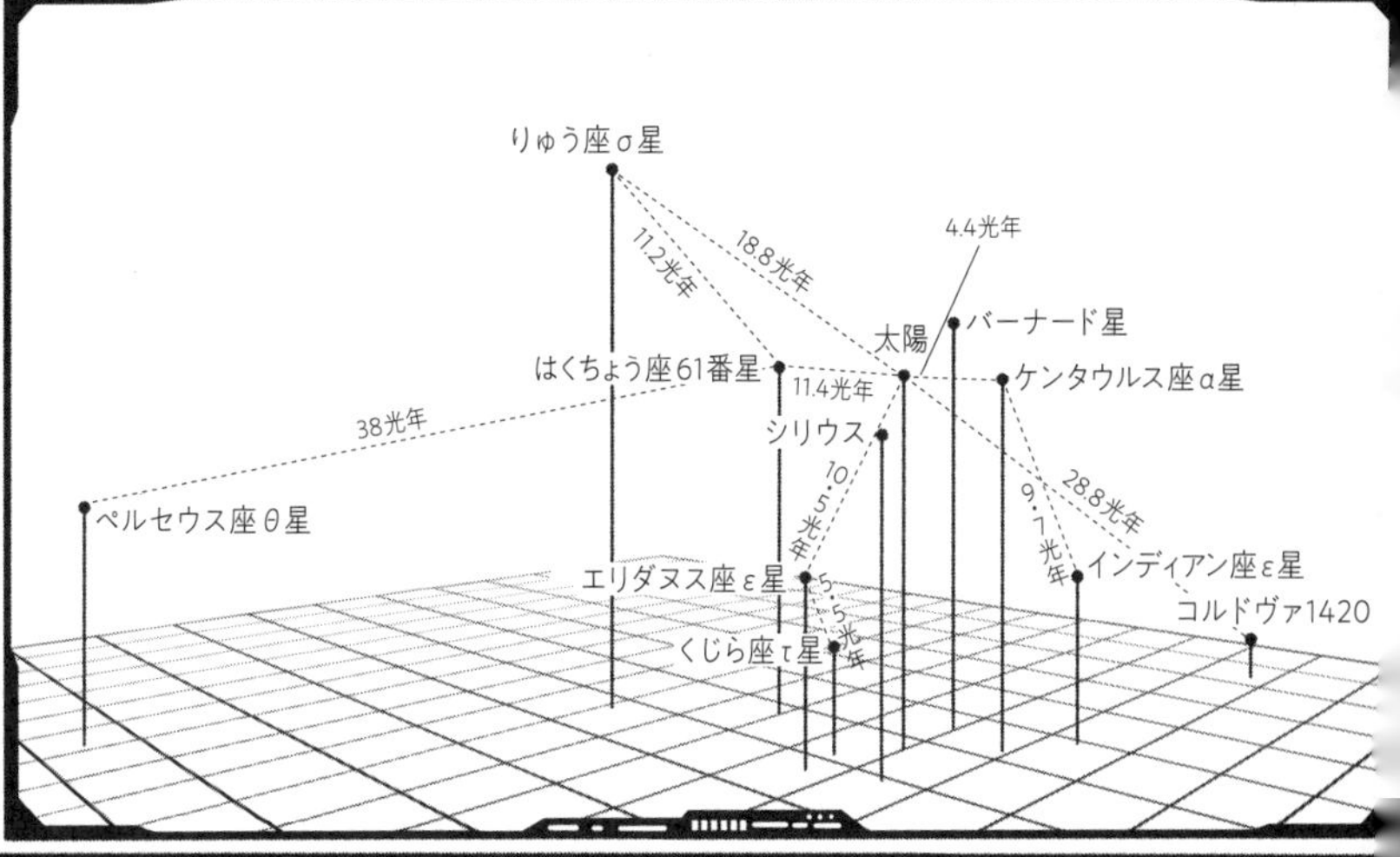

第2部
サブリマーレ
〔昇華〕

Sublimare

第11章 発覚

E x p o s u r e

1

マルパート・ステーションからの出発は慌《あわ》ただしいものとなった。これまでキラは、航海日数と同じだけ準備に時間を取られるいくつもの遠征《えんせい》に参加してきた。だけど今回は違《ちが》う。クルーは来るべき旅に向けて〈ウォールフィッシュ〉号の準備に奔走《ほんそう》し、普通《ふつう》であれば何日もかかるような作業を大急ぎで片付けていった。アカウェ船長はマルパートの港湾《こうわん》当局に全面的に協力するよう指示を与《あた》えていて、そのおかげもあって迅速《じんそく》に事が運んだ。

ローダーボットが右舷《うげん》の貨物室に生活必需品《ひつじゅひん》を積み込《こ》んだ。船外の管からタンクに水素が補給された。クルーは空《から》の酸素缶《かん》を満タンのものと入れ替《か》え、ごみを片付け、貯蔵用の水を補充《ほじゅう》した。

キラもできるだけのことは手伝った。作業をしながらだと会話する時間は限られていたが、タイミングを見計らって、誰《だれ》にも話を聞かれない脇《わき》のほうへとヴィシャルを引っ張っていく。

「あのニューマニストはどうなった?」キラは尋《たず》ねた。「彼《かれ》は大丈夫《だいじょうぶ》?」

医師は忘れてしまったみたいに目をぱちくりさせている。「誰《だれ》の——ああ、ボブのことか」

「ボブ?」あの紫色《むらさきいろ》の髪《かみ》の男とボブという名前が、キラにはなんだかしっくりこなかった。

「そうとも、そうとも」ヴィシャルはこめかみあたりで人差し指をくるくる回してみせた。「彼《かれ》なら宇宙鳥なみにいかれてるが、それ以外は問題ない。数日休めば新品同様になる。きみに刺《さ》されたことは気にしていないようだったよ」

「そうなの?」

医師はうなずいた。「うん、プライドにかかわる問題というわけだな。とはいえ、こんなことも誓《ちか》っていたが——彼《かれ》の言葉どおりに引用すると、〝あの女の小せえ石頭をぶちのめしてやる〟とね。口だけじゃなく本気のようだ」

「彼《かれ》に注意しておいたほうがよさそうね」キラはなんてことなさそうに言った。が、本当は違《ちが》った。ニューマニストのこわばった肉体にソフト・ブレイドの針がするりと突《つ》き刺《さ》さったときの感触《かんしょく》がいまでも残っている。あれはわたしがしたことだ。そしてアドラスティアでチームメイトを刺《さ》したときとは違《ちが》って、知らなかったことを言い訳にはできない。

「確かに」

キラはまた〈ウォールフィッシュ〉号の出発に向けた準備に戻《もど》った。

それからすぐに――驚異《きょうい》のスピードだ――、ファルコーニはUMCの巡洋艦《じゅんようかん》に連絡した。

「〈ダルムシュタット〉、あとはそちらを待つだけだ。どうぞ」

少し間を置いて、コーイチ一等航海士の返事があった。「〈ウォールフィッシュ〉、了解《りょうかい》。アルファ・チームをただちに向かわせる」

「アルファ・チーム？」ファルコーニが通信を終えると、キラは尋《たず》ねた。ふたりは貨物室のなかにいて、食料品の最後の積み込《こ》みを監督《かんとく》していた。

ファルコーニは顔をしかめた。「アカウェは何人か自分のとこの人間をこっちの船に乗せて見張らせると言って聞かなくてな。どうしようもなかった。連中が問題を起こした場合に備えておかないと」

ニールセンが言う。「問題が起きても、きっと対処できるはずです」そしてキラを厳しい目でじろりと一瞥《いちべつ》したあとで、またまっすぐ前を見据《みす》えた。

この一等航海士を敵に回していないといいんだけど、とキラは願った。どのみち、自分にはどうすることもできない。状況《じょうきょう》は変えられない。少なくともニールセンはキラに対して積極的に不愉快《ふゆかい》な態度を取っているわけではなかった。

アルファ・チームは数分後に到着《とうちゃく》した。パワードスーツを装着した四人の海兵隊員で、装備の品が入った箱を網《あみ》で包んで引いている。ローダーボットが同行していて、クライオ・チューブとプラスチック製の長い枠箱《わくばこ》をいくつか運んでいた。先頭の海兵隊員がファルコーニのもとにさっと近づいていき、敬礼して挨拶《あいさつ》する。「ホーズ中尉《ちゅうい》です、サー。乗船許可をお願いします」

「乗船を許可する」ファルコーニは答え、指さして示す。「きみたちの部屋は貨物室に用意してある。必要に応じて好きなようになんでも移動させてくれ」

「サー、イエッサー」それからホーズが片手で合図すると、一体のローダーボットが進み出た。金属枠《きんぞくわく》のなかに緩衝《かんしょう》ばねで固定された密閉瓶《びん》をパレットに載《の》せて押《お》している。

キラはその場から立ち去りたくなるのを我慢《がまん》した。キラの知る惑星《わくせい》を拠点《きょてん》とした宇宙港は、どこも反物質《アンチマター》の販売《はんばい》を許可されていなかった。もしこの磁気瓶《びん》がだめになったら、その結果として引き起こされる爆発《ばくはつ》は、この港を破壊《はかい》するだけではなく(停泊《ていはく》中のほかの船に積まれた反物質《アンチマター》も爆発《ばくはつ》させ)、近くにある入植地、町、都市を残らず破壊《はかい》してしまうだろう。だから地球に至っては、高軌道《きどう》にある燃料補給ステーションのどこかで反物質《アンチマター》を降ろさなければ、マルコフ・ドライブを搭載《とうさい》した船の上陸も許可していないぐらいだ。

その密閉瓶《びん》の存在は、ファルコーニのことも落ち着かなくさせているようだ。「入ってずっと進んで梯子《はしご》のところまで行ってくれ。マシン・ボスがそこで待ってる」ファルコーニはローダーボットに指示した。ボットが通り過ぎるとき、彼《かれ》は距離《きょり》を取っていた。

「サー、もうひとつ見せたいものが」ホーズが言う。「サンチェス！　あれを持ってこい！」

後ろのほうにいた海兵隊員がボットを従えて近づいてくる。ボットはプラスチック製の長い枠箱《わくばこ》を運んでいた。枠箱《わくばこ》の側面には、印刷かステンシルで赤い文字が記されている。上はキリル文字、下は英語だ。

英語のほうを読むと、ＲＳＷ７‐モロトク[*1]と書かれていて、発生する新星のロゴと〈ルツェンコ軍需《ぐんじゅ》産業[*2]〉ＲＭ[*3]という名前がつづいている。英語とキリル文字の両方にかかっているのは、黒と黄色で表された放射能のマークだ。

「アカウェ船長からの贈《おく》り物です」ホーズが説明する。「現地で製造されているもので、ＵＭＣの装備ではありませんが、いざというときには役立つはずです」

ファルコーニは真剣《しんけん》な顔でうなずいた。「入ってドアのそばに置いといてくれ。あとで発射管のところに運んでおく」

キラはニールセンに小声で尋《たず》ねた。「あれってわたしが思ってるのと同じもの?」

一等航海士はうなずいた。「カサバ榴弾砲《ハウイッツァー》よ」

キラはつばを飲もうとしたが、口のなかがすっかり乾《かわ》いていた。このミサイルには核分《かくぶん》裂《れつ》物質がいっぱい詰《つ》まってて、キラは反物質《アンチマター》と同じぐらい核分裂《かくぶんれつ》が怖《こわ》かった。放射能を大量にまき散らす危険な核《かく》エネルギー。核融合炉《かくゆうごうろ》を停止させた場合、あとに残る放射性物質は中性子衝撃《しょうげき》によって放射能を帯びたものだけだ。核分裂炉《かくぶんれつろ》を停止させた場合、致死《ちし》的で爆発《ばくはつ》する可能性のある半減期の不安定元素が大量に残され、つまり何千年も先まで有害なままでありつづけるということだ。

この船にミサイル発射装置があることさえキラは知らなかった。ジェリーの船を追いかける前に、〈ウォールフィッシュ〉号にはどんな武器が装備されているのか、ファルコーニに詳細《しょうさい》を訊《き》いておくべきだった。

パワードスーツのスラスタから蒸気の細流を排出《はいしゅつ》しながら、海兵隊員が縦列で通り過ぎていく。船長の隣《となり》に立つトリッグは目を真ん丸にして見つめていて、海兵隊員たちに訊《き》きたいことが山ほどありそうだ。

数分後、旅行鞄《かばん》を手にしたエントロピストがやって来た。

「また会うだろうと思ってた」ファルコーニが言った。

「おーい！　おかえり！」トリッグが声をかけた。

エントロピストは壁《かべ》の手すりを握《にぎ》って、できる範囲《はんい》で頭を下げた。「またここに戻《もど》ることができて光栄の極みです」彼《かれ》らはキラを見ると、ローブのフードの下で目を輝《かがや》かせた。「このような知識を得るチャンスを断ることなど、できるはずがありません。断れるエントロピストはいないでしょう」

「それは結構。だけどふたり揃《そろ》ってしゃべるのだけはやめてちょうだい。頭痛がしてくるから」ニールセンが言う。

エントロピストはまた頭を下げて、トリッグがふたりの滞在《たいざい》する船室へと案内しに行った。

「クライオ・チューブは足りるの？」キラは訊《き》いた。

「いまは足りている」とファルコーニは答えた。

ばたばたと最後の準備が終わると、右舷《うげん》の貨物室に通じる扉《とびら》が閉められ、グレゴロヴィッチがいつものように壊《こわ》れた口調でアナウンスする。「当船のシップ・マインドがご案内申し上げまぁぁす。お手荷物はすべて上の棚《たな》に安全に収納してくださぁぁぁい。マストに身体をしぃぃっかりくくりつけろ、船乗りども。切り離《はな》し開始、反動姿勢制御システム《RCS》、間もなくスラスタ噴射《ふんしゃ》。この船は運命の鼻をつねるため、未知の領域へと出発する」

キラは管理室に行き、壊《こわ》れた椅子《いす》にすべり込《こ》むと、シートベルトを締《し》めた。ほかのクルーも――まだ下の機関室にいるファジョンと医務室で療養《りょうよう》中のスパローを除いては――みんなそこにいた。エントロピストは船室にいて、アルファ分隊はパワードスーツを装着したまま左舷《さげん》の貨物室にいる。

ロケットの噴射口《ふんしゃこう》からの残留放射線でドックがやられないよう末端《まったん》をステーションからそらしながら、〈ウォールフィッシュ〉号のRCSスラスタが船体をマルパートから徐々《じょじょ》に遠ざけていくあいだに、キラはファルコーニにメールを送った。

〈この任務に参加すること、どうやってみんなを説得したの？――キラ〉

〈すんなりとはいかなかったが、危機的状況《じょうきょう》にあることはみんなわかってる。それに反物質《アンチマター》と恩赦《おんしゃ》が手に入り、誰《だれ》も見たことのないエイリアンの技術を発見するチャンスもある。断るなんてばかだ。――ファルコーニ〉

〈ニールセンはあまり嬉《うれ》しくなさそうだったけど。――キラ〉

〈彼女《かのじょ》はそういう人間なんでね。未知の世界へ飛び立つことを嬉《うれ》しがっていたら、それこそ驚《おどろ》きだ。――ファルコーニ〉

〈じゃあグレゴロヴィッチは？――キラ〉もしグレゴロヴィッチが賛成していなかったとしたら、どうすれば〈ウォールフィッシュ〉号を飛ばせるというのか。

船長は脚《あし》の脇《わき》を指先でトントン叩《たた》きはじめた。〈実に愉快《ゆかい》なことになりそうだ、とグレゴロヴィッチは思ってるらしい。そう言っていた。——ファルコーニ〉
〈気を悪くしないでほしいんだけど、グレゴロヴィッチは精神鑑定《かんてい》を受けたことはあるの？ シップ・マインドは受ける義務があるでしょう？——キラ〉
部屋の向こうでファルコーニがかすかに顔をしかめるのが見えた。〈ああ。新しい船にインストールされたシップ・マインドは実時間で約六か月ごとに、結果が安定しているとみなされてからは一年ごとに受ける義務がある……。俺《おれ》たちがグレゴロヴィッチを救出したとき、その期限が迫《せま》っていたから、ドックに入るまでしばらく時間がかかったよ。そのころには彼《かれ》も落ち着いていて、検査にだって合格できた。——ファルコーニ〉
〈合格したの⁉——キラ〉
〈あっさりと。その後も毎回だ。——ファルコーニ〉彼《かれ》はキラを横目で見やった。〈きみが考えていることはわかるが、シップ・マインドはきみや俺《おれ》とは評価の受け方が違《ちが》う。彼《かれ》らの〝正常〟の基準には、俺《おれ》たちよりも幅《はば》がもたせてある。——ファルコーニ〉
少しのあいだ、キラはそのことをじっくり考えた。〈精神科医は？ グレゴロヴィッチは衛星に取り残されたっていう経験について、助けてくれる医師に診《み》てもらってる？〉
ファルコーニは小さく鼻を鳴らした。〈シップ・マインドを診《み》る資格のある精神科医がどれだけいるか、わかってるのか？　いない。そんなには。ほとんどはソルにいて、ほとんどは彼《かれ》ら自身もシップ・マインドだ。きみが、シップ・マインドを精神分析《ぶんせき》して、どこまでできるかやってみるといい。きみが気づきもしないうちに、彼《かれ》らはきみをばらばらにして組み立てなおしているだろう。三歳児《さいじ》が疑似知能を相手にチェスをするようなもんだ。――ファルコーニ〉

〈じゃあ何もしないっていうの？――キラ〉

〈俺《おれ》だってグレゴロヴィッチに何度か提案してはいるが、いつも断られてる。――ファルコーニ〉ファルコーニの肩《かた》がほんの少し上下に動いた。〈彼《かれ》にとっていちばんのセラピーは、誰《だれ》かと一緒《いっしょ》にいてクルーみんなと同じように扱《あつか》われることだ。以前に比べると、ずっとよくなってるんだよ。――ファルコーニ〉

そう聞いても、キラはファルコーニと同じようには安心できなかった。〈じゃあ、この船を彼《かれ》が走らせていることを、あなたは心配してないわけね？――キラ〉

ファルコーニからまた鋭《するど》い視線を向けられた。〈悪いが、〈ウォールフィッシュ〉号を走らせてるのはこの俺だ。それにグレゴロヴィッチのことは、そう、まったく心配してない。数え切れないほど何度も彼《かれ》のおかげで窮地《きゅうち》を脱《だっ》してきたし、彼《かれ》は貴重で大切なクルーの一員だ。ナヴァレス、ほかに質問は？――ファルコーニ〉

余計な口出しはしないほうがよさそうだと思い、キラは小さく首を振《ふ》ってみせると、外のカメラからの映像に切り替《か》えた。

〈ウォールフィッシュ〉号がマルパートから充分《じゅうぶん》安全な距離《きょり》まで離《はな》れると、スラスト警報が鳴り響《ひび》き、メインロケットが噴射《ふんしゃ》した。キラは息をのみ、椅子《いす》に頭を押《お》しつけられるのを感じた。船は目的地に向かっていく。

2

〈ダルムシュタット〉号は数時間遅《おく》れで〈ウォールフィッシュ〉号を追ってきていた。修理や、クルーのためにかなりの食糧《しょくりょう》を積み込《こ》む必要があったため、出発が遅《おそ》くなったのだ。それでもこの巡洋艦《じゅんようかん》は明日の朝には〈ウォールフィッシュ〉号に追いつくだろう。

マルコフ・リミットに到達《とうたつ》するには一日半かかり、そのあとは……。キラは身震《みぶる》いした。そのあと船は超光速《ちょうこうそく》飛行に入り、連盟星からずっと離《はな》れたところへ行くのだ。考えると気が遠くなりそうだった。仕事で宇宙植民地の辺境を訪れることはしばしばあったが、これほど遠くまで乗り出したことはない。行ったことのある人間はほとんどいない。そこまでしてもお金にならないからだ。観測隊と調査団だけが広大な未知の世界へと飛び込《こ》んでいた。

これから行こうとしている星は、二十五年前に発見されたばかりの控《ひか》えめな赤い矮星《わいせい》だ。遠隔解析《えんかくかいせき》によると軌道上《きどうじょう》に少なくとも五つの惑星《わくせい》の存在が示されていて、ソフト・ブレイドがキラに見せた内容と一致《いっち》していたが、連盟の望遠鏡はそこに科学技術的な活動の兆候をまったく検知していなかった。

60光年というのは途方《とほう》もない圧倒《あっとう》的な距離《きょり》だ。船にもクルーにも相当な重圧がかかることになる。船は過度の熱を下げるため、超光速《ちょうこうそく》の出入りを幾度《いくど》となくくり返す必要があるし、この遠い星に到着《とうちゃく》するまでの三か月という期間よりも長くクライオに入っていても安全だとはいえ、その経験はやはり心身の負担になる。

そしてキラにかかる負担がいちばん大きくなるだろう。りゅう座σ星から到着《とうちゃく》したばかりだったのに、またすぐに夢うつつの冬眠《とうみん》状態を耐《た》えるはめになるなんて。〈ワルキューレ〉号は、〈ウォールフィッシュ〉号よりも〈ダルムシュタット〉号よりもスピードがずっと遅《おそ》かったから、時間としては前回と同じぐらいの長さになるはずだった。休眠《きゅうみん》状態に入ることをソフト・ブレイドにわからせるために、また飢《う》えに苦しむことにならないよう願うばかりだ。

先のことを考えても楽にはならないので、キラはその考えを頭から追いやった。「わたしたちが出発することに対して、UMCの反応は？」シートベルトの留め金をはずしながら尋《たず》ねた。

「よくない」ファルコーニは答えた。「ヴィーボルグでアカウェが何を言ったかは知らないが、上の連中が喜ばなかったのは確かだろう。法律上のあらゆる業火で脅《おど》しをかけて、船を引き返させようとしているからな」

グレゴロヴィッチがくっくっと笑い、その声が船内にこだました。「連中のやり場のない怒《いか》りほど愉快《ゆかい》なものはない。彼《かれ》らはすっかり……慌てふためいて、い、い、いるようだ」

「無理もない話では？」ニールセンが言う。

ファルコーニは頭を振《ふ》っている。「巡洋艦《じゅんようかん》ばかりかキラとスーツまで失うことになった経緯をソルに説明する役割は願い下げだな」

少しして、ヴィシャルが口を開いた。「キャプテン、ローカルニュースで放送中の映像を見たほうがいい」

「どの局だ？」

「RTC」*4

キラはオーバーレイを切り替《か》え、そのチャンネルを探した。画面がすぐに開き、目の前に現れたのは、誰《だれ》かのインプラントで記録された、とある船のなかの映像だ。悲鳴が響《ひび》き、男性の身体が飛んでいき、もうひとりのもっと小柄《こがら》な人物にぶつかった。映っているのが〈ウォールフィッシュ〉号の貨物室のなかだということに、すぐには気づかなかった。

まずい。

のたくり動いている節のあるものの姿が、視界に飛び込《こ》んできた。ジェリーだ。撮影者《さつえいしゃ》がクローズアップするのと同時に、エイリアンは画面に映っていない何かを投げた。また悲鳴が空気を切り裂《さ》いた。あの悲鳴は、とキラは思い出した。

そして空から降ってきた黒い槍《やり》みたいに自分自身が飛んでいくのを見た。キラはジェリーと取っ組み合い、長くて平らな刃形《はがた》のスパイクを皮膚《ひふ》から突《つ》き出し、じたばたしているエイリアンを刺《さ》し貫《つらぬ》いた。

映像が止まり、女性のナレーションが入る。「このバトルスーツはUMCによる最新兵器計画の産物でしょうか？　その可能性は考えられます。別の乗客たちの話によると、この女性は数日前にUMCのシャトルから救出されたとのこと。そうなると疑問が生じます──連盟はほかにどんなテクノロジーを隠《かく》しているのでしょう？　そして本日、先ごろ起きた出来事があります。こちらもまた、繊細《せんさい》な視聴者《しちょうしゃ》に忠告しておきます。これから流れる映像には衝撃的《しょうげきてき》で生々しい内容が含《ふく》まれます」

映像がふたたび始まり、キラはまたもや自分自身の姿を目にした。今度は紫色《むらさきいろ》の髪《かみ》をしたニューマニストを制圧しようとしている。ニューマニストに頭突《ずつ》きされて、ジェリーにしたのと大差ないやり方で、キラは相手を刺《さ》した。

客観的に見ると、キラが自覚していたよりもさらに恐《おそ》ろしい光景だった。避難者《ひなんしゃ》たちにあんな目で見られたのも不思議はない。自分でもそうするだろう。

ふたたびレポーターのナレーションが入る。「これは力の正当な使用なのか、それとも危険な個人の暴走でしょうか？　判断は皆様《みなさま》にゆだねます。エレン・カミンスキーはのちにUMCN＊5の巡洋艦《じゅんようかん》〈ダルムシュタット〉号に連れていかれるところを目撃《もくげき》されていますが、刑事《けいじ》責任を問われることはなさそうです。私たちは彼女《かのじょ》と話したという乗客へのインタビューを試みました。こちらがその映像です――」

また映像が始まり、マルパートのどこかの通路でインタビューを申し込《こ》まれるエントロピストの姿が映った。「すみません。待ってください。すみません」画面に映っていないレポーターの声がした。「エレン・カミンスキーについて何か教えて頂けませんか、〈ウォールフィッシュ〉号でジェリーを殺した女性のことですが」

「お話しすることは何もありません、プリズナー」ヴェーラとジョラスが同時に答える。

ふたりはローブのフードで隠《かく》れた頭を下げた。

次に姪《めい》と手を繋《つな》いでいるフェリックス・ホーファーが現れた。「ジェリーはこのナラを撃《う》とうとしていました。彼女《かのじょ》が姪《めい》を救ってくれたんです。私たちみんなを救ってくれたんですよ。私に言わせれば、エレン・カミンスキーはヒーローです」

そのあと映像は切り替《か》わり、スペース・ドックで乙《おつ》にすました顔で編み物をしている、あのイナーレという女性が映った。肩《かた》の後ろに乗っているタッセルみたいな耳の猫《ねこ》が、イナーレの巻き毛の向こうから覗《のぞ》いている。

「彼女《かのじょ》は何者かって?」イナーレは人をたまらなく不安にさせる笑みを浮《う》かべた。「そうねえ、彼女《かのじょ》は星の怒《いか》りだわね。それが彼女《かのじょ》の正体よ」そして声をあげて笑うと、イナーレは背を向けた。「それでは失礼するわね、虫けらさん」

ジェリーを突《つ》き刺《さ》しているキラの画像がふたたび画面に映し出され、レポーターのナレーションが入る。「星の怒《いか》り。この謎《なぞ》めいたエレン・カミンスキーとはいったい何者なのでしょう? 新種のスーパーソルジャー? あのバトルスーツは? 実験的な生物兵器でしょうか? 残念ながら、その答えはわからないままかもしれません」映像が切り替《か》わり、黒い目をした威嚇《いかく》するようなキラの顔が大写しになる。「真実がどうあれ、サーヤ*6、これだけははっきり言えそうです。ジェリーは彼女《かのじょ》を恐《おそ》れているに違《ちが》いありません。だから、少なくともこの映像の報告者はありがたく思っています。星の怒り《フューリー・オブ・ザ・スターズ》、スターフューリー——彼女《かのじょ》が何者だとしても、人間の味方として戦っているのは朗報です……。RTCニュースよりシャイナー・アボーズがお届けしました」

「なんてこと」キラはオーバーレイを閉じた。

「間一髪《かんいっぱつ》のタイミングで出発できたようだな」ファルコーニが言った。

「そうね」

部屋の向こうでトリッグが薄《うす》ら笑いを浮《う》かべている。「スターフューリーだって。ハハッ！　これからはそう呼んでもいいかな、ミズ・ナヴァレス？」

「呼んだら殴《なぐ》るからね」

ニールセンが後れ毛をポニーテールに束ね直しながら言う。「そこまで悪いことじゃないのかもしれない。あなたのことが世間に知れわたれば、連盟はあなたを隠《かく》してソフト・ブレイドが存在しないふりをするのが難しくなるでしょう」

「かもね」そう答えたものの、キラは納得していなかった。政府の説明責任について、そんなに信頼《しんらい》できずにいる。キラを消したければ、連盟は世論などお構いなしにそうするだろう。それに、このことが発覚したのも嫌《いや》だった。おかげで匿名《とくめい》で行動するのが難しいどころか不可能になってしまった。

3

〈ウォールフィッシュ〉号は予定通りのコースを推力飛行で進み、クルーは船内のあちこちに散らばってこれからの旅の備えをつづけた。「超光速《ちょうこうそく》に入るのなんて、いつ以来だろう！」とトリッグが言っていた。補給品を整理しなおしたり、システムの検査と準備をしたり、固定されていない物をしまったり（ＵＭＣが〈ウォールフィッシュ〉号の捜索《そうさく》をしたあと出しっぱなしになっていたペンやカップ、ブランケット、その他の雑貨は、これから長期にわたってつづくことになる無重力状態が始まる前に、動かないようにしておく必要があった）、大小を問わずやるべき仕事が山ほどあった。

もうその日も遅《おそ》い時間になりつつあったが、できるうちに準備しておこうとファルコーニは主張した。「明日、何が起きるかもわからないからな。新たな敵の一団がすぐ後ろに迫《せま》っていたなんてことも、ありえなくはない」

それには反論できなかった。キラはファジョンに頼《たの》まれて貨物室へ行き、マルパート・ステーションで入手した修理ボットの梱包《こんぽう》を解くのを手伝った。ジェリーの船に乗り込《こ》んだときに失ったボットの代替品《だいたいひん》だ。

数分間の沈黙《ちんもく》がつづいたあとで、ファジョンはキラに目をやり言った。「ありがとう、あれを殺してくれて」

「ジェリーのこと?」

「そう」

「どういたしまして。とにかく助けられてよかった」

ファジョンはうなった。「あんたがあの場にいなかったら……」ファジョンは首を振《ふ》り、キラはその顔にいつもと違《ちが》う感情が表れているのを見て取った。「いつかお礼に焼酎《ソジュ》と牛肉をご馳走《ちそう》するから、一緒《いっしょ》に酔《よ》っぱらおう。あんたとあたしとちっちゃなスパローとで」

「楽しみにしてる……」それからキラは訊《き》いた。「みんなで〈蒼《あお》き杖《つえ》〉を捜《さが》しにいくことには納得してるの?」

ファジョンはボットの荷解きの作業スピードを決して緩《ゆる》めなかった。「〈ウォールフィッシュ〉号が故障したら、スペースドックまでは長い距離《きょり》がある。〈ダルムシュタット〉号が一緒《いっしょ》に行くのはいいことだと思う」

「任務自体については?」

「やるしかない。アイシ。ほかに言えることなんてある?」

最後の荷解きが終わるころ、キラの視界に一通のメールがぱっと現れた。〈都合のいい

ときに水耕栽培室《さいばいしつ》に来てくれ。――ファルコーニ〉

〈五分後に行く。――キラ〉

キラはファジョンが不要な包装を処分するのを手伝うと、じゃあこれでと言って貨物室から急いで出ていった。メインシャフトに入ると、キラは尋《たず》ねた。「グレゴロヴィッチ、水耕栽培室《さいばい》はどこ？」

「一階上だ。通路の突《つ》き当たりを一度左折、一度右折、それで到着《とうちゃく》する」

「ありがとう」

「どういたしまして《ビッテ》」

水耕栽培室《さいばい》に近づくと、花の香りに迎《むか》えられた――花やハーブ、藻類《そうるい》、あらゆる草木や生育物。その香りは、ウェイランドの温室と、〈真夜中の星座〉のことでやきもきしている父親を思い起こさせた。汗《あせ》と機械油のにおいがする船に閉じ込《こ》められるのではなく、生きているものに囲まれて外で過ごしたい、キラはそんな思いに駆《か》られた。

気密扉《とびら》が開き、湿度《しつど》の高い空間に入ると、その香りはさらに強くなった。吊《つ》り下げられた植物の通路と、藻類《そうるい》の培養物《ばいようぶつ》が入った水の波立つ黒い桶《おけ》が部屋を埋《う》め尽《つ》くしている。ずらりと並んだ緑の草木は、上からノズルで霧《きり》を吹《ふ》きかけられている。

その光景にハッとして、キラは足を止めた。アドラステイアにあった水耕栽培室《さいばい》とよく似ている。キラとアランはあそこでたくさんの時間を過ごしてきて、あの最後の特別な夜、アランにプロポーズされたときもそうだった。

どんな香りよりも鋭《するど》く、悲しみの香りがキラのもとへ漂《ただよ》ってきた。

ファルコーニは奥《おく》のほうに立って作業台に身をかがめ、蠟《ろう》のような花びら——白くて繊《せん》細《さい》だ——をつけた、見慣れない種類のしおれかけた植物を剪定《せんてい》していた。袖《そで》がまくり上げられていて、傷痕《きずあと》が見えている。

ファルコーニがガーデニングに興味を持っているなんて思ってもみなかった。あとになって、そういえば彼《かれ》の部屋には盆栽《ぼんさい》があったと思い出した。

「わたしに用？」キラは声をかけた。

ファルコーニは植物の葉を一枚、切り落とした。そしてまた一枚。そのたびに、はさみがパチンと音を立てて閉じた。植物はすべて超光速《ちょうこうそく》に入る前に再処理しておく必要がある。これほど長距離《ちょうきょり》の飛行で放置されれば生き延びることはできず、おまけに生きたままにしておくと余分な熱を排出《はいしゅつ》しすぎてしまう。いくつかの特別な植物はクライオに入れられるかもしれない——キラは〈ウォールフィッシュ〉号にどんな装置があるのか知らない——が、生き残るのはそれだけになるだろう。

ファルコーニははさみを置き、両手を作業台についた。

「あのニューマニストを刺《さ》したとき――」

「ボブね」

「そう、ニューマニストのボブだ」ファルコーニはにこりともせず、キラも笑わなかった。

「彼《かれ》を刺《さ》したとき、やったのはきみだったのか、それともソフト・ブレイドだったのか？」

「たぶん、両方」

ファルコーニはうなった。「それならよかったと言うべきか、悪かったと言うべきか」

キラは恥《は》ずかしさで胃がぎゅっとなった。「ねえ、あれは事故だったの。二度とあんなことは起きない」

ファルコーニは横目でうかがうようにキラを見た。「絶対にか？」

「わたしは――」

「きみのことはどうでもいい。ボブのときみたいな事故は二度とあってはならない。これ以上、俺《おれ》のクルーを傷つけさせるつもりはない、ジェリーにも、もちろんきみのそのスーツにも、断じて。俺《おれ》の言いたいことがわかるか？」ファルコーニはキラをじっと見据《みす》えている。

「わかってる」

彼《かれ》は納得していないようだ。「明日、スパローに会いにいってくれ。彼女《かのじょ》と話すんだ。彼女《かのじょ》に言われることをやれ。スパローはきみがソフト・ブレイドをコントロールするのに役立ちそうなことをいくつか考えてる」

キラは落ち着きなく片足から片足へと体重を移した。「文句を言うつもりじゃないんだけど、スパローは科学者じゃない。でしょ？」

「きみに必要なのは科学者じゃないだろう」ファルコーニは額にしわを寄せた。「思うに、きみに必要なのは規律と構造だ。必要なのは訓練だ。きみはあのニューマニストを相手にやらかして、ジェリーの船上でもしくじった。そいつを管理できないのなら、みんなのために、今後はずっと部屋から出ないでもらう」

ファルコーニの言い分は間違《まちが》っていなかったが、その口調にキラは腹が立った。「訓練してる時間がどれだけあると思うの？　明後日《あさって》にはシグニを離《はな》れるのに」

「だが、きみはクライオに入らない」ファルコーニは言い返した。

「そうだけど――」

キラをにらんでいるファルコーニの目つきがさらに険しくなる。「きみにできることをやるんだ。スパローに会いにいけ。問題を片付けろ。反論は受け付けない」

キラはうなじがチクチクするのを感じ、肩《かた》をいからせた。「命令ってこと？」

「訊《き》かれたから答えるが、イエスだ」

「話はそれだけ？」

ファルコーニは作業台に戻《もど》った。「それだけだ。もう出ていってくれ」

キラは出ていった。

4

そのあとは、あまりクルーたちと関わる気分じゃなくなった。仕事でも夕食でも。

キラは部屋に引きこもった。オーバーレイを切って薄明《うすあ》かりのなかにいると、部屋がやたら寂《さび》しく窮屈《きゅうくつ》でみすぼらしく見える。ベッドに腰《こし》かけて傷んだ壁《かべ》を見つめていると、その見た目に好きなところがひとつもないことに気づいた。

キラは怒《おこ》りたかった。確かに怒《おこ》っていたが、ファルコーニを責める気にはなれなかった。彼《かれ》の立場なら、自分でも同じことをしたはずだ。それはそうだとしても、スパローが何かの力になれるということについては、依然《いぜん》として納得できずにいた。

両手で顔を覆《おお》う。ジェリーの船で召喚《しょうかん》に応じたのも、ニューマニストのボブを刺《さ》したのも、自分のせいではないと信じたい気持ちがあった——スーツがキラを混乱させ、無知からか破壊《はかい》的な危害の種を蒔《ま》きたいという欲求からか、自らの意志で行動したのだと。

けれど本当はわかっている。どちらも誰《だれ》かにやらされたことではなかった。どちらも自分が望んでしたことだ。自分の行動をソフト・ブレイドのせいにするのは言い訳に過ぎない――つらい現実からの安易な逃《に》げ道だ。

キラは震《ふる》える息を吸い込《こ》んだ。

もちろん、すべてが失敗だったわけじゃない。〈蒼《あお》き杖《つえ》〉のことがわかったのは本当によかったし、思い違《ちが》いではなく、杖《つえ》の発見が望ましい結果に繋《つな》がることを全身全霊《ぜんれい》で願っていた。それでもキラを苛《さいな》む罪悪感は一向に薄《うす》れなかった。

疲《つか》れているのに休むことができない。脳が活発に働いていて、神経が昂《たか》ぶっている。キラは休む代わりに船室の制御卓《せいぎょたく》を起動させ、ウェイランドのニュースを調べ（アカウェが言っていたとおりだった）、ナイトメアについて見つけられる記事を片っ端《ぱし》から読みはじめた。情報は大してなかった。61シグニ（はくちょう座61番星）もほかの場所もそうだが、ナイトメアがやって来たのはごく最近のことなので、誰《だれ》もまともに分析《ぶんせき》できていなかったのだ。とにかく、その時点でシグニに届いていた報道のなかでは。

そうやって三十分ほどが過ぎたころ、グレゴロヴィッチからのメッセージが視界の端《はし》に現れた。

きみも加わりたければクルーは食堂に集まっているが、おお刺々《とげとげ》しい肉袋《ミートバッグ》よ。

――グレゴロヴィッチ

キラはメッセージを閉じ、記事を読みつづけた。

それから十五分と経たず、ドアを叩《たた》く大きな音がして、キラはビクッとした。外からニールセンの声が聞こえてくる。「キラ？　そこにいるんでしょう。こっちにいらっしゃい。何か食べないと」

口のなかがカラカラになっていて、声を出せるまで口を湿《しめ》らせて三度めで返事ができた。

「いいの。いらない」

「ばか言わないで。ドアをあけて」

「……いや」

気密扉《とびら》の外側についたホイールハンドルが回される金属音が響《ひび》き、ドアが開いた。キラはいくぶんムッとしながら、じっと座ったまま腕組《うでぐ》みをした。いつもの習慣で部屋の鍵《かぎ》はかけておいたのに。たぶんクルーの半数は解錠《かいじょう》できるのだろうけど、だからといって人の部屋に押《お》し入る権利はない。

ニールセンが入ってきて、怒《おこ》った顔でキラを見下ろした。キラは身構えながらも、強いて相手の視線を受け止めた。

「行きましょう」ニールセンが言う。「温かい料理があるわよ。レンジで加熱しただけのものだけど、何かお腹に入れたら気分がよくなるわ」

「大丈夫《だいじょうぶ》。お腹空いてないから」

ニールセンは少しのあいだキラをまじまじ見つめていたあとで、部屋のドアを閉めると、驚《おどろ》いたことにベッドの向こう端《はし》に腰《こし》をおろした。「いいえ、大丈夫《だいじょうぶ》じゃない。いつまでここに閉じこもっているつもり?」

キラは肩《かた》をすくめた。ソフト・ブレイドの表面が波立つ。「疲《つか》れてるだけよ。とにかく誰《だれ》にも会いたくないの」

「どうして? 何を恐《おそ》れているの?」

キラはすぐには答えようとしなかった。が、やがて開き直るように言った。「わたし自身を。いい? これで満足?」

ニールセンは平然としている。「つまりあなたはつまずいた。誰《だれ》もがつまずくものよ。大切なのは、そのことにどう対処するか。隠《かく》れていても解決はしない。決してね」

「わかってる、でも……」キラはなかなか言葉を見つけられずにいる。

「でも？」

「ソフト・ブレイドをコントロールできるかわからないの！」衝動的《しょうどう》に吐《は》き出した。ついに。言ってしまった。「また怒《おこ》ったり興奮したりすることがあったら……何が起きるかわからないし……」みじめになり、声がか細くなっていく。

ニールセンは鼻を鳴らした。「ばかばかしい。何を言ってるんだか」キラがショックを受け、どう言い返したものかわからずにいると、先にニールセンが口を開いた。「あなたはなんの問題もなくわたしたちと一緒《いっしょ》に食事ができるし、誰《だれ》のことも殺さない。はい、はい、エイリアンの寄生がどうとかって、それはわかってる」そう言って、キラの顔を覗《のぞ》き込《こ》む。「ニューマニストのボブに鼻の骨を折られたせいで、あなたはカッとなった。そんなの、誰《だれ》だって怒《おこ》って当然よ。そうね、彼《かれ》を刺《さ》すべきじゃなかった。それにジェリーの船で信号に応えたのもまずかったかも。でもやってしまったことは取り消せないし、それはもう仕方がないわ。いまでは気をつけるべきことがわかっているし、二度と同じ失敗はくり返さないでしょう。あなたはみんなと向き合うのが怖《こわ》いだけ。それがあなたの恐《おそ》れていることよ」

「違《ちが》う。あなたにはわからな――」

「わたしにはよくわかってる。あなたは失敗した、それで出ていってみんなの目を見ることができずにいる。だからなんだっていうの？　ここに隠《かく》れて、何もなかったふりをするのは、あなたが取れるなかで最悪の行動よ。信頼《しんらい》を取り戻《もど》したければ、出ていって努力してみなさいよ、みんなはそのことにきっと敬意を示すはず。ファルコーニさえもね。キラ、誰《だれ》もが失敗するものよ」

「でも、こんな失敗はしない」キラはもごもごつぶやいた。「あなたは何人の相手を刺《さ》したことがある？」

ニールセンの表情がきつくなった。その声も。「自分がそんなに特別だと思ってるの？」

「エイリアンに寄生されたっていう人はほかにいないでしょ」

バン！　と大きな音を立てて、ニールセンが壁《かべ》を叩《たた》いた。キラはぎょっとして飛び上がった。「ほらね、大丈夫《だいじょうぶ》でしょう」ニールセンは言った。「あなたはいま、わたしを刺《さ》さなかった。考えてみて。誰《だれ》もが失敗するのよ、キラ。誰《だれ》もがそれぞれ対処すべき問題を抱《かか》えてる。そんなふうにうじうじしてなければ、あなたにも見えるはずよ。ファルコーニの腕《うで》に残る傷痕《きずあと》は？　失敗を避《さ》けたことで負った傷じゃない、それは確かよ」

「わたし……」キラは自分を恥《は》じ、声がだんだん小さくなった。

ニールセンはキラに指を突《つ》きつけた。「トリッグだって楽な生き方をしてきたわけじゃない。ヴィシャルもスパローもファジョンも。グレゴロヴィッチの人生は賢《かしこ》い選択《せんたく》ばかりだけど」その茶化すような口調から、実際のところはどうなのか疑う余地もなかった。

「誰《だれ》もが失敗する。それにどう対処するのか、それが自分という人間を決めるの」

「あなたはどうなの？」

「わたし？　いまわたしのことは関係ないわ。キラ、しっかりしなさい。あなたはそんなに弱い人間じゃないはずよ」ニールセンは立ち上がった。

「待って……どうして気遣《きづか》ってくれるの？」

ほんの少しではあるけれど、初めてニールセンの表情がやわらいだ。「そうするのが当然だから。誰《だれ》かが倒《たお》れたら、また立ち上がれるよう助け合うものでしょう」軋《きし》みを立てながらドアが開く。「一緒《いっしょ》に来る？　料理はまだ温かいわよ」

「ええ。わたしも行く」簡単なことではなかったが、キラは立ち上がった。

5

真夜中をとっくに過ぎていたのに、スパローと海兵隊員たち以外はみんな食堂にいた。恐《おそ》れていたことには反して、誰《だれ》もキラの居心地を悪くさせるようなことはしなかった。とはいえ、どうしてもみんなに裁かれているような気がしていたけれど……そして、自分には欠けている部分があるのだという気がしていた。それでもクルーはいやなことはひと言も言わなかったし、ニューマニストのことが話題になったのは、トリッグが遠回しに触《ふ》れたときだけで、キラはさっきニールセンからもらったアドバイスに従って、ごまかさずに認めた。

それに優しさもあった。ファジョンはお茶のカップを持ってきてくれて、ヴィシャルは声をかけてきた。「明日、診察《しんさつ》においで、いいね？　その鼻を治してあげよう」

ファルコーニがせせら笑った。彼《かれ》はキラのことをほとんど見てもいなかった。「麻酔《ますい》が効かなかったら、死ぬほど痛いぞ」

「平気よ」本当は平気じゃなかったけれど、プライドと責任感から、そう答えるしかなかった。

誰《だれ》もが疲《つか》れきっているらしく、ほとんどのあいだ食堂は静かで、おのおのが物思いにふけり、オーバーレイに視線を定めていた。

キラがちょうど食べはじめたとき、思いがけずエントロピストが向かいの席に座った。身体こそ違《ちが》えどそっくりなふたりは、熱意に満ちた顔に熱意に満ちた目をして、テーブルから身を乗り出している。

「何か？」キラは尋《たず》ねた。

ヴェーラが言う。「プリズナー・ナヴァレス、私たちは発見しました――」

「――この上なく、わくわくするものを。マルパート・ステーションを歩いているとき、私たちは――」

「――ナイトメアの残骸《ざんがい》を見つけて――」

「――組織サンプルの採取に成功しました」

キラは興味を持った。「へえ？」

エントロピストは揃《そろ》ってテーブルのへりをつかんでいた。指を押《お》しつけているせいで爪《つめ》が白くなっている。「私たちはこれまでずっと――」

「――サンプルを調べていました。そこで明らかになったのは――」

「何？」

「――明らかになったのは」ジョラスがつづける。「ナイトメアは――」

「――ゲノム構成がどちらとも共通していない、ということです――」

「――ソフト・ブレイドとも、ジェリーとも」

エントロピストはその発見への喜びを隠《かく》そうともせずほほえみ、椅子《いす》に深く座りなおした。

キラはフォークを置いた。「類似点がひとつも、ないということ？」

ヴェーラが頭をうなずかせた。「類似点、そう、ただし――」

「――基本の化学的必然性に由来する類似点のみです。さもなければ、存在物は似ても似つかぬものになります」

それはキラが初めに示した本能的な反応を裏付けるものだが、まだ気になることがあった。

「ナイトメアの一体には触手《しょくしゅ》があった。見たの。あれについては？」

まるで喜んでいるみたいに、エントロピストは同時にうなずいた。「そうですね。姿かたちは似ていますが、中身はまったく異なるものです。あなたはほかにも――」

「――腕《うで》や脚《あし》や目や毛皮などの――」

「地球に基づいた生命体であることを暗示する成長物を見たかもしれません。けれど、私たちが調べたナイトメアには――」

「――地球人のDNAに似た部分が少しもありませんでした」

キラは皿に載《の》せられた生焼けの料理を見つめながら考え込《こ》んだ。「じゃあ、彼《かれ》らは何者なの？」

エントロピストは揃《そろ》って肩《かた》をすくめた。「不明です」とジョラス。「彼《かれ》らの基本的な生物学的構造は――」

「――未発達、不完全、矛盾《むじゅん》した――」

「――悪性のもののようです」

「ふうん……検査の結果を見せてもらっても？」

「もちろんです、プリズナー」

キラはふたりを見上げた。「この件について〈ダルムシュタット〉号には報告してありますか？」

「さきほどファイルを送ったところです」

「よかった」自分たちが相手にしているのはどんな生物なのか、アカウェは知っておくべきだろう。

エントロピストは自分たちのテーブルに戻《もど》り、キラはゆっくり食事をつづけながら、送ってもらった資料に目を通していった。まともな研究室もないのに、エントロピストたちがこれほどの量のデータを集められたのは驚《おどろ》きだ。あのローブに組み込《こ》まれている技術には目を見張るものがある。

くすんだオリーブグリーンの服を着た四人の海兵隊員が姿を見せると、キラは手を休めた。パワードスーツを脱《ぬ》いでいても、堂々《どうどう》たる体格だ。不自然なまでに無駄《むだ》のない筋肉が隆起《りゅうき》し、波打っている。強さ、パワー、スピードを高らかに誇《ほこ》る、生きた人体解剖図《かいぼうず》。彼《かれ》らの体格は、軍が前線の兵士たちにひととおり行っている遺伝子操作の賜物《たまもの》だ。ファジョンのように高重力環境《かんきょう》で育ったわけではなくても、その屈強《くっきょう》さは勝るとも劣《おと》らないはずだ。彼《かれ》らの姿から、キラは前に見たことのあるミオスタチン欠損の動物の写真を連想した。ホーズ、サンチェス……あとのふたりの名前は知らない。

海兵隊員は食堂に残って食事はせずに、お茶やコーヒーのお湯を沸《わ》かして、スナックを取っただけで出ていった。「邪魔《じゃま》はしませんよ、キャプテン」出ていく途中《とちゅう》でホーズが言った。

ファルコーニは軽く敬礼してみせた。

ナイトメアの生態についての専門的詳細《しょうさい》は多様かつ難解で、キラはいつしか曖昧《あいまい》な点を考えるのに没頭《ぼっとう》していた。エントロピストが話していたことはすべて事実だったが、それでもまだナイトメアのなんとも言い難い不気味さを捉《とら》えはじめたに過ぎない。それと比較《ひかく》すると、遺伝子操作されているジェリーは断然わかりやすかった。だけどナイトメアは……彼《かれ》らに似たものはこれまで見たことがない。どこかで見たような、、、、化学的配列の断片をたびたび見つけたけれど、見たような気がするだけだ。ナイトメアの細胞《さいぼう》構造は安定さえしておらず、どうしてそんなことが可能なのかについては、さっぱり見当もつかなかった。

皿はとっくに空《から》になっていたけれど、まだ資料を読みつづけていると、皿の横に乱暴にグラスを置かれる音がして、キラは飛び上がった。

横にファルコーニが立っていた。片手にはブーケみたいに束ねたグラス、反対の手には数本の赤ワインを持っている。キラに尋《たず》ねもせずに、彼《かれ》はグラスを半分まで満たした。

「ほら」

それからファルコーニはテーブルを歩いて回り、クルーとエントロピストにグラスを配り、ワインを注いでいく。

全員にいきわたると、ファルコーニは自分のグラスを掲《かか》げた。「キラ。俺《おれ》たちみんなが期待したように物事は運ばなかったが、きみがいなければ、全員が死んでいた可能性は充《じゅう》分《ぶん》に考えられる。そう、つらい一日だった。そう、きみはジェリーを一匹《ぴき》残らずこの世からあの世へ送り込《こ》んだ。それに、そう、俺《おれ》たちはきみのおかげで神のみぞ知る場所へと急いでいる」ファルコーニは視線をそらさず、そこで言葉を切った。「だが俺《おれ》たちは生きてる。トリッグは生きてる。スパローは生きてる。そのことに対して、きみに感謝しなきゃならない。だからきみのために乾杯《かんぱい》しよう、キラ」

初めは誰《だれ》も乾杯《かんぱい》に加わらなかった。やがてニールセンが手を伸《の》ばし、自分のグラスを掲《かか》げた。「賛成」ニールセンが言うと、みんなもくり返した。

思いがけず涙《なみだ》がにじんで、視界がぼやけてくる。キラは自分のワイングラスを持ち上げて、もごもごとお礼を言った。初めて〈ウォールフィッシュ〉号にいるのがひどく場違《ばちが》いだと思わずにいられれた。

「そして今後は、こんなことが二度とくり返されないように」ファルコーニはそう言って腰《こし》をおろした。

何人かがくすくす笑った。

キラはワインに目をやった。グラスに半分。大して多くない。ひと息に飲み干し、椅子《いす》に背をもたせかけて、何が起きるか興味を持ちながら待った。

食堂の向こうから、ファルコーニが警戒《けいかい》するように一瞥《いちべつ》をくれた。

一分間が過ぎた。五分。十分。それでもまだ何も感じない。キラはいやになり、顔をしかめた。何か月もお酒を飲んでいなかったのだから、せめて少しばかりの高揚感《こうようかん》ぐらいあってもいいはずなのに。

だけど、何もない。ソフト・ブレイドがアルコールの効果を抑制《よくせい》していた。酔《よ》っぱらいたいと思っても、酔《よ》えないのだ。

怒《おこ》るべきではなかったが、そのことに気づくと腹が立った。「なんなのよ、もう」誰《だれ》も――ソフト・ブレイドでさえも――キラが自分の身体をどうしようと、干渉《かんしょう》するべきじゃない。タトゥーを入れたいと思ったら、あるいは太りたいと思ったら、あるいは子どもを産もうと思ったら、どんなことでもしたいと思えば、そうする自由があって当然だ。その機会が与《あた》えられていなければ、奴隷《どれい》も同然だ。

怒《いか》りのせいで、ずかずか歩いていってワインボトルをつかんで一気飲みしてやりたくなった。決着をつけるためだけに。やろうと思えばできるのだと証明するためだけに。けれど、やらなかった。その日に起きたことを思うと、もし酔《よ》っぱらったらソフト・ブレイドが何をしでかすかわからず怖《こわ》かった。それに泥酔《でいすい》したくもなかった。少しも。

だからワインのおかわりを求めず、じっと座って待っているだけで満足し、わざわざ不幸を招こうとはしなかった。それにファルコーニがほかのみんなには二杯目《はい》を注いでも、キラには勧《すす》めようとしないことに気づいた。ファルコーニは理解していて、キラはありがたく思った。少しは腹も立ったけど。危険であろうとなかろうと、自分で選ぶ権利ぐらいは欲しい。

「残りが欲しいやつはいるか?」ファルコーニは最後のボトルを掲《かか》げて問いかけた。まだ四分の一ほど残っている。

ファジョンがボトルを奪《うば》い取った。「はい。あたしがもらう。人より酵素《こうそ》が多いからね」

クルーが笑い、キラはこれでもうワインのことを考えずに済んでホッとした。

グラスの脚《あし》を指でつまんでもてあそんでいると、かすかな笑みが浮《う》かんできた。それと共に、気持ちが軽くなった。ニールセンは正しかった。出ていってクルーと向き合ってよかった。隠《かく》れていても解決にはならない。

それは忘れてはならない教訓だった。

6

その夜遅《よるおそ》く、ようやく部屋に戻《もど》ってきたとき、デスクの制御卓《せいぎょたく》で緑色のライトが光っていた。キラはデスクに向かおうとして、ベッドの角に足の親指をぶつけてしまった。「イタッ」本当に痛かったというよりも、反射的につぶやいた。

予想していたとおり、メッセージはグレゴロヴィッチからのものだった。

きみに何ができるかはわかっているが、きみが何者なのかはやはりわからない。もう一度、私は問う、不可思議だと思うことを問う。きみは何者なのだ、おお多様な肉袋《ミートバッグ》よ?

——グレゴロヴィッチ

キラは目をぱちくりさせ、返事をタイプした。

わたしはわたし。

——キラ

即座《そくざ》に返信があった。

ふん。なんと月並みな。なんと退屈《たいくつ》な。

——グレゴロヴィッチ

おあいにくさま。欲しいものがいつでも手に入るとは限らない。

——キラ

波のうねりと荒《あ》れ狂《くる》う風、沸騰《ふっとう》とあぶく。言葉と言葉、あいた隙間《すきま》は隠《かく》せない。知識があれば、自信もある。だがこれは違《ちが》う、全然だ。台座を割れば、載《の》っている像は危うくなる。

——グレゴロヴィッチ

無韻詩《むいんし》？　嘘《うそ》でしょ？　それがあなたのせいいっぱい？

——キラ

そのあとは長い沈黙《ちんもく》がつづき、キラは初めてグレゴロヴィッチの一枚上手《うわて》をいったような気分になった。やがて返事が来た。

くるみの殻《から》に閉じ込《こ》められていたら、気晴らしを見つけるのは難しい。

——グレゴロヴィッチ

それでも、自らを無限の宇宙の王だと思い込《こ》むことは確かにできるかもしれない。

——キラ

悪夢さえ見なければ。

——グレゴロヴィッチ

あの悪夢さえなければ。

——キラ

……

——グレゴロヴィッチ

キラはコンソールに爪《つめ》をコツコツ打ちつけた。

簡単なことではないでしょう？

——キラ

簡単なはずがあろうか？　大自然はその汚《よご》された奥底《おくそこ》でのたくり這《は》う者を顧慮《こりょ》などしない。打ち壊《こわ》す嵐《あらし》は、すべてを打ち壊《こわ》す。何者も容赦《ようしゃ》されない。きみも、私も、空の星も。私たちは外套《がいとう》を巻きつけて、頭を低くし、おのおのの命だけを考える。だが嵐《あらし》は、嵐《あらし》は決して治まらず、決して消えない。

——グレゴロヴィッチ

楽しい話ね。そんなことを考えたところで、どうにもならないでしょう。わたしたちにできる最善のことは、あなたが言ったように、頭を低くして、おのおのの命だけを考えることよ。

——キラ

ならば考えるな。夢を見ずに眠《ねむ》る者になれ。

——グレゴロヴィッチ

そうするかも。

——キラ

それでも事実は変わらず、疑問は残されたままだ。きみは何者なのだ、おお触手《しょくしゅ》の女王よ？

——グレゴロヴィッチ

今度またそう呼んだら、あなたの栄養バスに激辛《げきから》ソースを入れる方法を見つけるから。

——キラ

うつろな声のうつろな約束。恐《おそ》れる心は限界を受け入れられない。無知を認める前に悲鳴をあげて逃《に》げ出し、アイデンティティを脅《おびや》かすものと向き合うことができない。

——グレゴロヴィッチ

あなたは自分が何を言っているのかわかってない。

——キラ

否《いな》、否、否。それは重要ではない。そんなことはお構いなしに、きみが何者かという真実は明らかになるだろう。そのときが来たら、選ぶのはきみだ。信じようと信じまいと。私はどちらでもかまわない。私としては、答えがどんなものであれ覚悟《かくご》しておこう。そのときまで、私はきみを見守るのに時間を費やそう、一心に見守ろう、おお形のない者よ。

——グレゴロヴィッチ

好きに見ればいい。探しているものは見つからないだろうけど。

——キラ

キラは人差し指をさっと動かしてディスプレイを閉じた。ホッとしたことに、緑色のライトは消えたままだ。シップ・マインドの冗談《じょうだん》はキラを落ち着かなくさせていた。とはいえ、自分が一歩も引かなかったことには満足していた。グレゴロヴィッチは断言していたけれど、彼《かれ》は間違《まちが》っている。わたしは自分が何者かわかっている。この忌々《いまいま》しいスーツの正体がわからないだけだ。はっきりとは。

もういい。もう充分《じゅうぶん》だ。

キラはエントロピストの宝石みたいなトークンをポケットから出すと、デスクの引き出しにしまった。行く先々で持ち歩くより、そこにしまっておいたほうが安全だろう。それから心地よいため息をついて、服を脱《ぬ》ぐ。濡《ぬ》らしたタオルで手早く身体を拭《ふ》くと、ベッドに転がり込《こ》んでブランケットをかぶった。

しばらくのあいだ、頭のなかを考えが駆《か》け巡《めぐ》るのを止められなかった。ジェリーや死んだナイトメアの姿が邪魔《じゃま》ばかりして、時にはファルコーニのグレネードが爆発《ばくはつ》したときにあたりに漂《ただよ》っていた刺激性《しげきせい》のにおいがするような気がした。ソフト・ブレイドがジェリーの身体を貫《つらぬ》いた感触《かんしょく》をくり返し味わわされ、いつしかそれはニューマニストを刺《さ》したときの記憶《きおく》や、この腕《うで》のなかで死んだアランの記憶《きおく》とごっちゃになっていく……。あまりに多くの失敗。どうしようもなく多すぎる失敗。

すんなりとはいかなかったが、最後にはどうにか眠《ねむ》りに落ちた。グレゴロヴィッチにはああ言ったものの、キラは夢を見た。そして夢を見るあいだに、新たなビジョンが浮《う》かんできた。

夏の夕べを照らす黄金色の光のなか、飢《う》えた森を悲鳴が満たした。彼女《かのじょ》は突起《とっき》の上に座り、帰ってくるはずの仲間たちを待ちながら、紫色《むらさきいろ》の木々のあいだで上演される生命の営みを眺《なが》めていた。

足元では、ムカデのような生物が闇《やみ》に覆《おお》われた下生えからちょこまかと飛び出してきて、木の根っこのかたまりの下にある巣穴へ駆《か》け込《こ》んでいった。それを追いかけているのは、長い腕《うで》に蛇《へび》の首、ナマケモノの身体をした捕食者《ほしょくしゃ》で、歯のある虫のような頭と後ろ向きに接合された肢《あし》が備わっている。ハンターは巣穴に向かって嚙《か》みついたが、獲物《えもの》を捕《と》らえるには遅《おそ》すぎた。

蛇《へび》の首をしたナマケモノはいらだってうずくまり、細長い口からシューシュー音を立てながら、節のある鉤状《こうじょう》の指で土の穴を引っ掻《か》いた。

その生物は掘《ほ》りつづけ、そのあいだじゅうずっと、ますます興奮を募《つの》らせていった。木の根は堅《かた》く、地面は岩だらけで、穴掘《あなほ》りは一向にはかどらなかった。すると、ハンターは一本の長い指を巣穴に突《つ》っ込《こ》み、ムカデを掻《か》き出そうとした。

金切り声が響《ひび》きわたり、蛇《へび》の首をしたナマケモノがさっと手を引いた。指先から黒っぽい血がしたたり落ちている。

ナマケモノは吠《ほ》えた。痛みのせいではなく、怒《いか》りから。頭を振《ふ》り動かし、下生えを踏《ふ》みつけ、花や葉や果実を踏《ふ》み潰《つぶ》した。そしてまた吠《ほ》えると、近くにあった木の幹をつかんで猛烈《もうれつ》にゆさぶり、木を揺《ゆ》らした。

うだるような暑さの森のなかにひび割れる音が響《ひび》き、広がった枝葉から先の鋭《するど》い莢《さや》がまとめて落ちてきて、ナマケモノの頭や肩《かた》に当たった。ナマケモノはかん高い鳴き声をあげて泥《どろ》のなかに倒《たお》れ、身体をピクピクさせながら足を蹴《け》りあげていて、ぽっかり開いた口の端《はし》には泡《あわ》がたまっている。

そのうちに、蹴《け》っている足の動きが止まった。

それからしばらくすると、ムカデのような生物は危険を冒《おか》してそろりそろりと巣穴から出てきた。そしてぐったりしたナマケモノの首によじ登り、触角《しょっかく》をヒクヒクと動かしながらそこに居座っていた。やがてムカデは身をかがめ、柔《やわ》らかい首の肉を食べはじめた。

……

いまではおなじみとなった新たな場面への転換《てんかん》。彼女《かのじょ》は潮だまりの横にしゃがんでいて、照りつける太陽の熱を火山岩の突起《とっき》がさえぎっている。潮だまりのなかには、彼女《かのじょ》の親指ほどの大きさの半透明《はんとうめい》の球体《オーブ》が浮《う》かんでいる。

そのオーブは生きていない。死んでもいない。中間にある存在だ。眠《ねむ》っている潜在《せんざい》能力。彼女《かのじょ》は希望を抱《いだ》きながら見つめている、その潜在《せんざい》能力が現実のものとなり、変換《へんかん》するときを待ちわびながら。

そのときが訪れた。内側から輝《かがや》く光にゆるやかな動きがあり、オーブは初めて試しに息を吸い込《こ》むように振動《しんどう》した。初めての命の贈《おく》り物に、幸福と驚《おどろ》きが希望に取って代わった。為《な》されたことは、あとにつづく破壊《はかい》のすべてを変えるだろう、初めはここで、そしてやがて——時間と運に恵《めぐ》まれれば——その先の大いなる星の渦《うず》のなかで。

それはよいことだと彼女《かのじょ》にはわかった。

L e s s o n s

第12章　訓練

1

キラは目覚めたとき、驚《おどろ》くほどよく眠《ねむ》れた気がした。

上半身を起こすと、分厚い層になった粉塵《ふんじん》が身体から落ちた。伸《の》びをして、口のなかに入った粒子《りゅうし》を吐《は》き出す。粉塵《ふんじん》は粘土《ねんど》みたいな味がした。

立ち上がろうとして、自分が寝具《しんぐ》の穴のなかに座っていることに気づいた。夜のあいだにソフト・ブレイドは、ブランケットとマットレスの大半に加えて、その下の複合材のベッド枠《わく》の一部まで吸収していた。ほんの数センチメートル分だけ残っている素材が、その下にある再生利用装置とキラをいまも隔《へだ》てている。

昨日の戦いのあとで、異種生物《ゼノ》は燃料補給が必要だったに違《ちが》いない。実際、キラたちが直面した脅威《きょうい》に対応するかのように、スーツが厚くなったような気がした。とりわけ胸と腕《うで》の部分の繊維《せんい》がより硬《かた》く、より頑強《がんきょう》になっているようだ。

このスーツの反応の速さには、やはり感心してしまう。「わたしたちがいま戦っているんだってこと、わかってるのね?」キラはつぶやいた。

制御卓《せいぎょたく》を起動させると、一件のメッセージが届いていた。

起きたら会いにきて。

――スパロー

キラは顔をしかめた。スパローがどんなことを計画しているとしても、キラは期待していなかった。ソフト・ブレイドを扱《あつか》ううえで役に立つのであれば、それは素晴らしいことだけど、確信できずにいる。とはいえ、やらなければファルコーニの反感を買うことになるからつき合うしかないし、ゼノをコントロールするうまいやり方を知りたいのは本当だ……。

キラはスパローのメールを閉じると、彼女《かのじょ》ではなくグレゴロヴィッチにメールを書いた。

ベッドとブランケットを交換《こうかん》したいんだけど。昨夜スーツが食べちゃったから。あなたほどのシップ・マインドにお願いするのは恐縮《きょうしゅく》だけど、もしご面倒《めんどう》じゃなければ。

——キラ

即座《そくざ》に返信があった。シップ・マインドの思考スピードがときどき羨《うらや》ましくなったけど、自分は肉体を備えていることがどれほど好きかを思い出した。

きみのその飢《う》えたヒルには、ポリカーボネートのビュッフェよりもマシなものを食べさせてみるべきかもしれない。成長期の寄生物にとって、いいはずがない、いいからな。

——グレゴロヴィッチ

何か提案は？

——キラ

もちろん、あるとも。きみのチャーミングな共生生物くんが私の骨をかじると言ってきかないのなら、たとえば、そう、生命維持《いじ》に関わるような不可欠なシステムから離《はな》れたところにして欲しいものだ。印刷室に印刷と修理に使う原材料の在庫がある。あそこになら、そのエイリアン閣下のお好みに合うものがあるはずだ。ファジョンと一緒《いっしょ》に確認してみるといい。彼女《かのじょ》が場所を案内してくれる。

——グレゴロヴィッチ

キラは眉《まゆ》を上げた。どうしても人をばかにせずにはいられないみたいだけど、グレゴロヴィッチは本気で助けになろうとしてくれている。


あら、ありがとう。わたしのエイリアン閣下がこのシステムを乗っ取ったら、あなたがすぐに崩壊《ほうかい》させられないように取り計らってあげる。

——キラ

アハハ。まったく、そいつは今世紀に聞いたなかでいちばん笑える話だよ。おかしくて腹の皮がよじれそうだ……。さあ、お利口さんのサルみたいにトラブルを起こしにいくといい。それがきみの十八番のようだからな。

——グレゴロヴィッチ

キラはぐるっと目を回し、ウインドウを閉じた。そのあと——古いジャンプスーツを着て、少し時間を取って頭のなかを整理してから——ディスプレイカメラを起動し、〈ワルキューレ〉号で撮《と》ったのと同じように家族へのメッセージを録画した。ただし今回は、真実を隠《かく》そうとはしなかった。「わたしたちはアドラステイアでエイリアンの遺物を見つけたの」キラは言った。「本当のところ、見つけたのはわたし」そのあと何が起きたのか、〈酌量《しゃくりょう》すべき事情〉号への襲撃《しゅうげき》も含《ふく》めて、キラは家族に何もかも話した。ソフト・ブレイドの存在が世間に発覚したいまとなっては、いくらUMCや連盟が情報を機密扱《あつか》いにしたところで、家族に詳細《しょうさい》を隠《かく》す理由が見つからない。

それが終わると、アランの兄に宛《あ》てて同様のメッセージを録画した。録画を終えるころには、キラの目には涙《なみだ》があふれていた。涙《なみだ》が流れ落ちるのに任せて、そのあと手の甲《こう》で頬《ほほ》をぬぐった。

〈ウォールフィッシュ〉号のトランスミッターにアクセスし、二通のメッセージを61シグニからいちばん近いFTL中継器《ちゅうけいき》に届けるよう待ち行列に入れた。

連盟が〈ウォールフィッシュ〉号から発信されたあらゆる信号を傍受《ぼうじゅ》することは充分《じゅうぶん》考えられる。ジェリーが（61シグニにしたように）キラの故郷の通信システムを妨害《ぼうがい》して、家族のもとにメッセージが届かないという可能性も同じぐらいある。それでも、やるだけやってみるしかない。それに、自分の言葉を記録したものが存在するとわかっているだけでも、いくらか心が落ち着いた。連盟のコンピューターの回路と記録装置のどこかに保存されている限り、いつかは宛先《あてさき》の受取人のもとに届くかもしれない。

いずれにしても、自分にできるだけの責任は果たした。そう思うと気持ちが軽くなった。

そのあと数分かけて、キラはソフト・ブレイドが見せた最新の夢の内容を書きつけた。それから――楽しくなるはずがないと確信しているけれど、スパローのもとで過ごすことを諦《あきら》めて受け入れて――急いで船室から出ていき、調理室《ギャレー》へ向かった。

中央の梯子《はしご》を下りているとき、下腹部に鋭《するど》い痛みを感じた。驚《おどろ》いて息をのみ、その場で止まった。

おかしい。

少しのあいだそのままじっとしていたが、ほかには何も感じない。ゆうべの食事でお腹を壊《こわ》したのか、ちょっとした筋肉痛だろう。何も心配するようなことはない。

そのまま梯子《はしご》を下りていく。

ギャレーに着くと、お湯を沸《わ》かしてヴィシャルにメールした。〈スパローはコーヒーと紅茶のどっちが好き?――キラ〉和平の贈《おく》り物から始めておけば間違《まちが》いないだろうと思ったのだ。

ちょうどお湯が沸《わ》いたころに医師から返事があった。〈コーヒーだな、それも濃《こ》ければ濃《こ》いほどいい。――ヴィシャル〉

〈ありがとう。――キラ〉

キラはふたつのカップを用意した。ひとつはチェル、ひとつはエスプレッソ二杯《はい》分のコーヒー。医務室にマグカップを運んでいき、気密扉《とびら》をノックする。

「入ってもいい？」

「ドアはあいてるよ」スパローが答えた。

キラは飲み物をこぼさないよう気をつけながら、肩《かた》でドアを押《お》しあけた。

スパローは医務室のベッドに背中を起こして座っていた。爪《つめ》を完璧《かんぺき》に整えた両手を組んでお腹に乗せ、目の前にホロディスプレイを開いている。割と元気そうだ。肌《はだ》にはいくらか色が差し、目は鋭《するど》く冴《さ》えている。腰《こし》には包帯を何重にも巻かれ、ズボンの上に小さな四角い器具が留めてある。

「いつ来るかと思ってた」スパローは言った。

「いまはまずかった？」

「時間はいましかない」

キラはエスプレッソ二杯《はい》分のコーヒーの入ったマグカップを差し出した。「コーヒーが好きだってヴィシャルに聞いたから」

スパローはマグを受け取った。「ううーん。そのとおり。ただしコーヒーを飲むとオシッコしたくなって、いまはトイレに行くのはお尻《しり》の痛みで面倒《めんどう》だけどね。文字どおり」

「コーヒーよりチェルがいい？　チェルもあるけど」

「ううん」スパローはコーヒーから漂《ただよ》っている湯気を吸い込《こ》んだ。「ううん、こっちで文句なし。ありがとう」

キラは診察《しんさつ》用のスツールを引き寄せて腰《こし》かけた。「具合はどう？」

「思ったより悪くない」スパローは顔をゆがめた。「わき腹が痒《かゆ》くてたまらないけど、それはどうにもできないってドクが。おまけに食事をまともに消化できない。おかげで栄養補給は点滴《てんてき》ときた」

「超光速《ちょうこうそく》に入る前に手術できそうなの？」

スパローはコーヒーに口をつけた。「今夜、手術する予定」そしてキラを見る。「ところで、あのジェリーを止めてくれてありがとう。あんたに借りができた」

「あなただって同じことをしたでしょ」

小柄《こがら》でいかつい顔をしたこの女性は薄《うす》ら笑いを浮《う》かべた。「まあね。そのゼノがいなければ、歯が立たなかったかもしれないけど。あんたって、怒《おこ》らせるとおっかないやつだね」

誉《ほ》め言葉だが、キラは気まずくなった。「もっと早く駆《か》けつけられたらよかったんだけど」

「自分を責めることないって」スパローはあっけらかんとして笑った。「あたしたち、あのジェリーどもに目にもの見せてやったじゃないか」

「そうね……。ナイトメアのことは聞いた？」

「もちろん」スパローはディスプレイを示した。「ちょうど記事を読んでたとこ。ルスラーンの〈豆の木《ビーンスターク》〉があんなことになって、本当に残念だよ。まともな防衛ネットワークさえ構築されていれば、守れていたかもしれないのに」

キラはチェルをふーっと吹《ふ》いた。「UMCにいたんでしょう？」

「厳密にいえば、UMCM[7]ね。エウロパ部隊[8]、第十四師団。兵役七年。ウーラー、ベイビー」

「だからミルコムにアクセスできたのね」

「そういうこと。中尉《ちゅうい》の古いログインを利用したってわけ」スパローの口元に残忍《ざんにん》な笑みがよぎった。「あの中尉《ちゅうい》はどうせクソ野郎《やろう》だったし」そう言って、必要以上に荒《あら》っぽくスワイプしてディスプレイを閉じる。「ほんと、もっと頻繁《ひんぱん》にコードを変更《へんこう》するべきだよ」

「それで、いまはセキュリティを担当してる。そうでしょ？　重い物を持ち上げて降ろしてるだけじゃなく」

「うん、まあね」スパローはわき腹をぽりぽり掻《か》いた。「だいたいいつも退屈《たいくつ》してる。食べて、クソして、眠《ねむ》って、そのくり返し。たまにはもうちょっと面白いこともある。喧嘩《けんか》の仲裁に入って、取引するファルコーニを援護《えんご》して、港に入ってるときは積荷を見張って。そんな感じ。生活のためだよ。VRの戦車に乗って年を取るのを待つよりマシ」

キラにもわかった。宇宙生物学者としての道を進むと決めたとき、同じようなことを感じていたから。

「そしてときには」スパローの目のなかにまぶしい炎《ほのお》が燃えている。「昨日そうだったみたいに、最後にはナイフの鋭《するど》い切っ先を突《つ》きつけられていることもあって、自分が生身の人間だってことに気づく。違《ちが》う?」

「そうね」

スパローは真顔でキラをじっと見つめた。「喧嘩《けんか》の仲裁と言えば、あんたがボブにしたことの映像を観たけど」

また下腹部にちくっと刺《さ》すような小さな痛みがあった。が、キラはそれを無視した。

「ボブを知ってるの?」

「ここで会った。ヴィシャルが連れてきて傷を縫《ぬ》ってるあいだ、文句を言ったりうめいたりしてたよ……。で、貨物室でどんな問題が起きたわけ?」

「ファルコーニから聞いてるでしょう」

スパローは肩《かた》をすくめた。「それはそうだけど、あんたの口から話を聞きたい」

キラのカップに入ったチェルの表面には黒い油膜《ゆまく》が浮《う》かんでいる。そこに自分の顔がゆがんで映っているのが見えた。わたしは痛めつけられた。それをやめさせたかった。「短いバージョン？　わたしは攻撃《こうげき》した。というよりも、ソフト・ブレイドがわたしのために攻撃《こうげき》した……。時々、その違《ちが》いがわからなくなる」

「あんたは怒《おこ》ってたの？　ボブのばかな行動にイライラした？」

「……ええ。確かに」

「なるほどね」スパローはキラの顔を指さして、視線を合わせた。「その鼻、折れたときはありとあらゆる痛みをもたらしたでしょ」

キラは気後れして鼻に手を触《ふ》れた。「鼻を骨折したことがあるの？」

「三回ね。でもまっすぐに戻《もど》ったけど」

キラは言うべき言葉をなかなか見つけられずにいた。「ねえ……スパロー、気を悪くしないでほしいんだけど、あなたがこのゼノのことでどうすれば力になれるのか、わたしには本当にわからないの。ファルコーニに強く言われたからここに来たけど――」

スパローは首を傾《かし》げた。「軍が何をするか知ってる？」

「わたし――」

「いいから聞きなって。軍は志願してきた者を誰《だれ》でも受け入れる、基本的な要件を満たしていると想定してね。それはつまり、極端《きょくたん》な例のいっぽうの端《はし》には、握手《あくしゅ》したとたんにその相手の喉《のど》を掻《か》き切るような連中がいて。反対の端《はし》には、ハエも殺せないぐらい臆病《おくびょう》な連中がいるってこと。そして軍がするのは、その両者にいつ、どうやって暴力を用いるかを教えること。それと、命令に応じる方法を。

　訓練された海兵隊員は鼻を折られただけで相手を刺《さ》すようなことはしない。それは不当な力の行使だ。UMCでそんな愚《おろ》かな真似をしようもんなら、軍法会議にかけられるぐらいで済めば運がいい。自分やチームの仲間を殺されなければ。ブチ切れるのは責任逃《のが》れだ。安直な責任逃《のが》れ。切れるのはまずい。命が危険にさらされているようなときは。暴力は手段。それ以上でもそれ以下でもない。その使い方には慎重《しんちょう》を要する……外科医が入れるメスぐらい慎重《しんちょう》に調整しないと」

　キラは片方の眉《まゆ》を上げた。「戦士というより哲学者《てつがくしゃ》みたいなことを言うのね」

「なんだ、海兵隊員はみんなばかだと思ってる？」スパローはおかしそうに笑ったあと、また真剣《しんけん》になる。「立派な兵士は皆《みな》、哲学者《てつがくしゃ》であり、聖職者であり、教授でもある。生死にかかわる問題に対処しようと思えば、そうならざるを得ない」

「従軍中に戦闘《せんとう》に加わったことは？」

「あるよ」スパローはキラを見やった。「あんたはこの銀河が平和な場所だと思ってて、実際ほとんどの場所はそうだ。ジェリーさえいなければ、激しい交戦で怪我《けが》をしたり死んだりする確率は、これまでの歴史のなかでいまが最も低い。なのに、実際に戦っている人間は――戦って死んでいる人間の数は――かつてないほど多い。なぜかわかる？」

「人口が増えているから」キラは答えた。

「ビンゴ。確率は低くなっていても、総数は増えつづけてる」スパローは肩《かた》をすくめた。

「そんなわけで。あたしもいくつもの戦いに参加したよ」

キラはひと口めのチェルを飲んだ。温かく濃厚《のうこう》で、シナモンみたいなスパイスの効いた後味が残る。またお腹が痛くなり、無意識のうちにさすった。「わかった。でもこのスーツをコントロールするのに、あなたがどう助けてくれるのかは、やっぱりわからない」

「それはできないかもしれない。だけど、あんたが自分自身をコントロールするのを助けることはできるかもしれないし、それは次善の策だ」

「でも時間があまりない」

スパローは自分の胸を叩《たた》いた。「あたしには時間がない。けど、あたしたちみんながクライオに入ってるあいだ、あんたには腐《くさ》るほど時間があるじゃない」

「ほとんど眠《ねむ》って過ごすことになるけど」

「ほとんど、だけどずっとじゃない」スパローはニッと笑ってみせた。「あんたにとってはまたとない機会だよ、ナヴァレス。訓練できる。自分を高められる。それこそが、あたしたちみんなの望みじゃない？　なれる自分のなかで最高の自分になることが」

キラは疑うような顔でスパローを見る。「なんだか新兵募《ぼ》集《しゅう》のスローガンみたい」

「まあ、そうかもね。だったら何さ」スパローは診察台《しんさつだい》のへりから慎重《しんちょう》に脚《あし》をおろし、床《ゆか》に足をつけた。

「手を貸そうか？」

スパローは顔をしかめながら首を振《ふ》り、姿勢を正した。「大丈夫《だいじょうぶ》。ありがと」そしてベッドの横の松葉杖《まつばづえ》をつかむ。「で、入隊する気になった？」

「選択《せんたく》の余地はほとんどなさそうだけど――」

「あるに決まってる」

「でも、そうね、試してみようと思う」

「すばらしい。その返事が聞きたかったんだ！」スパローは松葉杖《まつばづえ》を突《つ》いて前に進み、医務室から出ていく。「行くよ！」

キラは首を振《ふ》り、カップを置いてあとを追った。

中央シャフトに着くと、スパローは片手に松葉杖《まつばづえ》を引っかけて、慎重《しんちょう》な動作で梯子《はしご》を下りはじめた。明らかな苦痛に顔をしかめている。「痛み止めがあって助かった」

ふたりはシャフトをずっと下りていき、最下階に到着《とうちゃく》した。そこからスパローはキラを左舷《さげん》の貨物室に連れて行った。

キラはここにはあまり来たことがなかった。右舷《うげん》の貨物室と鏡映しのレイアウトになっていて、最大の違《ちが》いは床《ゆか》に固定された補給品や装備がないことだ。通路のあいだの一画を海兵隊員たちが占有《せんゆう》している。彼《かれ》らはそこにパワードスーツに加えてクライオ・チューブや寝袋《ねぶくろ》、ハードケースに収められた神《トゥール》のみぞ知るさまざまな武器を配置していた。

そのときホーズはふたつの棚《たな》のあいだに渡《わた》したバーで懸垂《けんすい》していて、ほかの三人の海兵隊員は何も置かれていないデッキの一画で投げ技と相手の武器を取り上げる訓練をしていた。キラとスパローに気づくと、彼《かれ》らは中断して姿勢を正した。

「やあ、やあ」ひとりが声をかけてきた。太く濃《こ》い眉《まゆ》の持ち主で、筋肉の盛り上がったむき出しの腕《うで》には、どこのものかわからない言語の青い筆記体のタトゥーが上から下まで入っている。まるで水の上の長い波みたいに、彼《かれ》が動くのに合わせてタトゥーも動いた。彼《かれ》はスパローを指さした。「あなたはジェリーに穴をあけられたんですよね?」

「そう、そのとおり」

次に彼《かれ》はキラを指さした。「で、あなたはすぐさまジェリーに穴をあけた?」

キラはうなずいた。「ええ」

相手がどういう反応を見せるのか、その場では判断できなかった。すると彼《かれ》は満面の笑みを浮《う》かべた。ナノ細線を埋《う》め込《こ》まれた歯が輝《かがや》いている。「お見事。最高だ！」彼《かれ》はふたりに向かって大げさに親指を立ててみせた。

別のひとりが近づいてくる。彼《かれ》はもっと背が低く、ファジョンに引けを取らないぐらい肩《かた》と頭が大きい。彼《かれ》はキラを見て言った。「てことは、きみのおかげで俺《おれ》たちはこのイカれた旅に出ることになったんだな」

キラは顎《あご》を上げた。「そのようね」

「なあ、文句を言ってるわけじゃないんだ。これでジェリーを攻撃《こうげき》できるんだったら、大賛成だ。きみはあのアカウェを納得させたんだから、不満はないよ」彼《かれ》は動物の前足みたいな手を差し出した。「ニシュー伍長《ごちょう》だ」

キラは握手《あくしゅ》を交わした。岩をも握《にぎ》りつぶせそうなほど力が強い。「キラ・ナヴァレス」

伍長《ごちょう》は顎《あご》をしゃくって、タトゥーの海兵隊員を示した。「この見苦しいでくのぼうはタトゥポア兵卒。あっちにいるのはサンチェスで――」ニシューは悲しそうな目をした細面の海兵隊員を指さした。「――中尉《ちゅうい》には当然もう会ったよな」

「会ったわ」キラはタトゥポアとサンチェスとも握手《あくしゅ》を交わし、挨拶《あいさつ》した。「どうぞよろしく。乗船してくれて嬉《うれ》しいわ」本当に嬉《うれ》しいかはさておき、そう言っておくのが礼儀《れいぎ》だろう。

サンチェスが尋《たず》ねる。「マーム、この惑星系《わくせい》に着いたら何が待っていると思う?」

「〈蒼《あお》き杖《つえ》〉だといいんだけど」キラは答えた。「悪いけどそれ以上言えることは何もない。自分でもそれしかわからないの」

そこへホーズがやって来た。「さあ、おまえたち、そのへんにしとけ。女性たちを解放するんだ。暇《ひま》じゃないんだろうからな」

ニシューとタトゥポアは敬礼し、ふたたび組討ちを始めた。それを横からサンチェスが見ている。

スパローは通り過ぎようとして、ふと足を止めてタトゥポアを見た。「ところで、やり方が間違《まちが》ってるよ」

タトゥポアは目を丸くした。「マーム、なんだって?」

「彼《かれ》を投げようとしたときのこと」スパローは伍長《ごちょう》を示す。

「自分たちのやろうとしていることはわかってる。悪く思わないでほしいが」

「彼女《かのじょ》のアドバイスを聞いたほうがいいわよ」キラは言った。「彼女《かのじょ》もUMCMにいたんだから」

隣《となり》でスパローが身をこわばらせ、キラは失敗したことにハッと気づいた。

ホーズが進み出る。「そうなのか、マーム？　どの部隊に？」

「関係ない」とスパローは答えて、タトゥーの海兵隊員に声をかける。「もっと前の足に体重を乗せないと。前に踏《ふ》み出すと見せかけて、軸《じく》がぶれないように回転するんだ。すぐに違《ちが》いを実感するはずだよ」

それからスパローはまた歩き出し、あとに残された四人の海兵隊員は困惑《こんわく》と憶測《おくそく》の入り混じった顔で見送っていた。

「余計なことを言ってごめん」海兵隊員の姿が見えなくなると、キラは謝った。

スパローはうなった。「言ったでしょ、関係ない」スチールラックの脇《わき》に松葉杖《まつばづえ》の先が引っかかり、スパローはぐいと引いた。「こっちだ」

食料の枠箱《わくばこ》と備品のパレットを越《こ》えると、貨物室の奥《おく》に埋《う》もれるようにして、三つのものが見えた。トレッドミル（無重力下で使えるようにしてある）と、キラが〈フィダンザ〉号で使っていたのと同じようなエクササイズマシン（ケーブルやら滑車《かっしゃ》やら角度のついた握《にぎ》りやらがごちゃごちゃついたもの）、それに驚《おどろ》いたことに、さまざまなウエイトがひと揃《そろ》い（ダンベルにバーベル、山積みになって固定されたウエイトディスク――赤、緑、青、黄色の巨大《きょだい》なポーカーチップ）。一キロ一キロが推力として働くとき、一キロの重さは貴重なものになる。まさか〈ウォールフィッシュ〉号にこんなジムがあるなんて。ささやかな贅沢《ぜいたく》だ。

「あなたの?」キラはウエイトを示しながら尋《たず》ねた。

「うん。それにファジョンのものでもある。1Gで彼女《かのじょ》の健康を保つのは大変なんだ」ふーっと息を吐《は》き、スパローはベンチに腰《こし》かけて左脚《ひだりあし》を前に伸《の》ばした。そして包帯の上からわき腹を手で押《お》さえる。「怪我《けが》をすると何が最悪かわかる?」

「ワークアウトできないこと?」

「ビンゴ」スパローは自らの肉体を身振《みぶ》りで示す。「何もしないでこういう身体になるわけじゃないんだから」

ほかに座るところがどこにもなかったので、キラはベンチの横にしゃがんだ。「ほんとに? あの人たちみたいに遺伝子操作したんじゃないの?」後ろの海兵隊員たちを身振《みぶ》りで示す。「UMCで受けられる性能強化のおかげで、何もせず好きなだけ食べても体型を維持《いじ》できるって、何かの記事で読んだけど」

「そう簡単にはいかないよ。ガス中毒になりたくなければ、有酸素運動はしなきゃならないし。最大限まで筋力をつけたければ、やっぱりがんばって鍛《きた》えるしかない。遺伝子操作に効果はあっても、魔法《まほう》なんかとはぜんぜん違《ちが》うから。あの類人猿《るいじんえん》たちについて言えば……UMCの遺伝子操作には段階があって。みんながみんな同じように変異するわけじゃない。あのゲストたちはR7と呼ばれるレベル。ひととおり強化されてるってこと。だけど、長期的にその状態でいられるわけじゃないから、フルセット強化を受けるのは志願者だけ。UMCはその状態を最長でも十五年しか維持《いじ》させない」

「へえ。知らなかった」キラはウエイトを振《ふ》り返る。「で、ここに来た理由は？　これからどうするの？」

スパローは刃《は》のような顎《あご》の横を掻《か》いた。「まだわからない？　あんたはこれからウエイトを持ち上げる」

「え、わたしがどうするって？」

このショートヘアの女性はクックックッと笑っている。「いい、ナヴァレス。あたしはあんたのことをそんなによく知らない。でも、あんたがそのゼノでやらかすときは、決まってストレスを受けてるときらしいってことは確かに知ってる。恐《おそ》れ。怒《いか》り。いらだち。そういうストレスを。違《ちが》う？」

「違《ちが》わない」

「だよね。というわけで、ゲームの名前は、苦痛の種。慎重《しんちょう》に調整したストレスを与《あた》えて、それがあんたとソフト・ブレイドにどんな影響《えいきょう》を及《およ》ぼすか確かめる。わかった？」

「……わかった」キラは警戒《けいかい》しながら答えた。

スパローはエクササイズマシンを指さした。「まずは簡単そうなところから始めよう、あんたに期待できるのはそれぐらいだからね」

キラは反論したかった……けれど、スパローの言っていることには一理ある。だからプライドをぐっとのみ込《こ》んで座った。スパローはひとつずつ指示を出し、次々とウエイトを持ち上げさせ、キラの強さとソフト・ブレイドの強さを試していく。最初はマシンで、次はフリーウエイトで。

キラが思うに、その結果は立派なものだった。ソフト・ブレイドの助けを借りて、キラは重いパワードスーツ並みのウエイトでも動かすことができた。身体があまり大きくないことが最大の制限要因だった。ウエイトがほんの少し揺《ゆ》れただけでも、バランスを崩《くず》しそうになってしまう。

スパローはあまり満足そうではなかった。キラが桁外《けたはず》れな枚数のプレートをつけたバーベルを担ぐのに苦戦していると、チッと舌打ちして言う。「ひどいもんだね、ほんとに何もわかってない」キラはうなり声をあげながら膝《ひざ》を伸《の》ばし、ウエイトラックにバーベルをドシンと落として、スパローをにらみつけた。

「まずい姿勢からそのスーツがあんたを守ってくれてる」

「じゃあ何がいけないのか教えてよ」

「悪いね、お嬢《じょう》ちゃん。今日はそういうことが目的じゃないんだ。さらに二十キロ増やしたら、スーツを地面に踏《ふ》ん張らせてみて。三脚《きゃく》みたいに」

キラはやってみた。せいいっぱいがんばっていても、重さに膝《ひざ》が耐《た》え切れず、落としたら死んでもおかしくないほど重いバーベルのバランスを取ろうとすることと、ソフト・ブレイドのことと、その両方に意識を割くことができなかった。脚《あし》の周りを硬《かた》くすることはできた――それだけはできた――が、同時に支えになりそうなものを引き出すことはキラの力量を超《こ》えていて、ゼノも自発的にそれ以上の助けを与《あた》えてくれるつもりはなさそうだった。

それどころか、むしろその逆だ。重圧に反応して、ジャンプスーツの下でスーツが動いてスパイクを形成しているのを感じた。キラは身体を動かさないようにしようとした（重圧がかかっているので、スーツも）けれど、完全にうまくはいかなかった。

「やっぱりね」キラがバーベルをラックに降ろしていると、スパローが言った。「思ったとおりだ。オーケー、こっちに来て、マットの上」

言われたとおりにキラが位置についたとたん、スパローが何か小さくて硬《かた》い物を投げつけてきた。キラはとっさによけて、それと同時にソフト・ブレイドが一対の巻きひげを鞭《むち》のように振《ふ》り動かし、謎《なぞ》の物体をピシャリと打って払《はら》いのけた。

スパローはベンチにさっと身を伏《ふ》せて、小型のブラスター銃《じゅう》を両手で構えている。その顔からは感情というものが一切消えていて、命がけで戦おうとしている人間の覚悟《かくご》を決めた無情な目つきになっていた。

その瞬間《しゅんかん》、スパローは虚勢《きょせい》を張っているだけで――それは見せかけの態度で――、生きている手榴弾《しゅりゅうだん》を相手にしているぐらい警戒《けいかい》しながらキラと向き合っているのだと気づいた。

痛みのせいで目の周りの皮膚《ひふ》にしわを寄せながら、スパローは身体を起こした。「さっきも言ったように、あんたには訓練が必要だ。規律が」そう言って、ズボンのポケットにブラスター銃《じゅう》をしまう。

スパローが投げてきた物は隔壁《かくへき》のそばに落ちていた。白いセラピーボールだ。

「ごめん。つい――」

「いいから、ナヴァレス。何が問題かはわかってる。だからあんたはここにいるの。あたしたちはその問題をどうにかしようとしてるんだから」

キラは片手で頭を撫《な》でつけた。「自己防衛本能はどうにもならないでしょう」

「いいや、どうにかできる！」スパローは鋭《するど》く言い返した。「そこが人間と動物の違《ちが》いだよ。志願して背中に重い荷物を背負いながら三十キロメートルの道のりを行軍することを人間は選択できる。明日の自分自身に感謝されるはずだとわかっているから、あらゆる厄《やっ》介《かい》ごとに耐《た》えることを人間は選択できる。あんたが脳と呼んでるそのぐちゃぐちゃのものにどんな頭の体操を取り入れることになってもかまわないけど、驚《おどろ》いたときに過剰《かじょう》に反応せずにいられる方法は間違《まちが》いなくある。マジな話、飛来する大量のミサイルを地点防空システムが検知してるときに、外で朝のコーヒーを飲んでる海兵隊員たちがいたけど、あんなにも冷静で落ち着いた野郎《やろう》どもは見たことがなかった。ポーカーをやりながら、いくつのミサイルが着弾《ちゃくだん》するか賭《か》けたりして。彼《かれ》らにそんなことができるんだから、あんたにだってできるに決まってる。たとえエイリアンの寄生物がくっついていようと」

キラはちょっときまり悪さを覚えながらうなずき、ひとつ息を吸うと、協調して努力することでソフト・ブレイドの表面に残っていた最後の出っ張りをなめらかに伸《の》ばした。

「あなたの言うとおりね」

スパローは頭をぐいとそらしてみせた。「あたしの言うとおりっていうのは、そのとおり」

興味本位でキラは尋《たず》ねた。「ヴィシャルからどんな薬を投与《とうよ》されたの？」

「薬が足りないってことだけは確かだね……。さ、違《ちが》うことを試してみようか」

スパローはキラをトレッドミルに乗らせて、全力疾走《しっそう》させたかと思えば、ソフト・ブレイドに特定のことをさせる（おもにはスパローの指示に従って変形させること）ということを交互《こうご》にくり返した。息を切らして心臓をバクバクさせながらだと、キラは集中できなかった。どうにも注意散漫《さんまん》になって仕方なく、ソフト・ブレイドに言うことを聞かせることができなくなった。そのうえ、ゼノはキラの望みを勝手に解釈《かいしゃく》しようとすることがあり――勇み足の助手みたいに――、その結果たいていはキラが意図したよりも飛び出しすぎてしまった。けれど幸い、飛び出したのが刃《は》やスパイクだったことはなく、これまでのところスパローを危険にさらしてもいなかった（とはいえ、狭《せま》いスペースが許す限り、スパローは距離《きょり》を取ったままでいたけれど）。

一時間以上かけて、この元海兵隊員はキラを徹底《てってい》的に調べ、ヴィシャルやカーがしたように入念に検査した。検査だけではなく、トレーニングも。キラにソフト・ブレイドの限界と、キラとエイリアンの生物体との相互《そうご》作用の限界を探らせ、これらの限界が見つかると、その幅《はば》が広がるまで負荷をかけさせた。

そのあいだずっと、キラは腹部に例の奇妙《きみょう》な痛みを感じていた。だんだん心配になってきていた。

スパローにやらされることで、キラがいやだと思うことがひとつあった。ナイフの先端《せんたん》で自分の腕《うで》を突《つ》き、そのたびにソフト・ブレイドが身を守ろうとして硬《かた》くなるのを防ぐというものだ。

「このさき手に入れられるもののために少しのつらさに耐《た》えられないようなら、あんたは居るだけ無駄《むだ》な存在ってことになる」というのがスパローの言い分だ。

それでキラは自分の腕《うで》を刺《さ》しながら、そのあいだじゅう唇《くちびる》を噛《か》んでいた。楽なことではなかった。

キラが心のなかで抑《おさ》え込《こ》もうとしても、ソフト・ブレイドはそれを逃《のが》れようとして、突《つ》き立てられる刃《は》を止めるか逸《そ》らすかしようとした。「やめなさい」キラはげんなりして、ついにはそうつぶやいた。もう一度くり返し、腕《うで》だけではなくソフト・ブレイドにもナイフを突《つ》き立てるようにして、自分が味わっている苦痛をソフト・ブレイドにも味わわせてやれればいいのにと願った。

「ちょっと！　気をつけな！」スパローが声をあげた。

見ると、キラの腕《うで》からぎざぎざの棘《とげ》が五十センチほど飛び出ている。「あっ！　しまった！」キラは叫《さけ》び、大急ぎで棘《とげ》を引っ込《こ》めた。

スパローは厳しい顔でベンチをさらに数センチ後ろに引いた。「だめだね、ナヴァレス。やり直し」

キラはやり直した。痛かった。苦しかった。それでも諦《あきら》めなかった。

2

　スパローが一連の訓練を休止させたころには、キラは身体に痛みを感じ、汗《あせ》びっしょりで、空腹だった。それに疲《つか》れているのは身体だけではなく、精神もだ。これほど長いあいだゼノと格闘《かくとう》するのは、簡単なことじゃない。しかもあまりうまくいかなかったせいで、認めるのもいやなぐらい落ち込《こ》んでいた。

「まだ始まりに過ぎないからね」スパローは言った。

「ここまで厳しくすることないのに」キラは顔の汗《あせ》を拭《ふ》いている。「あなたが怪我《けが》をしてもおかしくなかった」

「もう実際に怪我《けが》をした人間がいるんだ」スパローは辛辣《しんらつ》な口調で言う。「あたしはそんなことが二度と起きないようにしようとしてるだけ。これぐらいやって、ちょうどいいと思うけどね」

　キラはスパローをにらんだ。「海兵隊の部隊で、あなたはさぞかし人気があったでしょう」

「どんなだったか教えてあげようか。ある訓練中のことだけど、スチュワートの世界出身のまぬけ野郎《やろう》がいてね。名前はバーク【訳注：〝バーク〟には〝ばか者〟の意味がある】。あたしたちは地球での任務に就いてた――地球に行ったことは？」

「ない」

スパローはちょっと肩《かた》をすくめた。「いかれた場所だよ。美しいけど、行く先々で殺そうとしてくる生物がいるんだ。アイドーロンみたいに。とにかく、あたしたちは執銃《しつじゅう》教練をしてるところだった。つまりインプラントやオーバーレイに頼《たよ》らないってこと。バークは苦戦してて、やっと調子が出てきて標的を撃《う》ちはじめた。すると、バン、弾《たま》が詰《つ》まった。バークは弾詰《たまづ》まりを解消しようとしたけど、どうしてもうまくいかなかった。ここで問題なのは、バークが沸騰《ふっとう》したやかん並みにカッとなりやすかったってこと。彼《かれ》は悪態をついたり地面を蹴《け》ったりして、すっかり興奮しちゃってて、持っていた銃《じゅう》を地面に投げつけた」

「わたしでもそんなのまずいってわかるのに」

「まさにね。射撃場《しゃげきじょう》の管理人と新兵訓練係の三人の軍曹《ぐんそう》が、黙示録《もくしろく》の四騎士《きし》みたいにバークに詰《つ》め寄った。四人は新しいお説教をして、バークにライフルを拾わせて駐留地《ちゅうりゅうち》を行進させた。さて、診療所《しんりょうじょ》の裏手にはスズメバチの巣があった。スズメバチに刺《さ》されたことはある？」

キラは首を振《ふ》った。ウェイランドでハチはいろいろ見てきたけれど、スズメバチはいなかった。植民惑星《わくせい》の地球化会議で承認を得ていなかったのだ。

スパローが唇《くちびる》をかすかにゆがめ、笑みを浮《う》かべる。「スズメバチは憤怒《ふんぬ》と憎悪《ぞうお》の小さな弾丸《だんがん》だ。それに刺《さ》されるととんでもなく痛い。バークはそのスズメバチの巣の下に立ち、ライフルで巣を突《つ》くよう命じられた。で、スズメバチが全力で刺《さ》し殺そうと襲《おそ》いかかってくるなか、バークは銃《じゅう》の弾詰《たまづ》まりを解消させて、分解し、綺麗《きれい》にクリーニングして、元どおり組み立てなきゃならなかった。そのあいだずっと、頭のてっぺんから爪先《つまさき》までパワードスーツで覆《おお》われた軍曹《ぐんそう》のひとりがそばに立ち、バークに向かってわめきつづけてた。〝貴様はいま怒《おこ》ってるか？〟ってね」

「それってずいぶん……やり過ぎに思えるけど」

「銃弾《じゅうだん》が飛び交いはじめたときに冷静でいられなくなる海兵隊員になるより、訓練中に少しばかり苦痛を味わうほうがマシだ」

「効果はあったの？」キラは訊《き》いた。

スパローは立ち上がった。「もちろん。最終的にバークは誰《だれ》よりも優秀《ゆうしゅう》な――」

足音がして、棚《たな》の角からタトゥポアが四角い顔をのぞかせた。「何か困ったことは？こっちからいろんな音が聞こえてくるから、心配になって」

「大丈夫《だいじょうぶ》、ありがとう」スパローが答えた。

キラは額に残った汗《あせ》を押《お》さえ、立ち上がる。「運動してるだけよ」お腹がまた締《し》めつけられ、顔をしかめた。

海兵隊員はいぶかしむようにキラを見た。「それならいいが、マーム」

3

キラとスパローは無言で船の中央シャフトに引き返した。着くと、スパローは松葉杖《まつばづえ》に寄りかかって少し休んだ。「明日も同じ時間に」

キラは口をあけたが、思い直してぎゅっと閉じた。船はじきに超光速《ちょうこうそく》飛行を始めることになる。どれほど大変でも、もう一回ならスパローの訓練に耐《た》えられるはずだ。

「わかった。でも、もうちょっと安全なやり方で」

スパローは胸ポケットから板ガムを一枚取り出し、包みをあけて口に放り込《こ》んだ。「だめ。条件は同じ。あんたが刺《さ》したら、あたしは撃《う》つ。シンプルでいい取り決めだと思わない？」

それはそうだが、キラは認めるつもりはなかった。「こんなに長いあいだ、どうやって殺されずに生き延びてきたわけ？」

スパローはおかしそうに笑った。「安全策なんてものはない。あるのは危険性の程度だけだ」

「それじゃ答えになってない」

「じゃあこう考えればいい。あたしは何よりも危険に対処する訓練を積んできた」

スパローの言い分には、言外の意味が含《ふく》まれていた。〝だって、そうするしかなかったから〟という意味が。

「……あなたはスリルが好きなだけだと思うけど」またもやキラの腹部に刺《さ》すような痛みが走る。

スパローはまた笑った。「かもね」

医務室に着くと、外でファジョンが待ち構えていた。キラには何かわからない小型機器を片手に持っている。「アイシ」スパローがよろよろと近づいてくると、マシン・ボスは言った。「そんなふうに歩き回っちゃだめ。身体に障る」ファジョンはあいているほうの手でスパローの肩《かた》を抱《だ》き、医務室のなかへ連れていく。

「大丈夫《だいじょうぶ》」スパローは弱々しく言い返したけれど、装っているよりも疲《つか》れているのは明らかだ。

医務室に入ると、ヴィシャルがファジョンを手伝ってスパローを診察台《しんさつだい》に乗せ、スパローはあおむけに横たわり、しばし目を閉じていた。

「これ」ファジョンがシンクの横の短いカウンターに機器を置く。「必要だと思って」

「なんなの？」スパローが薄目《うすめ》をあけた。

「加湿器《かしつき》。ここは空気が乾燥《かんそう》しすぎてる」

ヴィシャルは疑うように機器をじろじろ見ている。「ここの空気は別に――」

「乾燥《かんそう》しすぎてる」ファジョンは譲《ゆず》らない。「乾燥《かんそう》はスパローの身体によくない。病気になる。湿度《しつど》はもっと高くないといけない」

スパローはかすかにほほ笑んだ。「ドク、この議論には勝てっこないよ」

一瞬《いっしゅん》ヴィシャルは反論しそうな様子を見せたけれど、両手を上げて引き下がった。「お望みどおりに、ミズ・ソン。私はここで働いているわけでもないし」

キラは医師のもとに近づいていき、小声で話しかけた。「少し相談したいことがあるんだけど、いい？」

ヴィシャルは頭をうなずかせた。「きみのためなら、ミズ・ナヴァレス、もちろん。何か問題が？」

キラはほかのふたりの女性をちらりと見たが、彼女《かのじょ》たちはおしゃべりに夢中のようだ。

キラはさらに声を落として言った。「お腹が痛いの。食べ物のせいなのか、それとも……」

最悪の可能性を口にしたくなくて、声が小さくなっていく。

ヴィシャルの表情が険しくなった。「朝食には何を食べた？」

「まだ食べてないけど」

「なるほど。大変結構。こちらに立って、ミズ・ナヴァレス、何が問題か調べてみよう」

キラは医務室の隅《すみ》に立ち、医師が聴診器《ちょうしんき》で胸の音を聞き、両手でお腹を押《お》すあいだ、スパローとファジョンに見られていることに少し恥《は》ずかしさを感じていた。「ここは痛むかね？」胸郭《きょうかく》のすぐ下に触《ふ》れながら、ヴィシャルは尋《たず》ねる。

「いいえ」

医師の手が数センチ下がる。「ここは？」

キラは首を振《ふ》る。

さらに下へ。「ここは？」

キラは鋭《するど》く息を吸い、それだけで充分《じゅうぶん》答えになった。「ええ」痛みで声がひきつった。

ヴィシャルは眉間《みけん》にしわを寄せた。「ちょっと待って、ミズ・ナヴァレス」そう言って、近くの引き出しをあけてごそごそやっている。

「どうぞキラと呼んで」

「ああ、そうか。いいとも。ミズ・キラ」

「そうじゃなくて……まあ、いいわ」

部屋の向こうでスパローがガムをパチンといわせた。「ヴィシャルを打ち解けさせるのは無理だよ。チタンの棒ぐらいお堅《かた》いんだから」

ヴィシャルはキラにはわからない言語で何やらブツブツつぶやき、やがて奇妙《きみょう》な見た目の装置を手にしてキラを振《ふ》り返った。「床《ゆか》の上に横になって、ジャンプスーツを脱《ぬ》いで。全部じゃなくていい。半分までで充分《じゅうぶん》だ」

背中に当たる床《ゆか》はざらざらしていた。ヴィシャルが下腹部に冷たくてべたべたするものを塗《ぬ》るあいだ、キラはじっと動かずにいた。それから超音波《ちょうおんぱ》検査が始まった。

医師は唇《くちびる》の内側を嚙《か》みながら、オーバーレイに表示される超音波診断《ちょうおんぱしんだん》のデータを見つめている。

検査が終わると、なんらかの診断《しんだん》結果が出るものと思っていたのに、ヴィシャルは人差し指を立てて言った。「ミズ・キラ、血液検査をする必要がある。腕《うで》からソフト・ブレイドをどかして頂けるかな？」

よくない傾向《けいこう》だ。今度もキラは医師の指示に従い、お腹のなかに湧《わ》き上がってきた不安を無視しようとした。あるいは、それも身体の不調によるお腹の痛みに過ぎないのかもしれない。

むき出しの皮膚《ひふ》に針が刺《さ》さり、チクッと鋭《するど》い痛みがあった。そのあと医務室のコンピューターによる診断《しんだん》結果が出るまで、数分間の静寂《せいじゃく》があった。

「ふむ、結果が出たぞ」ヴィシャルは目を左右にすばやく動かしながら、オーバーレイの結果を読みはじめた。

スパローが問いかける。「ドク、結局なんだったの?」

「ミズ・キラがきみに話すというのなら、それは彼女《かのじょ》が決めることだ。しかし、いま彼女《かのじょ》は私の患者《かんじゃ》で、私は彼女《かのじょ》の医師なのだから、私には情報の守秘義務がある」ヴィシャルは身振《みぶ》りでドアを示し、キラに言う。「お先にどうぞ」

「はい、はい」スパローはそう言ったものの、その目に浮《う》かぶ好奇心《こうきしん》を隠《かく》そうともしなかった。

通路に出てヴィシャルがドアを閉めると、キラは尋《たず》ねた。「どれぐらい悪いの?」

「少しも悪いところはないよ、ミズ・キラ。月経が来たようだね。きみが感じているのは子宮の収縮で、ごく普通《ふつう》のことだ」

「わたしが……」一瞬《いっしゅん》、キラは呆然《ぼうぜん》とした。「ありえない。思春期に入ってすぐに生理を止めたんだから」生理を再開させたのは、人生であれほど無分別だったことはない、彼と過ごした学生時代の半年間だけだ……嬉《うれ》しくない記憶《きおく》がわっと押《お》し寄せてくる。

ヴィシャルは両手を広げた。「きみの言うとおりなのだろう、ミズ・キラ、だが結果は明白だ。間違《まちが》いなく月経が来ている」

「そんなのおかしい」

「そうだな、おかしい」

キラはこめかみを指で押《お》さえた。目の奥《おく》に鈍《にぶ》い痛みを感じはじめている。「きっと、このゼノはわたしが怪我《けが》をしたと思い込《こ》んで、それで……治療《ちりょう》したのね」キラは通路を行ったり来たりしていたが、そのうちに足を止めて腰《こし》に手を当てた。「なんなのよ。じゃあ、これからは生理とつき合っていかなきゃいけないわけ？　なんとか止めることはできないの？」

ヴィシャルは躊躇《ちゅうちょ》し、お手上げだというしぐさを見せた。「スーツがきみを治すというのであれば、私が何をしても止められない、卵巣を取ることでもしない限りは――」

「それもソフト・ブレイドが許すはずがない。そうよね」

医師はオーバーレイに目をやった。「ホルモン療法《りょうほう》を試すことはできるが、警告しておくと、望ましくない副作用がもたらされる可能性がある。それに効果も保証できない、吸収と代謝をゼノが妨《さまた》げるかもしれないからね」

「もういい……もういいわ」キラはまた通路をうろうろしはじめた。「わかった。それはやめておきましょう。もしひどくなるようだったら、ピルを試してみてもいいし」

ヴィシャルはうなずいた。「きみのしたいように」そして下唇《したくちびる》に線を引くように長い指を横に動かすと、つけ加えた。「そうだ、ひとつだけ覚えておいてほしい、ミズ・ナヴァレス、こんなことを言うのはなんとも申し訳ないのだが。事実上、いまとなってはきみが妊娠《にんしん》できない理由は何もない。だが、主治医として言っておかねばならないが――」

「わたしは妊娠《にんしん》なんてしない」思ったよりきつい口調になっていた。キラは笑ったが、少しも面白そうな声ではなかった。「それに、たとえわたしが望んだとしても、ソフト・ブレイドがそれを許すとは思えない」

「まさしく、ミズ・キラ。きみの無事も、胎児《たいじ》の無事も保証できない」

「わかったわ。気遣《きづか》ってくれて感謝してる」キラは床《ゆか》に踵《かかと》を引きずって歩きながら考えた。「この件について、〈ダルムシュタット〉号の誰《だれ》にも報告する必要はないんでしょう？」

ヴィシャルは空中で手をひねってみせた。「向こうは報告を望むだろうが、私は患者《かんじゃ》の秘密を漏《も》らすつもりはないよ」

「ありがとう」

「当然のことだ、ミズ・キラ……。いまその鼻を治そうか？　いまじゃなければ、明日まで待ってもらうことになるが。このあとはスパローの手術で忙《いそが》しくなるから」

「彼女《かのじょ》に聞いた。明日お願い」

「じゃあ、そうしよう」ヴィシャルは通路にキラをひとり残して、医務室に戻《もど》っていった。

4

妊娠《にんしん》。

キラはお腹がぎゅっとなるのを感じたが、それは生理痛のせいではなかった。大学で経験したことのせいで、キラは決して子供は持たないと誓《ちか》っていた。アランと出会うまで考え直すことはなかったし、考え直したのもアランのことが大好きだったからというだけだ。けれどいまは、妊娠《にんしん》のことを考えると嫌悪感《けんおかん》でいっぱいになった。もし妊娠《にんしん》したら、このゼノはどんな雑種の怪物《かいぶつ》を生み出すというのだろう?

キラは手を伸《の》ばし、髪《かみ》の毛をいじろうとした。が、指は頭皮をこすった。そうよ。うっかり妊娠《にんしん》するなんてことは起こりそうにもない。誰《だれ》かと寝《ね》るのを避《さ》ければいいだけ。大して難しいことじゃない。

キラはしばし、仕組みとしての詳細《しょうさい》に思いを巡《めぐ》らせた。そもそもセックスはできるのだろうか？　脚《あし》のあいだからソフト・ブレイドを引っ込《こ》めておければ、それなら……うまくいくかもしれないけど、お相手は勇敢《ゆうかん》じゃなければ——とても勇敢《ゆうかん》じゃなければ——無理だろうし、スーツを制御《せいぎょ》しきれなくなって、もし閉じてしまったら……イタッ。

キラは自分の身体を見下ろした。少なくとも出血については心配しなくていい。いつもながらソフト・ブレイドは、キラの身体の排泄物《はいせつぶつ》を再生処理するのはお手のものだった。

医務室のドアが開き、ファジョンが廊下《ろうか》に出てきた。

「ちょっといい？　助けてほしいんだけど」キラは声をかけた。

マシン・ボスはキラをじっと見た。「は？」ほかの人がこんな言い方をしたら失礼に聞こえるだろうけど、ファジョンの場合、簡潔にものを言っているだけなのだとキラは思った。

キラは必要なものと欲しいものを説明した。両者は同じではない。

「こっち」ファジョンは船の中心部へ向かってのしのし歩き出す。

船の中央にある梯子《はしご》を下りはじめると、キラは好奇心《こうきしん》をそそられながらマシン・ボスを見た。「差し支えなければ教えてほしいんだけど、どういういきさつで〈ウォールフィッシュ〉号に乗ることになったの？」

「ファルコーニ船長がマシン・ボスを探してた。あたしは仕事を探してた。それでいまここで働いてる」

「シン・ザーに家族は？」

ファジョンがうなずき、頭頂部が動くのが見えた。「兄弟も姉妹もたくさん。いとこもたくさん。できるときは仕送りしてる」

「どうして故郷を離《はな》れたの？」

「なぜって」ファジョンは貨物室のひとつ上の階で梯子《はしご》から下りた。そして両手を上げると、指をくっつけて、両手の指先を合わせる。「ドカーン」ファジョンは指を広げて両手を開いた。

「ああ」マシン・ボスが文字どおりのことを言っているのかキラには判断できなかったけど、訊《き》かないほうがいいだろうと思った。「帰省はしてるの？」

「一度だけ。それきり」

ふたりはシャフトを離《はな》れ、狭《せま》い通路を通り抜《ぬ》けて、船の外殻《がいかく》に近い部屋に入った。

そこは機械工場で、狭《せま》くて窮屈《きゅうくつ》だった――キラには把握《はあく》しきれないぐらい備品が山ほど詰《つ》め込《こ》まれている――が、完璧《かんぺき》に整頓《せいとん》されていた。溶剤《ようざい》のにおいが鼻をつき、オゾンのにおいが舌にニッケルのような苦い味を残した。

「警告しておくけど、化学物質のなかには癌《がん》の原因になると星間連盟に認識されているものもある」ファジョンはさまざまな機械のあいだを横向きに進みながら話した。

「それなら簡単に治療《ちりょう》できるでしょう」キラは言った。

ファジョンはクックッと笑った。「それでも免責条項《めんせきじょうこう》が必要なんだ。お役人ってやつは」

彼女《かのじょ》は部屋の奥《おく》に行くと、一面に並んだ引き出しのところで足を止め、それをぴしゃりと叩《たた》いた。「これ。粉末金属、ポリカーボネート、有機基質、カーボンファイバー、ほかにもいろいろ。ぜんぶあんたに必要そうな原料」

「取っちゃいけないものはある？」

「有機物。金属は簡単に代わりがきく。でも有機物は難しいし、高価だから」

「わかった。有機物は避《さ》けるようにする」

ファジョンは肩《かた》をすくめた。「少しぐらいはいいよ。たくさんじゃなければ。何をするにしても、いい、絶対に交差汚染《おせん》させないこと――ここにあるどれも。それを使ってつくるものがだめになるから」

「了解《りょうかい》。気をつける」

そのあとファジョンはキラに引き出しを解錠《かいじょう》する方法と、なかに保存されている品の包装のあけかたを教えた。「もうわかったね？　あたしはあんたが欲しがってるものをプリントできるかやってみる」

「ありがとう」

ファジョンがその場を離《はな》れると、キラは粉末アルミニウムの山に指を突《つ》っ込《こ》みながら、同時にゼノに話しかけた。食べなさい。

食べていたとしても、キラにはわからなかった。

粉末アルミニウムの包装を密封《みっぷう》し、引き出しを閉じて、壁《かべ》に備えつけられたディスペンサーからウェットティッシュを一枚取って手を拭《ふ》き――手が乾《かわ》くと――粉末チタンで同じことを試した。

キラは引き出しをひとつずつあけていき、船の備品を順番に当たっていった。スーツはどの金属もほとんど、あるいはまったく吸収していないようだ。どうやら夜中のうちに空腹は満たされていたらしい。けれどそのなかでも、サマリウム、ネオジム、イットリウムのような希少な元素は好みであることをはっきり示した。コバルトや亜鉛《あえん》も。意外にも、生体化合物にはどれも興味を示さなかった。

キラは用が済むと、まだ作業中のファジョン――船のメインプリンターに繋《つな》がったコントロールディスプレイに身をかがめている――を残して機械工場から出ていき、ギャレーに戻《もど》った。

遅《おそ》い朝食を用意し、ゆっくり食べた。正午近くになっていて、キラはもうその日にあったことでへとへとに疲《つか》れていた。スパローのトレーニング――そう呼べるものかはわからないが――は大きな負担になっていた。

お腹にまたさしこみがあり、キラは顔をゆがめた。最高。ほんと、最高ね。

顔を上げると、ニールセンが入って来るところだった。一等航海士は冷蔵庫から食事を持ってきて、キラの向かいに座った。

しばらくのあいだ、ふたりは無言で食べていた。

やがてニールセンが口を開いた。「あなたはわたしたちに奇妙《きみょう》な道を進ませるわね、ナヴァレス」

その道を食べなさい。「それについては反論できないけど……迷惑《めいわく》だと思ってる？」

ニールセンはフォークを下ろした。「六か月以上も航海に出ることは嬉《うれ》しくないわ、そういうことを訊《き》いているのであれば。何か奇跡《きせき》でも起きてこの襲撃《しゅうげき》から逃《のが》れられない限り、戻《もど》って来るころには連盟星は深刻な状況《じょうきょう》に陥《おちい》ってるでしょうから」

「だけど〈蒼《あお》き杖《つえ》〉を見つけたら、助けられるかもしれない」

「そうね、論理的な根拠《こんきょ》はわたしもわかってる」ニールセンは水をひと口飲んだ。「〈ウォールフィッシュ〉号の一員になったときには、戦闘《せんとう》に参加して、エイリアンの遺物を追い求めて、銀河の未踏《みとう》の領域へ航海に出ることになるなんて思いもしなかった。なのに、こんなことになってる」

キラは頭を傾《かたむ》けた。「そうよね。わたしだってこんなことは期待してなかった……探検は別として」

「エイリアンの遺物もでしょう」

キラは思わず笑みを浮《う》かべた。「それもね」

ニールセンもうっすらほほ笑んだ。そして、意外な言葉をかけてきた。「今朝はスパローにしごかれたんですってね。大丈夫《だいじょうぶ》？」

シンプルな質問だったけど、おかげで気持ちがやわらいだ。「大丈夫《だいじょうぶ》。かなりしごかれたけどね。それはもう、たっぷり」

「想像はつくわ」

キラは難しい顔をした。「おまけに、今度は……」そして半ば笑いながら言う。「きっと信じないと思うけど――」キラは生理がまた始まったことをニールセンに話した。

一等航海士は同情するような表情を見せた。「それは困るわね。出血の心配がないことはせめてもの救いだけど」

「そうね。ささやかな恩恵《おんけい》ってやつ？」キラはふざけて乾杯《かんぱい》するようにグラスを掲《かか》げ、ニールセンも同じことをした。

それからニールセンは言った。「ねえ、キラ、誰《だれ》か話し相手がほしいときには、グレゴロヴィッチ以外の誰《だれ》かが必要なときには……わたしに会いにくるといいわ。ドアはいつでも開いているから」

感謝の思いが胸に湧《わ》き上がり、キラは長いことニールセンを見つめていた。やがてキラはうなずいた。「覚えておく。ありがとう」

5

その日の残りは船内のあちこちで手伝いをして過ごした。超光速《ちょうこうそく》に入る前にやっておかないといけないことがまだまだ山ほどあったのだ。配線やフィルターの点検、診断《しんだん》プログラムの稼働《かどう》、大掃除《そうじ》など。

キラは仕事をするのはいやじゃなかった。役に立っているという気分になれたし、動いていれば考えすぎずに済んだ。船室の壊《こわ》れたベッドをトリッグが直すのも手伝った。これから――すべてが問題なく運べば――何か月もそのマットレスの上で過ごし、ソフト・ブレイドがもたらす冬眠《とうみん》状態で死んだような眠《ねむ》りに落ちるはずなので、ベッドが直ったのはありがたかった。

これからのことを考えると怖《こわ》くなったため、熱心に働いてくよくよ思い悩《なや》まないようにした。

船の夜が訪れると、海兵隊員たち以外は全員、スパローまでもがギャレーに集まった。

「手術じゃなかったのか」ファルコーニが濃《こ》い眉《まゆ》の下からスパローをにらみながら言う。

「手術は後回し」とスパローは答えた。彼女《かのじょ》がここにいたがる理由はみんなわかっていた。夕食の席は、超光速《ちょうこうそく》に入る前にみんなで過ごせる最後の機会だ。

「ドク、それで危険はないのか?」ファルコーニが尋《たず》ねる。

ヴィシャルはうなずいた。「固形物さえ食べなければ問題ないだろう」

スパローはニヤリとした。「それなら、今夜の調理担当がドクでよかったよ。食べられなくても苦にならないからね」

ヴィシャルの顔に陰《かげ》りが見えたが、医師は言い返さなかった。「手術をするのに差し支えなくて何よりだ、ミズ」と言っただけだ。

キラのオーバーレイに一通のメールが届いた。

〈スパローから今朝のトレーニングのことを聞いた。さんざん痛めつけられたようだな。——ファルコーニ〉

〈まあそんなところ。スパローは厳しかった。でも徹底《てってい》してた。すごく徹底《てってい》してた。——

キラ〉

〈そりゃよかった。――ファルコーニ〉

〈彼女《かのじょ》はどう思ってた？――キラ〉

〈基礎《きそ》訓練キャンプではもっとひどい新兵もいたとさ。――ファルコーニ〉

〈ありがとう……ってこと？――キラ〉

ファルコーニは小さく笑った。〈信じていい、あのスパローがそう言うなら誉《ほ》め言葉だ。――ファルコーニ〉

昨夜よりも場の雰囲気《ふんいき》は明るかったが、隠《かく》れた緊張感《きんちょうかん》から会話のテンションが高くなっていた。これからどうなるのかについては誰《だれ》も話したがらなかったけれど、それは語られない脅威《きょうい》のように皆《みな》にのしかかっている。

会話はほずみ、やがてキラは思い切って言ってみることにした。「ねえ、ぶしつけな質問なのはわかってるけど、訊《き》きたいことがあるの」

「いや、だめだ」ファルコーニがワインに口をつけながら言う。

まるで何も聞かなかったみたいに、キラは話をつづけた。「この旅に出ることを承諾《しょうだく》する前に、みんなは恩赦《おんしゃ》を求めたってアカウェに聞いたけど。なんの恩赦《おんしゃ》？」その場にいるクルーは気まずそうにもじもじし、エントロピストたちは面白そうに見ている。「トリッグ、あなたルスラーンの問題について何か言ってたじゃない、だから……ちょっと気になって」キラは背をもたれて様子をうかがった。
ファルコーニがグラスをにらんだ。「きみは余計なことに首を突《つ》っ込《こ》まずにはいられないみたいだな」

ニールセンがなだめるような口調で言う。「話すべきだわ。いまとなっては、隠《かく》しておく理由は何もないんだから」

「……いいだろう。だったら、きみが話してやれ」

どんなにひどい罪を犯したのだろうか、とキラは思った。密輸？　窃盗《せっとう》？　暴行？……殺人？

ニールセンはため息をつくと――キラの心を読んだみたいに――切り出した。「あなたが思ってるようなことじゃないわ。当時、わたしはこの船に乗っていなかったけど、クルーのみんなはルスラーンで販売《はんばい》するつもりで大量のイモリを輸入したことからトラブルになったの」

一瞬《いっしゅん》、キラは耳を疑った。「イ、イ、イモリ？」

「そうだよ、モリモリのイモリをね」トリッグが言った。スパローが声を立てて笑ったあとで、わき腹を押《お》さえて顔をしかめた。

「やめて」ニールセンが言う。「そういうのはいらないから」

トリッグはニッと笑って、また料理にかぶりついた。

「ルスラーンで子ども番組をやっててね。『イモリのヤニー』[*9]とかそんな番組名の。本当に大人気だった」

「だった？」

ファルコーニはしかめ面になった。「子どもたちはみんなペットにイモリを飼いたがった。だから大量に輸入するのは名案に思えた」

ニールセンがあきれたように目を回して首を振《ふ》ると、ポニーテールが揺《ゆ》れた。「わたしが〈ウォールフィッシュ〉号に乗っていたら、そんなばかなことは決して許さなかったのに」

ファルコーニは反論した。「いい仕事だったんだ。きみだって俺《おれ》たちの誰《だれ》よりも早くこのチャンスに飛びついていたはずだ」

「ラボでイモリを育てれば済む話じゃないの？」キラは困惑《こんわく》している。「じゃなきゃ、カエルなんかを遺伝子操作して、イモリみたいに見せかけるとか」

「そういうこともやってたさ。だが金持ちの子どもたちは本物のイモリを欲しがった。地球のイモリを。どういうことかわかるだろう」

キラは目をぱちくりさせた。「それは……安いはずがないわね」

ファルコーニは冷笑を浮《う》かべて頭をうなずかせた。「そのとおり。俺《おれ》たちはひと財産築くはずだった。ただ――」

「あのむかつくやつらにはキルスイッチがなかった！」スパローが言った。

「イモリには――」キラは言いかけて、口をつぐんだ。「それはそうよ、地球の生物なんだから」植民星で育つすべてのマクロ生物（数マイクロ以上のもの）には、個体数を管理しやすくして、初期段階の食物連鎖《れんさ》や、存在するのであればその土地の生態系をどんな生物体にも崩《くず》させないようにするため、遺伝子のキルスイッチが備わっている。が、地球は違《ちが》う。地球では植物も動物もただ存在していて、いまだ管理を許さない混乱状態のなかで、交配したり競い合ったりしている。

ファルコーニはキラのほうに片手を伸《の》ばした。「だな。俺《おれ》たちはイモリを繁殖《はんしょく》させている会社を見つけた――」

「〈フィンク＝ノットルの敬虔《けいけん》なイモリ大商店〉[*10]だ」トリッグが気を利かせて補足した。

「――が、イモリの行き先については、はっきり明かさずにおいた。俺《おれ》たちが何をしようとしてるのか、星間貿易委員会《ITC》[*11]に知られるはずがなかったんだ」

「キルスイッチについて訊《き》こうなんて考えもしなかった。で、イモリを売るころには、もう手の施《ほどこ》しようがなくなってたってわけ」スパローが話した。

「何匹《ひき》売ったの？」

「七十七万七千……七百七十七匹《ひき》」

「七十六匹《ぴき》」スパローが訂正《ていせい》する。「ミスター・ファジーパンツが一匹《ぴき》食べたのを忘れないで」

「そうそう。七十六匹《ぴき》」トリッグが相槌《あいづち》を打った。

そんなにたくさんのイモリを想像するだけでも苦労した。

ファルコーニが話をつづける。「きみの予想どおり、大量のイモリが逃《に》げ出した。自然の捕食者《ほしょくしゃ》がいなかったもんだから、イモリはルスラーンのかなりの数の昆虫《こんちゅう》、イモムシ、カタツムリなんかを一掃《いっそう》した」

「たいへん」昆虫類《こんちゅうるい》がいなければ、植民星を機能させるのは不可能に近い。不毛の土地や適さない土地を肥えた土壌《どじょう》に変えようとしている初期段階では、イモムシだけでもその影《えい》響力《きょうりょく》からすると精製したウランより価値があった。

「まったくだ」

「イモムシは無視できない虫だ」トリッグが言った。

スパローとニールセンがうめき、ヴィシャルが言う。「旅のあいだじゅうずっと、こういうダジャレを我慢《がまん》しないといけないんだよ、ミズ・キラ。厄介《やっかい》きわまりない」

キラはもの言いたげな顔でトリッグを見つめた。「ねえ。すごく賢《かしこ》いイモリの名前はなんでしょう？」

トリッグはニヤッとした。「答えは？」

「決まってるでしょ、ニュートン【訳注：イモリは英語でニュート】」

「キャプテン、ふたりとも罰《ばつ》として放り出す許可を頂けますか？」ニールセンが言った。

「許可する。だが、目的地に着いてからだ」ファルコーニが答えた。

目的地という言葉に、ギャレーの雰囲気《ふんいき》が沈《しず》んだ。

「それで、イモリが逃《に》げたあとはどうなったの？」キラは尋《たず》ねた。生物学的封《ふう》じ込《こ》め規約の違反《いはん》に対する罰則《ばっそく》は場所によって異なるが、普通《ふつう》は重い罰金《ばっきん》と／または懲役刑《ちょうえきけい》が科せられる。

ファルコーニがうなるように言う。「どうなったと思う？　地元当局は俺《おれ》たちの逮捕状《たいほじょう》を出した。幸い、星間じゃなく惑星《わくせい》限定の逮捕状《たいほじょう》で、俺《おれ》たちはイモリが問題を起こしはじめる前にルスラーンからとっくに飛び立ってた。だが、そう……ルスラーンの連中に俺《おれ》たちはよく思われていない。あまりに大勢を怒《おこ》らせたもんだから、『イモリのヤニー』の放送もやめちまったぐらいだ」

キラはクスクス笑っていたが、ついには大声で吹《ふ》き出した。「ごめん。笑いごとじゃないってわかってるんだけど――」

「まあ、ちょっと笑える話だ」ヴィシャルが言った。

「まったく、傑作《けっさく》だよ」ファルコーニがさらにつづけた。「稼《かせ》いだ金《ビッツ》はさかのぼって無効にされたから、航海に必要な食料、燃料、推進剤《ざい》が不足することになった」

「キルスイッチがなくても、せめて……切るスイッチがあればよかったのにね」キラは言った。

ニールセンが手のひらで顔を覆《おお》った。「神《トゥール》よ。面倒《めんどう》なのがふたりに増えたわ」

「そいつを貸せ」ヴィシャルの椅子《いす》の背にかけてあるピストルのホルスターに手を伸《の》ばし、ファルコーニが命じる。

医師は笑って首を振《ふ》った。「それはいけません、キャプテン」

「くそ。きみたち全員、反乱者だ」

「氾濫したのはイモリじゃなくて?」トリッグが言った。

「そこまでだ! いい加減にダジャレをやめないと、いますぐクライオに放り込《こ》むぞ」

「了解《りょうかい》でーす」

ニールセンがキラに話す。「ほかにもいくつか小さな問題はあって、おもにＩＴＣの違《い》反《はん》だけど、いまのが最大の罪よ」

スパローが鼻を鳴らした。「それと、チェロメイの問題もね」問いかけるようなキラの顔を見て、スパローは説明した。「ケンタウルス座α星でグリフィスって名前の男に雇《やと》われて、チェロメイ・ステーションにいる男に宛《あ》てた、なんていうか、デ、ケ、ケ、ケ、デリケートな船荷を運ぶことになったんだ。だけど荷物を降ろしたとき、仲介者《ちゅうかいしゃ》はそこにいなかった。あのばかはステーションの警備に逮捕《たいほ》されてたんだよ。それでステーションの連中はあたしたちのケツまで狙《ねら》った。グリフィスはあたしたちが荷物を届けそこなったから支払《しはら》いはしないと言い張って、こっちはここまで来るのに最後の反物質《アンチマター》を使い果たしてたから、にっちもさっちもいかなくなったってわけ」

「というわけで」ファルコーニがグラスを空《から》にして言う。「俺《おれ》たちは61シグニで立ち往生するはめになった。チェロメイに引き返すことも、ルスラーンに着陸することもできずに。つまり、法律上ってことだ」

「そうだったのね」全体として、キラが恐《おそ》れていたほどひどい話ではなかった。ちょっとした密輸と、軽度の環境《かんきょう》テロに分類されるもの……。本当に、遥《はる》かにひどいことを想像していた。

ファルコーニは手をひらひらさせた。「だが、いまではそれもすべて解決だ」お酒で少しとろんとした目で、ファルコーニはキラを見た。「きみに感謝しないといけないな」

「どういたしまして」

その後、テーブルの料理があらかた片付いてしまうと、ファジョンがスパローのそばの席を立って、ギャレーから出ていった。

戻《もど》ってきたとき、マシン・ボスはランシブルとミスター・ファジーパンツを抱《かか》えていて、それに――片方の腕《うで》の下に挟《はさ》んで――キラが彼女《かのじょ》に頼《たの》んでいたもうひとつのものを持ってきていた。

「ほら」ファジョンはキラにコンサーティーナを差し出した。「ついさっきプリントが終わった」

キラは笑って楽器を受け取った。「ありがとう!」これでがらんとした船でひとり待つあいだ、オーバーレイを眺《なが》める以外にやることができた。

ファルコーニが片方の眉《まゆ》を上げた。「演奏できるのか?」

「少しだけね」キラは両手をストラップに通すと、試しにキー・ボタンを押《お》してみた。それからウォーミングアップに『キアラの愚行《ぐこう》』*12というシンプルな短い編曲を演奏した。

音楽によってその場が陽気な雰囲気《ふんいき》になり、クルーたちが近くに集まってくる。「ねえ、『トキソパクシア』*13は知ってる?」スパローが尋《たず》ねた。

「知ってるわ」

キラは指の感覚がなくなるまで弾《ひ》きつづけたが、かまわなかった。そのひとときは、未来のことを考えずにいられ、人生は楽しいと思えた。

ミスター・ファジーパンツは相変わらずキラから距離《きょり》を保っていたが、夜も深まったどこかの時点で――コンサーティーナを脇《わき》に置いてしばらくたったあと――キラは膝《ひざ》の上にランシブルの温かい重みを感じながら耳のあいだを掻《か》いてやり、豚《ぶた》は嬉《うれ》しそうに尻尾《しっぽ》を振《ふ》っていた。全身に愛情が広がり、アランとチームメイトたちを亡くしてから初めて、キラは心からリラックスしているのを感じた。

ファルコーニはきつい性格のろくでなしで、シップ・マインドはエキセントリックで、スパローはなかなかのサディストで、トリッグはまだほんの子どもで、ファジョンは独特の変わり者で、ヴィシャルは――彼《かれ》のことはどう扱《あつか》えばいいかわからないけど、まあいい人そうだ――、とにかくそんな感じだ。だから何？　完璧《かんぺき》なものなどありえない。それでも、ひとつだけ確かに言えることがある。キラはファルコーニとクルーのために戦うつもりだ。アドラステイアのチームと同じように、彼《かれ》らのために戦うつもりだった。

6

みんなは当初の予定よりもずっと遅《おそ》くまでギャレーに集まったまま過ごすことになったが、誰《だれ》も文句は言わなかったし、なかでもキラは気にしていなかった。その夜の締《し》めくくりに、キラは――エントロピストのリクエストに応えて――ソフト・ブレイドが身体の表面にさまざまな形をつくるところを披露《ひろう》してみせた。

にっこり笑った顔を手のひらから浮《う》き上がらせると、ファルコーニが言った。「その手とおしゃべりできるな」

みんなが笑った。

やがて、スパロー、ヴィシャル、ファジョンは医務室に向かった。彼《かれ》らがいなくなると、ギャレーのなかはすっかり静かになった。

スパローの手術にはかなり時間がかかりそうだった。手術が終わるずっと前に、キラは船室に戻《もど》って新しいマットレスに倒《たお》れ込《こ》み、眠《ねむ》った。このときばかりは夢も見なかった。

7

朝が来て、それと共に恐怖《きょうふ》も訪れた。超光速《ちょうこうそく》に入るまであと数時間しかない。キラはしばらく横になったまま動かず、来るべきときを受け入れようとした。

わたしがこうすることを選んだんだから。そんなふうに考えると、自分ではどうにもできない状況《じょうきょう》の犠牲《ぎせい》になったのだと思うよりも気持ちが楽になったけど、それでも最高の気分とはいかなかった。

目を覚まし、オーバーレイを確認する。重大なニュースはなく（ルスラーンでの小規模な戦闘《せんとう》に関する記事を除いては）、メールも届いていない。下腹部の痛みもない。これにはホッとした。

キラはスパローにメッセージを送った。

〈まだやる気はある？――キラ〉

一分後。〈うん。医務室で。――スパロー〉

キラは顔を洗い、服を着て、出ていった。

医務室のドアが開くと、スパローがひどく弱っているのにショックを受けた。その顔は青白くこわばり、腕《うで》には点滴《てんてき》が刺《さ》さっている。

キラはいくぶん戸惑《とまど》った。「クライオに入って大丈夫《だいじょうぶ》なの?」

「待ちきれないよ」スパローは乾《かわ》いた声で言う。「ドクが大丈夫《だいじょうぶ》だろうって。長期的には、むしろ治りが早くなるかもしれないって」

「本気でまだ……これをやるつもり?」

スパローはゆがんだ笑みを浮《う》かべた。「ああ、そうだよ。あんたの忍耐力《にんたいりょく》を試す方法を山ほど考えてある」

彼女《かのじょ》の言葉に嘘偽《うそいつわ》りはなかった。あの仮設ジムに戻《もど》ると、スパローは厳しい訓練を次々と実施《じっし》させ、キラはソフト・ブレイドをコントロールしつづけられるよう格闘《かくとう》した。スパローは楽をさせなかった。この女性には相手の気を散らす才能があり、そのことにひたすら没頭《ぼっとう》し、キラが訓練の最も難しい部分に取り組んでいるとき、言葉や音、思いがけない動きを起こしてキラを困らせた。そしてキラは失敗した。何度も何度も失敗し、安定した精神状態を保てないことに次第にいらだちを募《つの》らせていった。入ってくる情報が多すぎて、集中力が切れるのはほとんど避《さ》けられず、集中力が切れると、ソフト・ブレイドが支配して、どうふるまうのがベストなのか勝手に判断してしまう。

この生命体の決断には、ある特徴《とくちょう》が見られた。衝動《しょうどう》的で、つけ込《こ》めそうな弱点を見つけることに熱心だ。破壊《はかい》的になりがちな性質でありながらも、とどまるところを知らない好《こう》奇心《きしん》に満ちていて、探求しようとする意識があった。

そうやって訓練はつづいた。スパローはキラを困らせつづけ、キラは平静を保とうとしつづけた。

一時間後、キラの顔は汗《あせ》びっしょりになり、スパローがそう見えるのと同じぐらい自分も疲《つか》れ切っている気がした。

「わたし、どうかな？」キラはデッキから起き上がりながら訊《き》いた。

「ホラー映画は観に行かないこと。あたしに言えるのはそれだけ」スパローは答えた。

「ああ」

「何よ？　クッキーと誉《ほ》め言葉が欲しいっていうの？　あんたは諦《あきら》めなかった。そのまま諦《あきら》めずにつづければ、いつかあたしを感心させられるかもね」スパローはベンチに寝《ね》そべり、目を閉じた。「あとはあんた次第。あたしたちがコールドスリープしてるあいだに、やるべきことはわかってるでしょ」

「訓練をつづけること」

「それと自分を甘《あま》やかさないこと」

「そんなことしない」

スパローは片目をうっすらあけて、ほほ笑んだ。「教えてあげようか、ナヴァレス。あんたを信じてるよ」

そのあとの時間は準備でバタバタだった。キラはヴィシャルを手伝ってシップ・ペットたちに鎮静剤《ちんせいざい》を飲ませ、ランシブルもミスター・ファジーパンツも一緒《いっしょ》に入れる大きさのクライオ・チューブに入れた。

その後まもなくスラスト警報が鳴り響《ひび》き、マルコフ・リミットに入る前にできるだけ熱を冷ましておくため、〈ウォールフィッシュ〉号はエンジンを切った。近くにいる〈ダルムシュタット〉号も同じことをした。恒星《こうせい》が放つかすかな光を浴びて、ダイヤモンド・ラジエーターが輝《かがや》いている。

〈ウォールフィッシュ〉号のシステムがひとつずつシャットダウンしていき、船内はだんだん冷えて暗くなっていく。

左舷《さげん》の貨物室にいる四人の海兵隊員が最初にクライオに入った。通知のあと、死んだような停滞状態《ステイシス》に陥《おちい》ると、船のイントラネットから彼《かれ》らのシステムが消えた。

次はエントロピストの番だった。彼《かれ》らのクライオ・チューブは船室にあった。「これから私たちはこの身を――」

「――冬眠装置《ハイバナキュラム》*14に横たえます。安全な旅を、プリズナー」ふたりは隔離《かくり》前にそう言い残した。

　キラと〈ウォールフィッシュ〉号のクルーは、船の中央付近にある管理室のすぐ下に位置し、グレゴロヴィッチがわが家と呼ぶ装甲《そうこう》した石棺《せっかん》の密封《みっぷう》された部屋に近接している、ストーム・シェルターに集まっていた。

　スパロー、ファジョン、トリッグ、ヴィシャル、ニールセンが服を脱《ぬ》いで下着だけになってチューブに入るあいだ、キラは心細さを感じながらシェルターのドアのそばに佇《たたず》んでいた。蓋《ふた》が閉じ、あっという間に内部が曇《くも》って見えなくなる。

　ファルコーニは最後まで待っていた。「ひとりで大丈夫《だいじょうぶ》そうか？」彼《かれ》は頭からシャツを脱《ぬ》ぎながら尋《たず》ねた。

　キラは視線をそらした。「たぶんね」

「グレゴロヴィッチの意識がなくなったら、疑似知能のモルヴェンが航海と生命維持《いじ》を預かることになるが、何か問題が起きたら、躊躇《ちゅうちょ》せず誰《だれ》でもいいから起こしてくれ」

「わかった」

　ファルコーニはブーツの紐《ひも》をほどいて脱《ぬ》ぎ、ロッカーに突《つ》っ込《こ》んだ。「本当だぞ。きみが誰《だれ》かと話したいと思っただけでも。どっちみち、何度かは超光速《ちょうこうそく》を外れることになるんだからな」

「必要だったら、きっとそうするわ」ファルコーニをちらりと見やると、下着だけになっていた。思っていた以上にたくましい体つきだ。厚い胸板、太い腕《うで》、広い背中。貨物室のウエイトを使っているのは、スパローとファジョンだけではないらしい。

「よし」ファルコーニは宙に浮《う》かびながら壁《かべ》沿いにキラのところまでやって来た。すぐそばで彼《かれ》の汗《あせ》のにおいと清潔でさわやかなムスクの香りがする。胸は黒く太い毛に覆《おお》われていて、一瞬《いっしゅん》——ほんの一瞬《いっしゅん》だけ——キラはその胸に指を走らせるところを想像した。

ファルコーニはキラの視線に気づき、さらにまっすぐ目を合わせた。「もうひとつだけ。この船で起きて動いている人間はきみだけになるから——」

「できれば、あまり起きていたくないけど」

「それでも俺《おれ》たちの誰《だれ》よりも動けるだろう。そういうわけだから、俺《おれ》たちがクライオに入っているあいだ、きみを〈ウォールフィッシュ〉号の船長代理に任命する」

キラは驚《おどろ》いた。何か言おうとして、考え直し、ふたたび口を開く。「本気なの？　あんなことがあったのに？」

「本気だ」ファルコーニはきっぱり言った。

「じゃあ、わたしもこの船のクルーのひとりってこと？」

「そういうことになるだろうな。少なくとも、この航海がつづくあいだは」

キラはそのことについて考えてみた。「船長代理にはどんな責任がある？」

「責任は大きいぞ」ファルコーニはクライオ・チューブのほうへ向かいながら話した。「きみには特定のシステムに対する管理者としてのアクセス権が与《あた》えられる。自動制御《せいぎょ》装置の停止権も。緊急時《きんきゅうじ》に必要になるかもしれない」

「……ありがとう。感謝してる」

ファルコーニはうなずいた。「俺《おれ》の船を難破だけはさせないでくれよ、ナヴァレス。この船は俺《おれ》のすべてなんだ」

「すべてじゃないでしょ」キラは凍《こお》ったチューブのクルーたちを身振《みぶ》りで示した。

ファルコーニの顔にかすかな笑みが浮《う》かぶ。「そうだな、すべてじゃない」キラは彼《かれ》がチューブに入り、腕《うで》に点滴《てんてき》を繋《つな》いで、頭と胸に電極を付けるのを見守っていた。ファルコーニはもう一度キラを見て、小さく敬礼してみせた。「奇妙《きみょう》な星明りの下でまた会おう、キャプテン」

「キャプテン」

そしてファルコーニの顔の上で蓋《ふた》が閉まり、シェルターに静寂《せいじゃく》が広がった。

「これでわたしとあなただけね、変人さん」キラはグレゴロヴィッチの石棺《せっかん》のほうを見ながら話しかけた。

「それもまた過ぎ去る」シップ・マインドは言った。

8

十四分後、〈ウォールフィッシュ〉号は超光速《ちょうこうそく》に入った。

キラは船室のディスプレイでその推移を見つめていた。一面の星が船を取り巻いていたかと思うと、次の瞬間《しゅんかん》、完璧《かんぺき》な球形の黒い鏡になる。

キラは反射した船を長いあいだ無言で見つめていたが、やがてディスプレイを閉じ、両手で自分の身体を抱《だ》きしめた。

ついに行くのだ。

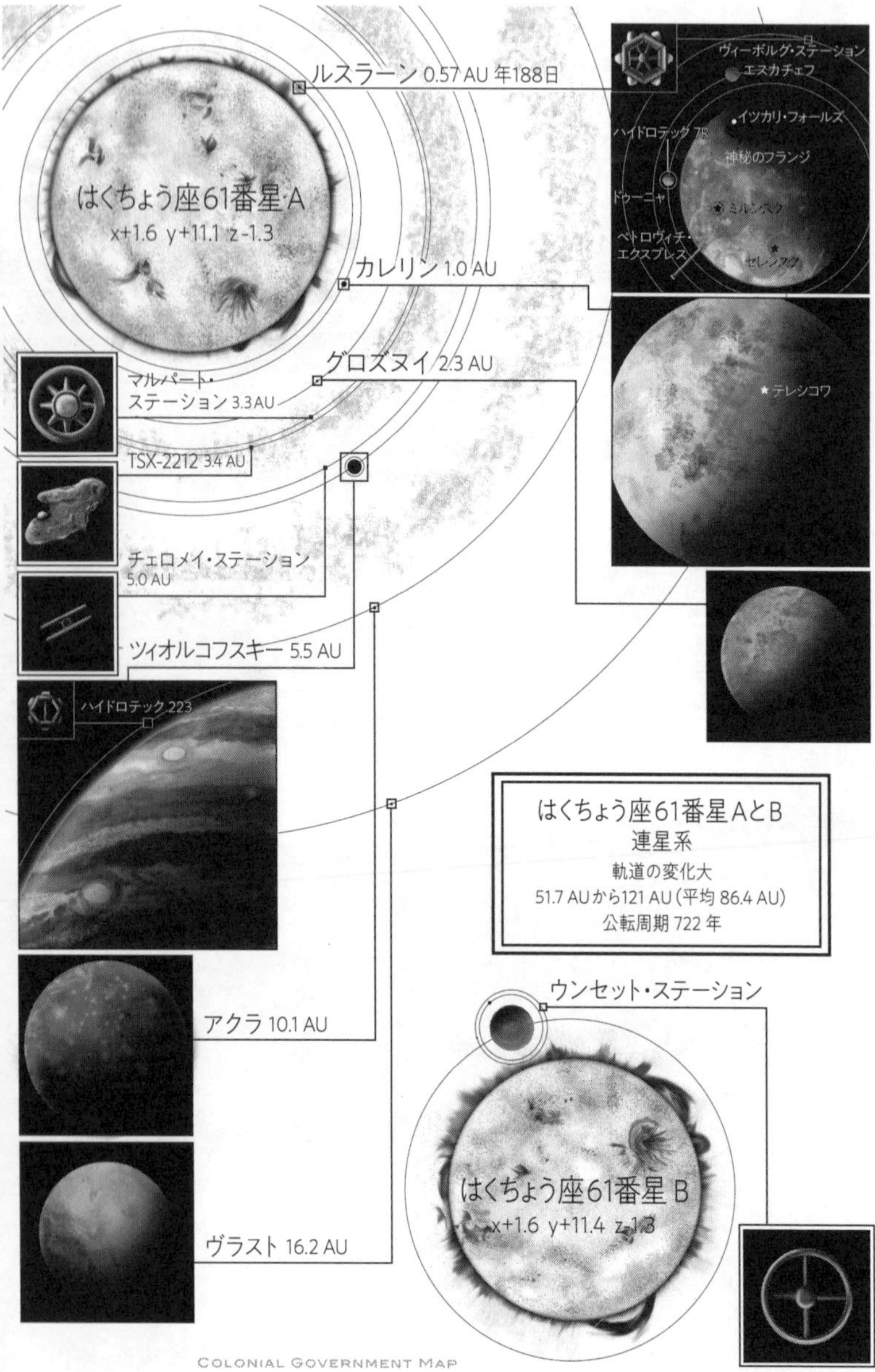

ルスラーン 0.57 AU 年188日
ヴィーボルグ・ステーション
エスカチェフ
イツカリ・フォールズ
ハイドロテック 7R
神秘のフランジ
ドゥーニャ
ミルンスク
ペトロヴィチ・
エクスプレス
セレンスク
はくちょう座61番星 A
x+1.6 y+11.1 z-1.3
カレリン 1.0 AU
テレシコワ
グロズヌイ 2.3 AU
マルパート・
ステーション 3.3 AU
TSX-2212 3.4 AU
チェロメイ・ステーション
5.0 AU
ツィオルコフスキー 5.5 AU
ハイドロテック 223
はくちょう座61番星 AとB
連星系
軌道の変化大
51.7 AUから121 AU（平均 86.4 AU）
公転周期 722 年
アクラ 10.1 AU
ウンセット・ステーション
はくちょう座61番星 B
x+1.6 y+11.4 z-1.3
ヴラスト 16.2 AU

Colonial Government Map

E x e u n t Ⅱ

退場 Ⅱ

1

〈ウォールフィッシュ〉号の外では、〈ダルムシュタット〉号もまた船を保護するエネルギーのシャボン玉に包まれながら、平行する針路を飛んでいる。超光速《ちょうこうそく》で船と船が通信することは可能だが困難だ。データ転送率は遅《おそ》く損失があり、ジェリーや通信を傍受《ぼうじゅ》しているかもしれない相手の注意を引きたくもなかったので、二艘《そう》のあいだで交わされるのは、時折船の相対位置を確認するためにピコーンと音を立てる信号だけだった。

〈ウォールフィッシュ〉号のなかは、キラが恐《おそ》れていたとおりの静けさに包まれていた。

身体を宙に浮《う》かせて暗い通路を漂《ただよ》っていると、人間というより幽霊《ゆうれい》になった気分だった。

グレゴロヴィッチはまだ起きていて、話ができた。船を占《し》めるささやく存在は、誰《だれ》かと顔を合わせてする交流の不充分《ふじゅうぶん》な代用だった。とはいえ、不充分な代用でもないよりはましで、奇妙《きみょう》ではあったが、キラは話し相手がいることをありがたく思った。

シップ・マインドもクライオに入る必要があった。彼《かれ》の大きすぎる脳は普通《ふつう》の人の全身よりも多くの熱を発生させているからだ。けれど、彼《かれ》は言っていた。「一緒《いっしょ》に待つとしよう、おお触手《しょくしゅ》の女王よ、きみが眠《ねむ》るまで、そのあと私も忘却《ぼうきゃく》の淵《ふち》に沈《しず》むとしよう」

「いまはわたしたちふたりとも、くるみの殻《から》に閉じ込《こ》められているわね」

「まさしく」グレゴロヴィッチの長いため息は、船に広がって次第に小さくなっていった。

キラの横にあるディスプレイに、ある印《シジル》が現れた。シップ・マインドがなんらかの分身《アバター》を使って自分自身を表すのを見るのは、これが初めてだ。キラはしばらくそのシンボルをまじまじ眺《なが》めて（それがなんなのか、オーバーレイでは突《つ》き止められなかった）、彼《かれ》に話しかけた。「あなたがまだ起きてるんだから、〈ウォールフィッシュ〉号の船長代理はあなたが務めるべきじゃないの？」

泡立《あわだ》つ水のような笑い声があたりを包む。「シップ・マインドは船長にはなれない、愚《おろ》かな肉袋《ミートバッグ》よ。船長もまたシップ・マインドにはなれない。きみも知っているだろう」

「ただの伝統でしょう。いけない理由なんてひとつも――」

「この上なく甘美《かんび》で魅力《みりょく》的な理由がある。安全と正気を保つため、シップ・マインドは自らの船の長になるべきではない……たとえその船がわが身になっていようとも」

「なんだか歯がゆくてたまらない感じがするけど」

グレゴロヴィッチが肩《かた》をすくめる音が聞こえそうな気がした。「現実を罵《ののし》る理由はひとつもない。それにだ、麗《うるわ》しの寄生されし者よ、法の条文に書かれていることと、法を執行《しっこう》することとは、たいていはまったくの別物だ」

「つまり？」

「実際のところ、ほとんどの船はシップ・マインドが走らせている。それしかないだろう」

キラは船室のそばの手すりをつかんで止まった。「〈ダルムシュタット〉号のシップ・マインドの名前は？」

「彼女《かのじょ》はなんとも愉快《ゆかい》で快活なホーツチャ・ウブトだ」

「ずいぶん発音しにくい名前ね」

「味わう舌もなく、歌う喉《のど》もなければ、すべての名前は平等だ」

2

キラは船室の明かりを落とし、温度を下げた。心と身体の働きが静まってくるときがきていた。ソフト・ブレイドが許せばすぐに冬眠《とうみん》状態に陥《おちい》ることになるが、気になっているのはそのことだけではない。異種生物《ゼノ》との訓練もしておかなければならない。スパローは正しい。ファ、ル、コ、ー、ニ、は正しい。可能な限りソフト・ブレイドを使いこなせるようになる必要があり、技能というものが得てしてそうであるように、使いこなすには不断の努力が求められるだろう。

これからの三か月間で、〈ウォールフィッシュ〉号は過剰《かじょう》な熱を排出《はいしゅつ》するため、少なくとも六回は超光速《ちょうこうそく》を外れることになっている。キラにとってはそのたびに、スパローとしたように身体を鍛《きた》えるチャンスが訪れるはずだった。その合間は、活動量を最小限にしなければならないが、週に一度は起きてソフト・ブレイドと訓練するつもりでいる。そうすれば目的地に着くまでに合計十二回の訓練ができることになる。それなら充分《じゅうぶん》意味のある進歩を遂《と》げられるだろう、とキラは期待していた。

ソフト・ブレイドが毎週キラを冬眠《とうみん》から覚ましたり眠《ねむ》らせたりできるのかはわからなかった。それでも試してみる価値はある。もしも無理なら……何回かはトレーニングを削《けず》るしかない。発する熱と消費する物資に関係なく、ひとりきりで起きている時間を最小にすることはとても重要だ。真の孤独《こどく》というものは、驚《おどろ》くほど短期間のうちに精神に深刻なダメージを与《あた》えかねない。少人数のクルーで長期間の任務に就くときは誰《だれ》にでも起こりうる問題で、完全にひとりぼっちとなれば問題は悪化するばかりだ。いずれにしても、心の健康には注意を怠《おこた》らないようにしないと……。

少なくとも今回の航海では、餓死《がし》する心配はない。〈ウォールフィッシュ〉号には食料がたっぷり積んである。とはいえ、そんなに食べるつもりはない――食べるのは超光速《ちょうこうそく》の休止中に運動をしているときだけだ。それに空腹でいることは、停滞《ていたい》状態に入ることをソフト・ブレイドに納得させるきっかけになるようだ。

その道を食べなさい。

取るべき行動を決めると、キラは週一度のアラームをセットして、一時間かけてソフト・ブレイドを相手に最初のトレーニングを開始した。

今回は運動で心身にストレスをかけるのではなく、同じぐらい難しい別の試練を見つけていた。ゼノにさまざまな形をつくらせながら、心のなかで問題を解決しようというものだ。その点からすると、数学の方程式は最高のストレス要因だとわかった。また、ジェリーの船で触手《しょくしゅ》に巻きつかれて身動き取れずにいたときのこと――あるいはニューマニストに鼻を折られたときの激しい痛み――を想像して、恐怖《きょうふ》が鼓動《こどう》を速めてアドレナリンが血管にあふれるのに任せ、その状態でソフト・ブレイドに適切な形を取らせるよう必死に努めた。

二番目のやり方は健全とは言い難かった。身体的な危機に過剰《かじょう》に反応する内分泌系《ないぶんぴつ》を鍛《きた》えているだけだ。それでも、理想的とは言えない状況下《じょうきょう》でソフト・ブレイドと協調できるようにすることが必要で、いまはあまりやり方を選んでもいられなかった。

訓練をつづける集中力がもたなくなると、新しいコンサーティーナを弾《ひ》いてリラックスした。コンサーティーナには真珠《しんじゅ》みたいなボタンと、箱の側面に沿って渦巻《うずま》き模様の象眼が施《ほどこ》されている。この装飾《そうしょく》はファジョンが加えてくれたもので、キラは感謝していた。演奏していないときは、指で渦巻《うずま》き模様をなぞりながら、非常灯のほのかな明かりを赤く反射するさまをうっとりと眺《なが》めた。

グレゴロヴィッチがキラの演奏を聴《き》いていた。彼《かれ》はいつもそばにいる目に見えない友になっていた。時には批評を——称賛《しょうさん》か提案を——することもあったが、たいていはお行儀《ぎょうぎ》のいい聴衆《ちょうしゅう》でいることに満足しているようだった。

一日が、そして二日がゆっくり過ぎていった。時間が経つのが遅《おそ》く感じられた。形を持たない中間地点に囚《とら》われているような気にさせる、おなじみの入れ子式構造。キラの頭の働きは次第に遅《おそ》くおぼつかなくなっていき、指はコンサーティーナの正しいボタンを見つけることがもうできなかった。

楽器を脇《わき》に置くと、今回もまたバッハの協奏曲を流し、音楽の波に身を任せた。

……

グレゴロヴィッチの声がキラを休眠《きゅうみん》状態から呼び覚ました。シップ・マインドはゆっくりとした静かな声で話している。「キラ……キラ……起きているか?」

「どうかした?」キラはつぶやいた。

「私はもう行かねば」

「……わかった」

「キラ、やっていけそうか?」

「うん。平気」

「そうか。では、おやすみ、キラ。美しい夢を」

3

キラはソフト・ブレイドによってベッドに固定されて横たわっていた。ベッドの脇《わき》には無重力下で眠《ねむ》るためのストラップが取りつけられている。初めのうち、キラはそれを使っていたが、絶えず指示しておかなくてもゼノがベッドに固定してくれることに気づくと、ストラップは使わなくなった。

キラは無意識に近いかすんだ黄昏《たそがれ》の奥深《おくふか》くへと漂《ただよ》っていき、顔をマスクで覆《おお》われるままにしながら、スーツが自らと結びついて手足の部分も隙間《すきま》なくくっつけていき、インクのように黒くダイヤモンドのように硬《かた》い身を守る殻《から》のなかへと自分を取り込《こ》んでいくことに、ぼんやりと気づいていた。

止めることもできたけれど、その感覚が心地よかった。

眠《ねむ》りなさい。キラはソフト・ブレイドに休むよう促《うなが》し、前もそうなったように、不活動状態に陥《おちい》ってもがくのをやめるまで待った。ゼノはなかなか理解しなかったが、やがて空腹の苦しみがやわらぎ、手足に例の冷えがじわじわと広がっていく。そしてバッハの旋律《せんりつ》が意識から薄《うす》れていき、宇宙はキラの頭のなかに圧縮され……。

夢を見たとき、その夢は不安にさせる内容で、陰《かげ》に潜《ひそ》む悪意ある姿かたちと怒《いか》りと恐《おそ》れに満ちていた。

灰色と金色の広々とした部屋に窓がずらりと並んでいて、その向こうに黒い宇宙が広がっているのが見える。遥《はる》か先に星が明滅《めいめつ》していて、その薄明《うすあ》かりを浴びて磨《みが》き上げられた床《ゆか》と縦溝彫《たてみぞぼ》りの金属柱がかすかに輝《かがや》いている。

彼女《かのじょ》だった肉体は、果てしなくつづくようなその部屋の隠《かく》れた隅《すみ》に何も見ることはできなかったが、悪意ある未知の知的存在の視線を感じていた……満たされない飢《う》えた目で見つめられているのを。恐怖《きょうふ》の破片が刺《さ》さり、行動する者である彼女《かのじょ》は少しも安心できずにいる。強欲な観察者たちは身を潜《ひそ》めたままだが、じわじわと近づいてきている気配を感じていたから。

そして影《かげ》がねじれ、激しく回転して不可解な形をつくった。

……次々にパッと現れるイメージ。愚《おろ》かな怒《いか》りに叩《たた》きのめされて破られた約束を詰《つ》め込《こ》んだ見えない箱。有害な知的存在を身ごもって黒く覆《おお》われた惑星《わくせい》。夜空から落ちてくる炎《ほのお》の飾《かざ》りリボン――見ていると胸が張り裂《さ》けそうなほど悲しく、恐《おそ》ろしく、美しい。倒《たお》れた塔《とう》。真空で沸騰《ふっとう》している血。振動《しんどう》し、裂《さ》け、豊かな平野に溶岩《ようがん》を流れ出させている地殻《ちかく》……。

それよりもなお悪いことがある。見えないもの。古く異質な名前のない恐怖《きょうふ》。間違《まちが》っているという感覚と、固定された角度で歪《ゆが》んでいるものとしてしか正体を現さないナイトメアたち……。

4

ビビビビーッ……ビビビビーッ……ビビビビーッ……

徐々《じょじょ》に大きくなっていくアラームの音が覚醒《かくせい》状態へと引き戻《もど》した。キラはまばたきをした。ぼうっとして混乱していて、長いこと何がなんだかわからずにいる。やがて自分が誰《だれ》でどこにいるのかを思い出し、うめき声をあげた。

「コンピューター、アラームを止めて」顔を覆《おお》うゼノを通しても、その声ははっきり響《ひび》いた。

耳ざわりなアラーム音は静かになった。

少しのあいだ、キラは身体を動かすことができず、暗い静寂《せいじゃく》のなかに横たわっていた。一週間。果てしない時間をベッドに繋《つな》ぎ留められていたみたいに、もっと長く感じた。が、それと同時に、ついさっき目を閉じたばかりのような気もしている。

深い地下にある部屋みたいに、船室にいると息詰《いきづ》まるような圧迫感《あっぱくかん》を覚える……。

胸の鼓動《こどう》が速くなった。

「よし。さ、やろうか」キラはソフト・ブレイドに話しかけた。

キラは念じてマスクを顔から取り払《はら》い、縛《しば》られていた手足を繊維《せんい》の網《あみ》から解放した。それからゼノと協調したり抵抗《ていこう》したりしながら、懸命《けんめい》に訓練に取り組んだ。

トレーニングをやめたときには、胃の中身がすっかり消化されていて、電気を消してあったのにすっかり目が冴《さ》えていた。

キラは水を少し飲むと、また眠《ねむ》ろうとした。望んでいるよりも長くかかった——短くても半日——けれど、そのうち心も身体もリラックスして、歓迎《かんげい》すべき待ち時間にふたたび沈《しず》んだ。

そして眠《ねむ》りに就くと、夢に苛《さいな》まれて苦悩《くのう》しうめき、呪縛《じゅばく》を解くものは何もないまま、〈ウォールフィッシュ〉号は未知の宇宙のさらに奥深《おくふか》くへと勢いよく進んでいった。

5

そこからはすべてが漠然《ばくぜん》として散漫《さんまん》になっていった。がらんとして変化のないあたりの様子と、ゼノがもたらす冬眠《とうみん》状態の奇妙《きみょう》さが相まって、キラは混乱していた。すべてが夢で、実体のない魂《たましい》になって眺《なが》めているかのように、自分とは切り離《はな》されているように感じた。

それでもひとつだけ、わが身の存在を強く実感できるときがあった。ソフト・ブレイドと訓練して過ごす時間だ。終わりがなさそうな訓練。ゼノをコントロールする力に変化は起きているのだろうか？　進歩しているのだろうか？　……キラにはわからなかった。それでもやり通した。何はさておき、持ち前の頑固《がんこ》さが諦《あきら》めることを許さなかった。キラは勤勉であることの価値を信じていた。とにかく努力をつづければ、いくらかは結果がついてくるはずだ。

ソフト・ブレイドを思うように扱《あつか》えないとき、そう考えることが唯一《ゆいいつ》の慰《なぐさ》めになった。失敗はさまざまな形で訪れた。ゼノはキラが望むように動こうとしなかった。あるいは過《か》剰《じょう》に反応した（キラが何よりも心配している過ちだ）。従うには従っても、具体的にではなく漠然《ばくぜん》としていることもあった。手にバラみたいな模様をつくらせようとしているのに、でこぼこした丸いドームしかできないというように。

苦しくもどかしい訓練だった。それでもキラはこつこつとやりつづけた。すると、時にはソフト・ブレイドもいらだちを感じているようだった――反応の遅《おく》れやつくり上げる形から、そのことがわかった――が、ゼノが協力しようとしている意志を感じ、励《はげ》まされた。

〈ウォールフィッシュ〉号が超光速《ちょうこうそく》から外れているあいだは、船室から出ていって船内をうろつくことを自分に許した。調理室《ギャレー》でチェルを飲む。無重力用のトレッドミルを走って、紐《ひも》やストラップを使ってできるあらゆる運動をする。筋肉や骨を維持《いじ》するには不充分《ふじゅうぶん》だった――それに関してはゼノに頼《たよ》っていた――けれど、週一度の単調な訓練からのいい気分転換《てんかん》になった。

やがて船のシステムはふたたびエネルギー消費量を下げ、超光速《ちょうこうそく》に入ることを知らせる警報が鳴り響《ひび》き、キラはうす暗い洞穴《ほらあな》へと引き返していくのだった。

6

一か月が経過した……。一か月、永遠につづくループのなかに閉じ込《こ》められているのだと信じ込《こ》むときもあった。目を閉じ、目を覚まし、手足を自由にし、訓練し、目を閉じ、目を覚まし、手足を自由にし、訓練する。

だんだん精神的に参ってきていた。グレゴロヴィッチかファルコーニかニールセンを起こして話し相手になってもらおうかと本気で悩《なや》んだが、できるかもわからないほんの数時間の会話のために彼《かれ》らを起こしてしまうのは、あまりにも迷惑《めいわく》な話だろう。彼《かれ》らが発生させる熱の量によっては、航海が遅《おく》れる可能性もある。どれほど孤独《こどく》で不安であっても、その危険を冒《おか》すつもりはなかった。〈蒼《あお》き杖《つえ》〉を見つけることは、誰《だれ》かと話がしたいという願いよりも重要なことだった。

7

二か月。もう少しだ。キラは自分にそう言い聞かせた。携帯非常食《レーションバー》とホットチョコレートでお祝いした。

ソフト・ブレイドとの訓練はやりやすくなってきていた。あるいは、そう信じたかっただけかもしれない。前にはできなかったやり方でゼノの形状を維持《いじ》できている。それって進歩でしょう？

キラはそう思った。けれど形あるものがあまりに遠く感じられて、自分自身の判断を信じることができなかった。

もうあと少し……。

あと少し……。

第3部
アポカリプシス
〔黙示〕

A p o c a l y p s i s

オーメンの別荘に　オーメンの別荘に
ぽつんと立ててあるキャンドル　ああ　ああ
あらゆるものの中心に　あらゆるものの中心に
おまえの瞳
処刑の日に　処刑の日に
女たちだけがひざまずいて微笑む　ああ　ああ
あらゆるものの中心に　あらゆるものの中心に
おまえの瞳
おまえの瞳
あああ
あああ
――デヴィッド・ボウイ

Past Sins

第1章 過去の過ち

1

今回はアラーム音ではなく、徐々《じょじょ》に明るくなっていく光がキラを目覚めさせた。

キラは目をあけた。初めは何も心配することはなかった。穏《おだ》やかですっきりした気分で、安心して待ち、横たわったまま動かずにいた。と、足元に座っている猫《ねこ》が見えた。半ば倒《たお》れた耳に少し斜視《しゃし》気味の目を持つ白っぽい灰色のシャムネコだ。

猫《ねこ》はシーッといってデッキに飛び降りた。

「キラ、聞こえるか?……キラ、目が覚めたのか?」

頭を振《ふ》り向かせると、横に座っているファルコーニが見えた。身体を壊《こわ》していたみたいに口の周りの肌《はだ》が青白く、顔はゆがみ目は深くくぼんでいる。ファルコーニはキラに笑いかけた。「おかえり」

記憶《きおく》が一気によみがえってくる。〈ウォールフィッシュ〉号、超光速航《ちょうこうそく》行、ジェリー、〈蒼《あお》き杖《つえ》〉……。

キラは悲鳴を漏《も》らし、身体を起こそうとした。胸と腕《うで》の周りを圧迫《あっぱく》されていて動けない。

「心配ない。もう出てきていいんだ」ファルコーニが指の関節でキラの肩《かた》をコツンと叩《たた》いた。

見下ろすと、つるりとした黒い繊維《せんい》にすっぽり包まれていて、身体がその場に固定されている。放して！　窮屈《きゅうくつ》なことにふいに息苦しさを覚えて、キラは念じた。肩《かた》を左右にねじり、また悲鳴を漏《も》らす。

すべるような乾《かわ》いた音を立てて、ソフト・ブレイドはキラの身体を守るように包み込《こ》んでいた繊維《せんい》をゆるめ、硬い殻《から》を解いた。身体の両脇《わき》から小さな滝《たき》のように粉塵《ふんじん》が床《ゆか》へすべり落ち、灰色の渦《うず》を空中に巻きあげる。

ファルコーニがくしゃみをして鼻をこすった。

筋肉が抗《あらが》うのを感じながら、キラはマットレスから身体を引き離《はな》し、おそるおそる起き上がった。身体の重みが戻《もど》っている。ありがたい感覚だ。しゃべろうとしたけれど、口のなかがカラカラに乾《かわ》いていて、出せたのはカエルみたいなしわがれ声だけだ。

「これを」ファルコーニが水のパウチ袋《ぶくろ》を手渡《てわた》した。

キラは感謝してうなずき、ストローを吸った。そのあと、改めてしゃべろうと口を開く。

「わたしたちは……無事にやり遂《と》げたの？」ずっとしゃべっていなかったせいで、声がざらざらしている。

ファルコーニはうなずいた。「大体は。船の何か所かは点検警報が出ているが、無事は無事だ。ハッピー・ニュー・イヤー、二二五八年にようこそ。バグハント*15はすぐそこだ」

「バグハント？」

「海兵隊員たちはあの星をそう呼んでる」

「ここには……この惑星系《わくせい》にはジェリーやナイトメアがいる？」

「どうやらいないようだ」

つまりエイリアンたちを出し抜《ぬ》くことができたのだとわかり、ホッとした。「よかった」

キラはバッハの協奏曲がまだ流れていることに気づいた。「コンピューター、音楽を止めて」キラが言うと、スピーカーは静かになった。「どれぐらい経ったの……」

「船が着いてからか？　そうだな、三十分ぐらいだ。俺《おれ》はすぐにここに来た」ファルコーニは唇《くちびる》を舐《な》めた。まだ気分が悪そうだ。キラはつらそうな兆候を見て取った。クライオからの回復には苦痛がつきもので、チューブのなかで過ごした時間が長ければ長いほどひどくなるばかりだ。

キラは水をもうひと口飲んだ。

「気分はどうだ？」ファルコーニは尋《たず》ねた。

「まああかな……少し変な感じはするけど、大丈夫《だいじょうぶ》。そっちは？」

ファルコーニは立ち上がった。「重さ十キロの袋《ふくろ》に二十キロ分のクソを詰《つ》め込《こ》まれてるような気分だ。だが、そのうちよくなるだろう」

「センサーに何か反応は――」

「自分で確かめるといい。この惑星系《わくせい》にはある時点で何者かが居住していた、それは間違《まちが》いない。きみは俺《おれ》たちを目的地に導いたってわけだ。俺《おれ》はこれから管理室に行くが、きみも落ち着いたら来いよ」

開いたドアのほうへと向かうファルコーニに、キラは問いかけた。「みんな無事だったの？」

「ああ。ひどい気分に苦しんではいるが、みんな無事だ」ファルコーニは出ていき、ドアが閉まった。

キラはしばし考えをまとめようとした。みんなは無事に乗り切った。わたしは無事に乗り切った。信じられない。両手を開いたり握《にぎ》りしめたりして、肩《かた》を回し、全身の筋肉をゆっくり張り詰《つ》めさせてみる——この数日間の休眠《きゅうみん》状態のせいでこわばってはいるが、どこも問題なく動かせるようだ。

「ねえ、変人さん。あなたも無事？」キラは声をかけた。

一瞬《いっしゅん》の間を置いて、グレゴロヴィッチの返事があった。合成された声だというのに、シップ・マインドはのろのろとだるそうに話した。「かつて私は砕《くだ》けていた。いま私は砕《くだ》けている。だが、その破片はいまなお同じ壊《こわ》れた肖像《しょうぞう》を形づくっている」

キラはうめいた。「はいはい、無事みたいね」

キラはオーバーレイを確認しようとした……が、何も表示されない。さらに二度試したあと、まばたきをしたけれど、ヴィシャルにもらったコンタクトレンズの存在が感じられなかった。人差し指の先で右目に触《ふ》れてみても、やはりコンタクトレンズの感触《かんしょく》はない。

「もうっ」長いこと眠《ねむ》りつづけていたこの数週間のどこかの時点で、ソフト・ブレイドがレンズを取り除くか吸収するかしてしまったに違《ちが》いない。

この船が到着《とうちゃく》した惑星《わくせい》系を見たくてうずうずしながら、キラは着替《きが》えて顔に水をパシャパシャやると、船室から急いで出ていった。調理室《ギャレー》にちょっと立ち寄ってさらに水を飲み、携帯非常食《レーションバー》を二本つかむ。一本をかじりながら、上階の管理室に向かった。

管理室にはクルー全員とエントロピストの姿もあった。ファルコーニと同じく、みんな憔悴《しょうすい》している様子だ。髪《かみ》は乱れ、目にくまができ、吐《は》き気を催《もよお》しているのが表情からうかがえる。スパローがいちばん弱っているように見え、彼女《かのじょ》がクライオに入る前に手術を受けていたことをキラは思い出した。

いまとなっては61シグニで起きたすべてのことがぼんやりした遠い出来事に思えたが、クルーたちにしてみれば、まだあの惑星《わくせい》系を出発したばかりのようなものなのだ。彼《かれ》らにとっては、この三か月間は存在しなかったも同然だ。だがキラにとっては、月日の流れが遥《はる》かに強く感じ取れた。不自然な眠《ねむ》りに落ちているあいだでさえも、時間が経過しているという感覚は失わずにいた。これまでに過ごしてきた日々と時間が、宇宙船の航跡《こうせき》と同じぐらいはっきりと実感できた。もはや61シグニであったことは最近の出来事ではなくなっていた。それより前のアドラステイアでのことは、さらに遠い記憶《きおく》になっている。

避《さ》けることのできない時間の積み重ねによって、かつて感じていた悲しみの鋭《するど》い痛みは鈍《にぶ》っていた。アドラステイアでの死の記憶《きおく》はいまも胸を締《し》めつけ、このさきもずっと苦しめられるだろうけれど、激しい苦悩《くのう》をもたらしていた記憶《きおく》はいつしか薄《うす》れ、色褪《いろあ》せてきているようだった。

みんなは管理室に入ってきたキラにちらりと視線を向けると、中央テーブルの上に投影《とうえい》されたホログラムに注意を戻《もど》した。ホロディスプレイいっぱいに映し出されているのは、この船が到達《とうたつ》したばかりの惑星系《わくせい》の模型だ。

キラはテーブルのへりから身を乗り出してその映像をつくづく眺《なが》めた。仄《ほの》かに輝《かがや》く小さな星を囲んでいる七つの惑星《わくせい》。ガス惑星《わくせい》がひとつと地球型惑星《ちきゅうがたわくせい》が六つ。岩石惑星《わくせい》がその星の近くに寄り集まっている。最も離《はな》れている惑星《わくせい》は、軌道《きどう》からわずか0.043天文単位外れているだけだ。それから間隙《かんげき》とまばらな小惑星帯《しょうわくせいたい》があり、0.061天文単位のところにガス惑星《わくせい》がある。その星――バグハント――のより近くでは、デブリでできたさらにまばらな第二の帯が二番目と三番目の惑星《わくせい》のあいだを占《し》めている。

あることを認識し、キラは背筋がぞくりとするのを感じた。わたしはこの場所を知っている。夢の中で見たことがあるし、それだけじゃない。もうひとつの肉体であるソフト・ブレイドは、遥《はる》か遠い昔にこれらの惑星間《わくせい》を幾度《いくど》となく歩いたことがあった。

認識するのと共に、自分は正しかったのだと晴れやかな気持ちにもなった。行くべき場所を思い込《こ》んでいたわけでも誤解していたわけでもなく、ソフト・ブレイドに惑《まど》わされていたわけでもなかったのだ。〈蒼《あお》き杖《つえ》〉の在り処を間違《まちが》えてはいなかった……長い歳月《さいげつ》を経たいまも、杖《つえ》はこの惑星系《わくせい》にあるはずだ。

〈ダルムシュタット〉号も〈ウォールフィッシュ〉号もホロディスプレイ上に光るアイコンで示されているが、マルコフ・リミットの近くに第三のアイコンがあり――その星が低質量で惑星《わくせい》の軌道《きどう》が密集しているため——バグハントまで1Gの環境《かんきょう》下で二日ほどかかる推力で移動している（速度を落として停止するつもりのようだ。そうじゃなければ一日半しかかからないだろう）。

「あれは？」キラはそのアイコンを指して尋《たず》ねた。

ファルコーニが返事をする。「〈ダルムシュタット〉号は超光速《ちょうこうそく》を抜《ぬ》けるとすぐに中継《ちゅうけい》ビーコンを配置した。そうすれば俺《おれ》たちに何かあったとしても、信号を届けることができるはずだからな」

なるほど、とはいえ連盟に信号が届くまでには長い時間がかかるだろうけれど。速ければ速いほど、超光速《ちょうこうそく》信号は弱くなる。整合性のある形式で遥々《はるばる》61シグニまで到達《とうたつ》できるほど強い信号を送ろうとすれば、〈ウォールフィッシュ〉号のような宇宙船よりも速度が遅《おそ》くなってしまうのだ。計算してみないとわからないが、信号が届くまでに数年かかってもおかしくない。

ファルコーニはホロディスプレイを示した。「この惑星《わくせい》系の至るところに建造物の形跡《けいせき》が見つかってる」

ソフト・ブレイドに皮膚《ひふ》を覆《おお》われていても、キラは全身に鳥肌《とりはだ》が立つのを感じた。異種生物《ゼノ》を発見したと思ったら、今度はこれ？　子どものころに夢見ていたことだ。タロスⅦの〈グレート・ビーコン〉と同じぐらい大きくて重要な発見を成し遂《と》げることは。望ましい状況《じょうきょう》ではないにしても――人類がこのジェリーとナイトメアとの戦いを生き抜《ぬ》くことができれば、学べることがあるはずだ！

キラは咳払《せきばら》いをした。「いまでも……活動中のものはある？」

「判断できない。なさそうな感じだが」ファルコーニは二番目と三番目の惑星間《わくせい》にあるデブリの帯にズームした。「こいつを見ろ。グレゴロヴィッチ、さっきの話をみんなにも聞かせてくれ」

シップ・マインドは即座《そくざ》に応じた。「漂流物《ひょうりゅう》を構成しているものには、人工物のしるしが見て取れる。少なくともアルベド【訳注：天体の入射光と反射光の比。反射能】に基づくと、自然由来ではありえないその他の物質と同様に、金属の占《し》める割合がきわめて高い」

「そんなに？」キラは驚《おどろ》いた。漂流物《ひょうりゅう》の量は膨大《ぼうだい》だ。ここには一生分の研究がある。一生では足りないぐらいの。

ホログラムをまじまじと観察しながら、ファジョンが視点を変えた。「ダイソン球【訳注：恒星を覆う仮想の人工構造物】かもしれない」

「そんなに大きな球殻《きゅうかく》を作れるほど強固な物質があるとは思わなかった」ヴィシャルが言った。

ファジョンは首を振《ふ》った。「固体の球殻《きゅうかく》とは限らないからね。星の周りをぐるっと取り囲んだたくさんの衛星やステーションだということもありえる。でしょう？」

「なるほど」

ニールセンが問いかける。「どれぐらい古いものだと思う？」

「古い」グレゴロヴィッチはささやいた。「それはもう、実に古いものだ」

居心地の悪い静寂《せいじゃく》がその場を支配した。やがてトリッグが口を開いた。「ここのエイリアンたちに何が起きたんだろう？　戦争かな？」

「いいことじゃないのは確かだろう」ファルコーニはキラを見やった。「これからどこへ行けばいいのか教えてくれ。じゃないと杖《つえ》を捜《さが》して永遠にさまようことになりかねない」

キラは投影《とうえい》をじっくり観察した。なんの答えも思い浮《う》かばない。ゼノは教えるつもりがないのか、あるいは教えられないようだ。ゼノはこの惑星《わくせい》系を見つけることには力を貸してくれた。けれどここからは自力でやるしかないらしい。

しばらく黙《だま》ったままでいると、ファルコーニに声をかけられた。「キラ？」不安そうな声になっている。

「少し時間をちょうだい」

キラは考え込《こ》んだ。〈蒼《あお》き杖《つえ》〉に関してソフト・ブレイドが見せてきた記憶《きおく》のほとんどが、この惑星系《わくせい》にあるひとつの星かその近辺で起きたことのようだった。茶色がかった惑《わく》星《せい》で、雲の帯がその周りを旋回《せんかい》していて……

あれだ。四番目の惑星《わくせい》。あの色、あの雲、それにかろうじてではあるけれどバグハントの居住可能地帯にある。キラは確認した。軌道《きどう》を周回するステーションの形跡《けいせき》はどこにもない。まあいい。だからどうだということもない。破壊《はかい》されてしまった可能性もある。

キラはその惑星《わくせい》にしるしをつけた。「正確な位置はわからないけど、この星から始めるのがよさそうね」

「本当に？」ファルコーニが訊《き》く。キラがにらむと、彼《かれ》は両手を上げてみせた。

「じゃあ決まりだ。アカウェに伝えよう。これから何を探すんだ？　都市か？　建築物か？」

キラはリストのつづきを挙げた。「記念碑《きねんひ》、彫像《ちょうぞう》、公共工事。要するに人工物であればなんでも」

「了解《りょうかい》」

グレゴロヴィッチが進路を調整すると、周りの壁《かべ》がねじ曲がる感じがした。

「キャプテン」ニールセンが立ち上がりながら言った。前よりもかえって具合が悪くなっているように見える。「わたしはこれで……」

ファルコーニはうなずいた。「進展があったら知らせるよ」

一等航海士は寒けを感じているように両手で身体を抱《だ》いて管理室から出ていった。

少しのあいだ、みんなはファルコーニが〈ダルムシュタット〉号に一方的に話しかけるのを黙《だま》って聞いていた。やがてファルコーニはうなるように言った。「よし、今後の予定が決まった。キラ、これからきみにあの惑星《わくせい》の地表の画像を見せる。それを見てどこに着陸すべきか考えてくれ。あの惑星《わくせい》は――ほかの惑星《わくせい》もすべてそうだが――潮の作用でバグハントのなかから動けないが、運がよければこっちを向いている側に着陸できるかもしれない。そのあいだに船を小惑星帯《しょうわくせいたい》に向かわせておく。かなりの氷が飛び交っているようだから、水素を熱分解してタンクを補充《ほじゅう》できそうだ」

キラはヴィシャルを見た。「新しいコンタクトレンズが欲しいんだけど。ここに来るまでにスーツのせいでなくなっちゃったの」

医師は席を立った。「それなら一緒《いっしょ》においで、ミズ・キラ」

医務室に向かうヴィシャルについていきながら、キラは連盟星からひどく離《はな》れたところに来てしまったことへの不安と、追いやられたような感覚をぬぐえずにいた。それだけではない、ここはエイリアンのテリトリーなのだ。たとえエイリアンたちがとっくの昔に死《し》滅《めっ》していたとしても。

〈消え失せし者〉、キラはジェリーの船で知ったその言葉を思い出した。だけどどこに消え失せたというのだろう？　ソフト・ブレイドの創造主はジェリーかナイトメア、あるいは別のもっと古い種族に属していたのだろうか？

あの惑星《わくせい》で答えが見つかるといいんだけど。

医務室に入り、ヴィシャルから新しいコンタクトレンズをもらうと、キラは頼《たの》んだ。

「あと何セットかプリントしてもらえない？　帰りも途中《とちゅう》でなくなりそうだから」

「ああ、もちろんだ」ヴィシャルはうなずいた。「ミズ・キラ、その折れた鼻はいまでも治す必要があるかな？　いま治すこともできるが。こうやって――」そう言いながら、両手を平行に上げてちょっとひねるように動かしてみせる。「――ぐいっとやれば、それで終わりだ」

「ううん、いいの。また今度ね」いまは痛い思いをしたくなかった。それに、なぜかと訊《き》かれても理由は説明できなかっただろうけれど、この鼻を治すのはどうにも気が進まなかったのだ。

2

キラはギャレーに引き返してチェルを淹《い》れると、ベンチテーブルに腰《こし》かけてコンタクトレンズを入れた。幸い、前のレンズに保存されていたデータはすべて船のサーバーにアップロードしてあったので、何も失わずに済んでいた。

少なくともふたつの保存先に全データのバックアップを取っておこう、とキラは心に留めた。

接続したとたんに、グレゴロヴィッチと〈ダルムシュタット〉号のシップ・マインドであるホーツチャ・ウブトの両者からのメッセージを受信していることを知らせる表示が視界の端《はし》に見えた。メッセージを開いてみると、どちらのシップ・マインドも四番目の惑星《わくせい》――または表示された名称《めいしょう》によると〝惑星《わくせい》e〟――の大量の拡大画像を送ってきていた。最初のひと組には短い手紙が添《そ》えられていた。

違《ちが》うタイプの画像が必要なら、遠慮《えんりょ》なく知らせて。――ホーツチャ・ウブトキラは腰《こし》を据《す》えて惑星《わくせい》eの地表を観察しはじめた。調査することは山ほどあった。この惑星《わくせい》の直径は地球の〇・七倍で、密度はほぼ同じだ。つまり水がある。それにもしかしたら自生生物も。

この惑星《わくせい》にはちゃんと名前があるはずだとキラは確信していたが、ソフト・ブレイドからそれらしき名前は伝わってこなかった。

手元にある画像はほとんどが惑星《わくせい》の暗い側から撮《と》られたものだった。現在地から見えるのは、昼と夜のあいだの細長い明暗境界線だけだ。焼けるような暑さと厳しい寒さのあいだでバランスが取れていて、その境界線は最も温和な地帯のはずであり、街やなんらかの基地を置くにはうってつけの場所のようだ。

惑星《わくせい》の近い側は茶色とオレンジ色をしている。広大な峡谷《きょうこく》によって地表がえぐれており、巨大《きょだい》な湖があるとおぼしき場所が黒っぽい斑点《はんてん》になっている。遠い側の極地は氷に覆われている。

船の望遠鏡は最大級の物ではなく――〈ウォールフィッシュ〉号も〈ダルムシュタット〉号も科学調査船ではないのだから――、この距離《きょり》だと画像の解像度はきわめて高いとは言えなかった。それでもキラはできる限りのことをして、少しでも見覚えのあるものがないかと一枚一枚をじっくり観察していった。

残念ながら、心に訴《うった》えかけてくるものはひとつもなかった。居住の形跡《けいせき》は見て取れた（グレゴロヴィッチとホーツチャ・ウブトが気を利かせて輪郭《りんかく》を際立たせてくれていた）。北半球の一画に沿って道か水路らしき線がうっすら見えたが、注目に値するものは何もなかった。

キラはそれらの画像に没頭《ぼっとう》し、周りがほとんど見えなくなっていた。チェルに口をつけたときにはすっかり冷めてまずくなっていた。それでも飲むには飲んだけれど。

ギャレーのドアが軋《きし》みを立てて開き、トリッグが入ってきた。「おーい。グレゴロヴィッチが発見したものを見た？」

一瞬《いっしゅん》キラは自分がどこにいるのかわからなくなりながらオーバーレイをクリアにし、まばたきをした。「いいえ。なんなの？」

「これだよ」トリッグは跳《は》ねるようにキラのテーブルまでやって来ると、内蔵ディスプレイを起動させた。一枚の画像がパッと表示される。写っているのは宇宙ステーションの一部らしきもので、いまでは壊《こわ》れて放棄《ほうき》されている。その形状は人間の手による建造物とは似ても似つかない。自然に成長した水晶《すいしょう》みたいに、長くてぎざぎざしている。そのステーションは居住者が重力を感じられるよう回転していなかったのは明らかだ。ということは、人工重力があったのか、エイリアンは無重力下でも平気で過ごせたのか、そのどちらかだ。

「なるほど」キラはゆっくり言った。「ひとつはっきりわかることがありそうね」

「へえ？」トリッグが訊《き》き返す。

「これは最近ジェリーやナイトメアがつくっている船とは様子がまったく違《ちが》う。彼《かれ》らがスタイルを変えたのか、あるいは――」

「別の種族によるものか」これまでで最高のニュースだというみたいに、トリッグは顔を輝《かがや》かせた。「〈消え失せし者〉だよね？　キャプテンが話してくれたよ」

「そうだけど」キラは小首をかしげた。「きみ、楽しんでるでしょ？」

「だって、すげーじゃん！」トリッグはディスプレイをつついた。「どれだけの数のエイリアンの文明が存在してるんだろう？　この銀河全体にさ」

「見当もつかないわね……グレゴロヴィッチはこのステーションをどこで見つけたの？」

「ダイソン球のなかに浮《う》かんでるんだ」

キラはチェルの残りを飲み干した。「そういえば手首の具合はどう？」トリッグはもうギプスをしていない。

彼《かれ》は手をぐるぐる回してみせた。「もう大丈夫《だいじょうぶ》。実時間で二、三週間したらまた診《み》せてくれってドクに言われてるけど、それだけで、あとは順調だよ」

「それならよかった」

トリッグは食べ物を取りに行き、キラは惑星《わくせい》eの調査画像の観察に戻《もど》った。もう新たな画像の束が待ち受けていた。

その作業はアドラステイアに到着《とうちゃく》する前にしていた準備と大して変わらなかった。いつもの習慣で、キラは無意識のうちに植物相と動物相の形跡《けいせき》がないかと入念に観察していた。空気の中に酸素が含《ふく》まれていたのは明るい材料で、窒素《ちっそ》も存在していた。サーモグラフィは明暗境界線の近くに植生地域らしきものがあるのを示していたが、自転と公転が同期している惑星《わくせい》もそうであるように、大気が螺旋《らせん》状に対流しているせいで確かめるのは困難だった。

作業しているあいだも、ギャレーにはクルーが出入りしていた。キラは彼《かれ》らとひと言ふた言交わしたが、ほとんどずっと画像に意識を集中しつづけていた。ニールセンは一度も姿を見せず、あの一等航海士はクライオのせいでまだ具合が悪いのだろうかとキラは思った。

新たな画像が次々に追加され、宇宙船が惑星《わくせい》eに近づくにつれて解像度が高くなっていく。船の時間で午後の半ばになったころ、〈ダルムシュタット〉号から一通のメッセージが届いた。

興味があるのでは？

——ホーツチャ・ウブト

添付《てんぷ》されていたのは南半球から撮《と》られた一枚の画像だった。明暗境界線のど真ん中に、山脈の隆起《りゅうき》で保護するように隠《かく》された複合建築が写っている。その光景に大昔の記憶《きおく》を呼び覚まされ、キラはぞくりとした。恐怖《きょうふ》、疑念、後悔《こうかい》から生じた悲しみ。そして彼女《かのじょ》は〈いと高き方〉が台座に登り、永久につづく夜明けの光に照らされているのを見て——

キラは小さく息を漏《も》らし、ふいに確信した。ごくりと息をのみ、ファルコーニとの通信を開く。「見つけた。違《ちが》ったとしても……何かを見つけた」

「見せてくれ」ファルコーニは地図を眺《なが》めたあと、キラに言う。「この質問ばかりくり返してるみたいだが——確かなのか？」

「出発前に言ったとおりよ。はっきり確信してる」

「わかった。アカウェと話をする」カチッといって通信が切れた。

キラはもう一杯《いっぱい》チェルを淹《い》れ、カップで両手を温めながら待っていた。

十分と経たずに船内のインターコムを通じてファルコーニの声が響《ひび》いてきた。「みんな、聞いてくれ。予定変更《へんこう》だ。キラのおかげで惑星《わくせい》eの目的地が決まった。そこに直行してキラとチームを降ろし、〈ウォールフィッシュ〉号と〈ダルムシュタット〉号は燃料補給のため引きつづき小惑星帯《しょうわくせいたい》を目指して進む。四、五時間もあれば小惑星帯《しょうわくせいたい》に着くはずだから、必要なときに船が遠くに離《はな》れすぎているということにはならないだろう。通信終わり」

3

キラは管理室に戻《もど》り、午後の残りの時間はずっとそこにいて、スクリーンに新たな発見がパッと現れるのを眺《なが》めていた。惑星《わくせい》上にも宇宙空間にも、この惑星《わくせい》系の至るところに人工建造物が山ほどあった。失われた文明の遺跡《いせき》が。どれも動力は備えてなさそうだった。ガス惑星《わくせい》のそばには船体のように見えるものが浮《う》かんでいた。惑星《わくせい》eのそばには廃棄《はいき》された衛星の群れがあり、この惑星《わくせい》の自転と公転が同期していなければ静止軌道《きどう》だったであろう軌道《きどう》に乗っていた。それに言うまでもなくダイソン球があり（本当にあれがダイソン球ならばだが）、技術的遺物に満ちているようだった。

「この場所は――」ヴェーラが口を開いた。

「――比類ない宝庫だ」ジョラスが締《し》めくくった。

キラも同意見だった。「研究するのに何世紀もかかりそうね。〈グレート・ビーコン〉をつくったのと同じエイリアンだと思う？」

エントロピストたちはうなずいた。「ことによると。その可能性は充分《じゅうぶん》に考えられます」

その晩のディナーは簡単なもので済まされた。誰《だれ》も料理をする気力がなかった。キラ以外のみんなはクライオの影響《えいきょう》でまだ胃腸が弱っていた。結果として食卓《しょくたく》には出来合いの食品が並び、健康的ではあっても味気ない食事になった。

やはり海兵隊員たちはその場に加わっていなかった。ニールセンもだ。一等航海士の不在はひどく目立った。節度と落ち着きのある彼女《かのじょ》がいないと、食卓《しょくたく》の会話はより辛辣《しんらつ》で鋭《するど》さを帯びたものになった。

「明日、検査のため診察《しんさつ》させてもらいたい、ミズ・スパロー。新しい臓器がちゃんと機能しているか確かめておく必要があるからね」ヴィシャルが言った。

スパローはヴィシャルを真似て頭をうなずかせながら答えた。「いいよ、ドク」と、その顔にふっと邪悪《じゃあく》な笑みが広がっていく。「ほんとはあたしの身体に触《さわ》るための口実に過ぎないんでしょ？」

ヴィシャルは顔を赤くして口ごもりながら言う。「きみ！　私は――そんなことは決してない。断じて。医師としてあるまじき行為《こうい》だ」

トリッグが口いっぱいに食べ物を頬張《ほおば》りながら笑った。「ハハッ！　見ろよ、赤くなってる」

スパローも声をあげて笑い、ファジョンは幅広《はばひろ》の顔にかすかな笑みを浮《う》かべた。

みんなにからかわれつづけて、ヴィシャルが次第に腹を立ててイライラしていくのがわかったが、この医師は決して反撃《はんげき》せず、決して非難しなかった。キラには理解できなかった。彼《かれ》が毅然《きぜん》とした態度を取りさえすれば、みんなはからかうのをやめるか、少なくともしばらくはそっとしておくはずだ。これまでにも採掘《さいくつ》基地でそういう光景は何度も見てきた。パンチを返さなかった者は、ますますいじられることになるのが常だった。それが自然の法則なのだ。

ファルコーニは正面から口出しこそしなかったが、さりげなく話の方向を変えようとしていることにキラは気づいた。話題が変わると、ヴィシャルは誰《だれ》の注意も引かないことを願っているみたいに椅子《いす》に身を沈《しず》めた。

みんなが話しているあいだに、キラはエントロピストたちのほうへ近づいていった。彼《かれ》らはテーブルの上の青みがかった長方形の品に身をかがめ、それをあける鍵《かぎ》か掛《か》け金を探そうとしているかのように、ためつすがめつしている。

キラはヴェーラの隣《となり》に腰《こし》をおろした。「それは?」その品物を示しながら尋《たず》ねる。キラの両手のこぶしを合わせたぐらいの大きさだ。

エントロピストたちはキラを凝視《ぎょうし》した。ローブのフードをかぶっているせいでフクロウっぽく見える。「私たちはこれを――」ジョラスが言った。

「――ジェリーの船で見つけました」ヴェーラがつづける。「思うにこれは――」

「――コンピューターのプロセッサか制御《せいぎょ》モジュールかと。でも正直なところ――」

「――断言することはできません」

キラはまたファルコーニをちらりと見やった。「あなたがたがこれを持っていることをキャプテンは知っているの？」

エントロピストは互《たが》いの表情をそっくり再現してほほえんだ。「具体的にこれだとは知りません」ふたりの声がステレオになって聞こえた。「けれど、あの船からいくつかの備品を回収したことは知っています」

「見せてもらっても？」キラは両手を差し出した。

一瞬《いっしゅん》の間を置いて、エントロピストたちはキラがその品物を手に取ることを許した。見た目よりも密度が高い。表面はわずかにくぼんでいて、これは……塩？　そんなにおいがする。

キラは顔をしかめた。「これがなんなのかをゼノが知っているとしても、わたしに教えるつもりはないみたい。これをどこで見つけたの？」

エントロピストはインプラントに記録された場面をキラに見せた。

「〈虚空の様相《アスペクト・オブ・ザ・ボイド》〉」キラは口にしたが、英語訳はしっくりこなかった。正確な訳ではあるものの、ジェリーの原語の感じを捉《とら》えきれていない。「それがあの部屋の名前だった。わたしはなかに入らなかったけど、表示を見たの」

ヴェーラが慎重《しんちょう》な手つきで長方形の品を取り返した。「この場合――」

「――〝様相〟という単語は何を表しているのですか？　同じく――」

「――〝虚空《こくう》〟とは？」

キラはためらった。「さあ。もしかしたら……通信のこととか？　申し訳ないけど。これ以上お役に立てそうにないわ」

エントロピストたちは小さく頭を下げた。「あなたのおかげで新たな情報が得られました。この件についてはさらに熟考を重ねてみましょう。プリズナー、あなたの進む道がいつも知識へと導いてくれますように」

「自由に通じる知識へと」キラも挨拶《あいさつ》を返した。

夕食が済んでみんなが解散すると、キラはシンクのそばでファルコーニとふたりだけになれるタイミングを捉《とら》えた。「ニールセンは大丈夫《だいじょうぶ》？」低い声で問いかけた。

ファルコーニが躊躇《ちゅうちょ》しているのを見て、思ったとおりだとキラは確信した。「問題ない。

明日には元気になるだろう」

「本当なのね」キラは疑うような顔を向けた。

「本当だ」

キラは納得しなかった。「お茶を持っていったら喜ぶと思う?」

「そいつはたぶんよくな――」ファルコーニはお皿を拭《ふ》きながら、途中《とちゅう》で口をつぐんだ。「いや。いまのは撤回《てっかい》するよ。そうしてやったらオードリーは感謝するだろう」そう言って、戸棚《とだな》に手を伸《の》ばすと、お茶の包みをひとつ取った。「彼女《かのじょ》が好きなやつだ。ショウガの」

一瞬《いっしゅん》、ファルコーニが自分をだまそうとしているのではないかとキラは疑った。が、だとしてもかまわないと思った。

お茶を淹《い》れると、キラは手に持ったふたつのカップの液体をあまり揺《ゆ》らしすぎないように気をつけながら、ファルコーニに教わった道順に従ってニールセンの船室に向かった。

ノックをしても返事がなかったので、もう一度ノックして声をかけた。「ミズ・ニールセン? わたし、キラです」

「……あっちに行って」一等航海士はふり絞《しぼ》るような声で言った。

「ショウガ茶を持ってきたの」

少ししてからドアがキーッと音を立てて開き、ワインレッドのパジャマと揃《そろ》いの室内履《ば》きという格好のニールセンの姿が見えた。いつもは完璧《かんぺき》に整えてある髪《かみ》は後ろで適当なおだんごにまとめられ、目の周りにはくまができ、宇宙焼けをしていてもわかるほど肌《はだ》から血の気が引いて青ざめている。

「どうぞ」キラはカップを差し出した。「お茶よ。何か温かいものが飲みたいんじゃないかと思って」

ニールセンは異国の工芸品を前にしたようにカップをじっと見つめた。やがてごくわずかではあるが表情をやわらげ、カップを受け取って脇《わき》にどいた。「立ち話もなんだから、なかへどうぞ」

ニールセンの船室は清潔で片付いていた。唯一《ゆいいつ》の私物はデスクの上のホログラムだけだ——十代前半の三人の子ども（男の子ふたりと女の子ひとり）の画像。壁《かべ》にはオーバーレイによって真鍮《しんちゅう》製の枠《わく》で囲まれた楕円形《だえんけい》の窓の幻影《げんえい》がつくり上げられている。窓の外を眺《なが》めると、オレンジ、茶色、淡《あわ》いクリーム色の雲がどこまでも広がっている。

キラはひとつだけある椅子《いす》に座り、ニールセンはベッドに腰《こし》かけた。「ハチミツが好きかわからないけど……」キラは小さなパックを差し出した。雲の動きに目が吸い寄せられ、気を取られてしまう。

「ええ、好きよ」

ニールセンがお茶にハチミツを入れて混ぜるあいだ、キラは彼女《かのじょ》を見つめていた。この一等航海士がこんなに弱っているところを見るのは初めてだ。「よかったらギャレーから何か食べ物を持ってくるけど。すぐに行って——」

ニールセンは首を振《ふ》った。「お腹に入れられそうにないから」

「クライオのせいで不調なんでしょう?」

「そんなところね」ニールセンは答えた。

「何かほかにいるものは? なんならドクのところから——」

ニールセンはお茶をひと口飲んだ。「お気遣《きづか》いありがとう、でも結構よ。ぐっすり眠《ねむ》ることさえできれば、きっと——」彼女《かのじょ》は息を詰《つ》まらせ、痛みの発作に顔をしかめた。前かがみになり、膝《ひざ》のあいだに頭をうずめ、息も絶え絶えになっている。

キラはハッとして駆《か》け寄ったが、ニールセンが片手を上げて制すると、どうすればいいのかわからなくなった。

ヴィシャルを呼びに行こうとしたとき、ニールセンは身体をまっすぐ起こした。その目には涙《なみだ》がにじみ、表情は険しい。「まったくもう」小声でぼそりとつぶやいたあと、もっと大きな声で言う。「心配しないで。大丈夫《だいじょうぶ》だから」

「大丈夫《だいじょうぶ》なわけないでしょ。動くのもやっとじゃない。ただのクライオ酔《よ》いじゃないはずよ」

「そうね」ニールセンはベッドの後ろの壁《かべ》にもたれかかった。

「じゃあなんなの？　生理痛？」ニールセンが生理を止めずにいる理由は想像もつかなかったが、もしそうだとしたら……。

ニールセンは短い笑い声を漏《も》らした。「だったらいいんだけど」そしてお茶に息を吹《ふ》きかけ、長々と口をつけた。

キラはまだ心配だったけれど、椅子《いす》に座りなおしてニールセンの様子を見守った。「そのことについて話したい？」

「あまり話したくないわ」

ふたりのあいだに気まずい沈黙《ちんもく》が広がった。キラは自分のお茶を飲んだ。もっと追及《ついきゅう》したい気持ちはあったが、それは間違《まちが》いだとわかっていた。「この惑星《わくせい》系で発見したものを見た？　驚《おどろ》くばかりよ。調べるのに何世紀もかかりそう」

「人類が全滅《ぜんめつ》させられていなければね」

「そういう些細《ささい》な問題はあるけど」

ニールセンはカップ越《ご》しに熱を帯びた鋭《するど》い目でキラを見つめた。「わたしがなぜこの旅に同意したかわかる？　ファルコーニと意見を戦わせることもできたのに。もしもわたしが本気で反対していたら、アカウェの提案を断るよう説得することだってできたはずよ。こういうことにかけては、ファルコーニもわたしの意見を聞き入れてくれるから」

「さあ、わからない。どうしてなの？」

一等航海士はデスクの上にある子どもたちのホログラムを指さした。「あれが理由」

「あれはあなたとあなたの兄弟？」

「いいえ。わたしの子どもたちよ」

「家庭を持っているとは知らなかったわ」キラは驚《おどろ》いていた。

「孫だっているんだから」

「嘘《うそ》でしょ！　ほんとに？」

ニールセンは小さくほほえんだ。「見た目よりずっと歳《とし》なのよ」

「幹細胞注射《かんさいぼう》を打ってたなんて思いもしなかったわ」

「この鼻と耳のこと？」ニールセンは鼻と耳に手を触《ふ》れた。「十年ほど前に修復したの。わたしの住んでいたところでは、そうするのが当たり前だったから」彼女《かのじょ》は壁《かべ》に映し出された窓の外を眺《なが》めた。遠い目で、金星の雲ではない何かを見ているようだ。「家族を守りたければ、バグハントに来るよりほかはなかった。だから同意したのよ。ただ、できることなら……いえ、もう言っても仕方ないことよ」

「仕方ないって、何が？」キラは柔《やわ》らかな口調で問いかけた。

悲しみに包まれ、ニールセンはため息をついた。「できることなら、出発前にあの子たちと話がしたかった。帰還《きかん》したときにどういう状況《じょうきょう》になっているかは知る由《よし》もないのだから」

キラには彼女《かのじょ》の気持ちがわかった。「ご家族はソルに住んでいるの？」

「ええ。金星と火星に」ニールセンは手のひらのほくろをついた。「娘《むすめ》はいまも金星にいる。あなたも見たかもしれないけど、あの星はしばらく前にジェリーの襲撃《しゅうげき》を受けた。幸い娘《むすめ》のいるところからは離《はな》れた場所だったけど……」

「娘《むすめ》さんの名前は？」

「ヤンよ」

「きっとお子さんたちはみんな無事でいられるはずよ。どこにいるよりも、ソルは安全でしょうから」

ニールセンは〝いい加減なことを言わないで〟という顔をしてみせた。「地球で何があったか見たでしょう。いまとなっては安全な場所なんてどこにもないんだわ」

キラはニールセンの気を紛《まぎ》らわそうとして尋《たず》ねた。「それで、どうして〈ウォールフィッシュ〉号に乗ることになったの？　ご家族からこんなに遠く離《はな》れて」

ニールセンはカップに映る姿を見つめている。「理由はいろいろあるけれど……勤めていた出版社が破産を宣告したの。経営陣《けいえいじん》が刷新されて、従業員の半分が解雇《かいこ》され、年金も無効になった」ニールセンは首を振《ふ》った。「会社のために二十八年間も働いてきたのに、すべてが失われてしまった。年金のことだけでも最悪なのに、そのうえ健康保険まで使えなくなって、わたしが抱《かか》えている、そう、困難からすると、それが問題だった」

「だけど――」

「そうね。善良な市民でありさえすれば、基本的な保険適用は保障されている。時には善良な市民じゃなくたって。でもわたしに必要なのは基本的な保障じゃないのよ」

ニールセンは目の端《はし》でちらりとキラを見やった。「わたしの病気がどの程度のもので、感染性じゃないのかって思ってるんでしょう」

キラは片方の眉《まゆ》を上げた。「あなたが致命的《ちめい》な肉食性の細菌《さいきん》を保有していたら、ファルコーニは乗船させようとしなかったはずよ」

ニールセンは笑いそうになったが、そのあと手で胸を押《お》さえて苦痛の表情を浮《う》かべた。

「そこまでひどい病気じゃない。とにかく、ほかのみんなにとっては」

「あなたは――その、死に至る病なの？」

「命には終わりがある」ニールセンはあっさり言い放った。「たとえ幹細胞《かんさいぼう》注射を打っていても。最終的には必ずエントロピーが勝るものよ」

キラはカップを掲《かか》げた。「それじゃあ、エントロピストに乾杯《かんぱい》。彼《かれ》らがあらゆるものの時間順序による衰退《すいたい》を逆転させる方法を見つけてくれますように」

「賛成」ニールセンはカップを触《ふ》れ合わせた。「とはいえ、永遠の命が欲しいとも思えないけど」

「ええ。でも選択肢《せんたくし》があるのはいいことでしょ」

ニールセンはまたカップに口をつけ、ふたたび沈黙《ちんもく》したあとで言った。「実を言うとね、わたしの……病気は両親からの贈《おく》り物なのよ」

「どうして？」

一等航海士は顔をこすった。本当はどれほどひどく疲弊《ひへい》しているかがはっきり見て取れる。「両親は正しいことをしようとしていた。人は常にそう。両親はただ、善意と地獄《じごく》への道についての古い格言を忘れていただけで」

「あれってだいぶ皮肉っぽい考え方よね」

「わたしはだいぶ皮肉っぽい気分なの」ニールセンはベッドの上に脚《あし》を伸《の》ばした。痛むようだ。「わたしが生まれる前は、遺伝子操作に関する法律がいまほど厳しくなかった。両親はわが子に――わたしに――可能な限り有利な条件を与《あた》えたいと思った。どこの親もそうでしょう？」

キラはすぐさま問題を把握《はあく》した。「そんな」

「そういうこと。だから両親は知能にかかわるとされるありったけの遺伝子配列をわたしに詰《つ》め込《こ》んだ。進化したばかりの人為《じんい》的な遺伝子もいくつか含《ふく》めて」

「成功したの？」

「わたしは計算機を必要としたことは一度もないわ、そういうことを訊《き》いているのならね。けれど予期せぬ副作用があった。何が起きたのか医師たちにもはっきりわかっていないけど、どこかの部分が変化したことによって免疫《めんえき》系が刺激《しげき》された――裂《さ》けて開いたドームの圧力警報みたいに作動したわけ」ニールセンは冷笑を浮《う》かべた。「だからわたしは勢いよく空気が抜《ぬ》けていく速度なら調べなくても計算することができるけど、窒息《ちっそく》するのを防ぐためにできることは何もない。例えて言うならね」

「何もできないの？」キラは訊《き》き返した。

ニールセンは首を振《ふ》った。「医師たちはレトロウイルス療法《りょうほう》でこの混乱を治そうとしたけれど……できるのはそれだけだった。遺伝子はここの組織を変異させていた」彼女《かのじょ》は頭の横を軽く叩《たた》いてみせた。「それを抹消《まっしょう》したり、取り除いたり、あるいは編集したりするだけでも、わたしは死ぬか、記憶《きおく》や人格がめちゃくちゃになりかねない」ニールセンは唇《くちびる》をゆがめた。「人生はそういうささやかな皮肉に満ちているのよね」

「お気の毒に」

「よくあることよ。わたしだけじゃないんだから、とはいってもほかの人たちは大半が三十歳《さい》を過ぎるまで生きられなかったけど。薬さえのんでいればそこまでひどくないわ、でも日によっては——」ニールセンは苦しそうな顔になった。「日によっては、薬が大して効かないこともある」枕《まくら》を手に取り、背中の後ろに挟《はさ》む。その口調はヒ素みたいに苦々しい。「自分の身体が自分のものではないとき、それはどんな監獄《かんごく》よりも最悪のものになる」

彼女《かのじょ》はすばやくキラに視線を向けた。「あなたにはわかるでしょう」

確かにわかった、それにくよくよ考えたところでどうにもならないということも。「それで、解雇《かいこ》されたあとはどうなったの?」

ニールセンはお茶の残りをひと息に飲み干し、空《から》のカップをデスクの端《はし》に置いた。「請《せい》求書《きゅうしょ》が溜《た》まりはじめて……それから、夫のサロスが出ていった。別にあの人を責めてはいない、でもそんなわけでわたしは六十三歳《さい》にしてすべてを一からやり直すはめになった……」ニールセンの笑い声はガラスをも切断しそうだった。「お勧《すす》めはしないわ」

キラは同情のこもる声を発し、一等航海士は話をつづけた。「金星では自分に合う仕事が見つからなかったから、あそこを離《はな》れたの」

「そんなにあっさり？」

ニールセンの気丈《きじょう》さがまた表面にはっきり現れた。「まさにそんなふうにして。定職に就こうと、しばらくはソルを転々としていた。そうこうするうちに、タイタンの外れにあるハーコート・ステーションにたどり着き、そこでファルコーニと出会ってわたしを一等航海士として船に乗せるよう言いくるめたというわけ」

「その会話、わたしも聞きたかったな」

ニールセンはくすくす笑った。「ちょっと強引だったかしらね。〈ウォールフィッシュ〉号に無理やり乗り込《こ》んだようなものだった。わたしが乗船したとき、この船はかなり取り散らかしていた。整理して予定を立てる必要があって、そういうことならわたしは昔から得意だったの」

キラは余分に持ってきていたハチミツのパックを手でもてあそんだ。「ひとつ訊《き》いてもいい？」

「いまさら許可を求めるの？」

「ファルコーニのことなんだけど」

ニールセンは警戒《けいかい》するような顔になった。「どうぞ」

「彼《かれ》の腕《うで》の傷痕《きずあと》は何があったの？　なんで治さなかったの？」

「ああ」ニールセンは脚《あし》を動かし、もっと楽な姿勢を取ろうとした。「どうして自分で彼《かれ》に訊《き》かないの？」

「触《ふ》れたらいけないことかもしれないと思って」

ニールセンはまっすぐすぎる目で見つめてきた。その目の中に緑色の斑点《はんてん》があることに、キラは初めて気がついた。「ファルコーニは話す気になったら、あなたに話すでしょう。いずれにしても、わたしから話すことじゃないわ。わかっているはずよ」

キラはしつこく訊《き》きだそうとはしなかったけれど、ニールセンが口を閉ざしていることでなおさら好奇心《こうきしん》を募《つの》らせた。

そのあとは、金星での仕事と生活の細かな事情について、三十分ほど楽しくおしゃべりをして過ごした。キラにとって金星は美しくエキゾチックで危険な魅力《みりょく》のある惑星《わくせい》に思えた。金星にある出版社でのニールセンの仕事はキラの職業とはあまりにかけ離《はな》れていて、連盟星の至るところに無数の人々が存在し、個人個人がさまざまな経験をしているのだということについて考えさせられた。

やがてキラのカップも空《から》になり、ニールセンがいくらか元気を取り戻《もど》した様子になると、キラはおいとましようと立ちあがった。一等航海士はキラの手首をつかんだ。

「お茶をご馳走様《ちそう》。気遣《きづか》ってくれてありがとう。本当に親切に」

その感謝の言葉にキラは心が温かくなるのを感じた。「どういたしまして。いつでもどうぞ」

するとニールセンはほほ笑みを浮《う》かべ――心からの笑みを――、キラもほほ笑み返した。

4

キラは自室に戻《もど》るとシンクのそばにある鏡の前で足を止めた。船に訪れた夜の薄明《うすあ》かりが顔に暗い影《かげ》を落とし、そのせいで鼻のゆがみがくっきりと際立って見える。曲がった鼻に手を触《ふ》れた。これなら簡単に治せるだろう。ぐいっと引っぱればまっすぐになり、あとはソフト・ブレイドが元どおりに戻《もど》すはずだ。

けれど気が進まず、いまではその理由が分かった。このゼノはキラの身体のあらゆるしるしを、こぶもしわもしみもちょっとした出っ張りも、一切合切消し去っていた。キラが生きてきたなかで身体に刻まれた記録を拭《ぬぐ》い去り、代わりにどんな経験の形跡《けいせき》も残すことのない無意味な繊維《せんい》でコーティングしてしまっている。あまりにも多くのものを奪《うば》われていたから、これ以上は失いたくなかったのだ。

曲がった鼻をそのままにしておくのはキラが選んだことで、ソフト・ブレイドと共有しているこの肉体をつくり直す自分なりのやり方だった。曲がった鼻は過去に犯した過ちを思い出させるものでもある。決してくり返さないと心に誓《ちか》った過ちを。

そう心に決めたことと、到着《とうちゃく》したこの惑星《わくせい》系の画像をいやというほど見たことに興奮冷めやらぬまま横になると――三か月間をほとんど休眠《きゅうみん》して過ごしたあとだというのに――キラは眠《ねむ》りに落ちた。

彼女《かのじょ》と、一体になった肉体――支配する者ではなく与《あた》える者――は奇形《きけい》の成長物が茂《しげ》った野原のあいだを〈いと高き方〉の目撃者《もくげきしゃ》として後ろについて歩いていた。有毒な実を結んだ癌《がん》のような意図のあいだを。〈いと高き方〉が〈蒼《あお》き杖《つえ》〉を上げ、鋭《するど》いひと言を発した。「ならぬ」

杖《つえ》が振《ふ》り下ろされ、隆起《りゅうき》している地面を打った。変異した細胞《さいぼう》のひとつひとつがばらばらになり、〈いと高き方〉の周りに灰色の円が広がった。死と腐敗《ふはい》の悪臭《あくしゅう》が野原を包み、悲しみが〈いと高き方〉を屈服《くっぷく》させた。

それより前の場面――高いアーチを描《えが》く謁見室《えっけんしつ》に召集《しょうしゅう》された〈七頭政治《ヘプターキー》〉*16の前に彼女《かのじょ》のきょうだいのひとりが立っていた。模様のある床《ゆか》に〈いと高き方〉が降りてきて、彼女《かのじょ》のきょうだいの血で汚れた額《よご》に〈蒼《あお》き杖《つえ》〉を触《ふ》れた。

「そなたにもう価値はない」

するとと杖《つえ》からまた別のソフト・ブレイドが流れ出て、肉体から肉体が離《はな》れ、その支配から逃《のが》れ、結びついていた相手をむき出しの無防備な状態にさらした。〈蒼《あお》き杖《つえ》〉を拒《こば》むことなどできないのだから。

さらに転換《てんかん》して、彼女《かのじょ》は巨大《きょだい》な宇宙船の観測台で〈いと高き方〉の横に立っていた。彼《かれ》らの前方と下方には岩石惑星《わくせい》が浮《う》かび、無数の生命によって緑と赤に色づいている。けれどそこにはよからぬものがあった——ここにはいたくないと彼女《かのじょ》に思わせる脅威《きょうい》の兆しが——まるで惑星《わくせい》それ自体が悪意をもっているかのように。

〈いと高き方〉はふたたび〈蒼《あお》き杖《つえ》〉を上げた。「もうよい」杖《つえ》が前に向けられ、サファイア色の光が影《かげ》の流れを送り出し、惑星《わくせい》は消滅《しょうめつ》した。

そこから離《はな》れた場所、さきほどの惑星《わくせい》があった場所からずっと行った先で、一部分の星明かりがねじれ、それと共に彼女《かのじょ》の胃もねじられるような感覚があった。その歪曲《わいきょく》が何を予告するものなのか、彼女《かのじょ》は知っていたから……。

キラは心臓をバクバクさせながら目を覚ました。しばらくブランケットをかぶったまま、ソフト・ブレイドの記憶《きおく》を振《ふ》り返っていく。やがて寝返《ねがえ》りを打って身体を起こすと、ファルコーニとアカウェの両者に連絡《れんらく》を取った。

応答があるとすぐにキラは伝えた。「〈蒼《あお》き杖《つえ》〉を捜《さが》さないと」そしていまの夢を語り聞かせた。

ファルコーニが言う。「その夢の一部だけでも真実だとしたら――」

「そのときは、ジェリーの触手《しょくしゅ》に杖《つえ》を奪《うば》わせないことがますます重要になる」とアカウェ。

通信が終わり、キラは宇宙船の位置を確認した。惑星《わくせい》を目指していまも予定の方向に進んでいる。もっとまともな名前が必要ね、とキラは思った。この距離《きょり》から拡大せずに見ると、船のカメラに映るその惑星《わくせい》はまだ輝《かがや》くひとつの点に過ぎず、惑星《わくせい》系にぎっしり詰《つ》め込《こ》まれた残りの星がしるしている近くの点々となんら変わりはなかった。

夜のあいだにシップ・マインドはバグハント付近に点在する建造物をさらに発見していた。この惑星《わくせい》系は明らかに長期にわたる定住の拠点《きょてん》となっていたはずだ。

キラは最新の発見にざっと目を通したが、すぐにわかるようなことは何もなかったので、あとの研究に回していまは脇《わき》に置いておくことにした。

次にメッセージを確認した。二通届いている。一通目は――半ば予想していたとおり――グレゴロヴィッチからだった。

きみのエイリアンの連れ合いが発生させた粉塵《ふんじん》がまたもや私のフィルターを詰《つ》まらせているぞ、肉袋《ミートバッグ》よ。

——グレゴロヴィッチ

キラは返信した。

悪かったわ。昨日は掃除《そうじ》する時間がなかったから。やれるだけやってみる。

——キラ

気にするな。きみに任せると散らかるだけになりそうだ。ドアの鍵《かぎ》をあけておいてくれ、気の利くわが小さなサービス・ボットを派遣《はけん》して、きみの残りかすを掃除《そうじ》させておこう。ついでにシーツも畳《たた》ませておこうか？　はい／いいえ

——グレゴロヴィッチ

……いいえ、結構よ。自分でなんとかできるから。

——キラ

お望みのままに、肉袋《ミートバッグ》よ

——グレゴロヴィッチ

もう一通のメッセージはスパローからだ。

さあ、やるよ。貨物室で待ってる。

――スパロー

キラは後頭部に手を滑《すべ》らせた。スパローがそう言ってくるだろうとは思っていた。彼女《かのじょ》が何をしようとしているにしても、一筋縄ではいかないだろうけれど、キラは別にかまわなかった。ソフト・ブレイドと訓練したことが成果を上げられているのか知りたかった。何はともあれ、完全に目覚めていて食事もしっかり取ったいまなら、ゼノとの連携《れんけい》はしやすいはずだ。

キラはギャレーに朝のチェルを取りに寄ってから貨物室に向かった。貨物室には海兵隊員たちがいて、惑星《わくせい》eへの上陸に向けて装備の準備をしている。隊員たちはキラに会釈《えしゃく》し、ぼそぼそと挨拶《あいさつ》をして、サンチェスに至っては敬礼までしてみせた。軍で増強されたのか生まれつきの体質なのかわからないが、誰《だれ》ひとりとして〈ウォールフィッシュ〉号のクルーたちのようにクライオで衰弱《すいじゃく》した様子はない。

約束どおり、スパローは器具の棚《たな》の奥《おく》に隠《かく》れた小さなジムにいた。ガムを噛《か》みながらマットの上できつそうな腹筋運動をしている。「リハビリをね」問いかけるようなキラの顔を見てスパローは答えた。

ひととおり終えると、スパローは転がって膝《ひざ》をついた。「さてと。三か月間。訓練をつづけることができた？」

「ええ」

「で？　どんな具合だった？」

キラもひざまずいた。「うまくいったと思う。苦戦することもあったけど、最大限の努力はした。本当にがんばったんだから」

スパローの顔にゆがんだ笑みがかすかによぎった。「じゃあ証明して」

キラは証明してみせた。押《お》したり引いたり走ったり、スパローに求められたあらゆる動きを実演して……それと同時にソフト・ブレイドをあれこれ変形させていく。満足なことに、うまくやれた。完璧《かんぺき》とまではいかなくても。かなり近いところまで。ゼノが刺《さ》したり打ちかかったりするほど制御《せいぎょ》できなくなることは決してなかった。キラの身体にかけられたストレスに反応しても、せいぜい棘《とげ》を出したりさざ波を立てたりするぐらいだった。キラはゼノの繊維《せんい》で入り組んだ模様や形をつくり出すことができた。まるでこの有機体はキラに逆らうのではなく協力しているみたいで、それは歓迎《かんげい》すべき変化だった。

スパローは集中して熱心に見入っていた。褒《ほ》めることもなく、認めた様子も見せず、キラが要求に応えつづけても、さらに要求するだけだった。もっと重く。ソフト・ブレイドを扱《あつか》いながらもっと複雑に。緊張《きんちょう》状態の下でもっと長いあいだ。もっ、もっと。

ついにキラは、今日はここまでにしようと言いかけた。新たに習得したスキルはもう充《じゅう》分《ぶん》に証明してみせたはずだ。ところがスパローには別の考えがあった。

スパローは座っていたベンチからひょいと降りると、息を切らして汗《あせ》をかきながらウエイトラックのそばに立っているキラのもとへずんずん近づいてきた。そしてほんの数センチ手前のところで止まった。近すぎて落ち着かない距離《きょり》だ。

キラは後ずさりしたくなるのをこらえた。

「できるだけ精密な模様をつくってみて」スパローは言った。

キラは文句を言いたくなった。そこをぐっとこらえ、考えたすえ、ソフト・ブレイドがこれまで何度か見せていたフラクタル図形を模造するよう念じた。スーツの表面が波立ち、顕微鏡《けんびきょう》を使わなければ見えないぐらい細かな模様に変形する。そのまま維持《いじ》しておくのは簡単ではなかったが、そこに意味があった。

キラは息を吸い込《こ》んだ。「オーケー。ほかには――」

スパローがキラの頬《ほほ》を叩《たた》いた。思い切り。

キラはショックを受け、目をぱちくりさせた。叩《たた》かれた左側の目に涙《なみだ》が浮《う》かんでくる。

「何を――」

スパローはもう一度ひっぱたき、鮮《あざ》やかな冷たい衝撃《しょうげき》によって視界に星が流れていく。マスクが顔を覆《おお》いはじめ、ソフト・ブレイドが棘《とげ》をくり出すのを感じ、キラは全力で押《お》しとどめた。まるで反対端《はし》に千キロの重さがかかり、キラをたぐり寄せようとしながらいまにもプツッと切れそうになっている、ぴんと張った針金をつかんでいるみたいだ。

スパローの目論みに気づき、キラは肚《はら》を決めて彼女《かのじょ》をにらみつけた。

スパローはにやりとした――その邪悪《じゃあく》なほほ笑みによって、キラはますますカッとなった。サディスト的な勝ち誇《ほこ》った表情に心底いらだちを覚えた。

スパローが三度目の平手打ちを食らわせてきた。

キラには平手が飛んでくるのが見えていた。かわすか、身をすくめるか、ソフト・ブレイドで身を守ることもできたはずだ。そうしたかった。反撃《はんげき》することだってできた。ゼノは戦うことを切望し、脅威《きょうい》を防ぐことを切望している。

一瞬《いっしゅん》でスパローは床《ゆか》に倒《たお》れ、いくつもの傷口から血を流していることになるだろう。その光景が目に浮《う》かぶようだった。

キラはもう一度息を吸い込《こ》むと、強いて笑みを浮《う》かべた。怒《いか》りの笑みではない。邪悪《じゃあく》な笑みでもない。わたしを打ちのめすことはできない、そう伝える抑《おさ》えた穏《おだ》やかな笑みだ。それは本心でもあった。ソフト・ブレイドと協調していて、キラにはゼノのみならず自分自身をもコントロールできるという確固たる自信があった。

スパローはうなるような声をあげ、身を退《ひ》いた。肩《かた》に入っていた力が抜《ぬ》ける。

「悪くないね、ナヴァレス……悪くない」

キラはソフト・ブレイドの表面に模様が溶《と》け込《こ》んでいくのに任せた。「あそこまで危ない真似をするなんて」

スパローは短く笑った。「でもうまくいったじゃない」彼女《かのじょ》はベンチに戻《もど》って腰《こし》を下ろした。

「もし失敗してたら？」キラは心の奥《おく》で勝ち誇《ほこ》った気分を味わわずにはいられなかった。バグハントまで向かうあいだに、確かに進歩したのだ。暗闇《くらやみ》のなかひとりぼっちで取り組んできた訓練は、やるだけの価値があった……。

スパローはウエイトマシンにバーの付属品を留めた。「あんたは明日には惑星《わくせい》に降り立ってエイリアンの街をうろつきながら、とんでもなくおっかないエイリアンの超《ちょう》強力兵器を捜《さが》すことになってるんだからね。あっという間に最悪の状況《じょうきょう》に陥《おちい》る可能性があることはわかってるでしょ。これぐらいの些細《ささい》なことにも対処できないようなら――」スパローは肩《かた》をすくめた。「――〈ウォールフィッシュ〉号から降りるべきじゃない。それにあんたを信じてたし」

「あなたってどうかしてる、自分でわかってるの?」そう言いながらもキラはほほ笑んでいた。

「いまさら何を」スパローはかなり軽めの重りを使ってウエイトマシンでプルダウンを始めた。十セットやるとそこでやめ、背中を曲げて目をぎゅっとつぶる。

「身体の具合はどう?」キラは尋《たず》ねた。

スパローはげんなりした顔になった。「順調に回復してる。ドクはあたしがクライオに入っているあいだ通常より少しだけ高い代謝率を維持《いじ》できるようにしてくれて、おかげで回復の助けになったけど、またパワードスーツを着れるようになるまでにはまだ数週間はかかりそう。それが頭にきてたまらない」

「どうして?」

「どうしてかって」スパローは怪我《けが》をしたわき腹をマッサージしながら言う。「こんな状態じゃ戦えないからさ」

「戦う必要はないはずよ。UMCも一緒《いっしょ》なんだから」

スパローは鼻を鳴らした。「あんた、コロニーかどこかで育った?」

「ええ。そのことになんの関係が?」

「だったら、他人に責任を負わせるわけにはいかないってことを知っておくべきだね。まずいことになったとき、自分の面倒《めんどう》は自分で見られるようにしないと」

キラは抱《かか》えていたウエイトを片付けながら、少しのあいだそのことについて考えた。

「それができないときもあるし、そういうときはほかの人に頼《たよ》るべきよ。それが社会の仕組みでしょう」

スパローは唇《くちびる》を嚙《か》みしめて、面白くもなさそうに小さくほほ笑んだ。「かもね。だからって身体が思うように動かなくてもいいいってことにはならないけど」

「それはそうね」

5

貨物室を出ていくとき、海兵隊員たちとすれ違《ちが》い、キラは入ってきたときと同じように挨拶《あいさつ》をした。彼《かれ》らも応じかけたが、スパローの姿を見ると冷ややかな表情になった。

タトゥポアはスパローのほうに顎《あご》をしゃくってみせた。備品棚《だな》が落とす影《かげ》のなかで、タトゥーがサファイア色の針金みたいに輝《かがや》いて見える。「おい、あんたのこと調べたぜ。さっさと行っちまえ、ガス頭。あんたみたいなのにそばにいられたくないからな」

「兵卒！」ホーズ中尉《ちゅうい》が怒鳴《どな》りつける。「そこまでにしておけ！」けれど中尉《ちゅうい》もほかの海兵隊員たちと同じく、スパローを見ようとしない。

「イエッサー」

スパローは聞こえなかったみたいに歩きつづけて、反応しなかった。キラは困惑《こんわく》しながら、遅《おく》れないようついていく。廊下《ろうか》に出たところで尋《たず》ねた。「さっきのはなんだったの？」

驚《おどろ》いたことに、スパローは壁《かべ》に片手をついて前かがみになった。この背の低い女性はいまにも吐《は》きそうな様子だ。これはクライオとはなんの関係もなさそうだとキラは察した。

「ねえ、大丈夫《だいじょうぶ》？」

スパローは身震《みぶる》いした。「ぜんぜん平気。絶好調だよ」そう答えると、あいているほうの手の付け根で目の端《はし》をこすった。

どうすることもできず、キラは尋《たず》ねた。「あの海兵隊員たちはどうやってあなたの素性を知ったの？」

「軍務記録。艦隊《かんたい》のどの船にも、医師や技術関係を専門とする歩兵は別として、ひととおりの記録が揃《そろ》ってるからね。きっとあたしの顔写真を使ってファイルを照合したんだ。大して難しいことじゃないはず」スパローは鼻をすすり、壁《かべ》から身を離《はな》す。「このこと、誰《だれ》かに話したら殺してやるからね」

「その前にジェリーにやられるかもしれないけど……。ガス頭ってなんのこと？　よくないことみたいだけど」

スパローは唇《くちびる》をゆがめて苦々しい笑みを浮《う》かべた。「ガス頭っていうのは、宇宙空間に放り出されても当然だと思う相手の呼び方だよ。血液が沸騰《ふっとう》して気体《ガス》になるから。わかった？」

キラは暗に示されていることを読み取ろうとしながら、スパローを見つめている。「なんであなたが？」

「どうでもいい」スパローはぼそりとつぶやき、背筋を伸《の》ばした。彼女《かのじょ》はそのまま歩き去ろうとしたが、キラはその前に立ちはだかった。

「どうでもよくない」

スパローは顎《あご》の筋肉を動かしながら、キラの目をまっすぐ見つめた。「そこをどきな、ナヴァレス」

「話してくれたらね、力づくでどかそうとしたって無駄《むだ》よ」

「あっそう、じゃあここに座っとく」スパローは座り込《こ》んであぐらをかいた。

キラもその隣《となり》にしゃがみ込《こ》む。「海兵隊員と協力できないのなら、その理由を知っておきたいの」

「キャプテンでもないくせに」

「そうね、でもここにいる全員が命を懸《か》けてるんだから……。話してよ、スパロー。それほどひどいことじゃないはずよ」

スパローは鼻を鳴らした。「そう思ってるんだとしたら、想像力の欠如《けつじょ》もはなはだしいね。いいよ。くそくらえだ。真実を知りたい？　あたしは敵前逃亡《とうぼう》してUMCMを追い出されたんだよ。結果として七か月間を刑務所《けいむしょ》で過ごした。ほら、これで満足？」

「そんなの信じない」

「明確な罪状は、持ち場を放棄《ほうき》したこと、敵を前にして怖気《おじけ》づいたこと、部隊長を殴《なぐ》ったこと」スパローは挑《いど》むように腕組《うでぐ》みをしてみせた。「だからガス頭ってわけ。臆病者《おくびょうもの》と軍務に就きたい海兵隊員なんていない」

「あなたは臆病者《おくびょうもの》なんかじゃない」キラは真剣《しんけん》に伝えた。「わたしは戦いの場にいるあなたを見た。そうよ、なんの迷いもなさそうに、あの女の子のために飛び出していったでしょう」

スパローは首を振《ふ》っている。「それはまた別の話」

「ばか言わないでよ……〝部隊長を殴《なぐ》った〟っていうことに本当の原因がありそうな気がするんだけど？」

スパローはひとつため息をついて、壁《かべ》に頭をもたれた。頭蓋骨《ずがいこつ》と壁《かべ》がぶつかった衝撃音《しょうげきおん》が左右の廊下《ろうか》に反響《はんきょう》する。「考えすぎるから、そんな気がするんだよ。部隊長はアイズナー中尉《ちゅうい》っていうやつで、正真正銘《しょうめい》のクソ野郎《やろう》だった。あたしは作戦展開の真っ最中に彼《かれ》の部隊に移動になった。シン・ザーとの境界紛争《ふんそう》中のことだ。アイズナーはむかつく将校だった。部隊を戦場で危険な目に遭《あ》わせてばかりで、どういうわけかあたしを目の敵《かたき》にしてるみたいだった。あたしが何をしようといつも攻撃《こうげき》してきた」スパローは肩《かた》をすくめた。「軍事作戦のひとつが失敗に終わったあと、こっちも堪忍袋《かんにんぶくろ》の緒《お》が切れた。アイズナーはばかげた理由をつけて砲兵《ほうへい》隊員を叱責《しっせき》してて、あたしはそこへ向かっていって、失せろと言った。カッとなって、最後には顔に一撃《いちげき》食らわせてた。そりゃもう立派な青あざをこしらえてやったよ。問題は、あたしは歩哨《ほしょう》勤務に配置されてたのに警備から離《はな》れたもんだから、アイズナーはあたしを敵前逃亡《とうぼう》罪で起訴《きそ》したってわけ」スパローはふたたび肩《かた》をすくめた。「七年間の軍務はあっけなく水泡《すいほう》に帰《き》した。残されたのは増強した身体だけ」彼女《かのじょ》は腕《うで》に力こぶをつくってみせ、また力を抜《ぬ》いた。

「ひどい。告発を取り下げるよう法廷《ほうてい》で闘《たたか》うことはできなかったの？」

「ああ。戦場での作戦中に起きたことだったからね。連盟は調査のためにあたしたちを連れ戻《もど》そうとはしなかった。あたしが持ち場を離《はな》れてアイズナーを殴《なぐ》るところが映像に記録されてた。それがすべてってわけ」

「じゃあ、あそこに行って事情を説明したら？」キラは貨物室を示した。

「そんなの無駄《むだ》だよ」スパローは立ち上がった。「あたしを信じる理由がある？　彼《かれ》らにしてみれば、あたしは脱走兵《だっそうへい》も同然なんだから」そしてキラの肩《かた》をぴしゃりと叩《たた》く。「どっちにしても関係ない。仕事をするのにお互《たが》いを好きでいる必要はないんだ……。ほら、いい加減どいてくれない？」

キラが脇《わき》によけると、スパローは足を引きずりながら通り過ぎ、廊下《ろうか》にはキラだけが残された。

長いあいだ考え込《こ》んだあと、キラは船の中央部を上がっていき、管理室に向かった。思ったとおりファルコーニはそこにいて、ニールセンの姿もあった――昨日よりずいぶん元気そうだ。

一等航海士と打ち解けた会釈《えしゃく》を交わしたあと、キラは船長に声をかけた。「何か進展は？」

「いまのところ何もない」

「そう……ひとつお願いがあるんだけど」

ファルコーニは警戒《けいかい》するようにキラを見た。「ほう？」

「あの惑星《わくせい》にあなたも一緒《いっしょ》に来てくれない？」

ファルコーニの眉《まゆ》がぴくりと上がった。「なぜだ？」部屋の向こうでは、ニールセンがディスプレイの文字を追うのをやめ、聞き耳を立てている。

「なぜって、ＵＭＣの人たちだけと行くのがいやだから」

「彼《かれ》らを信用してないの？」ニールセンが訊《き》いた。

キラは一瞬《いっしゅん》ためらった。「あなたのほうが信頼《しんらい》できる」

ファルコーニは少し間を置いてから答えた。「ふん、今日きみはツイてるぞ。もうアカウェと話はつけてある」

「あなたも行くってこと？」キラはまだ信じられずにいた。

「俺《おれ》だけじゃない。トリッグ、ニールセン、エントロピストたちもだ」

ニールセンは鼻を鳴らした。「日曜の午後はそんなふうに過ごしたいと思ってたのよ」

ファルコーニはにやっとキラに笑いかけた。「こんなところまで遥々《はるばる》やって来たってのに、観光に出かけないはずがないだろう」

それを知ってキラの不安はいくぶんやわらいだ。「じゃあスパローとファジョン、それとヴィシャルも船に残ることになるのね？」

「そうだ。ＵＭＣ側の医師が同行することになっている。スパローにはまだ仕事をさせられないし、ファジョンは外骨格《エクソ》が着られない。それに何か問題があったときに備えてファジョンには船に残っていてもらいたいからな」

キラは納得した。「じゃあ誰《だれ》がエクソを着るの？」

ファルコーニはニールセンのほうに頭をひょいと動かした。「彼女《かのじょ》とトリッグが」

「そんな必要はないわ。わたしならなんの問題もなく――」

船長は最後まで言わせなかった。「ああ、確かにそうだろう、だが今回の移動ではクルーに防具を着けていて欲しいんだ。それに俺《おれ》はどうもエクソが苦手でな。動きを制限されすぎて。どんなときでもなじんだ普通《ふつう》のスキンスーツのほうがいい」

6

その日の残りは静かな緊張感《きんちょうかん》のなかで過ぎていった。クルーは惑星《わくせい》への降下準備でせわしなく動き回り、キラは未知の（そして生命の存在する可能性を秘めた）異境にいるあいだの汚染《おせん》対策の手順を見直していた。見なくても頭に入ってはいたが、遠征《えんせい》調査が始まる前に読み直しておくことは決して無駄《むだ》にはならない。

数年とまでは言わなくても、数か月かけて離《はな》れたところからその惑星《わくせい》の生物圏《せいぶつけん》を研究したあとで、ようやく生身の人間を上陸させるというのが理想だが、状況《じょうきょう》が状況《じょうきょう》だけに、そんな贅沢《ぜいたく》は言っていられない。それでもやはり汚染《おせん》の可能性は――双《そう》方向で――できるだけ減らしておきたい。この惑星《わくせい》は情報の宝庫と言える。それを人間の細菌《さいきん》に感染させるなんて言語道断だ。残念ながら徹底《てってい》して消毒しても装備の表面から異物を完全に取り除くことはできないが、ベストは尽《つ》くしたい。

あれこれ考えたすえ、キラは提言書を作成した。専門家としての経験に基づき、現地も自分たちも守るために取るべき最善の手順について。キラはそのリストをファルコーニとアカウェに送った。

こいつはうんざりするほど面倒《めんどう》くさいことになるぞ、ナヴァレス。消毒を二回？ 特別許可がなければ何も触《さわ》るな？ 歩くのは一列で？ 二酸化炭素の排出《はいしゅつ》禁止？ UMCNにはこうした状況《じょうきょう》に対応する独自の手順がすでにあるし、条件は充分《じゅうぶん》すぎるほど満たしている。

――アカウェ

いいえ、充分《じゅうぶん》じゃない。人類にとってこの惑星《わくせい》みたいな場所は初めてなんだから。失敗は許されない。わたしたちが台無しにしなかったことを後世の人々に感謝されるはずよ。

――キラ

まずは後世の人々を確実に存在させる必要があるが。

――アカウェ

アカウェはブツブツ言いつづけていたけれど、さらに議論を重ねたあとで、上陸任務中はキラの提案したガイドラインに従うことに同意した。

だがガイドラインはあくまで指針に過ぎない。現場では不測の事態が起きるものだ、そのときは状況《じょうきょう》に応じるしかない。

――アカウェ

当地を保護しようと試みてさえいれば。わたしが求めているのはそれだけよ。

――キラ

了解《りょうかい》した。

――アカウェ

キラはグレゴロヴィッチとホーツチャ・ウブトが集めている惑星《わくせい》eとこの惑星《わくせい》系のそのほかの画像をまた調べはじめた。そこからわかることは大してなかったが、〈蒼《あお》き杖《つえ》〉を見つけるのに役立ちそうな発見を期待して調査をつづけた。

夕飯の時間は昨日よりも活気に満ちて和気あいあいとしたものになった。ニールセンの姿もあり、みんな来るべき旅に少しピリピリしていたものの、楽観的な雰囲気《ふんいき》が広がっていた。まるで彼《かれ》らが――人類全体が――とうとうジェリーを相手に大きく前進しようとしているみたいに。

話題の大部分を占《し》めているのは、あの惑星《わくせい》で遭遇《そうぐう》しそうなものとしなさそうなものについて、さらには持っていくのにいちばんよさそうな装備についてだった。UMCのシャトルの空間には限りがあるから、賢明《けんめい》な選択《せんたく》をする必要があった。

キラの予想どおり、スパローは〈ウォールフィッシュ〉号に残されることに不満を抱《いだ》いていた（ファジョンはどちらでもよさそうだった）。それに対してファルコーニはこう話した。「また腹が裂《さ》ける心配がなくなったそのときには、タイミングを見計らってパワードスーツを着ればいいさ」

スパローは受け入れたが、まだ不服なのがキラにはわかった。そこで、スパローの気をそらそうとして質問した。「気になってるんだけど。スパローっていうのはあなたの下の名前なの、それとも苗字《みょうじ》？　まだ教えてもらってないわ」

「言ってなかった？」スパローはワインをひと口飲む。「そうだっけ」

「彼女《かのじょ》の名前は身分証明書にスパローとだけ記載《きさい》されてる」ファルコーニがキラのほうに身を寄せて言った。

「ほんとに？　名前がひとつしかないの？」

スパローの目がキラリと光った。「あたしが返事をする名前はひとつだけだ」

海兵隊員たちに訊《き》けばきっと教えてくれるだろう。キラはそう思ったけれど、彼《かれ》らに訊《き》くつもりはなかった。

「じゃあ、あなたは？」キラはトリッグを見て尋《たず》ねた。

トリッグはうめき、両手で頭を抱《かか》え込《こ》む。「マジか。それ訊《き》いちゃうの？」

「え？」周りでほかのクルーたちはニヤニヤしている。

ヴィシャルがテーブルにカップを下ろし、トリッグを指さして言う。「親愛なるこの若者は実に興味深い名前を持っている、いやはやまったく」

「トリッグってのはただのニックネームだよ。本当の名前は――」スパローが言いかける。

「やめろーっ」トリッグは頰《ほほ》を赤らめている。「ぼくのおばさんは変わったユーモアのセンスの持ち主だったんだよ」

ヴィシャルがキラに向かって話す。「そうに違《ちが》いない。この哀《あわ》れな子にエピファニー・ジョーンズと名付けたんだからな」トリッグ以外のみんなが笑った。

「それは……ユニークな名前ね」とキラ。

ファルコーニがつづける。「ここからもっと面白くなるぞ。トリッグをどうやって見つけたか、キラに話してやれよ」

ほかのクルーたちが一斉《いっせい》にしゃべろうとして、トリッグは首を振《ふ》った。「ちょっとさあ！　その話はやめてくれよ」

「ぜひ話したいね」スパローがニヤリとして言った。

「自分で話したら？」キラが提案すると、少年は鼻にしわを寄せた。

「トリッグはダンサーだったんだ」ファジョンが言い、大事な秘密を打ち明けたみたいにうなずいてみせた。

キラは値踏《ねぶ》みするようにトリッグを見た。「ふうん、ダンサー？」

「シグニB近くのウンセット・ステーションで。鉱山労働者向けのバーでパフォーマンスすることで生計を立てていたんだ」ヴィシャルがつけ加えた。

「そんなんじゃないよ！」トリッグが言い返す。みんなが口を挟《はさ》もうとすると、トリッグは騒《さわ》ぎに負けないよう声を張り上げた。「本当に違《ちが》うんだって！　友だちがそこで働いてて、繁盛《はんじょう》させる方法を探してたんだよ。で、ぼくがアイデアを思いついた。ステージにテスラコイルを置いて、それを使って音楽を演奏したんだ。その後ぼくはスキンスーツ姿でファラデーケージの役割をして、コイルのあいだに立って手や腕《うで》に稲妻《いなずま》を受けてさ、そんな感じのことをやってみせた。すごかったんだぜ」

「それとダンスしたことも忘れるなよ」ファルコーニがにたにた笑った。

トリッグは肩《かた》をすくめた。「まあ少しはダンスもしたけど」

「わたしはその場にいなかったんだけどね」ニールセンがキラの腕《うで》に手を置いて言う。「聞いた話によると、トリッグはとても……熱心だったらしいわ」トリッグは見るからに気恥《きは》ずかしそうではあったが、一等航海士に称賛《しょうさん》されたことがどこか誇《ほこ》らしそうでもある。からかい半分の称賛《しょうさん》だったにもかかわらず。

「そう、確かに。熱心だった」ヴィシャルが相槌《あいづち》を打った。

トリッグが居心地悪そうにしているのを気の毒に思い、キラは話題を変えた。「どういう音楽を演奏していたの？」

「メインはスクラムロック。スレッシュ*17とか。そういうタイプのやつ」

「どうしてそこを離《はな》れることに？」

「残る理由がひとつもなかったから」トリッグはもごもご言って、残りの水を飲み干した。

暗いムードが漂《ただよ》って会話が静かになった。と、ファルコーニがナプキンで口を拭《ふ》いて言う。「おまえに必要なものがわかったぞ」

「必要なもの？」トリッグはお皿をじっと見つめながら尋《たず》ねた。

「宗教的な体験だ」

トリッグは鼻を鳴らし、やがて唇《くちびる》を曲げて渋々《しぶしぶ》とかすかな笑みを浮《う》かべた。「うん。そうだな……。そうかもしれないや」

「そうに決まってる」ファルコーニは言った。

意気込《いきご》みを新たにして、トリッグは残っていた料理をすっかりかき集めて口に入れ、嚙《か》んで、飲み込《こ》んだ。「あとで後悔《こうかい》することになるだろうな」そう言ってにかっと笑い、立ち上がる。

「怪我《けが》しなさんなよ」ファジョンが声をかけた。

「やっちゃえ、今回は丸々食べちゃいな」とスパロー。

「動画だ！　動画を撮影《さつえい》しとけ！」とファルコーニ。

「済んだら洗うのを忘れずにね」ニールセンは少し顔をしかめた。

「イエス、マーム」

キラは困惑《こんわく》してみんなの顔を順番に見やった。「宗教的な体験って？」

ファルコーニは自分の食器をシンクに運んでいく。「トリッグは唐辛子《とうがらし》に目がなくてな。しばらく前に、あいつはアイドーロンのとあるコンピューターマニアからブラックノヴァァ*18を手に入れたんだ」

「ブラックノヴァァっていうのは、唐辛子《とうがらし》の一種なのね？」

トリッグがぴょんぴょん飛び跳《は》ねながら言う。「宇宙でいちばん辛《から》いやつさ！」

「あまりにも辛《から》すぎて、それを食べるほどの愚《おろ》か者は神の顔を見ることになると言われてる。じゃなきゃ失神して死ぬか」とスパロー。

「あのねえ。そこまでひどくないってば」トリッグが言い返す。

「ハッ！」

「あなたは食べたことある？」キラはファルコーニに訊《き》いた。

彼《かれ》は首を振《ふ》った。「腹を壊《こわ》したくないからな」

キラはトリッグに目を向けた。「どうしてそんなに好きなの？」

「それはさ、うーん、食べ物が足りないときって、激辛《げきから》ソースがあるとほんとに助かるんだよね。空腹をしのげて。それでぼくは唐辛子《とうがらし》にハマったんだ。あと、チャレンジするのもなんか好きで。自分をコントロールしてる気分になれるから。しばらくするとつらくもなくなって、ただただ、ヒャッホー！　って感じになるんだよな」トリッグはめまいを起こしているみたいに頭をぐるんぐるんさせた。

「空腹をしのげるのね？」キラはだんだん事情がのみ込《こ》めてきた。

「そっ」トリッグは食器をシンクに運んでいくと、ギャレーから急いで出ていった。「幸運を祈《いの》ってて！」

キラはチェルに口をつけた。「待ってたほうがいいのかな？」みんなを見ながら訊《き》いてみる。

ファルコーニはテーブルのホロディスプレイを起動させた。「そうしたければ」

「前にトリッグはウンセット・ステーションで食糧難《しょくりょうなん》に陥《おち》ったって話してたけど……」

スパローはとがった顔をしかめた。「食糧難《しょくりょうなん》と呼びたければそれでもいいけど。完全なやらかしって言ったほうが近い」

「そうなの？」

「そう。あたしの理解では、シグニAからウンセット・ステーションに物資を補給する亜《あ》光速輸送船が破損して進路を外れたんだ。大騒《おおさわ》ぎするほどのことじゃあないよね。ステーションには水力発電所も臨時の食糧備蓄《しょくりょうびちく》もたっぷりあったんだから。唯一《ゆいいつ》の問題は――」

「唯一《ゆいいつ》の問題は」輝《かがや》くホログラムを見ながらファルコーニが話を引き取る。「補給係将校が安上がりに済ませて、浮《う》いた分を自分の懐《ふところ》に入れてたことだ。実際に備蓄《びちく》されていた食糧《しょくりょう》は三分の一にも満たなかった。しかもほとんどが腐《くさ》ってた。ちゃんと密封《みっぷう》できてなかったとか、そんなとこだろう」

キラは眉《まゆ》をひそめた。「ひどすぎる」

「まったくだ。どれほどまずい状況《じょうきょう》に陥《おち》っているのか気づいたときには、ステーションの食糧《しょくりょう》はほぼ尽《つ》きていて、代わりの補給船が来るまでにまだ数週間かかった」

「数週間？　なんでそんなに長くかかったの？　シグニBとシグニAはそれほど遠くないのに」

「お役所仕事だったり、物資を集めたり、船を準備したりするのに時間を取られたんだ。そのときは使える超光速船《ちょうこうそく》がひとつもなく、亜《あ》光速船を出すしかなかったらしい。何から何までうまくいかなかったわけだ」

スパローが割って入る。「トリッグの話だと、新しい輸送船が到着《とうちゃく》するまでウンセットは悲惨《ひさん》な状況《じょうきょう》になってたって。たぶん最終的にステーションの司令官と補給係将校は大気圏外《けんがい》に飛ばされただろうね」彼女《かのじょ》はここだけの話だと言うようにうなずいてみせた。

「神《トゥール》よ」キラは首を振《ふ》った。「どれぐらい前の出来事なの？」

スパローはファルコーニを見やった。「さあ、十年か十二年ぐらい？」

ファルコーニはうなずいた。「まあそんなところだな」

キラはお皿の料理をつつきながら考え込《こ》んでいた。「だったら、トリッグはずいぶん幼かったんでしょうね」

「ああ」

「ウンセット・ステーションを離《はな》れたがったのも不思議じゃないわ」

ファルコーニはホロディスプレイに注意を戻《もど》した。「それだけが理由じゃないが……そうだな」

7

約四十分後にトリッグが悠然《ゆうぜん》と戻《もど》ってきたとき、キラたちはまだギャレーにいた。頬《ほほ》は真っ赤で、目は腫《は》れぼったく充血《じゅうけつ》してとろんとなり、肌《はだ》は汗《あせ》で光っていたものの、トリッグは嬉《うれ》しそうで、有頂天と言っていいほどだった。

「ねえ、どうだった？」スパローが壁《かべ》に寄りかかりながら尋《たず》ねた。

トリッグはにっこりして胸を膨《ふく》らませた。「最高。でも、ちぇっ、喉《のど》が焼けるみたいだ！」

「なんでかしらねえ」ニールセンがそっけない口調で言う。

トリッグはキッチンのほうへ向かいかけて足を止め、キラを見た。「本当に明日にはエイリアンの廃墟《はいきょ》を探検するなんて信じられる⁉」

「楽しみ？」

トリッグはうなずいた。真剣《しんけん》だがまだ興奮冷めやらない様子だ。「もちろん。でもさ……考えてたんだけど、もしそいつらがまだいたら、どうなるかな？」

「わたしも知りたいわ」ニールセンがぼそりとつぶやいた。

〈いと高き方〉が〈蒼《あお》き杖《つえ》〉を振《ふ》り下ろし、惨《みじ》めな黒い惑星《わくせい》が空から消滅《しょうめつ》するさまが、キラの心の目にまた映った。「彼《かれ》らの機嫌《きげん》がいいことを願いましょう」

8

部屋に戻《もど》るあいだも、トリッグの最後の質問が頭から離《はな》れなかった。もしそいつらがまだいたら、どうなるかな？　本当にどうなる？　キラはディスプレイ画面で船の進行を確認すると――進路に変化はなく、惑星《わくせい》eは目に見えるどの星よりも、いまでは明るく輝《かがや》いている――、ベッドに横になって目を閉じた。

明日の心配は明日すればいい。

キラは眠《ねむ》りに落ち、今回はどんな記憶《きおく》にも邪魔《じゃま》されることはなかった。

9

キラはビーッとしつこく鳴りつづける音で目覚めた。

いらだちながら、どうにか目をこじあける。ホロディスプレイに表示されている時間が見えた。03：45。出発まであと十五分。

もっと眠《ねむ》りたかったと思いながら、うめき声を上げてベッドから転がり出る。と、目覚ましをかけ忘れていたことに気づいた。グレゴロヴィッチが起こしてくれたのだろうか？

キラは着替《きが》えながら、新しいウインドウを開いて一行だけのメッセージをシップ・マインドに送った。


ありがとう。

――キラ

すぐに返信が届いた。


どういたしまして《デナーダ》。

――グレゴロヴィッチ

シップ・マインドには礼儀《れいぎ》正しく接するものだ。正気とは言えない相手にはなおさら。

キラはふらふらしたまま船内を走り、〈ウォールフィッシュ〉号の船首へと上がった。

推力は止まっておらず、つまりシャトルはまだ到着《とうちゃく》していないということだ。よかった。なんとか間に合った。

クルーは——エントロピストとエクソを着用した四人の海兵隊員も一緒《いっしょ》に——船の最上階にあるエアロックのそばにいた。

「やっと来たか」とファルコーニが言い、キラにブラスター銃《じゅう》を放ってよこす。彼《かれ》はヘルメットのついたスキンスーツを着用していて、あの特大のグレネードランチャー、フランチェスカを背負っている。

「シャトルは近いの?」キラは訊《き》いた。

それに答えるように、スラスト警報が鳴り響《ひび》き、グレゴロヴィッチが言う。「UMCS〈イルモーラ〉とドッキング開始。近くの手すりに捕《つか》まるか、シートベルトと/あるいは粘着《ねんちゃく》パッドを着用し、身体を固定してください」

キラがあくびをしているのを見て、ヴィシャルが〈アキュウェイク〉[*19]を一錠《じょう》差し出す。

「どうぞ、ミズ・キラ。これをのんでみるといい」

「わたしには——」

「効果がないかもしれないが、試してみる価値はあるだろう」

キラは半信半疑でカプセルを口に放り込《こ》んだ。歯のあいだでカプセルがはじけて冬緑油《とうりょくゆ》の強烈《きょうれつ》な香りが広がり、鼻がツンとして目に涙《なみだ》が浮《う》かんでくるほどだ。あっという間に疲《ひ》労感《ろうかん》も朦朧《もうろう》とした感じも消え失せていき、ぐっすり眠《ねむ》ったあとみたいな気分になった。

キラはびっくりして医師を振《ふ》り返る。「効いた！　なんで効果があったの⁉」

ヴィシャルはいたずらっぽい笑みを浮《う》かべ、鼻の脇《わき》をトントンと叩《たた》いた。「効果があるかもしれないと思っていたんだ。その薬はまっすぐ血中に入り、それから脳に回る。ソフト・ブレイドがきみの脳を傷つけずに阻止《そし》することは困難なほどすばやく。それに助けになるためのものだから、防ぐべきではないとゼノにもわかるのかもしれない」

どういう解釈《かいしゃく》であっても、薬品の力を借りられるのはありがたかった。いま睡眠《すいみん》不足なのはまずい。

そのとき、重さの感覚が一切なくなり、胆汁《たんじゅう》が喉《のど》にこみあげてくる。

シャトルとのドッキングは迅速《じんそく》かつ効率的に行われた。どちらの船もシャドウシールド[*20]の円錐《えんすい》に包含《ほうがん》された放射線から守られるよう、ＵＭＣのシャトルは船首を前にして〈ウォールフィッシュ〉号に近づいてきていた。ふたつの船は船首同士をくっつけ、接触《せっしょく》すると〈ウォールフィッシュ〉号に軽い振動《しんどう》が広がった。

連結したエアロックが開いた。反対側から海兵隊員がひとり頭をのぞかせる。「ようこそ」と海兵隊員は声をかけてきた。

ファルコーニがキラにゆがんだ笑みを向けた。「知らない場所をうろつくときが来たぞ」

「行きましょう」キラは〈イルモーラ〉に飛び込《こ》んでいった。

A Caelo Usque ad Centrum

第2章 天から地心まで《ア・カエロ・ウスクエ・アド・ケントゥルム》

1

キラは〈ウォールフィッシュ〉号と〈ダルムシュタット〉号が遠ざかっていくのをオーバーレイで見つめていた。ふたつの輝《かがや》く光の点はたちまち小さくなってほとんど見えなくなった。

二艘《そう》の船は足並みをそろえ、採掘《さいくつ》することに決めた小惑星《しょうわくせい》をめざして進んでいる。船の向こうには鈍《にぶ》い赤色の球体、バグハントがある——黒い野原にぽつんと置かれた燃えさしのようだ。

キラはファルコーニと並んで壁《かべ》沿いの補助席に座り、シートベルトを締《し》めた。トリッグとニールセンのようにエクソに身を包んでいる者は別として、遠征隊《えんせいたい》の残りのメンバーたちも同じように身の安全を確保している。トリッグたちはシャトルの後方付近の堅固《けんご》な場所に固定されていた。

このグループは全部で二十一人だ。〈ウォールフィッシュ〉号から来たホーズと三人の海兵隊員を含《ふく》め、十四人がエクソを着用している。UMCのエクソの二体は重装備の異なる型のようだった。胸当ての前部に携帯式《けいたいしき》の砲塔《ほうとう》を備え、まるで歩く戦車だ。

海兵隊員のほとんどは下士官兵だったが、アカウェは作戦を監督《かんとく》させるため副司令官のコーイチも派遣《はけん》していた。

この黄色い目をした男はファルコーニに話しているところだった。「――私たちが飛べと言ったら飛ぶんだ、いいな?」

「百も承知だ」そう答えながらも、ファルコーニは面白くなさそうだ。

コーイチは上唇《うわくちびる》をゆがめた。「キャプテンがどういうつもりでおまえたちのような辺境の密輸人が同行するのを認めたのか知らないが、命令は命令だ。もし不測の事態に陥《おちい》ったら、いいか、私たちの邪魔《じゃま》だけはするんじゃないぞ。われわれの射線を横切ったときには、避《さ》けずにまっすぐ撃《う》つからな。わかったか?」

ファルコーニの表情に変化があったとすれば、ますます冷淡《れいたん》になっていた。「ああ、承知した」キラは心のなかでひそかに、コーイチの名前の横に記された〝いやなやつ〟というチェックボックスに印をつけた。

頭上の照明がフルスペクトル光の真っ白な明かりからUV照射の紫色《むらさきいろ》の光に切り替《か》わり、壁《かべ》沿いに取りつけられた噴出口《ふんしゅつこう》から消毒ガスがシューッとキラたち乗組員に吹《ふ》きかけられた。

〈イルモーラ〉のレイアウトは〈ワルキューレ〉とは違《ちが》っていたけれど、強いデジャヴを感じる程度には似通っている。キラはその感覚を無視して、いまこのときに集中しようとした。あの惑星《わくせい》で何が起きたとしても、このシャトルに閉じ込《こ》められることはないだろう。〈ダルムシュタット〉号と〈ウォールフィッシュ〉号が近くにいれば。そうは言っても、人類の居住する惑星《わくせい》系から遥《はる》かに離《はな》れた場所でこれほど小さな船のなかにいるのは、不安で落ち着かないものだった。キラたちは未知の世界の奥深《おくふか》くに分け入ろうとしている真の探検者なのだ。

あの惑星《わくせい》で一週間を過ごすのに充分《じゅうぶん》な食料はあった。もっと必要になったとしても、〈ダルムシュタット〉号が小惑星帯《しょうわくせいたい》から戻《もど》ってきたら軌道《きどう》から投下できるはずだ。予期せぬ複雑な事態に陥《おちい》るのを防ぐため、〈蒼《あお》き杖《つえ》〉を見つけるか、そこにはないと確定できるまで、キラたちは惑星《わくせい》上に留まるつもりだった。船に戻《もど》るのには大変な苦労が伴《ともな》うことになるだろう。シャトルを軌道《きどう》に乗せるのに必要な推力のことだけではなく、キラたちが再度乗船するのを許される前に汚染《おせん》を除去しなければならないせいでもある。

エクソで装備していないほかの面々と同じく、キラもスキンスーツとヘルメットを着用していて、惑星《わくせい》を離《はな》れるまではその姿のまま過ごす予定だ。エントロピストだけは例外で、彼《かれ》らはどうやったのかスマートファブリック[*21]でできたグラディエントローブを、ヘルメットとバイザーを完備した身体にぴったりのスーツに変形させていた。例のごとく、エントロピストのテクノロジーには目を見張るものがある。

生物学的封《ふう》じ込《こ》めに関係なく、スーツの着用は必須《ひっす》だった。地表付近の大気の分光分析《ぶんせき》によって、身体を保護しなければ（直ちにではないが速やかに）死に至ることが示されている。

〈ウォールフィッシュ〉号と〈ダルムシュタット〉号はその惑星《わくせい》に近づくにつれてかなり減速していたが、どちらも相対的に完全な停止はしておらず、そのため〈イルモーラ〉は軌道《きどう》に入る前に数時間の推力飛行を行うことになった。

キラは目を閉じて待った。

2

警報が鳴り響《ひび》き、キラはハッとして警戒《けいかい》態勢に戻《もど》った。頭上に赤いライトが点灯し、海兵隊員たちはキラには理解できない専門用語を互《たが》いに大声で呼びかけ合っている。

「何が起きてるの？」誰《だれ》も返事をしなかったけれど、オーバーレイを立ち上げると自ずと答えが分かった。

船だ。

超光速《ちょうこうそく》から現れている多数の船。ジェリーだ。

アドレナリンが一気に放出されて心臓が高鳴り、スキンスーツの下のソフト・ブレイドが暴れ出す。キラは詳細《しょうさい》を調べた。いまのところ現れている船の数は、四、五、六艘《そう》。これらの船は惑星《わくせい》系の中心から少し外れた通常空間に入っている――ナビゲーションシステムのエラーのせいかもしれないが、ジェリーの船のスピードを考えると、最大推力で数時間程度の距離《きょり》にしかならないはずだ。

七艘《そう》目。

キラの横ではファルコーニがヘルメットに搭載《とうさい》されたマイクに向かって必死な様子で話

をしている。シャトルの中央を挟《はさ》んだ向かいでは、コーイチが同じことをしていた。

「くそっ」サンチェスが吐《は》き捨てた。「ジェリーのやつら、もうここまで〈蒼《あお》き杖《つえ》〉を捜《さが》しに来てたってことか」

タトゥポアがエクソを着たサンチェスの頭の横を叩《たた》き、ガランという音がした。「ばかだな、そうじゃない。やつらは俺《おれ》たちの船をフラッシュ・トレース*22したんだ。じゃなきゃタイミングがおかしすぎる」

ニシュー伍長《ごちょう》が相槌《あいづち》を打つ。「最初に見たときも連中は同じことをしていた。くそったれめ」

「こっちが進路を調整したってのに、どうやったのか知らないがジェリーたちは追跡《ついせき》方法を見つけ出した」ホーズ中尉《ちゅうい》が言い、首を振《ふ》る。「まずいことになったぞ」

「進路の調整って?」キラは訊《き》いた。

その質問に答えたのはニシューだ。「熱を放出するため超光速《ちょうこうそく》から外れるとき、この船の進路をわずかに変えていてね。一度分か数分の一度分だけだが、航跡《こうせき》に基づいて最終目的地を割り出そうとしている相手をまくにはそれで充分《じゅうぶん》なんだ。星が密集している連盟星ではいつも使える方法じゃないが、例えばシグニからアイドーロンへ向かおうとしているときには効果的だ」

コーイチとファルコーニは相変わらずマイクに向かって話している。

「〈ウォールフィッシュ〉号もそうやって調整していたの？」

ホーズがうなずいている。「ホーツチャがきみたちのシップ・マインドと調整していた。ジェリーがわれわれをフラッシュ・トレースできないようにしていたはずなんだが……防げなかったようだな」

フラッシュ・トレース。キラは『土星まで七分』[*23]というアランが大好きだった戦争映画にその用語が出てきたのを覚えていた。その概念《がいねん》はかなりシンプルだ。自分が到着《とうちゃく》する前にその場所で何があったか知りたければ、超光速《ちょうこうそく》でその場所から飛び去り、その事象から光よりも遠くへ移動するだけでいい。そうしたら広い宇宙空間に船を停泊《ていはく》させ、望遠鏡を構えてあとは見えるのを待つだけだ。

船上の装置では受け取る映像の詳細《しょうさい》はサイズ的に制限されたものになるだろうけれど、恒星《こうせい》間の距離《きょり》であっても、たとえば〈ウォールフィッシュ〉号と〈ダルムシュタット〉号が超光速《ちょうこうそく》航法に入るところなどであれば、比較的《ひかくてき》容易に見つけられるはずだ。冷たい宇宙を背景にして航行する船は燃え盛るたいまつみたいなもので、見つけて追跡《ついせき》するのは楽勝だ。

もっと早くその可能性に思い至らなかったことで、キラは自分を責めた。61シグニのあとソフト・ブレイドがどこへ行ったのか、ジェリーは見つけ出そうと躍起《やっき》になっていたに決まってる。そうしない理由がない。ジェリーにとってこの異種生物《ゼノ》がどれほど重要なものか、キラは承知していた。ところがナイトメアの出現によって、ジェリーにはもっと気がかりなことができたのだと勝手に決めつけていたのだ。

それは間違《まちが》いだったらしい。

ヘルメットをかぶったファルコーニが何やら叫《さけ》んだが、スピーカーがオフになっていたのでキラにはその声が聞こえなかった。彼《かれ》は怖《こわ》い顔をして壁《かべ》に頭をもたせかけた。

キラがバイザーをノックすると、ファルコーニはこっちを見た。

「どうしたの?」

ファルコーニはにらんだ。「ジェリーより先に〈ウォールフィッシュ〉号をここまで来させるには遠すぎる。〈ウォールフィッシュ〉号が先に来られたとしても燃料タンクが半分以下になっているから、とてもじゃないが……」ファルコーニは口をつぐみ、唇《くちびる》をすぼめてトリッグのほうに目をやった。「分が悪い。つまりそういうことだ」

「このまま進むぞ」コーイチがシャトルじゅうに響《ひび》く大声で宣言する。「こうなったらわれわれに勝算があるとすれば、ジェリーより先に杖《つえ》を見つけることだけだ」そして細長い猫《ねこ》のような目をキラに向けた。「杖《つえ》を見つけたら、ナヴァレス、きみがそいつを使いこなせるといいんだが」

キラは顎《あご》をツンと上げ、確信など少しもないのに答えた。「あの杖《つえ》を手にしたら、ジェリーの度肝《どぎも》を抜《ぬ》いてやることになるわ」

それを聞いてコーイチは満足そうだったが、キラのオーバーレイには一通のメッセージが表示された。

確かなのか？

――ファルコーニ

ゼノはあの杖《つえ》の使い方を知ってるみたいだし……そう願いましょう。

――キラ

そのときスラスト警報が鳴り響《ひび》き、〈イルモーラ〉が噴射《ふんしゃ》して加速度が2Gに到達《とうたつ》し、キラは鉛《なまり》のブランケットをかけられたようになった。

「ナイダスへの到着《とうちゃく》予定時間まであと十四分」シャトルの疑似知能が告げた。

「ナイダス？」キラより先にニールセンが訊《き》き返した。

ホーズ中尉《ちゅうい》が答える。「われわれはあの惑星《わくせい》を非公式にそう呼んでいる。任意の文字よりも覚えやすいからな」

しっくりくる呼び名だとキラは思った。目を閉じてオーバーレイをシャトルの船外カメラに切り替《か》える。目の前に惑星《わくせい》の曲線が迫《せま》っていた。片側は陰《かげ》になり、反対側は光に照らされていて、薄明《うすあ》かりの明暗境界線が両者をどこからどこまでも隔《へだ》てている。渦巻《うずま》く雲の帯が球体の中央を包んでいる――日なたに閉じ込《こ》められた側から伝わる熱に駆《か》り立てられた大嵐《あらし》。巣《ナイダス》。

一瞬《いっしゅん》、巨大《きょだい》な絶壁《ぜっぺき》の上に吊《つ》るされていまにも落ちそうになっているみたいな感じがして、キラはめまいを覚えてジャンプシートの手すりをつかんだ。

その必要はなかったが、疑似知能は継続《けいぞく》的に最新情報を提供している。そうするのが落ち着くからかもしれないし、UMCの手順だったからかもしれない。

「無重力状態の回復まで五……四……三……二……」鉛《なまり》のブランケットが消え、口から胃が出ていきそうになり、キラはごくりと唾《つば》を飲んだ。「Z軸《じく》の交換《こうかん》開始」身体の右側を押《お》さえつけられる感覚があり、〈イルモーラ〉が逆向きになるとナイダスがぐるっと回って視界から消え、きらきら光る宇宙の広がりに取って代わられる。やがて回転が止まり、また身体を押《お》しつけられた。キラはオーバーレイをオフにして、胃のむかつきを抑《おさ》えることに集中した。「ラジエーターの引き込《こ》み……大気圏突入《たいきけんとつにゅう》一分十五秒前」時間は苦しいほどのろのろと過ぎていく。しかしついに。「コンタクト十秒前……九……八――」

疑似知能がカウントダウンをつづけるあいだに、キラはジェリーの様子を確かめた。四艘《そう》が進路を変えてシャトルを追跡《ついせき》しようとしている。残りの三艘《そう》は小惑星帯《しょうわくせいたい》に向かってい
て、たぶん〈ダルムシュタット〉号や〈ウォールフィッシュ〉号と同じく燃料補給しに行くのだろう。いまのところエイリアンの船は二艘《そう》のどちらにも攻撃《こうげき》を仕掛《しか》けるつもりはなさそうだが、いつまでもそのままではないはずだ。

「コンタクト」

〈イルモーラ〉に振動《しんどう》が広がり、揺《ゆ》れは激しくなって恐《おそ》ろしい轟音《ごうおん》となり、キラはシートに押《お》し戻《もど》された。背面カメラで外の様子をちらりと見る。そこにあったのは一面の炎《ほのお》だ。キラはぞっとして映像をオフにした。

「制動開始」

全身を強打されたようにキラはシートに叩《たた》きつけられた。ソフト・ブレイドのサポートがあることに感謝しながら歯を食いしばる。振動《しんどう》はさらにひどくなり、〈イルモーラ〉が激しく揺《ゆ》れ動いたせいで、キラの頭は後ろにガクンとなって歯をカチカチ打ち鳴らすはめになった。

何人かの海兵隊員が歓声《かんせい》を上げた。「おーっ、すげえ！　ドラゴンに乗ってるみたいだ！」「いいぞ、行け！」「故郷の軌道《きどう》スカイダイビングを思い出すぜ！」「急降下のスリ

ルってのはこうでないとな！」

スパローもいたらきっとこの乱気流を楽しんだはずね、とキラは心のどこかで思わずにいられなかった。

エンジン音が低く弱まり、振動《しんどう》が小刻みになってきた。「核融合《かくゆうごう》ドライブから密閉サイクル運転に切り替《か》え」疑似知能が言った。

つまり、このシャトルは地上から約九十キロメートルの高さにいるということだ。それより低くなると、大気密度が開放サイクルリアクターからの熱の後方散乱を引き起こし、シャトル後部を溶《と》かしてしまう。それだけではなく、遮蔽《しゃへい》されていない排気《はいき》ガスが着陸地帯近辺のあらゆるものに降り注ぐことになるだろう。

ただ密閉サイクル運転の問題は、リアクターが通常の十倍近い割合で水素を食うことだ。いまこの瞬間《しゅんかん》、ジェリーから逃《のが》れるためには推進剤《ざい》があればあるだけ必要になるはずだとキラは懸念《けねん》していた。

〈蒼《あお》き杖《つえ》〉を手に入れることができなかったときには。

周りの隔壁《かくへき》がうめくような軋《きし》みを立て、どこかで装備の一部がガチャンと床《ゆか》に落ちた。

キラはカメラを確認した。雲の層が視界をさえぎっていたがすぐに晴れて、目指している風化した山脈の小さな隆起《りゅうき》が見えた。〈消え失せし者〉の複合建築は陰《かげ》になった谷の奥《おく》深《ふか》くに隠《かく》れ、輝《かがや》く白い線としてかろうじて見えるだけだ。

さっきよりもさらに激しく、〈イルモーラ〉がまた急な動きをした。舌に痛みが走り、口のなかに血が広がって、キラは舌を嚙《か》んでしまったことに気づいた。

血が気管に入り、咳《せ》き込《こ》んだ。「いまのはなんなの？」

「制動傘《ドラッグシュート》だ」腹が立つほど冷静な声でコーイチが答えた。キラには誓《ちか》って言える、コーイチはこの状況《じょうきょう》を楽しんでいるのだと。

「これで燃料を節約できるんだ！」サンチェスがつけ加えた。

なんだかばかばかしい感じがして、キラは笑いそうになった。

外から聞こえる風のうなりは低くなり、胸の圧迫感《あっぱくかん》もやわらいでくる。キラはひとつ息を吸い込《こ》んだ。もうあと少しで……。

反動姿勢制御《RCS》システムスラスタの音——船体の上下で短い爆発音《ばくはつおん》が響《ひび》く。船がガタガタ揺《ゆ》れ、キラの周りでわずかに回転したようだ。着陸に向けて〈イルモーラ〉の位置を変え安定性を調整している。

キラはひそかに時間をカウントしていった。三十秒近く過ぎたとき、突然《とつぜん》の噴射《ふんしゃ》によって椅子《いす》に深く押《お》しつけられ、息もできなくなる。〈イルモーラ〉は激しく振動《しんどう》してぐらつき、キラの身体の重さは平常に戻《もど》り、船の後部から衝撃音《しょうげきおん》が二回とどろきわたった。そしてエンジンが停止し、そのあと恐《おそ》ろしいほどの静けさが訪れた。
惑星《わくせい》着陸。

Shards

第3章 破片

1

「やった」とキラはつぶやいた。あまりにも長く飛行してきたせいで、到着《とうちゃく》したことへの実感が湧《わ》かずにいる。

ファルコーニがシートベルトをはずして言う。「住民に挨拶《あいさつ》しに行くとするか」

「まだだ」コーイチが立ち上がった。「いいかゴリラ野郎《やろう》ども、目となり耳となれ。エクソのやつらは行ってよし。戦闘《せんとう》用のおもちゃを担いでいって、大至急で状況《じょうきょう》報告をしろ。私が命じるまでドローンは飛ばすなよ。わかったな！　行け！」海兵隊員たちが展開の準備を始め、シャトル内のキラたちの周りはすっかり騒々《そうぞう》しくなった。

エアロックを開く前に、まずは大気中に未知の危険因子がないか確認し、次に動くものの気配がないかあたり一帯を調べた。

「異常はないか？」コーイチが尋《たず》ねた。

〈ダルムシュタット〉号に乗っていた海兵隊員のひとりが首を振《ふ》った。「ありません」

「サーモグラフィーを確認しろ」

「確認済みです。外には何もいません」

「よし。外に出ろ。エクソのやつが最前線に立て」

海兵隊員たちはエアロックの前に集合し、気づけばキラはふたりのエントロピストに挟《はさ》まれていた。

ヴェーラが言う。「これはなんとも――」

「――わくわくしませんか？」ジョラスが締《し》めくくる。

キラはブラスター銃《じゅう》を握《にぎ》る手に力を込《こ》めた。「わたしにはその言葉がふさわしいかわからないけど」それどころか自分がどんな気分でいるのかさえもわからずにいた。不安と期待の強力な組み合わせと――あとは考えている場合じゃない。自分の気持ちは後回しだ。いまはやるべき仕事がある。

キラはトリッグのほうを見やった。バイザーの奥《おく》の顔は青白かったけれど、着陸した場所を見たくてばかみたいにうずうずしているようだ。「調子はどう？」とキラは声をかけた。

トリッグはエアロックから目を離《はな》さずにうなずいた。「問題ないよ」

シューッという大きな音と共にエアロックが開き、ドアがスライドしていくとき縁《ふち》の周りに結露《けつろ》の冠《かんむり》が渦《うず》を描《えが》いた。バグハントの鈍《にぶ》い赤色の光が流れ込《こ》み、波形のデッキに細長い楕円形《だえんけい》の光を投じる。見捨てられた風の孤独《こどく》な遠吠《とおぼ》えが聞こえてきた。

コーイチが片手で合図すると、エクソを着用した四人の海兵隊員がエアロックから飛び出していく。少しすると、そのうちのひとりが言った。「異常なし」

残りの海兵隊員たちがシャトルから出ていき、あとにつづくようキラとエントロピストに合図するまで、キラは待つしかなかった。

外に出ると、世界が二つに分かれていた。東側では夕焼け空が赤さび色に染まり、痛めつけられた地平線の上にバグハント――キラにとって子どものころからの太陽であるインディアン座ε星よりも遥《はる》かに薄暗《うすぐら》く、赤く膨《ふく》らんだ球体――が突《つ》き出ている。西側は永遠の暗闇《くらやみ》に閉ざされた領域で、星のない夜に覆《おお》われている。赤、橙《だいだい》、紫《むらさき》の分厚い雲が低く垂れこめ、絶え間なく吹《ふ》きつける風に押《お》し流された渦巻《うずまき》状の飛行機雲と絡《から》み合っている。折り重なった雲の奥《おく》を稲妻《いなずま》が照らし、遠くに聞こえる雷鳴《らいめい》のとどろきがあたり一帯に響《ひび》いた。

〈イルモーラ〉はひび割れた舗道《ほどう》らしき一画に着陸していた。キラは無意識のうちにその舗道《ほどう》を人工物に分類していたが、決めてかかるべきではないと自分を戒《いまし》めた。

着陸地帯の周囲には黒い苔《こけ》のようなものに埋《う》め尽《つ》くされた野原が広がっている。野原は山麓《さんろく》の丘《おか》へと上り坂になっていて、丘《おか》は境を接する山脈へとつづいている。冠雪《かんせつ》した山頂は歳月《さいげつ》と侵食《しんしょく》によって丸みを帯びていたものの、その黒いシルエットはどっしりと大きく、いまもなお威圧感《いあつかん》が残っていた。野原と丘《おか》と同様に、山脈の脇《わき》にも光沢《こうたく》のある黒い植物が生えている——親星からの赤い光の吸収を高めるため黒い色をしているのだ。

空から確認した建造物は、いまは見えなかった。谷をずっと行った先、隣接《りんせつ》した山腹の奥《おく》にあり、二、三キロは離《はな》れているのかもしれない（新しい惑星《わくせい》で距離《きょり》を判断するのにはいつも苦労した。大気濃度《のうど》、地平線のカーブ、近くにある物の相対的な大きさといったもののすべてに慣れるまで時間がかかるのだ）。

「劇的だな」ファルコーニがキラの横にやって来て言う。

「絵画みたいね」ニールセンもそこに加わった。

「それかゲームの世界」とトリッグ。

キラにとっては、その場所は予想よりも古めかしく感じられた。ここが〈消え失せし者〉の母星だとは思えない——知覚力がありテクノロジーの進化した種族が潮汐《ちょうせき》固定された惑星で発展するのは、きわめて困難なはずだ――とはいえ、ずっと昔に〈消え失せし者〉がこの星に植民し、長いあいだ定住していたのはまず間違《まちが》いない。

海兵隊員たちは迅速《じんそく》に動き回り、シャトルの周りにオートタレットを設置して、空中にドローンを投げ上げ（ドローンはブーンという神経に障る音を立てて上空へ飛んでいった）、能動的センサーと受動的センサーを広範囲《こうはんい》に配置した。

「整列」とコーイチが吠《ほ》えるように言うと、海兵隊員たちはいままでは閉じているエアロックの前に集合した。次にコーイチは、キラがファルコーニとエントロピストと一緒《いっしょ》に様子を眺《なが》めているところへ足早に近づいてきた。「ジェリーが軌道《きどう》を回るまで、与《あた》えられた時間は二時間だ」

キラは落胆《らくたん》した。「それだけじゃ足りない」

「時間はそれしかない。やつらはわれわれを爆弾《ばくだん》やミサイルや神の罰*24で攻撃《こうげき》するというリスクは冒《おか》さないだろうから――」

「ちょっと待って、神の罰《ばつ》って？」

ファルコーニが答える。「運動エネルギー弾《だん》のことだよ。タングステンなんかのでかくて重いかたまりだ。核爆弾《かくばくだん》並みの威力《いりょく》がある」

コーイチは顎《あご》をぐいと引いた。「そういうことだ。ジェリーはきみや杖《つえ》を滅《ほろ》ぼすという危険は冒《おか》さないだろう。自分たちもここに降りてくるしかないはずだ。きみが見つけた建物に入ることができれば、私たちが連中を食い止めて、きみのために時間を稼《かせ》いでやれる。必要なあいだ持ちこたえることができれば、〈ダルムシュタット〉号から増援《ぞうえん》部隊が送り込《こ》まれるかもしれない。これは宇宙空間で勝利を収める戦いにはならないだろう、それだけは絶対確実だ」

「適切な封《ふう》じ込《こ》めの手順については忘れてもよさそうね」

コーイチはうなった。「そうなるな」

この一等航海士が大声で号令を下すと、ただちに隊は割れた石の上を倍速で行進しはじめ、十四体のエクソが一歩踏《ふ》み出すたびに不吉《ふきつ》なドラムを思わせる重々しい音がした。〈ダルムシュタット〉号に乗っていた海兵隊員のうち二名はシャトルにとどまった。キラが振《ふ》り返ると、ふたりがシャトルの周りを動き回り、熱遮蔽《しゃへい》部に損傷がないか調べているのが見えた。

風が絶えずキラのわき腹に圧力をかけてきている。これほど長いあいだ宇宙船と基地で過ごしてきたので、風の動きが奇妙《きみょう》に感じられた。風と、地面の凸凹《でこぼこ》が。

キラは頭のなかで計算した。アドラステイアを発ってから半年近く過ぎている。閉鎖《へいさ》された空間、人工の光、密着した身体の悪臭《あくしゅう》のなかで過ごした半年間。

黒い苔《こけ》の生えた地面はブーツで踏《ふ》みしめるとザクザクいった。周りにある植物はこの苔《こけ》だけではない。多肉質の蔓《つる》が（それらが植物だとすれば）近くの岩石層の上に群生している。その蔓《つる》は岩という顔にかかった脂《あぶら》っぽい髪《かみ》みたいに垂れていた。キラは異なる特徴《とくちょう》に注目しないわけにはいかなかった。地球の双子葉《そうしよう》植物に似た、網状《もうじょう》の静脈相を形成している筋の入った葉っぱみたいな構造物。茎《くき》に深い畝《うね》がつき、互《たが》い違《ちが》いになった分枝。花や子実体は見当たらない。

見るのもいいが、本当の望みは植物細胞《さいぼう》のサンプルを採取して生化学的組成の研究に着手することだ。本物の魔法《まほう》はそこにある。調査すべきまったく新しい生物群系《バイオーム》、それに対する関心は尽《つ》きなかった。

一行は山腹をぐるっと回り、暗黙《あんもく》の了解《りょうかい》で十九人は立ち止まった。

キラたちの前に現れたのは谷頭の低い窪地《くぼち》で、そこに異星の複合建築があった。その開《かい》拓地《たくち》の直径は数キロメートルで、ウェイランドの首都であるハイストーンよりも広い（連盟星の基準からするとハイストーンは特に広いわけではない。キラが故郷を離《はな》れた年、ハイストーンの住民はたったの八万四千人だった）。

細くて高い塔《とう》が空に向かって伸《の》びている。それらの塔《とう》は骨みたいに白く、建物のあらゆるひび割れや隙間《すきま》に入り込《こ》んでいる苔《こけ》の大網膜《だいもうまく》が絡《から》みついていた。壊《こわ》れた壁《かべ》の向こうに大小さまざまな部屋が見えているが、いまでは埃《ほこり》が吹《ふ》き寄せ、日和見性の蔓《つる》植物に覆《おお》い隠《かく》されている。塔《とう》のあいだには各種の小さめの建物が寄り集まっていた——どれも角屋根とガラスなどの覆《おお》いのないランセット窓を備えている。直線はほとんど使われていない。自然主義的なアークが設計美学を特色づけている。

半ば荒廃《こうはい》した状態にあってさえも、キラが地球の美術建築や計画に基づいた高級住宅地の映像でしか見たことのないようなエレガントさが衰《おとろ》えながらも残っていた。開拓地《かいたくち》を流れる小川のように曲がりくねった道のレイアウトから壁《かべ》の曲線に至るまで、この複合建築のすべてに意図が感じられた。

ここは紛《まぎ》れもなく見捨てられた場所だ。それなのに、永遠につづく夕暮れの光に照らされて、燃えているような棚《たな》状の雲の下、この都市は死に絶えたのではなく眠《ねむ》っているだけみたいに思える。息を吹《ふ》き返してかつての栄光の極みを取り戻《もど》す合図が出るのを、じっと待っているかのようだ。

キラは息を吐《は》いた。言葉にならない畏怖《いふ》の念が漏《も》れる。

「神よ《トゥール》」ファルコーニが呪縛《じゅばく》を解いた。彼《かれ》もキラと同じぐらい感動しているようだった。

「どこへ行けばいい？」コーイチが訊《き》いた。

頭をはっきりさせて返事ができるようになるまで、少し時間がかかった。「わからない。

パッと見て気づいたものはないけど。もっと近づいてみないと」

「前へ進め！」コーイチは吠《ほ》えるように命じ、一同は都市へ向かって坂を下りつづけた。

キラの隣《となり》でエントロピストたちが言う。「こんなものを見ることができて私たちは本当に幸運ですね、プリズナー」

キラも同じように感じていた。

2

開拓地《かいたくち》のへりに近づいていくと、塔《とう》はますます高くのしかかるように見えた。建築物の大半は白かったが、不規則に使われている青い壁板《かべいた》がコントラストを生み出し、ともすれば味気ないものになっていた都市景観を鮮《あざ》やかな装飾《そうしょく》で彩《いろど》っている。

「彼《かれ》らは美的感覚を備えていたのね」ニールセンが言った。

「そいつはどうかな。すべては実用的な目的のためだったのかもしれないぞ」とファルコーニ。

「本当にそんなふうに見える？」

船長は返事をしなかった。

南から幅《はば》の広い大通りを経て街に入ると、ここには覚えがあるという強烈《きょうれつ》な感覚にキラは襲《おそ》われた。まるで時間の経過を通して場所を移したみたいに、切り替《か》わった感覚がある。キラはこの黄昏《たそがれ》の街に来たことはなかったが、ソフト・ブレイドは来たことがあり、その記憶《きおく》はキラ自身のもののように鮮明《せんめい》だ。キラは思い出した……暮らし。動いているもの。飛んでいたり歩いていたり、それと同じように動いているマシンたち。肌《はだ》のふれあい、声の響《ひび》き、風に運ばれてくる甘《あま》い花の香り……。一瞬《いっしゅん》、その街の在りし日の様子が目に見えるようだった。生き生きと力強い活気にあふれ、希望と誇《ほこ》りを抱《いだ》いて堂々《どうどう》としている。

自制心を失ってはだめ、と自分に言い聞かせる。自制心を失ってはだめ。キラは心のなかでソフト・ブレイドへの締《し》め付けを強化した。何が起きるとしても、抑《おさ》えのきかなくなった異種《ゼ》生物《ノ》に暴走なんて絶対にさせないと決意していた。この前みたいな過ちがあってはならない。

「これっていつ建てられたんだと思う?」トリッグが訊《き》いた。バイザーの奥《おく》でぽかんと口をあけて、いかにも不思議そうな顔をしている。

「何世紀も前ね」キラはソフト・ブレイドの記憶《きおく》から時代の感覚を思い起こした。「人類が地球を離《はな》れたときよりも前。それよりさらに昔かもしれない」

コーイチが肩越《かたご》しにキラを振《ふ》り返った。「どこを捜《さが》すべきか、まだ何も思いつかないのか？」

キラは躊躇《ちゅうちょ》した。「まだよ。中心部を目指しましょう」

エクソのふたりの海兵隊員を先頭に、一行は建築物の迷路の奥深《おくふか》くへと進みつづけていく。上空では先端《せんたん》が細くなった塔《とう》のあいだに渦巻《うずま》く風の音がして、秘密をささやこうとしているみたいに聞こえたけれど、耳を澄《す》ましてみても、空の言葉はキラにとってなんの意味もなさなかった。

キラは絶えず建物や通りに目を配り、特定の記憶《きおく》を呼び起こしそうなものがないか探していた。建築物に挟《はさ》まれた空間は人間の好みよりも狭《せま》い。身体のバランスが人間より高く細い、それはキラが見た〈消え失せし者〉の姿と一致《いっち》している。

瓦礫《がれき》が行く手をふさぎ、迂回《うかい》を余儀《よぎ》なくされた。ヴェーラとジョラスが立ち止まり、かがみ込《こ》んで近くの塔《とう》から落ちてきたかけらのひとつを拾い上げる。

「石には見えない」ヴェーラが言う。

「金属にも」とジョラス。「この物質は――」

「いまはどうでもいい。立ち止まるな」コーイチが指示した。

建物の側面に一行の足音がこだまして、何もない空間に騒々《そうぞう》しく響《ひび》き、落ち着かない気持ちにさせる。

シュンッ。

キラは音がしたほうを振《ふ》り向き、分隊の残りのメンバーも同じく振《ふ》り返った。そこには無人の出入り口があり、長方形のパネルが人工光で点滅《てんめつ》している。青白くひび割れてゆがんだ、何かのスクリーン。テキストも画像も映し出されず、一面が青白く光っているだけだ。

「どうしてまだ電力が使えるの？」冷静すぎる声でニールセンが言う。

「ここに来たのはぼくらが初めてじゃないのかもな」とトリッグ。

キラはスクリーンのほうへ歩き出したが、コーイチが腕《うで》を上げて道をふさいだ。「待て。安全かわからない」

「わたしなら大丈夫《だいじょうぶ》」キラはコーイチの脇《わき》をすり抜《ぬ》けた。

すぐ近くまで行くと、光るパネルはかすかな雑音を立てた。キラはその上に手を当てた。スクリーンに変化はない。「もしもし？」ちょっとばかみたいな気がしながら言ってみた。

やっぱり何も起きない。

パネルの横の壁《かべ》は埃《ほこり》をかぶっている。その下に何かあるだろうかと思いながら、キラは部分的に埃《ほこり》を拭《ふ》き払《はら》った。

あった。

壁材《かべ》の表面に、ある印が刻まれているのを見て、キラはその場に立ち尽《つ》くした。そのエンブレムはフラクタル図形を描《えが》いたもので、線がぐるぐると渦《うず》を描《えが》いて重なり合っている。意味は少しも解読できないが、ソフト・ブレイドの存在を導いたのと同じきわめて重要な図形に属する言語だとわかった。その印から目を離《はな》すことができず、キラはあとずさった。

「こいつはなんだ?」ファルコーニが訊《き》く。

「〈グレート・ビーコン〉をつくったのは〈消え失せし者〉だと思う」キラは言った。

コーイチは銃《じゅう》のスリングを調整し直した。「どうしてそう思うんだ?」

キラは指さした。「フラクタル図形。彼《かれ》らはフラクタル図形にこだわっていたのよ」

「それを知っても、いまは役に立たないな。きみが解読できるというなら話は別だが」

「できない」

「だったら時間を無駄《むだ》に——」言いかけてコーイチは身をこわばらせた。ファルコーニも同じく。

キラは警戒《けいかい》し、オーバーレイを確認した。そこには——バグハントの反対側に——ジェリーの船がさらに四艘《そう》、超光速《ちょうこうそく》を飛び出してきたところだった。船は高温でやって来ている。最初に来ていた一団よりもずっと熱い。

「まずいな」ファルコーニが歯噛《はが》みしながら言う。「やつら、何艘《そう》の船を送り込《こ》んだんだ？」

「見ろ――同時に到着《とうちゃく》できるよう、残りのジェリーの船が推力を上げてるぞ」コーイチは警戒《けいかい》モードから戦闘《せんとう》モードに切り替《か》わり、驚《おどろ》くほど冷静になっている。キラはファルコーニにも同じ変化を見て取った。「目的の杖《つえ》を捜《さが》すための制限時間は一時間だ。もっと短いかもしれない。全員、さっさと動け。駆《か》け足」

エクソの集団を先頭にしたまま一行は街の奥《おく》へと速足で進んでいき、やがて風雨にさらされてひび割れた背の高い石が中央に直立している広場に着いた。その石を観察しながら、キラはさっきの印を見たときと同じような衝撃《しょうげき》を受けた。その石もフラクタル図形で埋《う》め尽《つ》くされていて、じっくり見てみると、まるで自らの意思で動いているみたいに模様の細部がなめらかに動いたように見えたのだ。

地面がぐらっと揺《ゆ》れたような気がした。わたしの身に何が起きているの？肌《はだ》の表面にチクチクする感覚がゆっくり広がっていき、ソフト・ブレイドは不安を感じているみたいにかすかな動きをみせている。

「何かないか？」コーイチが尋《たず》ねた。

「わたしには……見覚えのあるものはない。特には何も」

「わかった。待っている時間はない。ホーズ、捜索《そうさく》パターンを組み立てろ。とにかく杖《つえ》に似たものを捜《さが》すんだ。ドローンを使え。あるものをすべて駆使《くし》しろ。ジェリーが軌道《きどう》に入るまでに杖《つえ》が見つかっていない場合は、防御《ぼうぎょ》を固めて侵入《しんにゅう》を防ぐことに専念するように」

「イエッサー！」

ホーズ中尉《ちゅうい》とニシュー伍長《ごちょう》は残りの海兵隊員を四つの分隊にして、隊ごとに別の建物のなかに入っていった。コーイチだけが残って広場の脇《わき》に陣取《じんど》ると、荷物のなかからパラボラアンテナを取り出して空に向けた。

「ナヴァレス」コーイチは制御《せいぎょ》装置をいじりながら言う。「分隊からの映像をきみに中継《ちゅうけい》で見せる。何か見覚えのあるものがないか確認してくれ」

キラはうなずき、直立した石の横で地面にうずくまった。オーバーレイに接続の確認が表示される。承認すると、格子状のウインドウが視界いっぱいに広がった。それぞれのウインドウは海兵隊員かドローンが撮影《さつえい》している映像を映し出している。

すべてを見るのはややこしかったが、キラはベストを尽《つ》くして、それぞれの映像に注意を移していった。海兵隊員たちは老朽化《ろうきゅうか》した建物のなかをすばやく通り抜《ぬ》け、からっぽの部屋に次々と突入《とつにゅう》していく。

それでもやはりキラは少しも確信が持てずにいた。彼《かれ》らは正しい場所にいる。それだけは確かだ。だけどこの複合建築のどこへ行くべきなのか、それはわからないままだ。

教えなさいよ！　キラは必死の思いでソフト・ブレイドに命じた。答えは返ってこず、時間が過ぎていくにつれて、ジェリーが近づいてきているのをひしひしと感じた。

ファルコーニはトリッグとニールセンと共に広場の周囲を歩き回って見張りをしている。広場の片側では、エントロピストがある建物の片隅《かたすみ》から剝《は》がれ落ちた一枚の壁板《かべいた》の横に身を寄せ合って立ち、その下にあるものを観察している。

「ナヴァレス」しばらくするとコーイチが声をかけてきた。

キラは首を振《ふ》った。「まだ何も」

コーイチはうなった。「ホーズ、身を隠《かく》せそうな場所を探しに行ってくれ」

「イエッサー」無線を通して中尉《ちゅうい》が返事した。

ほとんどなんの音もしない状態で三十分が過ぎると、ファルコーニがキラのもとへやって来て、フランチェスカを横にして膝《ひざ》に乗せた格好で隣《となり》にしゃがみ込《こ》む。「そろそろ時間切れだ」と彼《かれ》は静かに言った。

「わかってる」キラは次から次へとウインドウに視線を走らせている。

「俺《おれ》にできることは？」

キラは首を振《ふ》った。

「何を見逃《みのが》してるんだろうな？」

「見当もつかない。ソフト・ブレイドがここにいたころから、あまりにも時間が経ってしまったのかも。たくさんのことが変化していても不思議じゃない。ただ、わたしは――みんなをここで死なせるために連れてきてしまったんじゃないかと心配で」

ファルコーニは顎《あご》をポリポリ搔《か》き、少しのあいだ黙《だま》っていた。「俺《おれ》はそうは思わない。この場所で正しいはずだ。正しい見方ができてないだけで……ソフト・ブレイドは死にたいともジェリーに捕《つか》まりたいとも思っちゃいないだろ？」

「ええ」キラはゆっくり答えた。

「よし。だったらなんできみにこの惑星系《わくせい》を見せるんだ？　この街を？　ソフト・ブレイドはきみに何かを見つけてもらいたがっているはずだ、はっきりしすぎていて、逆に俺《おれ》たちが見落としている何かを」

キラはあの直立した石を見やった。正、し、い、見、方、が、で、き、て、な、い。「ドローンを操縦させてもらえる？」キラはコーイチに呼びかけた。

「墜落《ついらく》だけはさせるなよ。ある分はひとつ残らず必要になるだろうからな」

キラはドローンをオーバーレイに接続し、ドローンからの映像により集中できるよう目を閉じた。ドローンは五百メートル先の塔《とう》の横に浮《う》かんでいる。

「どうするつもりだ？」ファルコーニが訊《き》く。キラは隣《となり》にいる彼《かれ》の存在を感じ取っていた。

「フラクタル図形よ」

「というと？」

キラは返事をせずにドローンをまっすぐ急上昇《きゅうじょうしょう》させ、いちばん高い塔《とう》のてっぺんよりもさらに高く飛ばした。そしてこの開拓地《かいたくち》を全体として把握《はあく》できるようにしっかり見た。個々《ここ》の建造物を見るだけではなく、もっと大きな全体像をつかもうとして。ソフト・ブレイドから認識の感覚がちらりと伝わってきたけれど、まだそれだけだ。

キラはドローンにゆっくり円を描《えが》かせて、何も見落とすことのないよう、方向を転換《てんかん》させながら上下に動かした。上空から見た塔《とう》はくっきりしていて美しく、目を見張るほどだったが、いつまでものんびり眺《なが》めている余裕《よゆう》はない。

西のほうから街に鋭《するど》い音がひとつ響《ひび》きわたった。キラはパチッと目をあけ、音の出どころを探していると、街の様子に焦点《しょうてん》が合わなくなっていく。

知覚に変化が起き、探していたものが見えるようになった。いまのいままで建物の老朽《ろうきゅう》化と自生植物による侵食《しんしょく》に隠《かく》れていたけれど、いまではそれが見える。この古代の街の輪《りん》郭《かく》は――キラがひそかに想像していたとおり――フラクタル図形になっていて、その形には意味があった。

あそこだ。図形の中心、オウムガイの殻《から》みたいに内側に向かって渦《うず》を描《えが》いている部分。あそこの、ちょうど真ん中だ。

キラが突《つ》き止めた建造物は開拓地《かいたくち》の向こう側にあった。ドーム型の低い建物で、もしも地球にあったとしたら、遥《はる》か昔に滅《ほろ》びた文明の寺院だと思っただろう。だけど寺院という言葉はしっくりこない気がする。青白く飾《かざ》り気のない建物の様子からすると、どちらかと言えば霊廟《れいびょう》と呼ぶほうがふさわしそうだ。

街の全体像と同じく、その光景からソフト・ブレイドの記憶《きおく》も確証もまったく引き出されはしなかった。〈消え失せし者〉とフラクタル図形の強い結びつきを思えば、この建物が重要だということは間違《まちが》いなさそうだが、杖《つえ》と何か関係があるかどうかは……そこまではわからない。

推測するしかないのだと悟《さと》り、キラはうろたえた。役立ちそうな情報のかけらをゼノがまた吐《は》き出すのを待っている時間はないのだ。行動しなければならない、それもいますぐに。キラが間違《まちが》った選択《せんたく》をすれば、みんな死んでしまう。かといって躊躇《ちゅうちょ》していれば、同じぐらい確実に死ぬことになるだろう。

「ホーズ、おまえか？」コーイチが言った。

「イエッサー。地下構造物への入り口を確認しました。ここなら防御《ぼうぎょ》しやすそうです」

キラはドローンの映像に映る建物にタグ付けすると、プログラムを終了《しゅうりょう》させた。

「その必要はないかも」キラは立ち上がり、言った。「何か見つけたと思う」

3

「思う、だが確信はない」コーイチが言った。

「そのとおりよ」

「そんなことでは説得力も何もあったもんじゃないな、ナヴァレス。思うよりも、もっと確実なことは言えないのか？」

「悪いけど、言えない」

「くそ」

ファルコーニが言う。「ジェリーが着陸する前にあそこまでたどり着けそうにもないが」

キラはエイリアンの現在地を確認した。最初の三艘《そう》はまさに軌道《きどう》に乗ろうとしているところだ。そうして見ているあいだにも、船は大気圏《たいきけん》に突入《とつにゅう》して急降下していく。「やってみるしかない」

「まいったな」とコーイチ。「最悪のシナリオだと、われわれはあの建物に身を隠《かく》して、ジェリーを撃退《げきたい》すべく戦うことになる。やつらはわれわれがどこへ向かっているのか知らないから、その点はこちらが有利になる。ホーズ、ナヴァレスが印をつけた場所へエクソのふたりをフルスピードで向かわせろ。残りの者は全員、私の指示に従って隊形を取れ、大至急やるんだ。じきに戦域の動きが激しくなる」

「イエッサー！」

コーイチがパラボラアンテナをたたんでバックパックにしまうと、一同は広場から出て、いちばん近くのカーブした通りを走って進んでいった。

「〈イルモーラ〉の掩護《えんご》を受けることはできる？」キラは尋《たず》ねた。

タトゥポアともうひとり海兵隊員が脇道《わきみち》から飛び出してきて、一行に加わった。「ジェリーに撃《う》ち落とされることになるだけだろう」とコーイチは答えた。

複数のドローンが頭上高く配置されて常に監視《かんし》をつづけ、ブーンという音が大きくなった。ドローンは風に煽《あお》られて揺《ゆ》れたり降下したりしながらも、静止状態を保とうとしている。

「〈ウォールフィッシュ〉号は戻《もど》ってくるところだ」ファルコーニが知らせた。「緊急噴射《きんきゅうふんしゃ》で。間もなく到着《とうちゃく》する」

「やめるよう伝えたほうがいい。きみのオンボロ船ではジェリーに対して勝ち目がない」

コーイチが言う。

ファルコーニは言い返さなかったけれど、コーイチの意見に同意していないことがキラにはわかった。

どうするつもりなの？　――キラ

適切な場所でカサバ榴弾砲《ハウイッツァー》を二発ばかりぶっ放せば、少なくともジェリーの半分はやっつけられるはずだ。　――ファルコーニ

〈ウォールフィッシュ〉号は充分《じゅうぶん》な距離《きょり》まで近づける？　――キラ

その心配はスパローとグレゴロヴィッチに任せよう。　――ファルコーニ

横に並んでパワードスーツの重い足音を立てているトリッグは、キラが感じているのと同じぐらい不安そうな様子だった。「わたしのそばにくっついていれば大丈夫《だいじょうぶ》だから」とキラは声をかけた。

トリッグは弱々しい笑みをちらっと見せた。「オッケー。そのスーツでぼくを刺《さ》すのだけはやめてよね」

「絶対にしない」

ブーンという一対の音が空気を振動《しんどう》させ、二艘《そう》のジェリーの船が雲の屋根を突《つ》き抜《ぬ》けて、目もくらむような青い炎《ほのお》の柱になって夕焼け空を降りてきている。船は開拓地《かいたくち》の東端《とうたん》近くにある塔《とう》の後ろに消え、ロケットのうなりは聞こえなくなった。

「行け！」コーイチが吠《ほ》えるように命じたが、せきたてるまでもなかった。全員がもう全速力で走り出している。ホーズやニシュー、残りの捜索《そうさく》チームもみんな合流し、キラたちの周りで陣形《じんけい》を取った。

キラの耳のなかでひび割れるような無線の音がした。先に行っていた二名の海兵隊員のひとりが報告する。「目的地に到着《とうちゃく》しました。銀行の金庫室よりも厳重な戸締《とじま》りです。入口が見当たりません」

「可能であれば切断して入れ」コーイチは息を切らしながら言った。「とにかく、なんとしてでもそこを死守するんだ」

「了解《りょうかい》」

一瞬《いっしゅん》、キラは海兵隊員が杖《つえ》を破損しないかと心配になった。けれどすぐにその不安を振《ふ》り払《はら》った。あの建物のなかに入ることができなければ、そんな心配も無意味になるだろう。

キラの左でサンチェスが言う。「動きあり！　四百メートル先から接近中」

「恐《おそ》ろしく速いわね」ニールセンが言い、短銃身《たんじゅうしん》のライフルのスライドを引いた。

キラはブラスター銃《じゅう》の照準プログラムを起動させた。視界の真ん中に鮮紅色《せんこうしょく》の十字線が表示される。

サンチェスがキラには理解できない罵《ののし》りの言葉を吐《は》いたが、オーバーレイは翻訳《ほんやく》しそこねた。「ドローンがやられた」

「こっちもだ」別の海兵隊員が言う。

「くそ、くそ、くそ」とホーズ。「やられたのは三台になった」

「この通りから外れないと。こんな開けたところにいたら格好の標的になる」ファルコーニが言った。

コーイチが首を振《ふ》る。「いや。このまま前進をつづけるんだ。立ち止まったらやられる」

「二百五十メートル先、接近中」サンチェスが報告した。いまでは建物のあいだから音が聞こえてきている。ドシンドシンという音やカチャカチャいう音、金属的なかん高い音や、ブーンというドローンの音が。

キラはソフト・ブレイドを心のなかで改めて抑制《よくせい》した。わたしが望むことだけよ、と、その意志をせいいっぱいゼノに伝えようとする。どれほどの混乱に陥《おちい》ることになっても、どれほどの痛みや恐怖《きょうふ》を味わうことになっても、二度と不注意からソフト・ブレイドに誰《だれ》かを傷つけさせるつもりはない。もう決して。

キラは顔を覆《おお》うようゼノに念じた。スキンスーツのヘルメットを着用してはいるが、もっと防備が必要だ。まばたき一回分のあいだだけ視界が暗くなり、そのあとは前と同じように見えるようになった。ただし、いまでは現地の電磁場がぼやけたすみれ色の帯となって追加されているけれど。近くにあるいくつかの建物の壁《かべ》から太い輪が生じていて、いまでも電力が発生している場所を示している（どうしてさっきまで見えていなかったのだろう？）。

「こんなの自殺行為《こうい》だ」ファルコーニがキラの腕《うで》をつかみ、いちばん近い建物の開け放された戸口へと引っ張っていこうとする。「こっちだ」

「待て！」コーイチが怒鳴《どな》った。「これは命令だ」

「ほざいてろ。俺《おれ》はあんたの指揮下にはない」ファルコーニは言い返した。ニールセンはファルコーニのあとに従い、トリッグとエントロピストもついていく。一瞬《いっしゅん》の間を置いて、コーイチは海兵隊員たちにも同じ行動を命じるしかなかった。

その建物の一階部分は天井がとても高かった。そびえる柱が空間を一定の間隔《かんかく》で分けている。天井に近づくにつれて枝を広げた、石でできた幹の森だ。その光景に、キラはほとんど物理的な力によって夢を思い出した。

コーイチがファルコーニに詰《つ》め寄る。「あんなばかな真似をまたやってみろ、そのときはきみをつまみ上げて運んでいくようあいつらに命じてやるからな」コーイチはブラスターの銃身《じゅうしん》をさっと動かして、パワードスーツの海兵隊員たちのほうを示した。

「そいつは――」外から聞こえてくる音が騒々《そうぞう》しくなり、ファルコーニは途中《とちゅう》で口をつぐんだ。キラは外れたばかりの通りに動きがあるのを見て取った。

最初のジェリーが這《は》い進んでくるのが見えた。触手《しょくしゅ》のあるイカのような姿で、キラが前に遭遇《そうぐう》したものと似ている。そのあとにつづいているのは、イカがさらに数体、ロブスターに似たやつが一体、くちゃくちゃ噛《か》んでいるやつが一体、それにニュースでしか見たことのない姿のものも数体いる。その頭上を白い球状のドローンがすばやく飛び回り、ジェリーのさらに後ろのほうには、ある種の分節した乗り物が瓦礫《がれき》の散乱した通りをなめらかな動きで進んでいる……。

ジェリーと海兵隊はほとんど同時にチョークとチャフを放ち、互《たが》いの姿を視界から隠《かく》した。

「行け、行け、行け！」ホーズが叫《さけ》ぶ。

レーザーの発射と銃撃《じゅうげき》が勃発《ぼっぱつ》し、キラの頭上の柱から石細工の大きなかたまりが爆発《ばくはつ》して飛び散った。

キラはトリッグのそばから離《はな》れないようにしながら、頭を低くして走った。背後で爆発《ばくはつ》音《おん》が響《ひび》く。ファルコーニが振《ふ》り返ってグレネードランチャーを発射したが、キラは振《ふ》り返らなかった。

いまはスピードだけが頼《たの》みの綱《つな》だ。

先頭に立つふたりの海兵隊員が金属メッキされた肩《かた》を低くし、目の前の壁《かべ》を正面から粉《ふん》砕《さい》した。新たなからっぽの部屋につづいてまた新たな壁《かべ》があり、一同は細い通りに飛び出した。

「止まらないで!」ニールセンが叫《さけ》んだ。

キラがエントロピストを探すと、渦巻《うずま》くチョークの煙幕《えんまく》を透《す》かしてぼんやりとその姿が見えた。身体を二つ折りにして手を伸《の》ばした亡霊《ぼうれい》のような姿が。「こっちよ!」彼《かれ》らを導けることを願いながら、キラは呼びかけた。

キラと隊のみんなは揃《そろ》って通りを全力疾走《しっそう》し、別の建物に入った。さっきの建物よりも小さく、天井は高いのに幅《はば》はエクソが通り抜《ぬ》けるのもやっとという廊下《ろうか》があった。一歩踏《ふ》み出すごとにエクソは苔《こけ》むした壁《かべ》をこすり、剝《は》がれた薄《はく》片が床《ゆか》に降り注ぐ。

海兵隊員は行く手を阻む壁《かべ》をすべて打ち砕《くだ》いて前進をつづけた。未来の考古学者はこんな損害を喜ばないでしょうね、とキラは憂慮《ゆうりょ》した。

一行は浅いプールの形に床《ゆか》がくぼんでいる部屋を通り過ぎ——キラはその香料のにおいと水が跳《は》ねる音を覚えていた——壁《かべ》沿いに上へと伸《の》びている透明《とうめい》な素材でできた大きな壊《こわ》れた筒《つつ》のあるアーケードを抜《ぬ》けて——空間を通って上昇《じょうしょう》する身体、バランスを取るためどちらも広げてある対になった腕《うで》——やがて最初のものより広い通りに出た。

ブーンというドローンの音が大きくなり、レーザーが周囲の煙幕《えんまく》に穴をあけ、熱せられた空気が糸のような閃光《せんこう》となって見えた。

と、ロブスターに似たジェリーが建物の上のほうをぐるっと横に回り込《こ》んですばやく進み——巨大《きょだい》な昆虫《こんちゅう》みたいに壁《かべ》にくっつきながら——、タトゥポアの鎧《よろい》の背中に飛びかかってくる。

タトゥポアは悲鳴をあげて身をよじり、さえずるような音を立てている生き物を払《はら》い落とそうと腕《うで》を振《ふ》り動かしているが、無駄《むだ》な抵抗《ていこう》だった。「じっとしてろ！」ホーズが叫《さけ》び、ライフルを連射する。発射するたびに生じる圧力の振動《しんどう》をキラは胸の前に感じた。

ロブスターはわき腹から膿漿《のうしょう》を飛び散らせ、痙攣《けいれん》しながらひび割れた舗道《ほどう》に倒《たお》れ込《こ》んだ。

が、任務だけは果たしていた。ロブスターがもたらした遅《おく》れは、三体のイカ型ジェリーが建物の周りを取り囲んで一同に迫《せま》ってくるのに充分《じゅうぶん》な時間だった。

海兵隊員たちにとって、それは予想外のことではなかった。イカが照準線に入るのと同時に、二体の重装備のエクソの前面部に搭載《とうさい》された大きなチェーンガンがいきなり発射された。キラはヘルメットに加えてソフト・ブレイドのマスクで覆《おお》われていたが、それでもその音は痛いほどで恐怖《きょうふ》を感じた――あまりの激しさに、本能的に。

キラはハンマーで骨を殴《なぐ》られているような感覚を味わいながら、よろよろと前進をつづけた。

三体のイカは海兵隊員の放つ炸裂弾《さくれつだん》の衝撃《しょうげき》を受けてのたうち回っている。何本かの触手《しょくしゅ》がブラスターや銃《じゅう》で応戦し、死をもたらす回転刃《ば》が通りの先の壁《かべ》に刺《さ》さった。

海兵隊員のひとりが手榴弾《しゅりゅうだん》を投げた。ファルコーニもランチャーを発射し、一対の爆発《ばくはつ》によってイカの姿がはっきり見えなくなる。

ヒクヒク動いている肉塊《にくかい》が建物に飛び散り、キラの周りに降り注ぐ。キラは腕《うで》で顔をかばいながら頭を低くした。

一同はまた建物のなかに入り、海兵隊員の半分が振《ふ》り返って後方を防御《ぼうぎょ》した。両脇《わき》に広がって、角や瓦礫《がれき》や背もたれの高い長椅子《いす》らしきものを防護に利用している。三人が血を流していた。エクソを着用したタトゥポアと、スキンスーツのふたり。みんなレーザーで撃《う》たれたようだ。

彼《かれ》らは傷の手当てをするために立ち止まりはしなかった。ふたりのうちひとりはブラスターを構えたままでメディフォームの缶《かん》を取り出し、傷口にスプレーすると、もうひとりの仲間に缶《かん》を放って寄こし、相手も自分の傷にスプレーをかけた。ふたりとも一歩たりとも止まらずに一連の流れをやってのけた。

「行け！　行け！　裏から出ろ！」建物の入り口から退きつづけながらコーイチが叫《さけ》んだ。

「距離《きょり》はあとどれぐらい？」ニールセンが訊《き》く。

「百メートルだ！」ホーズが大声で答える。

「それは――」

ドドーン！

建物が内側に向かって崩《くず》れ、太鼓《たいこ》の皮みたいに壁《かべ》と天井が振動《しんどう》し、数世紀分の積もりに積もった埃《ほこり》が舞《ま》い上がる。天井がたわみ、そこらじゅうからキーキーという軋《きし》みや引き裂《さ》かれるうめき声のような音が聞こえてきた。キラは赤外線に切り替《か》えるようソフト・ブレイドに念じた。部屋の横の新たな開口部から、すぐ外にジェリーの乗り物が見えた。それは黒くて脅威《きょうい》を与《あた》え、巨大《きょだい》なダンゴムシを連想させる分節した背甲《はいこう》がある。その背中に据《す》え付けられた巨大《きょだい》な砲塔《タレット》はキラたちに狙《ねら》いを定めていて――

海兵隊員と共にトリッグとニールセンも射撃《しゃげき》を開始した。すると全員が驚《おどろ》いたことに、ジョラスとヴェーラが前に進み出て――一体となった動きで――切りつけるように腕《うで》を振《ふ》り下ろし、共通の言葉を揃《そろ》って叫《さけ》んだ。

燃えるような光がパッとひらめき、部屋のなかを覆《おお》い隠《かく》す。突然《とつぜん》何も見えなくなったことへの恐怖《きょうふ》に襲《おそ》われ、キラはまばたきをした。

光が薄《うす》れていくにつれ、視界に真紅の点がぽつぽつと見えた。一同の前を見ると、目の細かい単繊維《せんい》の網《あみ》が建物の崩《くず》れた一画の壁《かべ》をカバーし、外の乗り物――横向きに倒《たお》れて痙攣《けいれん》し、むき出しの背甲《はいこう》を電流の巻きひげが這《は》い進んでいる――から覆《おお》い隠《かく》している。

遠くからジェリーがさらに近づいてきている。

「走って！」エントロピストは叫《さけ》んだ。

一同は走り出した。

「何をしたの？」キラは大声で問いかけた。

「魔法《まほう》！」ヴェーラが答えた。ちっとも納得のいかない答えだったけれど、キラは息切れしていてそれ以上は質問できなかった。

建物の裏手から飛び出すと――別の広場の向こう側に――キラが上空から確認したあの霊廟《れいびょう》のような建物が見えた。パワードスーツを着用した別のふたりの海兵隊員が閉ざされた入り口のそばにかがみ込んでいて、金属製のこての下から切断トーチの青白い光が輝いている。

キラたちが広場を全力疾走《しっそう》してくると、ふたりはトーチを消して掩護射撃《えんごしゃげき》を開始した。コーイチの横にいた海兵隊員のひとりがよろめいて倒《たお》れ込《こ》む。その膝《ひざ》から血と骨が飛び散った。トリッグが片手で彼《かれ》をつまみ上げ、寺院までずっと運んでいく。

キラは石板の後ろにうずくまり、身を隠《かく》して息を整えた。ジェリーが充分《じゅうぶん》な距離《きょり》に近づいたらソフト・ブレイドで殺すことができるはずだが、いまのところジェリーは距離《きょり》を保っていた。腹立たしいことに、ジェリーは自分たちが何を相手にしているのかわかっていて、それに応じて行動しているのだ。そこまで抜《ぬ》け目のない必要があるだろうか？

ジェリーのドローンが一台、石板のてっぺんを越《こ》えてさっと現れた。ニールセンがエクソのレーザー一発でドローンをフライにした。フェイスプレートの奥《おく》の顔は赤くなり、汗《あせ》をかいているようだ。ポニーテールから後れ毛が垂れて顔にかかっている。

別の石板の後ろでは、膝《ひざ》をつぶされた海兵隊員をトリッグが地面に降ろしていた。スキンスーツの前についたネームタグに、レディングと名前がある。サンチェスが駆《か》けつけてきて――キラが自分の目を疑っているうちに――ブラスター銃《じゅう》を抜《ぬ》いて海兵隊員の負傷した脚《あし》の残りを切断した。

レディングは悲鳴さえ上げなかったが、切断されているあいだ目をかたく閉じていた。痛みを止めるため神経ブロックを使っているに違《ちが》いない。サンチェスは切断した脚《あし》の付け根に止血帯を締《し》め、血まみれの末端《まったん》にメディフォームをスプレーすると、レディングの肩《かた》を叩《たた》き、瓦礫《がれき》の山を越《こ》えて銃撃戦《じゅうげきせん》をくり広げているほかの海兵隊員たちのもとに加わった。

キラは寺院の正面を見た。入り口は固体金属の栓《せん》らしきもので密閉されている。ふたりの海兵隊員はせいぜい片手の幅《はば》ぐらいしか切ることができずにいた。

キラたちがその後ろにしゃがんでいた石板をニールセンとトリッグがつかんだ。頭に土《つち》埃《ぼこり》が降り注ぐ。ニールセンとトリッグはエクソを使って石板をまっすぐ持ち上げ、広場のへりに集まっているジェリーたちに対する障壁《しょうへき》代わりにしている。海兵隊員も別の石板で同じようにして、寺院の前を半円形に囲んでいる。

「行動するなら、いましかない」ファルコーニがベルトの弾薬《だんやく》入れからフランチェスカに再装填《そうてん》しながら言った。

「そいつはやめとけ。使うなら成形爆薬《ばくやく》だ。爆発《ばくはつ》で扉《とびら》を開くぞ」とコーイチ。

「だめ！　杖《つえ》が壊《こわ》れてしまうかも」キラは止めた。

頭上を銃弾《じゅうだん》や爆弾《ばくだん》の破片がかん高い音を立てて飛んでいき、コーイチは頭を下げた。新しいチョークの缶《かん》のタブを引き、広場の真ん中めがけて投げつける。「なかに入れなければば、こっちが壊《こわ》れるぞ」

ジェリーの船の壁《かべ》から送信機《トランスミッター》を引っこ抜《ぬ》いたときの様子がキラの脳裏にひらめいた。

「とにかくジェリーを近づけないようにしておいて」キラは急いで立ち上がると、頭を低くしたまま封鎖《ふうさ》された寺院の入り口まで走っていき、冷たい金属に両手を押《お》し当てた。汗《あせ》がしたたり落ちて目のなかに入る。ソフト・ブレイドへの抑制《よくせい》を——ごくわずかに——ゆるめ、このスーツを使って手を伸《の》ばした。ぴんと張ったゴムシートみたいに、自らを引き伸《の》ばして広げていく。コントロールを失わないこと……コントロールを失わないこと……。

頭上の金属に銃弾《じゅうだん》が当たってぺしゃんこに潰《つぶ》れ、銀白色の破片が飛び散った。キラは肩《かた》を丸め、絶えず繰《く》り返される砲撃《ほうげき》や擲弾《てきだん》の爆発《ばくはつ》を無視しようとした。

皮膚《ひふ》がぞわぞわし、ソフト・ブレイドがスキンスーツを破って指のあいだに巻きひげを編《こ》み込み、蜘蛛《くも》の巣のようなものを形成した。巻きひげは外へ伸《の》びて金属の表面をするすると進んでいき、何百万本という髪《かみ》の毛みたいな触覚器《しょっかく》で探ったりつかんだりしている。

「すげえ《トゥール》！」トリッグが叫《さけ》んだ。

「急いだほうがいい」ファルコーニが冷静沈着《ちんちゃく》な口ぶりで言う。

キラはゼノを内側へと押《お》し込《こ》んで、ありとあらゆる裂《さ》け目や割れ目や微細《びさい》なひびのなかへとすべり込《こ》ませていく。木の根がかたくなった大地を掘《ほ》り進むように、ゼノが——キラ自身が——接着された金属の建造物を掘《ほ》るように探っていくのを感じた。

その金属はとてつもなく分厚かった。何メートルも重なって寺院の入り口を防護している。いったい何を閉め出そうとしていたの？　キラは不思議だった。と、その質問の答えはソフト・ブレイドかもしれないとふいに思った。

金属の表面から熱が放射され、ゆるみ始める。「行くよ！」キラは叫《さけ》んだ。さまざまな方向に突《つ》き出した巻きひげのあいだに動きを感じ取った瞬間《しゅんかん》、力いっぱいぐいと引いた。苦しそうな鋭《するど》い音を立てて、金属が引き離《はな》される。スーツの繊維《せんい》が建物から銀白色の重いかたまりを引っこ抜《ぬ》くと、光り輝《かがや》く埃《ほこり》があたりに舞《ま》い散った。キラの前に暗い開口部が現れている。

上空ではさらに三艘《そう》のジェリーの船が金属音を響《ひび》かせながら飛んできて、流星のように炎《ほのお》と煙《けむり》をなびかせている。船からはいくつものドロップポッドが落とされて、街じゅうに邪悪《じゃあく》な種がまかれていた。もう遅《おそ》いわ、とキラは勝ち誇《ほこ》りながら思った。

ソフト・ブレイドを自分の元に戻《もど》すと、ふたたびキラは完全体になった。

4

ぎざぎざした金属の側面に銃弾《じゅうだん》がかん高い音を立ててはね返り、四方八方に溶《と》けた金属の飛沫《しぶき》を飛ばしながら、レーザーブラストが指の大きさほどの穴をあける。そういう状況《じょうきょう》の下、キラは暗闇《くらやみ》のなかへと進んでいく。

すぐ後ろにはファルコーニ、そのあとにトリッグ、ニールセン、隊の残りのメンバーがつづいた。海兵隊員は平たい半球体のグローライトの光をつけ、内部の周辺に放った。

内部はだだっ広くて奥行《おくゆ》きがあった。まばらな明かりの下でも、キラはアーチ型の天井とモザイク模様の床《ゆか》を見て思い出す。ここは遠い昔、日々の終わり近くに、〈いと高き方〉と並んで歩いた場所だ……墓地のような寒気を覚えてキラは立ち止まり、静かに告げる。

「みんな気をつけて。何も触《さわ》らないように」

背後でホーズがきつい口調で命令を出すと、海兵隊員たちは通り抜《ぬ》けてきたぎざぎざの開口部に狙《ねら》いを定めた。

「ここを死守するんだ。一匹《ぴき》たりともジェリーを通すなよ」コーイチが言った。

「サー、イエッサー！」

キラが暗闇《くらやみ》の奥《おく》へと進んでいくと、ファルコーニ、コーイチ、ニールセン、トリッグ、エントロピストたちも一緒《いっしょ》に来た。キラが奥《おく》を目指すあいだ、みんなはおとなしく後ろに従っている。

こうして寺院のなかに入ったいま、キラには向かうべき場所が正確にわかっていた。疑う余地はない。ここが正しい場所であり、捜《さが》しているものはすぐさきにあるのだと大昔の記憶《きおく》が保証している……。

雷《かみなり》のような騒々《そうぞう》しい銃声《じゅうせい》は洞穴《ほらあな》のようなこの部屋に響《ひび》きつづけていた。ここはいつから静寂《せいじゃく》のなかにあったのだろう？　いまはジェリーと人間が争う暴力によって、その平穏《へいおん》が打ち砕《くだ》かれてしまった。〈消え失せし者〉がいまでも存在していたら、誰《だれ》をいちばん咎《とが》めるだろうか、とキラは思った。

入り口から三十メートル進んだところで部屋は終わり、外側にカーブした非常に高さのある薄《うす》い二枚の扉《とびら》に行き当たった。白い扉《とびら》に青い線のフラクタル図形が散りばめられていて、この街で目にしたどんなものよりも遥《はる》かに装飾《そうしょく》的だ。

キラは片手を上げた。扉《とびら》に触《ふ》れるより前に、頭の高さ近くに光の輪が現れ、二枚の扉《とびら》の合わせ目に重なっていく。すると扉《とびら》は音もなく開き、壁《かべ》のなかの見えないくぼみにすべり込《こ》んで消えた。

一行の前に新たな部屋が現れた。手前にあった部屋よりも小さい。七角形をしていて、天井は星みたいに輝《かがや》き、床《ゆか》はシャボン玉に似た虹《にじ》色のかすかな光沢《こうたく》を帯びている。部屋のそれぞれの角には水晶《すいしょう》のようなオベリスクが一本ずつ立っていて、どれも半透明《はんとうめい》の青白色だが、キラの向かい側にある一本だけは違《ちが》って赤と黒だ。そのオベリスクもほかのものと同じく厳格な様相を呈《てい》していて、批判的な目でこの部屋を見張っているかのようだ。

だが、キラの注意を引いたのは部屋の中央部だった。三つの段——あまりにも高く奥行《おくゆ》きがなさすぎて、人間の身体にはなじまない——があり、やはり七角形の台座へとつづいている。台座の上には台があり、さらにその上には四角錐《しかくすい》のケースが載《の》せられていて、カットされたダイヤモンドみたいにきらめいている。

ダイヤモンドケースのなかには七つのかけらが吊《つ》るされている。いまや壊《こわ》れてしまった〈蒼《あお》き杖《つえ》〉だ。

キラはじっと見つめていた。理解することも受け入れることもできず、「嘘《うそ》よ」とささやく。

そのときオーバーレイに警報が発令され、キラは無意識のうちに確認した。うめき声を漏《も》らすと、その声は〈消え失せし者〉の霊廟《れいびょう》に響《ひび》いた。

この惑星《わくせい》系にさらに十四艘《そう》の船が入って来ていた。ジェリーではない。ナイトメアだ。

Terror 第4章 恐怖《きょうふ》

1

キラたちは包囲されていた。立ち向かって戦うしかなく、どうやら死ぬことになりそうだった。

鉄の棺《ひつぎ》のなかにいるみたいにこの現実に閉じ込《こ》められ、頭がぐるぐるしている。今回は逃《のが》れようがない。ごまかしも逆転も執行猶予《しっこうゆうよ》の希望もない。助けを当てにするにはどこからも遠すぎるし、ジェリーもナイトメアも容赦《ようしゃ》はしないだろう。

すべてはキラのせいで、なんとかできることでもない。

「これはこういうものなのか？」ファルコーニがしゃがれ声で尋《たず》ねた。壊《こわ》れた杖《つえ》を示している。

「違《ちが》う」キラは答えた。

「直せるか?」コーイチがキラの考えていることをそのまま声に出して言う。

「いいえ。そもそも直そうとして直せるものなのかもわからない」

「納得いかない返事だな、ナヴァレス。われわれは——」

ドドーン!

建物が震《ふる》えた。星のような天井の破片が床《ゆか》に砕《くだ》け落ち、空がほどけていく。ダイヤモンドケースがぐらついて落下し、粉々《こなごな》になり——〈蒼《あお》き杖《つえ》〉のかけらをばらばらの方向へ飛び散らせた。

エントロピストが身を折って、かけらのひとつをつまみ上げた。

戸口から内側の聖所を通して、寺院の正面が吹《ふ》き飛ばされてしまったのが見えた。ジェリーのダンゴムシみたいな乗り物が外に停まっている。もうすっかり動けるようになり、その主砲《しゅほう》はキラたちの居場所に向けられている。海兵隊員はぎざぎざの開口部から退却《たいきゃく》しながらも、ジェリーの乗り物に銃弾《じゅうだん》とレーザーを浴びせた。

ダンゴムシの銃《じゅう》は集中砲火《ほうか》を受けて溶《と》け、横から火花を散らした。

「ファルコーニ! 〈ウォールフィッシュ〉号との距離《きょり》は?」コーイチが銃《じゅう》を担って戸口の脇《わき》に移動しながら訊《き》く。

「着くまでに十五分かかる」ファルコーニは反対の脇《わき》を引き受けた。

「くそっ。なかに入れ！　こっちだ！　行け！　行け！　行け！」コーイチは部下たちに呼びかけながらも、マシンのような正確さで煙《けむり》とチャフの漂《ただよ》うなかへ銃撃《じゅうげき》をつづけている。

「動けない！」ホーズが叫《さけ》んだ。「負傷した！　俺《おれ》はもう――」

ニールセンのエクソが重々しく鈍《にぶ》い足音を響《ひび》かせるのが聞こえた。キラが驚《おどろ》いていると、彼女《かのじょ》は勢いよく脇《わき》を通り過ぎ、寺院の正面エリアへ突進《とっしん》していく。ファルコーニが悪態をつき、ニールセンのために時間を稼《かせ》ごうとグレネードを三発すばやく連続で発射した。

グレネードが爆発《ばくはつ》するたびに、漂《ただよ》う煙《けむり》とチョークと埃《ほこり》を球状に吹《ふ》き払《はら》った。そのあと灰白色のもやが一気にかかり、あたりをふたたび覆《おお》い隠《かく》していく。

キラは自分が恥《は》ずかしくなって、ニールセンのあとを追って走り出した。ニールセンは二名の倒《たお》れた海兵隊員を抱《かか》え、寺院の奥《おく》へと駆《か》け戻《もど》っていく。キラは負傷した別の海兵隊員を見つけたが、こちらはまだエクソを着用したままだ。キラは足をすべらせながら彼《かれ》の横で止まると、エクソの側面についた緊急着脱《きんきゅうちゃくだつ》ラッチを叩《たた》いた。

正面を覆《おお》っている部分がパッと開き、海兵隊員は血を吐《は》きながら倒《たお》れ込《こ》んだ。「行くよ」キラは彼《かれ》の腕《うで》を自分の肩《かた》に回させた。

海兵隊員を抱《かか》えるようにして、キラは聖所の戸口へと急いだ。ニールセンはすでにふたりの負傷者をおろして、開口部へ戻《もど》っていくところだ。

右のわき腹にしびれるような衝撃《しょうげき》があり、キラは片膝《かたひざ》をついた。視線を落とし、見なければよかったとすぐに後悔《こうかい》した。肋骨《ろっこつ》に沿って黒い繊維《せんい》が飛び散った針のように吹《ふ》き飛ばされている。その隙間《すきま》から血と筋肉、骨が飛び散っているのが見えた。

見ているあいだにも、繊維《せんい》は結合していき傷口をふさぎ始めた。

キラはあえぎ、すっかり感覚のなくなっていた足を地面に踏《ふ》ん張って前進をつづけようとした。一歩、二歩、そして肩《かた》に海兵隊員のずっしりした重みを受け止めたままふたたび歩き出す。

戸口をくぐり抜《ぬ》けると、ファルコーニが海兵隊員を引き取った。

キラはすぐにまた出ていこうとしたが、ファルコーニに腕《うで》をつかまれた。「ばかな真似はよせ！」

キラはその手を振《ふ》り払《はら》って煙《けむり》のなかへと突《つ》き進み、まだ残されている数人の海兵隊員の姿を探した。寺院の外ではさらに爆発《ばくはつ》と銃声《じゅうせい》が響《ひび》いている。ソフト・ブレイドの存在がなければ、これほどの騒音《そうおん》の真っただ中で考えることも動くこともできなかったのではないかとキラは思った。爆発《ばくはつ》が起きるたびに骨に伝わるほどの強い衝撃《しょうげき》があり、爆風《ばくふう》の勢いで周囲のものがぼやけて見える。騒音《そうおん》も次第に大きくなってきているようだ。

彼《かれ》らはどこにいるの？　立ち込《こ》める煙《けむり》を通してジェリーの姿は一体も見えず、霧《きり》のなかでバタバタしているなんだかわからないゆがんだ形状が見えるだけだ。

「〈SJAMs〉*25が来るぞ」コーイチが叫《さけ》んだ。「伏《ふ》せろ！」

キラは頭をかばいながら地面にさっと身を伏《ふ》せた。

一秒と経たず、広場を取り囲んでいる通りで四つ別々の爆発《ばくはつ》が起こり、あたり一帯を地《じ》獄《ごく》の炎《ほのお》が照らし出す。地面が波打ってキラの頬《ほほ》を叩《たた》き、痛いほどの勢いで歯がカチカチ打ち合わされた。

「現状報告を。敵の状況《じょうきょう》を知らせろ」コーイチが命じる。

「大半は片付いたようですが、確実とは言えません。視界が晴れるまで待機します」とホーズが答えた。

爆発《ばくはつ》のせいで余計に煙《けむり》がもうもうと渦《うず》巻《ま》き、広場はほとんど真っ黒な雲に包まれている。キラは耳を澄《す》ました。もはや発砲音《はっぽうおん》もジェリーの動く音も聞こえない。風が暗雲を吹《ふ》き飛ばしはじめると、思い切って頭を上げてあたりを見回した。

ガラン！　寺院の露出《ろしゅつ》した控《ひか》えの間《ま》の向こうで、ニールセンがよろよろと後ずさった。パワードスーツの前面に大きなへこみができている。ニールセンが腕《うで》に搭載《とうさい》されたマシンガンを靄《もや》のなかへ何発か発射すると、弾丸《だんがん》が肉に命中する音がした。

ふさがった通りのさきから、さらに何十もの熱の点々が近づいてきているのが見えた。新たなジェリーだ。

寺院内の聖所からトリッグが飛び出してきて、ニールセンのもとへ駆《か》けつける。トリッグが横すべりしながらニールセンの隣《となり》で止まったとき、コーイチが言った。「〈イルモーラ〉からの掩護《えんご》はあれで終わりだ。〈SJAMs〉を放ったことでジェリーが〈イルモーラ〉を攻撃《こうげき》しなければ幸いだが。全員なかに入れ。さっさとしろ！」

地面にはまだ四人の海兵隊員が倒《たお》れている。キラはいちばん近い相手のもとへ急いだ。ジェリーの白いドローンが一台、寺院の崩《くず》れたファサードをぐるっと回り込《こ》んで飛んでくるのが見え、それと同時に触手《しょくしゅ》を持つ巨大《きょだい》なイカが瓦礫《がれき》の山を乗り越《こ》えてきた。曲がりくねった触手《しょくしゅ》に二丁のブラスター銃《じゅう》をかまえている。

キラは慌《あわ》てて自分の武器を探したが見つからない。どこにやったの？　落とした？　あまり時間がない、ぜんぜん時間がない、ぜんぜん時間が――

トリッグがニールセンの前に飛び出し、ブラスターとライフルを同時に発射した。顔をゆがめ、無線を通して叫《さけ》んでいる。「ヤーーーッ！　かかってこいよ、クソ野郎《やろう》！　こいつを食らえ！」

白い球体のドローンは弾丸《だんがん》を浴びてくるくる回転したかと思うと、火花を散らして地面に転げ落ちた。その後ろでイカがたじろぎ、棒状の長いレールガンを握《にぎ》っている触手《しょくしゅ》を上げる。

ソフト・ブレイドが攻撃《こうげき》を仕掛《しか》けようと外へ向かって脈打った。それに対し、キラはとっさに抵抗《ていこう》した。解き放つ気になれず、ゼノを信じる気になれず――バン。

ジェリーの武器が発した音は短く鋭《するど》かった。音のついた句読点みたいに騒乱《そうらん》を切り裂《さ》いた。あとには驚《おどろ》くほどの静けさが訪れた。パワードスーツが固定されてトリッグは銃《じゅう》の発射をやめ、ゆっくりと後ろにひっくり返り、彫像《ちょうぞう》のように倒《たお》れた。

バイザー前面の中央に指の大きさの穴がひとつあき、トリッグの顔には驚愕《きょうがく》の表情が貼《は》りついている。

「嘘《うそ》だ！」ファルコーニが叫《さけ》んだ。

しばしキラはショックに呆然《ぼうぜん》としていたが、やがて恐怖《きょうふ》に襲《おそ》われながら事態を理解して、ふたたび行動を起こそうとした。遅《おそ》すぎた。キラはソフト・ブレイドの抑制《よくせい》をゆるめ、ゼノを解き放ってジェリーを八つ裂《ざ》きにするつもりで手を伸《の》ばす。

キラが実行する前に、スキンスーツを着たひとりの女性がイカの前に飛び出してきて、白い布を振《ふ》った。「待って！　やめ！　やめ！　私たちは敵じゃない！」

自分が目にしているものを処理できず、キラは凍《こお》りついた。

闖入者《ちんにゅう》はよじ登って寺院に入ってきた。バイザーの金色の光沢《こうたく》が澄《す》んで、しわのある険しい顔が見える。

一瞬《いっしゅん》、キラには見慣れない顔のパーツの寄せ集めにしか見えていなかった。が、見方が変わると、足下で星がぐらりと傾《かたむ》く気がした。「あなた、は！」

「ナヴァレス」チェッター少佐が呼びかけてきた。

2

寺院の崩《くず》れた正面にさらにジェリーが集まってきたが、なぜか撃《う》ってこなかったので、キラはジェリーたちを無視してトリッグのそばへ駆《か》け寄った。

ファルコーニと隊の衛生兵がすぐあとにつづいた。衛生兵がてきぱきと手際よくトリッグのヘルメットをはずすと、溜《た》まっていた血がモザイク模様の床《ゆか》に流れ落ち、鮮《あざ》やかな真紅のすじをつけた。

トリッグは意識を失ったままで、縁《ふち》の白い眼がおびえたようにきょろきょろ動いている。弾丸《だんがん》は首の付け根近くに命中していて、動脈を切り裂《さ》いている。怖《こわ》いぐらいの速さで血が噴《ふ》き出し、そのたびに前回より勢いが弱まっていく。口は動いていても言葉は出てこず、発せられるのはゴボゴボという恐《おそ》ろしい音だけだ――溺《おぼ》れているスイマーが必死に空気を求めてあえぐような。

わたしのせいだ、とキラは自分を責めた。もっと速く行動すべきだったのに。ゼノを信じるべきだったのに。ゼノをコントロールすることばかりに気を取られていなければ、トリッグを守ることができていたはずだ。

衛生兵はポケットのなかから酸素マスクを取り出してトリッグの口にかぶせた。それからメディフォームの缶《かん》を取り出すと、傷口の真ん中にノズルを押《お》し当て、スプレーする。トリッグは白目を剝《む》き、息も絶え絶えになった。両腕《りょううで》がぶるぶる震《ふる》えはじめている。

衛生兵は立ち上がった。「クライオが必要だ。数分以内に〈イルモーラ〉をここに着陸させられなければ、彼《かれ》は死ぬ」衛生兵が話しているあいだに、ニールセンは胸当てのへこみを手で押《お》さえながら立ち上がる。衛生兵はニールセンを指さした。「治療《ちりょう》の必要は?」

「大丈夫《だいじょうぶ》」とニールセンは答えた。

それを聞くと、衛生兵は応急処置を待っている海兵隊員たちのもとへと走っていった。

「できれば――」キラはコーイチに向かって言いかけた。

「〈イルモーラ〉なら、もうこっちに向かってる」

キラは空を見上げた。数秒後には、近づいてくるロケットの特徴《とくちょう》的なとどろきが聞こえてきた。「どこに着陸——」

レーザービームが三発、それぞれが手持ちサイズのブラスター十数丁分と同等のビームを発し、街の周辺を越《こ》えたどこからか上空を刺《さ》した。一瞬《いっしゅん》ののち、燃えている星がひとつ、雲の層を通り抜《ぬ》けて落ちてくる。〈イルモーラ〉が青いショックダイヤモンドとひとすじの白い排《はい》ガスをたなびかせている。シャトルはすぐそばの山腹の後ろに消えて、まばゆい光が谷を照らし、建築群の基部から東へと影《かげ》を流れさせていく。

「カバー！」瓦礫《がれき》の山の後ろに飛び込《こ》みながらコーイチが叫《さけ》ぶ。

ファルコーニはトリッグに覆《おお》いかぶさった。キラも同じようにして、ソフト・ブレイドの繊維《せんい》の網《あみ》を使ってみんなをその場に固定する。

キラは頭のなかで数を数えた。一、二、三、四、五、六、七——

千の雷鳴《らいめい》よりも騒々《そうぞう》しく強力な衝撃波《しょうげきは》を受けて、風向きが逆になり、地面がゆがんだ。それと共に息の詰《つ》まるような熱波が訪れる。塔《とう》が揺《ゆ》れてギシギシ音を立て——壁《かべ》の一部がはずれて飛んでいき——砂埃《すなぼこり》が一陣《じん》の風となって荒涼《こうりょう》とした通りを吹《ふ》き抜《ぬ》けていく。どんな弾丸《だんがん》よりも破壊《はかい》的に、破片《デブリ》がそこらじゅうに飛び散った。キラたちが背後に縮こまっている瓦礫《がれき》に多数の破片が撃《う》ち込《こ》まれている。腕《うで》の下から覗《のぞ》いてみると、クレーターができたダンゴムシの身体が闇《やみ》のなかへ吹《ふ》き飛ばされていくのが見えた。

キラは目を上げた。山の上に巨大《きょだい》なキノコ雲が膨《ふく》れ上がり、成層圏《せいそうけん》へとのぼっていく。猛威《もうい》を振《ふ》るう核《かく》の柱は圧倒的《あっとう》なまでに巨大《きょだい》だった。それを前にして、キラはこれまでにないほど自分がちっぽけに思えた。

山に守られていなければ、みんな死んでいたはずだ。

キラはファルコーニとトリッグの身体から繊維《せんい》の網《あみ》をはずした。ファルコーニがつぶやく。「あれは――」

「〈イルモーラ〉がやられた」コーイチが言った。

大爆発《ばくはつ》が起きたのは、シャトルのマルコフ・ドライブに蓄《たくわ》えられていた反物質《アンチマター》が原因だろう。今度はなんだっていうの？　まずい状況《じょうきょう》が黙示録的《もくしろく》にまずい状況《じょうきょう》に成り果ててしまった。

風のうなりが静まりはじめ、一同は立ち上がった。トリッグはいまも身体を痙攣《けいれん》させている。長くはもたないとキラにはわかった。

爆発《ばくはつ》のあいだに、ジェリーたちが周囲を取り巻いてそばに集まって来ていた。いまではチェッターは一体のジェリーの隣《となり》に立ち、キラには聞き取れなかったものの、何か話しかけているみたいだった。

イカのようなジェリーがトリッグのほうに近づこうとしている。

ファルコーニがシッとささやいてグレネードランチャーをかまえ、キラはしゃがみ込《こ》んで指先から切れ味鋭《するど》い刃《は》を突《つ》き出した。「近づいてみろ、バラバラに吹《ふ》き飛ばしてやる」

ファルコーニは警告した。

「私の仲間は力になれると言っています」チェッターは言った。

「だからトリッグを撃《う》ったっていうのか？」

チェッターは悔《く》やむような表情を浮《う》かべた。「あれは間違《まちが》いだった」

「だろうよ。で、おたくは何者なんだ？」ファルコーニは鼻孔《びこう》を広げ、殺気立った目でにらんでいる。

チェッターは背中をこわばらせた。「連合軍事司令部情報局《UMCI》のイリナ・チェッター少佐、人間であり、星間連盟の忠実な市民よ」

「彼女《かのじょ》のことは前に話したでしょう」キラはファルコーニにささやいた。

「〈酌量《しゃくりょう》すべき事情〉号の？」

キラはチェッターとジェリーから目を離《はな》さずにうなずいた。

ファルコーニの態度に変化はない。「どうやって――」

ニールセンが船長の肩《かた》に手を置いた。「彼《かれ》らの力を借りなければ、トリッグは助からないわ」

「決断するんだ、ファルコーニ。時間を無駄《むだ》にはできない」とコーイチ。

少しして、ファルコーニはニールセンの手を振《ふ》り払《はら》うと、エイリアンたちにフランチェスカを向けたままトリッグから離《はな》れた。「いいだろう。だがトリッグを死なせたら、問答無用でそいつらを撃《う》つ」

外ではキノコ雲がまだ昇《のぼ》りつづけている。

イカ型のジェリーが這《は》うようにトリッグに近づいていくあいだも、キラは指の刃《は》をそのまま保っていた。ジェリーが外科医にも引けを取らない精密かつ繊細《せんさい》な動きで、触手《しょくしゅ》を使ってパワードスーツを取り外すと、トリッグはスキンスーツと酸素マスクを着けただけの姿でぼろぼろの床《ゆか》に横たわった。ジェリーが一本の太い触手《しょくしゅ》をトリッグに巻きつけると、その吸盤《きゅうばん》からたちまち濃厚《のうこう》なゼラチン状のものが分泌《ぶんぴつ》されていく。

「そいつはいったいなんなんだ？」ファルコーニがこらえきれずに訊《き》く。

「大丈夫《だいじょうぶ》。私も同じことをされたから。安全よ」チェッターが答えた。

ジェリーは触手《しょくしゅ》を使ってトリッグの全身にべたつくものを塗《ぬ》りたくった。すると、そのコーティングは不透明《ふとうめい》になってかたまり、人間の形をした輝《かがや》くポッドを形成した。全工程が終わるまで一分とかからなかった。

エイリアンはポッドを床《ゆか》に置き、チェッターの脇《わき》にさがった。

ファルコーニが殻《から》の上に手を当てる。「何をした？　このなかでも呼吸はできるのか？　ぐずぐずしてる時間は――」

「それは彼《かれ》らにとってのクライオ。私を信じて。彼《かれ》のことは心配いらない」チェッターが告げた。通りに響《ひび》く銃声《じゅうせい》がふたたび遠くから聞こえてきて、何体かのジェリーがその場を静かに離《はな》れて音のほうへと向かっていく。チェッターは背筋を伸《の》ばして立ち、キラ、コーイチ、そして残っているメンバーたちを見た。「ひと息つく時間を彼《かれ》らが稼《かせ》いでくれるはずよ。そのあいだに話し合わないと。いますぐに」

3

「あなたが本物のチェッター少佐だとどうしてわかる？」コーイチが詰問《きつもん》した。アドラステイアに少佐とイスカ伍長《ごちょう》を残していくしかなかったのだとアカウェに話したとき、コーイチも同席していたことをキラは思い出した。

チェッターは唇《くちびる》をゆがめ、瓦礫《がれき》のかたまりに腰《こし》かけてキラを見た。「〈酌量《しゃくりょう》すべき事情〉号であなたに同じような質問をしたことがあったわね」

少佐はほとんどキラの記憶《きおく》しているとおりの姿だったが、痩《や》せたみたいで――四、五キロ体重が落ちたようだ――、その顔つきには前にはなかったある種の興奮気味の熱っぽさが見て取れた。いま置かれている状況《じょうきょう》のせいか、別の何かの表れかもしれない。キラにはわからなかった。

キラはチェッターがここにいることを受け入れられずにいた。この少佐には二度と会うこともないだろうと思っていたし、ましてや宇宙の果ての死んだ惑星《わくせい》で会うことになるなんて思いもよらなかった。まったくの違和感《いわかん》しかなく、そのせいでさっきの爆発《ばくはつ》よりも呆《ぼう》然《ぜん》としている。

ファルコーニは腕組《うでぐ》みした。「ジェリーたちがインプラントをスキャンして、おたくのふりをするために必要なことをすべて学習したって可能性もある」

「私を信じようと信じまいと、そんなことはどうでもいい。私が何者かということは、私がここにいる理由とはなんの関係もないのだから」チェッターは話した。

コーイチが疑うようにチェッターを見やる。「では少佐、あなたがここにいる理由とは？」

「まずは大事なことから。〈蒼《あお》き杖《つえ》〉は見つけましたか？」

キラも誰《だれ》も答えずにいると、チェッターは指を鳴らした。「重大なことなのよ。手に入れたのか、手に入れていないのか。さあ、早く答えてちょうだい」

コーイチがエントロピストたちを身振《みぶ》りで示す。「見せてやれ」

ヴェーラとジョラスが手を差し出した。そこには〈蒼《あお》き杖《つえ》〉のかけらがひとつ載《の》っている。

「壊《こわ》れてる」チェッターが沈《しず》んだ口調で言った。

「ええ」

チェッターは肩《かた》を落とし、静かにつぶやく。「なんてこと。ジェリーは〈堕落《コラプテッド》〉*26に対抗《たいこう》するため〈蒼《あお》き杖《つえ》〉に期待を寄せていたのに。コラプテッドというのは、〈悪夢《ナイトメア》〉に対するジェリーの呼び方よ。杖《つえ》がなければ……」チェッターは背中をこわばらせて直立した。

「こちらにどの程度の勝ち目があるかわからない。向こうかこちらか」

「そんなにまずいの？」キラは尋《たず》ねた。

少佐は沈痛《ちんつう》な面持ちでうなずいた。「最悪よ。コラプテッドはジェリーのテリトリーを片っ端《ぱし》から攻撃《こうげき》している。初めは小さな襲撃《しゅうげき》だったのが、だんだん大きくなってきて。イスカと私が救助されたときには、もうりゅう座σ星を探りまわっているコラプテッドもいた。連中はジェリーの船を二艘破壊《そうはかい》し、私たちを乗せた一艘《そう》はかろうじて逃《に》げのびたというわけ」

「コラプテッドっていうのは何者なの？　知ってる？」キラは訊《き》いた。

チェッターは首を振《ふ》った。「ジェリーが彼《かれ》らをひどく怖《こわ》がっていることしか。ジェリーは前にもコラプテッドと戦ったことがあると言っている。どうやらそれは失敗に終わったようで、いまいるコラプテッドの一団はさらに危険らしいわ。姿かたちが違《ちが》って、もっと立派な船を持っているとか。それにジェリーは私たちがコラプテッドとなんらかの関係があると確信しているみたいだけど、詳《くわ》しいことはわからない」

ニールセンが挙手した。「私たちがジェリーやナイトメアと呼ぶものについて、あなたはどうやって知ったんです？　ジェリーとはどうやって会話を？」

「ジェリーは連盟が発信する放送をすべて傍受《ぼうじゅ》してきたの。私は出発前に最新情報を教えてもらった」チェッターはヘルメットの前面を軽く叩《たた》いた。「会話は香りを音にしていて、逆もまたしかり。ジェリーが電磁信号に転換《てんかん》するのに使うのと同じ方法よ。おかげでジェリーの言語を実際に学ぶことができたわけだけど、簡単なことじゃなかったのは確かよ」

コーイチがもどかしそうに身じろぎした。「まだ説明してもらってない。少佐、なぜここにいる？　それに、あなたと一緒《いっしょ》にいるジェリーたちが行儀《ぎょうぎ》よくしてるのはなぜなんだ？」

チェッターはひとつ息を吸い込《こ》んだ。通りの銃声《じゅうせい》が近づいてきている。「詳細《しょうさい》はファイルにして送ります。簡潔に言うならば、私と一緒《いっしょ》にいるジェリーたちは、指導者を倒《たお》そうとしていて、どちらの種族も生き延びられるよう連盟と結託《けったく》することを望んでいる派閥《はばつ》の代表よ。それを成功させるために私たちの協力を必要としている」

みんなの顔に浮《う》かんでいる表情から、状況《じょうきょう》をのみ込《こ》めずにいるのが自分だけではないことがキラにはわかった。

コーイチは黄色い目を細くして、空のほうをちらりと見た。「キャプテン、聞こえてますか？」

数秒後にアカウェの返事があった。「はっきりとな。少佐、その話が事実なら、なぜ連盟に直接話をしなかった？　こんなところまで遥々《はるばる》やって来て提案を持ちかける理由は？」

「いま言ったように、人類の住む領域の内外に発信されるすべてのメッセージをジェリーが傍受《ぼうじゅ》しているからです。私の仲間のジェリーは、首相に直接コンタクトするという危険を冒《おか》すことはできなかった。上官たちに気づかれたら捕《つか》まって処刑《しょけい》されてしまう。さらに〈蒼《あお》き杖《つえ》〉のことや、キラとスーツが間違《まちが》った手に渡《わた》らないようにする必要もありました」

「なるほど。わかった、ファイルを確認してみよう。そのあいだに、その星から離《はな》れる方法を見つけてくれ。この船はいま身動きが取れないが、ジェリーとナイトメアがそちらに向かっている」

「了解《りょうかい》」コーイチが返事した。

「話はまだ終わっていません」チェッターが急いでつづける。「ジェリーは連盟星のすぐ外に巨大艦隊《きょだいかんたい》を建造しています。準備が整い次第、コラプテッドに傾注《けいちゅう》する前に私たちの軍を一掃《いっそう》して壊滅《かいめつ》させるつもりでいる。ジェリーはずっと前から人類を征服《せいふく》する計画を立てていたけれど、最近の出来事がその予定を加速させたという話です。ジェリーの指導部は艦隊《かんたい》の完成を監督《かんとく》するため数か月間、現地を訪れることになっている。私の仲間のジェリーたちは、その艦隊《かんたい》の近くでUMCと集結し、連携《れんけい》して局部攻撃《こうげき》を行うことで指導部を排除《はいじょ》することを提案しています」

街のずっと向こうからくぐもった爆発音《ばくはつおん》が響《ひび》いてきた。戦闘《せんとう》は向きを変えたらしく、この広場と寺院のような建物へ横から迫《せま》ってきている。

「そのお仲間は指導部が艦隊《かんたい》に合流すると百パーセントの確信を持っているのか？」アカウェが問いかけた。

「そう言っています。あくまでも私の意見に過ぎないけれど、彼《かれ》らは本当のことを言っているように思える」とチェッターは答えた。

アカウェは喉《のど》の奥《おく》を鳴らした。「わかった。この情報が結局は役に立たないとしても、連盟に報告することを最優先事項《じこう》とする。ジェリーはこの惑星《わくせい》系全体の通信を妨害《ぼうがい》しているから、直接信号を送ることは不可能だ。いずれにしても時間がかかりすぎる。この距離《きょり》だと強力でばかみたいに遅《おそ》い信号じゃないと無事に届かないだろう。となると、われわれの船の少なくとも一艘《そう》はここを出ていく必要があるが、そいつはなかなか厄介《やっかい》なことになりそうだ」

アカウェが話しているあいだに、ファルコーニは声を出さずに唇《くちびる》を動かしながら数歩離《はな》れていく。が、すぐにヘルメット越《ご》しにも聞こえるほどの大声で罵《ののし》った。「ちくしょう！　そんなことがあってたまるか」

「どうしたの？」キラは声をかけた。

ファルコーニは顔をしかめた。「シグニでファジョンが修理した冷却《れいきゃく》系統がまた故障した。修理が終わるまで〈ウォールフィッシュ〉号は止まることができない。ここを通過することになる」

「ひどい」

「私の仲間はこの街のはずれに二艘《そう》の船を停めています」チェッターが背後でずっとおとなしく待っているジェリーを示して言う。「彼《かれ》らが宇宙に連れ帰ってくれる」

キラはファルコーニ、コーイチ、ニールセンを見やった。みんな同じことを考えているのがわかった。船に乗り込《こ》むほど、このジェリーたちを信頼《しんらい》してよいものか？　キラのソフト・ブレイドを奪《うば》おうとしたら？　キラには彼《かれ》らを止めることができるだろうか？

「少佐、きっとあなたは正しいのだろう。だが、あまり気乗りがしない」コーイチが言った。

そこへアカウェが口をはさんだ。「コーイチ、あいにくだが。その岩石惑星《わくせい》を離《はな》れるしかないんだ、それもいますぐに。少佐、きみについて言えば、もしこれが罠《わな》だったら、この惑星《わくせい》系から出ていく前に〈ダルムシュタット〉号はどちらの船も爆破《ばくは》する、だからお仲間がおかしなことを考えないようにしておくんだな」

チェッターはいまにも敬礼するみたいに頭をぐいと動かした。「イエッサー。ノーサー」

コーイチは背を向けかけた。「よし、そうと決まったら――」

「待って」キラはチェッターと真正面から向き合った。「ひとつ質問があるの」

「あとにしろ、ナヴァレス。時間がない」コーイチがぴしゃりと言う。

キラは譲《ゆず》らなかった。「なぜジェリーは人間がこの戦いを始めたと思っているの？〈酌《しゃく》量《りょう》すべき事情〉号を攻撃《こうげき》してきたのは向こうなのに」

コーイチはぴたりと止まり、ブラスター銃《じゅう》の引金に指をかけている。「それについては私もぜひ知りたい、少佐」

チェッターは早口で話した。「私が関わっているジェリーたちは、彼《かれ》らの種《しゅ》のほかの者たちから隠《かく》すためにゼノをアドラステイアに置いた。過去にあのゼノが大きな脅威《きょうい》になったことがあるらしく、ジェリーはゼノを恐《おそ》れと尊敬の混じった目で見ているようです。彼《かれ》らに聞いたところによると、ゼノが別の宿主と結びつくのを防ぐためなら、どんなことでも、なんだってしただろうということよ」

「だから彼《かれ》らは襲撃《しゅうげき》しに来た」キラは言った。

チェッターはうなずいている。「彼《かれ》らからすれば、私たちは最高機密の軍事施設《しせつ》に押《お》し入った泥棒《どろぼう》も同然よ。UMCが同じ立場だったらどう反応するか想像してごらんなさい」

「だが、それではほかのジェリーたちがわれわれを攻撃《こうげき》している理由はまだ説明がつかない。お仲間はアドラステイアでの出来事をやつらに伝えたのか?」コーイチが訊《き》いた。

チェッターは躊躇《ちゅうちょ》なく答える。「それは絶対に違《ちが》う。私が知る限り、大多数のジェリーはキラが61シグニから信号を発信したときに、彼女《かのじょ》のことを初めて知った」少佐は渋面《じゅうめん》をつくった。「そのときになって、ここにいるジェリーたちは私を監房《かんぼう》から引っ張り出して、まともに会話を始めたのよ。重要なのは、ジェリーの指導部に関する限り、この戦争はコラプテッドが英語でメッセージを発信しながらいきなり攻撃《こうげき》を仕《し》掛《か》けてきたときに始まったということ。だから彼《かれ》らは人間がコラプテッドと同盟を組んでいると思い込《こ》んだ。それに当時コラプテッドは人間の領域を襲撃《しゅうげき》していなかったから」

「だが、なんであれジェリーが人類を駆逐《くちく》しようと企《くわだ》てていることに変わりはない」ファルコーニが言った。

「そのとおり」

そこでキラは口を開いた。「コラプテッドはソフト・ブレイドや杖《つえ》のことを知ってるの？」

チェッターは立ち上がった。「杖《つえ》についてはわからないけれど、コラプテッドはそのスーツの存在か何かに引き寄せられているんじゃないかとジェリーは考えているみたいね。言葉の壁《かべ》があるせいで、絶対とは言い切れないけど」

チェッターの言葉に終止符《しゅうしふ》を打つかのように、二重になったソニックブームが谷を振動《しんどう》させ、四艘《そう》の黒く角張った船が空から悲鳴をあげながら降下してきて、街のあちこちに墜《つい》落《らく》した。61シグニで見たコラプテッドの船とは似ていなかったけれど、それらの船に対する違和感《いわかん》はやはり拭《ぬぐ》い切れない。

ナイトメアが特に自分のことを追っているのかもしれないと思うと、キラはひどく心をかき乱された。

発砲《はっぽう》とレーザーパルスの音が街の塔《とう》に跳《は》ね返り、暴力を告げる音をひずませた。距離《きょり》にして五百メートルか、もっと近くかもしれない。戦闘《せんとう》はふたたび迫《せま》ってきている。

「話は終わりだ、全員整列！　さっさとやるんだ」コーイチが命じた。

チェッターが言う。「仲間たちが計画を理解しているか確認させて」チェッターはジェリーのほうを向いて話しはじめたが、ヘルメットをかぶっているためその声は聞き取れなかった。

少佐が話しているあいだに、キラは裂《さ》けたスキンスーツを剝《は》ぎ取った。このままだと邪《じゃ》魔《ま》になるだけだし、ほかにも狙《ねら》いが……そう、これだ。集まったジェリーたちの〈近香《ニアセント》〉。ソフト・ブレイドの肌《はだ》が完全に露出《ろしゅつ》している状態になると、ジェリーが周囲の様子を観察したり反応したりするのに合わせて、彼《かれ》らが発する渦巻《うずま》く信号を感じ取ることができた。もっと早くスキンスーツを脱《ぬ》いでおくべきだった。そうすればジェリーたちに直接疑問をぶつけることができたのに。

使われている香りの形と構造から、ジェリーのリーダーが誰《だれ》なのかはっきりわかった。巨大《きょだい》なイカ型のジェリーで、柔軟《じゅうなん》な黒い鎧《よろい》を重ねたものを肢《あし》にかぶせてある。キラにはその鎧《よろい》がソフト・ブレイドと大差なく見えた。

そのエイリアンに近づいていき、声をかける。《こちらキラ：ショール・リーダー、あなたの名前は？》

集まっていたジェリーたちは驚《おどろ》いて身じろぎし、それぞれの触手《しょくしゅ》がおのおの生命を持っ

てねじれ動いている。《こちらルフェット：アイディーリスのおかげでこちらの香りを嗅《か》ぎつけているのか！　それ以外に――》

不規則な爆発《ばくはつ》が連続して起こり、会話は中断された。爆発音《ばくはつおん》は危険なまでに近い。東回りの道を経由して近づいてきているのはジェリーの大軍で、ルフェットの配下の者らしき退却《たいきゃく》中の二体のイカと砲火《ほうか》を交えている。そして西回りの複数の道を経由して彼《かれ》らのもとへ集まってきているのは、瓦礫《がれき》の山や自分たちをも乗り越《こ》えようとしている、ゆがんだ身体の集団だ。ファルコーニの前腕《ぜんわん》の傷痕《きずあと》みたいに溶《と》けて赤黒くねじれた肉体――コラプテッドの一軍。ナイトメアの一軍。

そのとき、背後でビシッという鋭《するど》い音が銃声《じゅうせい》なみに大きく響《ひび》いた。奇襲《きしゅう》だと思い、キラはかがみ込《こ》んでさっと振《ふ》り向く。

寺院の中心にある聖所の奥《おく》で、黒いオベリスクの表面に白い亀裂《きれつ》が走り、粉塵《ふんじん》をまき散らしながら砕《くだ》けた。オベリスクの前の部分が不吉《ふきつ》な音を立てて落ち、キラはうなじがぞわぞわするのを感じた。

オベリスクのなかは空洞《くうどう》だった。その隙間《すきま》で背が高く角張ったものが動いている――骸《がい》骨《こつ》みたいに瘦《や》せ細った姿で、後ろ向きについた脚《あし》と二組の腕《うで》がある。とがった肩《かた》から黒いマントが垂れているらしく、かたいフードのようなものが顔をすっぽり覆《おお》っているが、陰《かげ》になった空洞《くうどう》のなかで燃えている真紅の目だけは見えている。

これ以上怖《こわ》いことなんてあるはずがないとキラは思っていた。が、間違《まちが》っていた。そのクリーチャーは夢で見たことがある。〈消え失せし者〉ではなく、彼《かれ》らの恐《おそ》るべきしもべだ。

そこにいるのは〈探求者《シーカー》〉、つまり死を意味した。

Sic Itur ad Astra

第5章　かくして人は星に至る《シーク・イートゥル・アド・アストラ》

1

シーカーは動いているが、長い眠《ねむ》りから覚めて混乱しているかのように、ゆっくりした動きだ。

「逃《に》げて」キラは人間とジェリーの両方に向かって言う。「すぐに。止まらないで。戦わないで。逃《に》げて」

《こちらルフェット：心を裂く者《マインド・リッパー》だ！　逃《に》げろ！》

ジェリーたちは煙幕《えんまく》を投げ――シーカーの視界を隠《かく》し――海兵隊員と共に寺院の崩《くず》れた正面から飛び出した。抑《おさ》えきれない動揺《どうよう》に、キラの心臓はバクバクしている。シーカー。キラは遠い昔に彼《かれ》らを見たことを思い出した。〈七頭政治《ヘプターキー》〉という約束を強いた産物。〈サンダリング〉のさなかにたった一体でジェリーを大混乱に陥《おとしい》れた。シーカーがこの惑星《わくせい》から脱出《だっしゅつ》したら連盟星に何をするか、考えるのも恐《おそ》ろしい。

ニールセンはミイラになったトリッグの身体を腕《うで》に抱《かか》えながら、よじ登って屋外へと出ていく。ニールセンの左をファルコーニが、右をキラが守っている。

「こっちよ」チェッターが寺院の隣《となり》にある細い横町――いまのところ敵の姿はない――へとみんなを導いていく。

広場の向こうで、撤退《てったい》するにあたって敵の進撃《しんげき》を遅《おく》らせようと奮闘《ふんとう》していた二体のジェリーが空中にドローンを放り上げると、守備範囲《はんい》を離《はな》れ、触手《しょくしゅ》を使った全力疾走《しっそう》で広場を横切ってきて、仲間たちと合流した。右側のエイリアンの背甲《はいこう》にはいくつか穴があき、オレンジ色の膿漿《のうしょう》がしたたり落ちている。

「あれはなんなの？」背中を丸めてトリッグを守りながら、ニールセンが叫《さけ》ぶ。

「悪い知らせよ」とキラは答えた。

キノコ雲は圧倒《あっとう》的な大きさで依然《いぜん》として上空に高くそびえている。風が中央部分の柱をちぎり、この惑星《わくせい》の光の当たらない西側へとすじを引きずっている。焦《こ》げた土埃《つちぼこり》のようなにおいが充満《じゅうまん》し、オゾンが電気を帯びている感じもあり、嵐《あらし》の前触《まえぶ》れのようだ。けれど嵐《あらし》はもう襲《おそ》ってきたあとだ、反物質消滅《しょうめつ》という形で。

ソフト・ブレイドは死の灰からどの程度この身を守ってくれるだろう、とキラは思った。宇宙に本当に戻《もど》ることができたら、衛生兵から放射線用の薬をもらわないと……。

いくつか先の通りで獣《けもの》が不満の声を上げるような恐《おそ》ろしいコーラスが聞こえてきた。怒《いか》りと痛みに悲鳴をあげる無数の声。見えないナイトメアが追跡《ついせき》するジェリーと衝突《しょうとつ》し、近香《ニアセント》の波が街に漂《ただよ》っていて、強烈《きょうれつ》さに息ができなくなりそうだ。

「一難去って――」

「――また一難」ジョラスとヴェーラがつぶやいた。

背後で高く鋭《するど》い音が空気を切り裂《さ》き、不満の声はむしろ激しくなった。

「くそっ。こいつを見ろ」とホーズが言う。

キラがオーバーレイを見るとパッとウインドウが開き、寺院のそばにある広場の上空からの映像が映し出された。まだ無事に残っていた海兵隊のドローンのひとつが捉《とら》えている映像だ。荒廃《こうはい》した建物のなかからシーカーが出ていき、ジェリーとナイトメアがその周りで群れをなして戦っている煙《けむり》のかたまりのあいだを歩いて忍《しの》び寄っていく。

キラが見ているあいだにも、シーカーは赤い犬のようなナイトメアを捕《つか》まえ、黒い指をその頭蓋《ずがい》に沈《しず》めた。一秒と経たずにシーカーはナイトメアを放し、地面に落とした。ナイトメアは身をよじってまた立ち上がると、シーカーを攻撃《こうげき》するのではなく、よく躾《しつ》けられたペットみたいに従順に後ろからこそこそついていく。その一体だけではない。片手で数えきれないほどのジェリーとナイトメアがすでにシーカーに従っていて、主人を直接攻撃《こうげき》から守ろうと周りを取り囲んで歩いている。

ほかのジェリーとナイトメアは互《たが》いと戦うのに忙《いそが》しく、まだシーカーに気づいていないようだ。

「なんてこと。あれは何をしているの？」ニールセンが尋《たず》ねる。

「わからない」とキラは返事した。

《こちらルフェット：マインド・リッパーは相手の肉体を支配し、思いのままに操っている》

シーカーができるのはそれだけじゃない、そのことにキラは確信を持っていたけれど、具体的に思い出すことができず、もどかしさを募《つの》らせていた。それでも自分の恐怖心《きょうふしん》を信じた。ソフト・ブレイドが気をつけろと言うのなら、大きな脅威《きょうい》に違《ちが》いない。

チェッターが通訳し、コーイチが命令を下す。「あれが近づいてきたら、身体に触《さわ》らせるんじゃないぞ」

「イエッサー！」「絶対に、サー！」海兵隊員たちが言った。グループ全体として見ると、彼《かれ》らはかなりぼろぼろだった。タトゥポアは脚《あし》を失った海兵隊員のレディングを抱《かか》えている。ニシューのエクソには血がべっとりついている。ホーズと衛生兵は脚《あし》を引きずっていて、ほとんどの隊員のヘルメットには破片を受けたせいでできた穴やへこみがあった。〈ダルムシュタット〉号に乗っていた海兵隊員のうちふたりがいなくなっているようだ。彼《かれ》らがいつどこで脱落《だつらく》したのか、キラにはわからなかった。

頭上からすさまじい音が響《ひび》いてきた。見上げると、近くにある塔《とう》をぐるりと取り囲んでいる蔓《つる》で覆《おお》われた棚《たな》に沿って、ナイトメアの一群が走っている。

海兵隊員もジェリーも発砲《はっぽう》を開始した。自動小銃《しょうじゅう》と放電ブラスターからくり出される一斉射撃《いっせいしゃげき》。砲弾《ほうだん》は何体かのナイトメアを仕留めた――赤むけしたようなざらざらした胴体《どうたい》を吹《ふ》き飛ばした――が、残りはキラたちの一団めがけて飛びおりてくる。二体が海兵隊員に飛びかかり、地面に押《お》し倒《たお》した。ナイトメアはタイガーモールほどの大きさで、キラの手と同じぐらいのサイズのサメみたいな歯がずらりと並んでいる。さらに三体、それぞれ姿かたちが大きく異なるナイトメアが――一体は変異した腕《うで》に突《つ》き出た骨が並んでいて、もう一体は曲がった背中から鱗《うろこ》のある翼《つばさ》が生えていて、別の一体は肢《あし》が三本と牙《きば》がある――触手《しょくしゅ》をばたつかせてもつれあっているルフェットの隊のジェリーたちの真ん中に突《つ》っ込《こ》んでいく。

前とは違《ちが》う。向かってくるナイトメアを見たとき、キラはまずそう思った。

キラはトリッグが襲《おそ》われたときみたいに自制するつもりはなかった。だったら真っ先に死んだほうがマシだ。ソフト・ブレイドに命じてスパイクを突《つ》き出させ、いちばん近くにいる海兵隊員、サンチェスを捕《つか》まえているナイトメアに向かっていってタックルした。スーツの黒い棘《とげ》が四本肢《あし》のナイトメアを刺《さ》し貫《つらぬ》く。ナイトメアは開いた喉《のど》からゴボゴボと血を流しながら、まるで人間のようなぞっとする悲鳴をあげて絶命した。

彼《かれ》のことは傷つけないで、とキラは念じた。ホッとしたことに、ソフト・ブレイドは言うことを聞き、スパイクはどれもサンチェスに触《ふ》れなかった。サンチェスはすばやく親指を立ててみせた。

キラは次のナイトメアに向かっていこうとしたが、助けは必要なかった。海兵隊員と味方のジェリーの共同射撃《しゃげき》で残りのナイトメアもすでに殺していた。

ファルコーニは険しい表情でバイザーについた血を拭《ふ》きとった。「もうやつらに俺《おれ》たちの居場所を知られている」

「止まらず進め」コーイチが怒鳴《どな》り、一団は通りを歩きつづけた。

「弾薬《だんやく》が残り少なくなってきました」ホーズが言う。

「わかってる。二発ずつの発射に切り替《か》えろ」とコーイチは命じた。

一行は逃《に》げることに集中した。「接触《コンタクト》!」海兵隊員のひとりが叫《さけ》び、建物の角から姿を現したナイトメアに数発発射した。ナイトメアの頭が赤い霧《きり》となって破裂《はれつ》する。

ヘモグロビン、とキラは思った。ジェリーとは違《ちが》い、鉄をベースとした血。

キラたちが街はずれへと急ぐあいだに、そう多くはないがナイトメアは襲撃《しゅうげき》をつづけてきた。建物がなくなって苔《こけ》に覆《おお》われた地面に変わると、キラは軌道《きどう》の状況《じょうきょう》を確認した。

〈ウォールフィッシュ〉号はすでにこの惑星《わくせい》を通過して、惑星《わくせい》系の果てへと向かっている。ジェリーとナイトメアの多数の船は上空の高いところで戦っている。両者が互《たが》いを相手取り、さらにジェリー同士でも戦っている。〈ダルムシュタット〉号はまだナイダスから遠いところにいるが、急いで戻《もど》って来ている。巡洋艦《じゅんようかん》の船体に並んだいくつかの焼け焦《こ》げた跡《あと》から煙《けむり》がたなびいていた。

「ついてきて」チェッターが先頭に立って枯《か》れた土地を進んでいく。そこの苔《こけ》は街の影《かげ》の外側に生えていた。核爆発《かくばくはつ》の猛威《もうい》をもろに食らい、熱で燃えてしまっている。一歩踏《いっぽふ》み出すごとに小さな葉がバリバリと音を立て、灰のかすを靴底《くつぞこ》に残した。

一行は西を目指し、建築群から遠ざかって暗い闇《やみ》の奥《おく》へと分け入っていく。

走りながらキラはチェッターの隣《となり》に移動して、問いかけた。「救出されたあと、わたしがまだ生きていることをジェリーに話した？」

少佐は首を振《ふ》った。「とんでもない。実用的な情報を敵に渡《わた》す気はなかったわ」

「じゃあルフェットたちはわたしの居場所やスーツが存在することを知らなかったのね？」

「あなたが信号を発信するまでは」チェッターはキラを一瞥《いちべつ》した。「実のところ、彼《かれ》らは一度も質問してこなかった。〈酌量《しゃくりょう》すべき事情〉号と一緒《いっしょ》にスーツも破壊《はかい》されたと思っていたんじゃないかしら。なぜそんなことを訊《き》くの？」

キラは息をつくため少し間を取った。「理解しようとしているだけよ」

チェッターの説明はどこかしっくりこない。ソフト・ブレイドを隠《かく》したジェリーが、アドラステイアでの出来事を受けて、その居場所を知りたがらないなどということがあるだろうか？　わざわざフラッシュ・トレースを実行したのなら、りゅう座σ星を出発する〈ワルキューレ〉を見たはずだ。それだけでも確実に61シグニまでキラを追跡《ついせき》できただろう。だとしたら、なぜ追跡《ついせき》しなかったのか？　それにナイトメアの問題もある……。

「イスカは一緒《いっしょ》なの？」キラはチェッターに質問した。

少佐はすぐには返事をせず、激しい運動に苦しそうな顔をしている。「私の身に何かあったときに備えて、イスカ伍長《ごちょう》は残ったわ」

「それで、あなたはどうやってわたしたちを見つけたの？」

「あなたたちを追跡《ついせき》するために送り出された船のことをルフェットが知っていたから。それらの船を追いかけてきただけよ。難しいことじゃなかった。きっとコラプテッドも同じことをしたんでしょうね」

頭上でかん高い音が響《ひび》き、蝙蝠《こうもり》のような翼《つばさ》をはばたかせながら黒い影《かげ》の群れがこっちに飛び込《こ》んできた。キラは頭を低くして、片手を激しく振《ふ》り動かした。気味が悪いほど柔《やわ》らかい身体に触《ふ》れる確かな手ごたえがあり、スーツが硬《かた》くなって刃《は》を形成し、キラの腕《うで》はほとんどなんの抵抗《ていこう》もなく肉と骨を切り裂《さ》いた。

キラはオレンジ色の膿漿《のうしょう》を浴びた。人間とジェリーが同じように群れを撃《う》ち落とし、キラ以外のみんなも似たような目に遭《あ》っている。この生物には口のための下顎《したあご》があり、はさみのついた小さな腕《うで》が綿毛で覆《おお》われた胸元にしまい込《こ》まれている。

銃撃《じゅうげき》がやんだとき、三人の海兵隊員が地面に倒《たお》れたままぴくりとも動かなくなっていて、さらに五、六人が負傷していた。

撃《う》ち落とされた生物の一体をニシューが蹴《け》りつける。「こいつら、自衛本能ってもんがないらしい」

「まったく」タトゥポアが負傷した隊員のひとりを抱《だ》きあげようと身をかがめながら言った。「本当に殺されたくてたまらないみたいだ」

《こちらキラ：これはあなたたちの仲間？》キラは翼《つばさ》のある死骸《しがい》を指さした。

《こちらルフェット：違《ちが》う。これらもコラプテッドだ》

ほかのみんなに通訳しながら、キラはますます当惑《とうわく》した。今度のやつはヘモグロビンがないし、異なるナイトメアの姿かたちには少しも一貫性《いっかんせい》がなさそうだ。少なくともジェリーに関しては、同じ血や皮膚《ひふ》の模様、筋繊維《きんせんい》など、さまざまなタイプにもどこか共通点があることは明らかだ。ナイトメアの場合、どれも病気にかかっているような皮膚《ひふ》を除いては、そういう繫《つな》がりが一切欠けている。

チェッターが目の前にそびえる岩山を示す。「船はこのすぐ先、向こう側にあります」

速足で尾根《おね》を登っているとき——海兵隊員たちは負傷者に手を貸して足を引きずりながら進んでいる——、ニールセンが言った。「空を見て！」

暗くなった空にキノコ雲が大きな丸い穴をひとつあけていた。ぼろぼろになった薄霧《うすぎり》の膨《ふく》らみにあいた穴を通して、きらめく大空に色彩《しきさい》の広がりがさざ波のように揺《ゆ》らめいているのが見える。何千キロメートルにもわたって、巨大《きょだい》なネオンのディスプレイのなかの繊《せん》細《さい》なシルクのリボンみたいに赤、青、黄緑が揺《ゆ》れ動いている。

その光景を目にして、キラは畏敬《いけい》の念に打たれた。オーロラはウェイランドで二、三回しか見たことがなく、真っ暗な夜のなかで見たことは一度もなかった。現実のものに見えない。自然のものにしてはあまりに明るくなめらかでカラフルすぎて、まるで粗悪《そあく》なオーバーレイみたいだ。

「何が原因で？」キラは尋《たず》ねた。

「上層大気の核《かく》か反物質《アンチマター》。電離圏《でんりけん》に荷電粒子《りゅうし》を放出するものならなんでも」とチェッター
が答える。

キラは身震《みぶる》いした。美しい光景ではあるものの、原因がわかると恐《おそ》ろしくなる。

「二、三時間でなくなるだろう」とホーズ。

キラは尾根《おね》の頂上で立ち止まり、背後の街をちらりと振《ふ》り返った。そうしたのはキラだけではなかった。

大きくなりすぎた通りから肉体の群れが勢いよく流れ出している。さっきまでの違《ちが》いをいまでは忘れて、ナイトメアとジェリーが一緒《いっしょ》になって。その後ろを歩いているのはシーカー——長身で、骸骨《がいこつ》のようで、見せかけのフードとケープのおかげで修道士のように見えるほどだ。シーカーは建築群の境界で立ち止まった。しなびた苔《こけ》の野原にかん高い哀哭《あいこく》を響《ひび》きわたらせ、シーカーは二組の腕《うで》をどちらも広げた。一緒《いっしょ》にケープも持ち上がって広がり、一対の翼《つばさ》が見えた。紫《むらさき》がかっていてすじがあり、幅《はば》が九メートル近くある。

「モロス」驚《おどろ》くほど落ち着いた口調でコーイチが言う。「あの野郎《やろう》の頭に銃弾《じゅうだん》を撃《う》ち込《こ》めるかやってみてくれ」

キラは反対しそうになったけれど、黙《だま》っていた。シーカーを殺せる見込《みこ》みがあるのなら、それがいちばんいいだろう。これほど古くから存在し、能力があり、間違《まちが》いなく知性を有する生物を失えば、心のどこかで嘆《なげ》き悲しむことになるとしても。

「了解《りょうかい》です」パワードスーツの海兵隊員のひとりが返事した。彼《かれ》は前に進み出て、片手を上げると——少しもぐずぐずすることなく——発砲《はっぽう》した。

シーカーの頭が片側にさっと傾《かたむ》いた。そしてシーカーは純然たる悪意としか受け止めようのない目つきでキラたちをゆっくり見つめ返した。

「命中したか？」コーイチが確認する。

「駄目《だめ》です。かわされました」モロスは答えた。

「かわされ……おい、最高に強力なレーザーブラストであいつを仕留めろ」

「イエッサー！」

モロスのパワードスーツのなかでスーパーキャパシタを充電《じゅうでん》する金属的な音がしたかと思うと、ビビッ！　とどんな銃声《じゅうせい》にも引けを取らない大きな音が響《ひび》いた。帯電の余波でキラは肌《はだ》がピリピリするのを感じた。

キラはサーモグラフィーでレーザーパルスを見た。一見したところ、瞬時《しゅんじ》に現れた猛威《もうい》を振《ふ》るう棒がモロスとシーカーを繋《つな》いでいる。

ただしレーザーブラストは黒衣に身を包んだエイリアンに当たっていなかった。光線はこのクリーチャーの皮膚《ひふ》の上でそれて、背後にある建物の壁《かべ》に拳《こぶし》ほどの大きさの穴をひとつ焼き抜《ぬ》いた。

遠く離《はな》れていても、キラはシーカーがほほ笑んでいると誓《ちか》って言えた。ある記憶《きおく》がよみがえってくる。〈七頭政治《ヘプターキー》〉の望みを強く主張したのは彼《かれ》らで、危険な宇宙の奥深《おくふか》くを見張っていたのは彼《かれ》らだった……。

《こちらルフェット：こんなことは無意味だ》そう言いながら、ジェリーは仲間たちと共に尾根《おね》の向こう側へと下りはじめた。

ルフェットの言葉を通訳する必要はなかった。キラもみんなのあとにつづいた。ナイフの刃《は》のような哀哭《あいこく》がふたたび響《ひび》きわたり、そこに潜《ひそ》む迫《せま》りくる足音が聞こえた。

二艘《そう》のジェリーの船は尾根《おね》のふもとに停められていた。球形の船は宇宙船の基準からすると特に大きくはない——全長では〈ダルムシュタット〉号にかなわないだろう——が、そこの地面に停まっていると巨大《きょだい》に見えた。キラが種の免許《めんきょ》を取得した、ハイストーンの管理ビルと同じぐらい大きい。

それぞれの船の下部貨物室から船積み用のスロープが降りてきた。

ジェリーたちは二組に分かれて、各々《おのおの》の船に向かっていく。チェッターはルフェットやほかの数名のジェリーたちと組んで、左側の船に向かおうとしている。「あなたがたはあちらの船へ」チェッターは右側の船を指さしてコーイチに言う。

「一緒《いっしょ》に来て！」キラは声を上げた。

チェッターは立ち止まることなく首を振《ふ》った。「分かれたほうが安全よ。それに私は、ジェリーたちのもとに残るつもり」

「でも――」

「平和へと導くチャンスがあるのよ、ナヴァレス、私は諦《あきら》めるつもりはありません。さあ行って！」

キラはなおも言い返そうとしたが、時間がなかった。ファルコーニと並んでもう一艘《そう》のジェリーの船へと走りながら、悔《くや》しいけどチェッターを称賛《しょうさん》せざるを得なかった。少佐がいまでも正気を失っていないのなら、アドラステイアに残ることを決めたときと同じく、彼女《かのじょ》の行動は信じられないほど勇敢《ゆうかん》だ。

チェッターを好きになることはなさそうだけれど、義務を果たそうとする少佐の熱意については疑いようがなかった。

スロープをのぼり切ったところではさらに多くのジェリーが待ち構えていて、目を見張るほど武器をずらりと並べて開口部を守っている。キラたちが駆《か》けあがっていくと、彼《かれ》らはわきによけた。コーイチは急げと怒鳴《どな》りつけながら部下たちを乗り込《こ》ませた。海兵隊員たちは身体から血を、エクソから液体をしたたらせながら転がり込《こ》んでくる。ニシューとモロスがしんがりを務め、スロープは引っ込《こ》められ船積み口がさっと閉じて固定され、船体が密閉された。

「まさかこんなことになるとはな」ファルコーニがつぶやいた。

2

《こちらウルナックル：上昇《じょうしょう》に備え安全を確保せよ》

壁《かべ》沿いにいくつかある出っ張った部分がつかまるのにちょうどよかった。キラはひとつをつかみ、残りの人間たちもそうしたが、ジェリーたちは同じことをするのに触手《しょくしゅ》を使い――肢《あし》のあるジェリーの場合は――暗い廊下《ろうか》へと慌《あわ》てて走り去っていった。

キラが乗ったことのあるもうひとつのジェリーの船みたいに、この船も塩水のにおいがして、照明はほの暗く淡《あわ》い青色をしている。この部屋は卵形で、片側に沿って管や正体不明の大量の備品があり、反対側には卵みたいなカプセルがあった。ずらりと並ぶ二重構造になったラックに保管されているのは、キラにも武器だとわかるたくさんのものだ。ブラ

郵便はがき

料金受取人払郵便

麹町局承認

4240

差出有効期間
2023年12月
31日まで
（切手をはらずに
ご投函ください）

102-8790

206

（受取人）
東京都千代田区九段北
一—十五—十五
瑞鳥ビル五階

静山社 行

住　所	〒　　都道府県			
フリガナ		年齢	歳	
氏　名				
		性別	男　女	
TEL	（　　　）			
E-Mail				

静山社ウェブサイト　www.sayzansha.com

愛読者カード

ご購読ありがとうございました。今後の参考とさせていただきますので、ご協力をお願いいたします。また、新刊案内等をお送りさせていただくことがあります。

本のタイトルをお書きください。

この本を何でお知りになりましたか。

新聞広告(　　　　　　　　　　新聞)　2.書店で実物を見て

図書館・図書室で　4.人にすすめられて　5.インターネット

その他(　　　　　　　　　　)

お買い求めになった理由をお聞かせください。

タイトルにひかれて　2.テーマやジャンルに興味があるので

作家・画家のファン　4.カバーデザインが良かったから

その他(　　　　　　　　　　)

毎号読んでいる新聞・雑誌を教えてください。

最近読んで面白かった本や、これから読んでみたい作家、テーマを書きください。

本書についてのご意見、ご感想をお聞かせください。

記入のご感想を、広告等、本のPRに使わせていただいてもよろしいですか。

□に✓をご記入ください。　□ 実名で可　□ 匿名で可　□ 不可

ご協力ありがとうございました。

スター、銃《じゅう》、ナイフまである。

閉ざされた空間のなかで、ジェリーの近香《ニアセント》はほかのどんなにおいもかき消してしまいそうなほど強くなっていく。このエイリアンたちは怒《いか》りと緊張《きんちょう》と恐《おそ》れの悪臭《あくしゅう》を放っていて、それらのにおいからキラは姿かたちや役目、敬称《けいしょう》が絶えず変化していくのを感じ取った。

キラは自分たちがモンスターに囲まれているような気がしていた。ソフト・ブレイドをいつでも使えるようにして、ジェリーが少しでも敵意ある行動を取ったらスパイクをくり出せるようにしておく。コーイチと海兵隊員たちも同じように感じているらしく、船積み用のドアのそばに防御《ぼうぎょ》態勢の半円を描《えが》いて集まり、武器を床《ゆか》に向けてはいるものの完全に下ろしてはいない。

「俺《おれ》たちの船、〈ウォールフィッシュ〉号に連れていってくれるか？」ファルコーニが言い、キラを見た。「こいつらは俺《おれ》たちを〈ウォールフィッシュ〉号に連れていってくれるか？」

「われわれが乗るべきは〈ダルムシュタット〉号だ、きみの錆《さ》びついたオンボロ船じゃなく」コーイチが言った。

「〈ウォールフィッシュ〉号のほうが近い」とファルコーニ。「それに——」

キラがファルコーニの質問をくり返すと、さっき話したジェリーが答える。《こちらウ

ルナックル：近いほうの船まで行けるかやってみるが、コラプテッドがそばにいる》

遠くでゴトゴトいう低音がカーブしたデッキに伝わってきて、キラは落ちながら回転しているような、なんとも奇妙《きみょう》な感覚を覚えた。まるで落下するのと同時に上昇《じょうしょう》しているみたいだ。降下しているエレベーターのなかでジャンプする感覚に似ている。やがて重力が1Gよりも少しだけ大きくなった感じがした。気づくには気づくものの、不快ではない程度に。けれど実際は1Gよりも遥《はる》かに大きな力を受けているはずだった。

きっとこれがジェリーの母星の重力なのね、とキラは理解した。

「まいったな。この船の高度を見ろよ」ホーズが言う。

キラはオーバーレイを確認した。局所座標がおかしくなっていて、コンピューターがキラの正確な位置も移動速度も把握《はあく》できなくなっているみたいだ。

「人工重力がセンサーに干渉《かんしょう》しているようだな」とニシューが言った。

「信号を発信できるか？」ファルコーニは心配そうに顔をゆがめている。

ホーズは首を振《ふ》った。「すべて妨害《ぼうがい》されている」

「くそっ。俺《おれ》たちがどこへ向かっているのか知らせるすべはないってことか」

キラはウルナックルに視線を注いだ。このエイリアンは中央の背甲《はいこう》に一本の白い縞《しま》があるおかげで見分けがつきやすい。《こちらキラ：この船の外で起きていることを見ること

はできる？》

ジェリーは一本の触手《しょくしゅ》で壁《かべ》を撫《な》でた。《こちらウルナックル：ならば、見るといい》

船体のカーブした一部が透明《とうめい》になる。そこから、遠ざかって小さくなっていくナイダスがコインほどの大きさの円盤《えんばん》として見えた。明暗境界線に沿って爆発《ばくはつ》の炎《ほのお》がめらめらと燃えている。稲妻《いなずま》のようなスプライト【訳注：中間圏《ちゅうかんけん》で起きる放電発光現象。赤く発光する場合が多い】の放電を彷彿《ほうふつ》させる鮮《あざ》やかな閃光《せんこう》。これほどの距離《きょり》があっても、結果として生じたオーロラが荒《あ》れた大気の上部を彩《いろど》っているのが見えた。

キラはほかに船がいないか探したが、もしいたとしても、肉眼で捉《とら》えられるほど近くにはいなかった。肉眼で見える範囲《はんい》などたかが知れてはいるけれど。

「〈ウォールフィッシュ〉号のところに到着《とうちゃく》するまで、どれだけかかる？」キラは質問した。

答えたのはエントロピストだ。「もしもこの船が――」

「一般的《いっぱん》なジェリーの船に見られるのと同じ加速度で進んでいるとすれば――」

「――〈ウォールフィッシュ〉号とのあいだにあった距離《きょり》を考慮《こうりょ》すると――」

「――せいぜい五分か十分といったところでしょう」

ニールセンがため息をつき、パワードスーツの接合部を軋《きし》ませながらしゃがみ込《こ》んだ。

彼女《かのじょ》はかたいトリッグの身体をまだ抱《だ》きかかえたままでいる。「この惑星《わくせい》系から出られる見込《みこ》みなんて本当にあるの？　あの――」

室内の明かりが点滅《てんめつ》し、警戒《けいかい》の近香《ニアセント》があたりに充満《じゅうまん》してキラの鼻を詰《つ》まらせた。

《こちらウルナックル：コラプテッドが追ってきている》

キラがそれを伝えると、一同は無言のまま――船のロケットエンジンが全力を出すあいだ――じっと待ちかまえていた。ほかにできることは何もなかった。ウルナックルがつくった窓の外では星々がめちゃくちゃな弧《こ》を描《えが》いて回っていたが、曲がっている方向に引っぱられる感覚がわずかにあるだけで、キラはほとんど遠心力を感じなかった。

61シグニで見たように、ナイトメアの加速はジェリーをも上回った。それはつまり、高度に進んだ恒星《こうせい》間文明だけが手に入れられるテクノロジーの水準を意味するが、見たところナイトメアという生物に似つかわしいとは到底《とうてい》思えなかった。

見た目で判断しちゃだめ、とキラは自分を戒《いまし》めた。キラが知る限り、サメの歯を持つ獣《けもの》のように飢《う》えたナイトメアは、シップ・マインドに匹敵《ひってき》するほどの知性を有するのだから。

窓の向こうに銀白色のチャフがキラキラ輝《かがや》きながら一気に広がった。少し間を置いて、今度はチョークがふわっと広がり、しばし景色を覆《おお》い隠《かく》す。

コーイチとホーズが揃《そろ》って小声でつぶやいている。戦いに備えているのだとキラにはわかった。

やがて足下で船がガタガタ揺《ゆ》れ、一瞬《いっしゅん》キラは三つの座標軸《ざひょうじく》すべてに沿って同時に引っぱられている気がして、胃の中身がせり上がってくるのを感じた。人工重力にさざ波が立ち――圧迫感《あっぱくかん》のうねりを全身に伝えていき――やがて完全に止まった。

明かりがちらちら揺《ゆ》れた。指ぐらいの大きさの穴が隔壁《かくへき》の内側を縫《ぬ》うように進んでいき、船体に鈍《にぶ》い破裂音《はれつおん》が響《ひび》きわたった。空気の漏《も》れるシューっという音にもかき消されることなく、アラームが高く鋭《するど》い音を立てる。

キラはほかにどうすればいいのかわからず、壁《かべ》にぴったりくっつきながらその場を離《はな》れずにいた。

船がまた揺《ゆ》れた。ついさっきまで天井だったところに白熱した円が現れ、数秒後には円《えん》盤型《ばんがた》の船体の一部が船内に飛び込《こ》んできた。

「整列！」コーイチが叫《さけ》んだ。密集したナイトメアの群れがジェリーの船になだれ込《こ》んできている。

Into the Dark

第6章 闇《やみ》のなかへ

1

一瞬《いっしゅん》のうちに、煙《けむり》とチャフ、チョークの濃密《のうみつ》な壁《かべ》が空気の流れを妨《さまた》げた。海兵隊員と同時にウルナックルやジェリーたちも発砲《はっぽう》を始め——耳をつんざく銃撃《じゅうげき》の轟音《ごうおん》がほかの一切の音を消し去った。

弾幕砲撃《だんまくほうげき》に直面してもナイトメアはほとんどスピードを落とさず、完全なかたまりになった生物はジェリーの第一線との距離《きょり》をたちまち詰《つ》めていく。

ジェリーはすばやく行動を開始し、手の届く範囲《はんい》内のナイトメアを残らず触手《しょくしゅ》でつかんで引き裂《さ》いた。獣《けもの》のような襲撃者《しゅうげきしゃ》は見るに耐《た》えないおぞましさだ。四本か二本の肢《あし》、腕《うで》か触手《しょくしゅ》、歯かくちばし、うろこか毛皮——あるいは、それらの出来損ないの組み合わせ——

を備え、どこまでも不格好で、腫瘍《しゅよう》だらけで、吐《は》き気を催《もよお》させる。にもかかわらず、一人前の大人を殺せるだけの自己刺激《しげき》を受けているかのように、熱狂《ねっきょう》的なエネルギーを有している。

キラは自分ならこの襲撃《しゅうげき》を生き延びられるかもしれないとわかっていたけれど、ニールセンやファルコーニも耐《た》えられるとは思えなかった。自分が彼《かれ》らやトリッグを守れるとも思えなかった。とにかくナイトメアの数が多すぎる。

ファルコーニも同じ結論に達したようだ。繭《まゆ》に包まれたトリッグを引っぱりながら、開いているドアの奥《おく》へとすでに退却《たいきゃく》しようとしている。船に侵入《しんにゅう》してくる大群に向けてときどき連射しながら、ニールセンもすぐあとにつづいている。

キラは躊躇《ちゅうちょ》しなかった。ふたりを追って飛び込《こ》んでいく。空中を飛んでいるとき、数発の銃弾《じゅうだん》が身体に当たって跳《は》ね返った。強い衝撃《しょうげき》に息をのむ。

キラはニールセンにすぐつづいてドアにたどり着いた。そして向こう側にある暗い廊下《ろうか》を一緒《いっしょ》に急いで進んでいく。

「〈ウォールフィッシュ〉号に信号を送れた！　船はこっちに向かってきている」ファルコーニが言った。

「到着予定時刻《ETA》は？」ニールセンがプロらしくキビキビと尋《たず》ねる。

「七分以内だ」

「だったら――」

キラはばたばたと動くものを目の端《はし》に捉《とら》え、飛びかかってくることを予期してさっと振《ふ》り向いた。ニールセンも同じことをした。

円形の廊下《ろうか》の片側に沿って、一体のジェリーが這《は》い進んできていた。背甲《はいこう》のひび割れから膿漿《のうしょう》が漏《も》れ出ていて、触手《しょくしゅ》の一本は撃《う》たれたせいで先端《せんたん》までの四分の三がなくなっている。

《こちらイタリ・あなたがたを守るようにと攻撃《こうげき》リーダーのウルナックルに命じられている》

「そいつはなんの用だって？」警戒《けいかい》しながらファルコーニが尋《たず》ねる。

「助けに来たって」

数名の海兵隊員が慌《あわ》ただしく廊下《ろうか》に飛び込《こ》んできて、開いているドアの両脇《わき》に就いた。

「止まるな！」とひとりが叫《さけ》ぶ。「身を隠《かく》せ！」

「行くぞ」ファルコーニが廊下《ろうか》のさらに奥《おく》へと進んでいく。

《こちらイタリ・こっちへ》ジェリーが這《は》いながら案内した。負傷した触手《しょくしゅ》が壁《かべ》に膿漿《のうしょう》の飛び散った跡《あと》を残していく。

一行は薄明《うすあ》かりに照らされた部屋や狭《せま》い廊下《ろうか》を通り抜け、船の奥《おく》へと急いだ。戦闘《せんとう》の音は船体に響《ひび》きわたりつづけている。うつろな衝撃音《しょうげきおん》や割れるような鋭《するど》い音、怒《いか》りくるったナイトメアのかん高い叫《さけ》び声。

と、船がさっきよりも激しくまた傾《かたむ》いた。キラは壁《かべ》に叩《たた》きつけられ、視界に火花が飛び散り、息がヒューッと吐《は》き出された。目の前では、ファルコーニの手がトリッグの身体から離《はな》れて……

引っ掻《か》くような恐《おそ》ろしい音がして、赤と黒の巨大《きょだい》な大釘《おおくぎ》がキラの前の甲板《かんぱん》を掻《か》き切り、キラとトリッグはほかのみんなと引き離《はな》された。さらに数メートルの大釘《おおくぎ》が滑《すべ》りながら通り過ぎていき、やがて速度を落として止まり、ジェリーの船の中心部にはまり込《こ》んでとどまった——見たところあり得ないような状態で。

キラは自分が目にしているものがなんなのか、必死に理解しようとした。そして気づいた。ナイトメアの船が激突《げきとつ》してきたのだ。いま見ているものは、ナイトメアの船のへさきだった。

無線の雑音を聞きながら、キラは昏睡《こんすい》状態にあるトリッグの身体をつかんだ。「キラ、無事なの？」ニールセンが呼びかけてきた。

「ええ、トリッグもここにいる。わたしを待たずに行って。こっちは別の行き方を探すから」

「了解《りょうかい》。船の前方付近にエアロックがある。〈ウォールフィッシュ〉号はそこでわたしたちを拾うことになってる」

「充分《じゅうぶん》に近づくことができればな」とファルコーニ。

キラはトリッグの身体を引きながら反対を向くと、いちばん近くにある貝に似たドアのほうへと来た道を引き返していった。向かっている先からは、戦闘《せんとう》の騒音《そうおん》が次第に大きくなってきている。

「まずい」

ドアが開き、キラは急いでくぐり抜《ぬ》けた。ナイトメアのわずかな気配も避《さ》けながら、部屋から部屋へと大急ぎで通り抜《ぬ》けていく。

天井の低い円形の廊下《ろうか》で、ロブスター型のジェリーに出くわした。ジェリーはキラに向かってはさみをカチカチ鳴らして言う。《こちらスファーン：向こうへ進みなさい、アイディーリス》そしてキラが入ってきたドアの隣《となり》にあるドアを示した。

《こちらキラ：感謝します》

貝のようなドアが開くと、浮《う》かんでいる水のかたまりが見えた。通常は部屋の片側に収まっているはずだが、いまは重力から解き放たれている。キラはぐずぐず考えなかった。

向こう側をめざして、その液体のかたまりに飛び込《こ》んだ。

泳いでいると、顔の前を小さなカマキリのような生物がすいすい通り過ぎていく。その味が好きだったという記憶《きおく》が脳裏によみがってきた。あれは……パリパリした歯ごたえがあって、なんのことかわからないけれどイ、ラ、ノ、ッ、クと一緒《いっしょ》に食べると美味しかったっけ。

キラは水面におどり出た。液体が揺《ゆ》れる薄膜《うすまく》となって顔にくっつき、視界をゆがめている。まばたきをして、片手から出した巻きひげをすぐそばの壁《かべ》に向かって投げて、身体をたぐり寄せていく。安全を確保すると、トリッグの足をわきの下に挟《はさ》んだまま、顔から水を拭《ふ》き取った。

手を振《ふ》ると小さなしずくが飛び散った。

一瞬《いっしゅん》、キラは置かれている状況《じょうきょう》に圧倒《あっとう》され、恐怖《きょうふ》に打ちのめされた。が、少しすると胃の緊張《きんちょう》はゆるみ、また息をひとつ吸い込《こ》んだ。

集中力を保たなきゃ。さしあたって重要なのは、ファルコーニたちと合流するまで無事に生き延びることだけよ。いまのところは運がいい。ナイトメアとは一度も遭遇《そうぐう》していない。

壁《かべ》のカーブに沿って這《は》い進んでいくと、やがて隣《となり》の戸口にたどり着き、トリッグと自分自身の身体を引き寄せてドアをくぐり、新たな暗い廊下《ろうか》に入った。「あなたなら、この状《じょう》況《きょう》をきっと喜んだでしょうね」トリッグがどんなにジェリーやエイリアン全般《ぜんぱん》に興味を持っていたかを思い、キラはつぶやいた。

イヤホンがパチパチと音を立てた。「キラ、こっちはエアロックに着いた。いまどこだ？」

「近づいてると思う」キラは声を落としたまま答えた。

「急いでくれ。〈ウォールフィッシュ〉号がもうすぐ着く」

「了解《りょうかい》。こっちは――」

「ああっ、くそ――」ファルコーニの声につづいて雑音が響《ひび》いた。その直後、船が傾《かたむ》き、不安になるほどの激しさで隔壁《かくへき》がビシッと音を立てて軋《きし》んだ。

キラは止まった。「なんなの？　いまのは何？……ファルコーニ？　ニールセン？」さらに何度かくり返してみたけれど、どちらも返事をしなかった。

恐怖《きょうふ》が湧《わ》き上がってくる。キラは小声で悪態をつくと、トリッグをしっかりつかんで、さっきよりもさらにスピードをあげて廊下《ろうか》を進みつづけた。

廊下《ろうか》の突《つ》き当たりにちらっと動きがあり、キラは壁《かべ》の出っ張りをつかんで凍《こお》りついた。

対面の交差したところに、ごちゃごちゃになった影《かげ》が現れ、影《かげ》を投げかけているものがなんであれ、それらはこっちに近づいてきている……。

キラは身を隠《かく》せそうな場所を必死に探した。廊下《ろうか》の真向いに珊瑚《さんご》みたいな建造物があり、その奥行《おくゆ》きのないアルコーブのほかに選択《せんたく》の余地はなかった。

キラはアルコーブまで進み、トリッグと自分の身体を珊瑚《さんご》の後ろに押《お》し込《こ》めた。殻《から》に包まれてかたくなったトリッグの身体が隔壁《かくへき》にぶつかり、キラは身をこわばらせ、注意を引くほど大きな音ではなかったことを願った。

昆虫《こんちゅう》がカチカチいうような音がこちらまで聞こえてきたが、いまではさらに大きくなってきている。さらに大きく。

……さらに大きく。

キラはアルコーブの奥《おく》にぴたりと身体を張りつかせた。こっちを見ないで。こっちを見ないで。こっちを――

四体のナイトメアが視界に入ってきた。三体はキラが前に見たものに似ている。赤むけした皮膚《ひふ》の変異体で、それぞれ四本と六本の肢《あし》で甲板《かんぱん》を這《は》い進み、獲物《えもの》を探しながら牙《きば》のある鼻面を左右に揺《ゆ》らしている。第四のナイトメアは違《ちが》っていた。人型で肢《あし》が二本しかなく、腕《うで》は背甲《はいこう》から分かれたところから始まって吸盤《きゅうばん》のない触手《しょくしゅ》へと変化している。細長い頭にはファルコーニと同じぐらい青い目が深くくぼんではめ込《こ》まれており、口元を見ると小さなくちばしを動かしていて、その鋭《するど》さは鋼鉄をも嚙《か》み切れそうなほどだ。肢《あし》のあいだの装甲《そうこう》されたかたまりは、ある種の生殖器《せいしょくき》であることをうかがわせる。

そのクリーチャーは不気味なほど油断なく警戒《けいかい》していた。絶えずあたりに目を配り、隅々《すみずみ》まで調べ、忍《しの》び寄ろうとしている者がないか確かめている。ほかのナイトメアにはない知性をキラは感じ取った。それだけじゃない。装甲《そうこう》された胴《どう》の皮膚《ひふ》がかすかに光っている様には不安になるほど見覚えがあったが、なぜなのかはさっぱりわからない……。

人型のナイトメアが早口でさえずると、残りの三体が反応してすぐそばに集まって取り囲んだ。

トリッグと自分自身の身を守るという最優先事項《じこう》がありながらも、キラは好奇心《こうきしん》をそそられていた。これまでナイトメアのあいだに序列らしき徴候《ちょうこう》は見たことがなかった。もしも人型がリーダーのひとりだとしたら……それを殺せば、残りの連中を混乱に陥《おとしい》れられるかもしれない。

ううん、だめ。下手に注意を引いても、問題が増えるだけだろう。こっちを見ないで。こっちを見ないで……。

ナイトメアが近づいてくるあいだ、じっと身動きせずにいるには、自制心の限りを尽《つ》くす必要があった。自己防衛本能のすべてが、見つかる前に飛び出していって攻撃《こうげき》しろとキラをせきたてていたが、もっと理性的な部分は我慢《がまん》するようにと忠告していて、理由はどうあれキラはその忠告を聞き入れた。

　そしてナイトメアはキラを見なかった。

　ナイトメアが急いで通り過ぎていくとき、キラは彼《かれ》らのにおいを嗅《か》いだ。焦《こ》げたシナモンみたいな香りに、吐《は》き気を催《もよお》させる糞便《ふんべん》と腐敗《ふはい》のにおいがかすかに入り混じっている。正体がなんだとしても、あの生物は健康ではない。獣《けもの》のような二体のナイトメアは、通り過ぎるときキラのいるほうをちらりと見やった。その目は小さく、縁《ふち》が赤くなっていて、黄色がかった分泌液《ぶんぴつえき》をぽたぽた垂らしている。

　キラは困惑《こんわく》していた。あいつらはどうしてわたしに気づかなかったんだろう？　このアルコーブはあまり奥行《おくゆ》きがないのに。キラは自分を見下ろし、一瞬《いっしゅん》めまいを覚えた。見えるのは、影《かげ》になった壁《かべ》の形だけだ。キラは目の前に手を上げてみた。何もない。指のふちの周りがほんの少しガラスみたいにゆがんでいるかもしれないが、それだけだ。殻《から》に包まれたトリッグの身体はいまでも見えていたけれど、ナイトメアの注意を少しも引かないようだった。

　キラはほくそ笑んだ。ニヤリとせずにはいられなかった。子どものころに妹と遊ぶのに使った透明《とうめい》マントと同じように、ソフト・ブレイドがキラの周りの光を屈折《くっせつ》させているのだ。ただし、こっちのほうが上等だ。ゆがみが少ない。

ナイトメアはさらに数メートル廊下《ろうか》を進みつづけた。と、六本肢《あし》のやつがぴたりと止まり、髑髏《しゃれこうべ》みたいな頭をキラのほうにさっと振《ふ》り向かせた。鼻孔《びこう》を広げてあたりのにおいをクンクン嗅《か》ぎ、ひび割れた唇《くちびる》を引っ込《こ》めて歯を剥《む》いて邪悪《じゃあく》なうなりをあげている。

しまった。エイリアンには姿が見えなくても、においまで嗅《か》ぎ取れないわけじゃなかった……。

六本肢《あし》のナイトメアはシーッという声をあげて、かぎ爪《づめ》を甲板《かんぱん》に食い込《こ》ませて弾《はず》みをつけながら、キラのほうへと引き返しはじめた。

キラは待たなかった。ひとつ雄《お》たけびを上げてナイトメアに飛びかかった。刺《さ》し貫《つらぬ》こうと片手を伸《の》ばすと、ソフト・ブレイドはそれに従って、皮膚《ひふ》の赤くただれたナイトメアに三角形の刃《は》を突《つ》き立て、その刃《は》は黒い針山を生じさせた。

ナイトメアはかん高い悲鳴をあげ、のたうち、ぐったりとなった。

キラは反対の手で次のナイトメアを刺《さ》し、同じやり方で殺した。

二丁あがり、残りは二体。

人型のナイトメアが小型装置をキラに向けてきた。ドンッという大きな音がキラの耳と腰《こし》を同時に直撃《ちょくげき》し、キラは進んでいた方向からはずれて倒《たお》れた。腰《こし》の感覚が麻痺《まひ》し、背骨に痛みが広がっていき、腕《うで》の神経を電気ショックが走り抜《ぬ》ける。

キラは息をのみ、しばし動くことができずにいた。

そのとき、もう一体のナイトメアが飛びかかってきた。キラもナイトメアもぶつかった衝撃《しょうげき》で倒《たお》れ、廊下《ろうか》を転がっていく。ナイトメアはカチカチと顎《あご》を鳴らして噛《か》みつこうとし、キラは腕《うで》で顔を覆《おお》った。硬《かた》くなったソフト・ブレイドの表面を歯が滑《すべ》り、かぎ爪《づめ》は腹部を傷つけることなく引っ掻《か》いている。

キラの本能的な恐怖《きょうふ》とは裏腹に、ナイトメアは彼女《かのじょ》を傷つけることができないようだ。

するとナイトメアは頭を引き、ぽっかりあけた口から緑がかった液体をキラの頭と胸に吹《ふ》きかけた。

刺激臭《しげきしゅう》が鼻をつき、液体がかかった部分の皮膚《ひふ》から煙《けむり》のすじが立ちのぼっていく。けれど痛みは少しも感じない。

このクリーチャーは酸を吹《ふ》きかけてきた。そう気づくと、はらわたが煮《に》えくり返りそうになった。よくもそんなことを！　ソフト・ブレイドがなければ、何も気づかないまま酸に焼かれていただろう。

キラはナイトメアの口に両手のこぶしを押《お》し込《こ》んだ。そして腕《うで》を持ち上げて、相手の頭部を引き裂《さ》くと、血と肉が壁《かべ》に飛び散った。

キラはあえぎ、人型のナイトメアも殺してやるつもりで見た。

人型はキラのすぐ横にいて、下顎《したあご》を広げて真珠《しんじゅ》のような丸い歯を見せている。と、ナイトメアはシーシー言いながらうなり声でしゃべった。「おい！　忘れられた肉体！　おまえもこの胃袋《いぶくろ》に入るがいい！」

ショックのせいで、キラは反応するのが遅《おく》れた。ナイトメアはその隙《すき》をついて、キラの右腕《みぎうで》に一本の触手《しょくしゅ》を巻きつけた。炎《ほのお》の激流が皮膚《ひふ》をめぐって脳に流れ込《こ》んでいくようだ。

キラは恐怖《きょうふ》におののきながら気づき、わめき声をあげ、視界が真っ白に光った。

2

彼女《かのじょ》は〈酌量《しゃくりょう》すべき事情〉号の倉庫に立ち、ふたつの異なる角度から自分自身を見ていた。その視点には混乱させられた。競い合う視点が重なり合ったり混じり合ったりして、その瞬間《しゅんかん》をゆがめながら再現している。映像と共に、ぐちゃぐちゃに入り混じった感情も味わっているが、どれも関連性がなさそうに思われた。驚《おどろ》き、恐《おそ》れ、勝利の喜び、怒《いか》り、軽蔑《けいべつ》、後悔《こうかい》。

視点のひとつは隠《かく》れようとしていて、恐怖《きょうふ》から生じたすばやさで備品棚《だな》の後ろに引っ込《こ》むところだった。もうひとつの視点は恐《おそ》れず自信に満ちているようだった。こちらはその場から動かず攻撃《こうげき》していて、熱い光線が空気を切り裂《さ》いている。

自分が出口に向かって逃《に》げていくのが見えるが、遅《おそ》すぎる、あまりにも遅《おそ》すぎる。勢いに任せて無作為《むさくい》に皮膚《ひふ》から黒いスパイクが逆立てられた。

すると彼女《かのじょ》は振《ふ》り返り、恐怖《きょうふ》と怒《いか》りに顔をゆがめながら、クルーの死体から奪《うば》い取ったピストルを構えた。銃口《じゅうこう》が光を放ち、弾丸《だんがん》が壁《かべ》に当たる。

おびえている視点の持ち主が手を振《ふ》って叫《さけ》び、彼女《かのじょ》を必死に止めようとしている。怖《こわ》がっていない視点の持ち主は巧《たく》みにかわし、壁沿《かべ》いをすばやく進んでいく。何も気にせずに。

閃光《せんこう》がひらめき、レーザーが銃弾《じゅうだん》を蒸発させた。

が、一発の弾《たま》が部屋の奥《おく》にある赤いラベルのついた管に命中し、雷鳴《らいめい》のような音が轟《とどろ》くなかで彼女《かのじょ》の視点は飛び散った。一瞬《いっしゅん》真っ白になったあと、知覚が戻《もど》ってきたときには遥《はる》かにばらばらになっていた。いまや三組の記憶《きおく》があり、どれひとつとして覚えがなかった。最も新しく加わったものは小さく、ほかのものに比べるとあまりはっきりしなかった。それは目を使って見ていなかったが、それでもぼんやりとなんとなくあたりの様子を認識していた。それは彼女《かのじょ》が抱《いだ》いていたのと同じ恐怖《きょうふ》と怒《いか》りを感じていて、混乱と方向感覚の欠如《けつじょ》によって、それらの感情がいまではさらに増幅《ぞうふく》している。

爆発《ばくはつ》は〈酌量《しゃくりょう》すべき事情〉号の船体を裂《さ》いて穴をあけていた。風が彼女《かのじょ》の別々の部分につかみかかり、彼女《かのじょ》は空間をくるくると回転していく。三つの異なる精神が同じ星の万華《まんげ》鏡《きょう》を見つめ、彼女《かのじょ》の引き裂《さ》かれた三つの肉体を苦痛が苛《さいな》んだ。三つのうち、最初からあったふたつは弱っているようだ。意識が薄《うす》れ、視界が暗くなっている。けれど三番目は違《ちが》う。それは傷つき、恐怖《きょうふ》と怒《いか》りを感じ、不完全ではあったが、原動力はまだ奪《うば》われていなかった。

どこへ行けばいい？　それは母体とのつながりを失っていて、その居場所を突《つ》き止める力も失っている。あまりに多くの繊維《せんい》が破壊《はかい》されている。あまりに多くの環《わ》が途切《とぎ》れている。知識も必要な要素も不足していて、バックアップは機能せず、自動修復は空回りして停止した。

やわらぐことのない憤怒《ふんぬ》と恐怖《きょうふ》に突《つ》き動かされて、それは自身を細く伸《の》ばし、虚空《こくう》の奥《おく》へと蜘蛛《くも》の糸を投げ、パターンに命じられながら必死に母体を探し求め、近くにある熱源を捜索《そうさく》していく。もし失敗すれば、休眠状態《きゅうみん》に陥《おち》ることが運命づけられている。

残りの二者の視界から最後のきらめきが消えるのと同時に——のしかかる重苦しい忘却《ぼうきゃく》に包まれるのと同時に——糸が肉体を捉《とら》えてつかんだ。混乱が支配した。すると、何がなんでも癒《いや》すのだという緊急《きんきゅう》の判断によって、捜索《そうさく》している糸のほかの指令は無視され、新たな痛みが表れた。針で突《つ》き刺《さ》すような痛みがたちまち広がって苦悶《くもん》が這《は》い進み、彼《かれ》らのぼろぼろになった身体のすみずみまで包んだ。

狂気《きょうき》じみた交配によって肉体と肉体が結びつき、三つの視点がひとつになった。もはや彼《かれ》らはグラスパーでも二形態でもソフト・ブレイドでもない。いまやまったく別のものになっている。

それは焦《あせ》りと無知から生まれたいびつな共存だった。それぞれのパーツが合致《がっち》しないのに、最低限の水準で縫《ぬ》い合わされていて、互《たが》いに抵抗《ていこう》し合い、現実そのものを拒絶《きょぜつ》している。やがて新しい肉体の交錯《こうさく》した精神を狂気《きょうき》が支配した。そこには理にかなった思考はもう存在せず、彼女《かのじょ》のものだった怒《いか》りと恐怖《きょうふ》だけがあった。その結果としてパニックとさらなる調節障害が生じた。

彼《かれ》らは不完全だったから。彼《かれ》らを結び付けていた繊維《せんい》は彼女《かのじょ》の感情に毒され、傷つき、欠陥《けっかん》があった。その種子も果実も同じく。

彼《かれ》らは動こうともがき、相容れず駆《か》り立てているせいで、目的もなくじたばたすることになった。

するとふたつの太陽の光が熱と共に彼《かれ》らを照らし、〈酌量《しゃくりょう》すべき事情〉号が爆発《ばくはつ》し、同時に〈ツェッロ〉――グラスパーの船――を破壊《はかい》した。

嵐《あらし》に押《お》し流された漂流物《ひょうりゅうぶつ》みたいに、彼《かれ》らは爆風《ばくふう》に吹《ふ》き飛ばされて、そばにあった月の輝《かがや》く円盤《えんばん》から遠ざかっていく。しばらくのあいだ、彼《かれ》らは勢いのまま冷たい宇宙空間を漂《ただよ》っていた。けれど、じきに新しい肌《はだ》のおかげで動けるようになり、回転を安定させると、ありのままの宇宙を改めて眺《なが》めた。

収まることのない飢《う》えが彼《かれ》らを苛《さいな》んだ。肉体が命じているように、彼《かれ》らは食べ、育ち、この不毛の地を越《こ》えて広がることを欲していた。壊《こわ》れたパターンが命じているように。そのすさまじい食欲と対になって、憤激《ふんげき》と恐怖《きょうふ》のうなりを絶えずあげていた。自身が消滅《しょうめつ》することに対する本能的な拒絶《きょぜつ》で、彼女《かのじょ》とカー／クウォンの対峙《たいじ》から引き継《つ》がれていた。

彼《かれ》らは食料を求めていた。それに力も。が、まずは肉体を養う食物だ。彼《かれ》らは自身の幅《はば》を広げて、この惑星《わくせい》系の星の光を浴び、短い距離《きょり》を飛んでいき、大きなガス惑星《わくせい》を取り囲む岩だらけの環《わ》の重力井戸に居住した。

岩には求めていた原料が含《ふく》まれていた。彼《かれ》らは石、金属、氷を貪《むさぼ》り食い——それを糧《かて》に育って育って成長していった。宇宙には力がたっぷりあり、獲得《かくとく》するのはたやすかった。必要なものはすべてその星が与《あた》えてくれた。彼《かれ》らは自らを広漠《こうばく》たる宇宙に広げ、その身に浴びた光線をすべて有効なエネルギーの形に変えた。

この惑星《わくせい》系は彼《かれ》らの住処《すみか》になってもおかしくなかった。そこには生命に適した月と惑星《わくせい》があった。だが彼《かれ》らの野心はもっと大きかった。彼《かれ》らは何十億、何兆もの生命に満ちあふれているほかの場所、ほかの惑星《わくせい》の存在を知っていた。肉体に加えて力も用意された祝宴《しゅくえん》が開かれ、彼《かれ》らの最も重要な大義のために求められ変えられ利用されるのを待っているのだ――拡大のために。自由に使えるそうした資源があれば、彼《かれ》らは飛躍《ひやく》的に成長できるだろう。彼《かれ》らは星のあいだの炎《ほのお》みたいに広がっていくだろう――広がって広がって広がりつづけて、やがてこの銀河系もその向こうにある星雲をも満たすことになるのだ。

時間はかかるだろうが、彼《かれ》らには時間ならあった。いまや彼《かれ》らは不死なのだから。その肉体の成長は止められず、たった一点でも残っていさえすれば、彼《かれ》らの種は広がって繁茂《はんも》するだろう……。

だが彼《かれ》らの計画を邪魔《じゃま》するものがひとつあった。彼《かれ》らの肉体をもってしても、蓄積《ちくせき》した力をもってしても、克服《こくふく》できない工学の問題が。

宇宙の構造のあいだにすべり込《こ》んで光よりも速く移動させてくれる装置を建造する方法を彼《かれ》らは知らなかった。その装置のことは知っていたが、建築の詳細《しょうさい》については一切知識がなかった。

それはつまり、光より遅《おそ》いスピードで進んでみようとしない限り、そしてそうするつもりはなかったので、彼《かれ》らはこの惑星《わくせい》系から出られないということだった。彼《かれ》らは焦《あせ》る気持ちを抑《おさ》えて待っていた、誰《だれ》かが来るはずだとわかっていたから。必要な装置を運んでくる誰《だれ》かが。

だから彼《かれ》らはチャンスをうかがい、準備をつづけて観察して待った。

……

さほど長くは待たされなかった。惑星《わくせい》系の境界に沿って現れた三つの閃光《せんこう》が、グラスパーを乗せた船の到来《とうらい》を彼《かれ》らに告げた。二艘《そう》は愚《おろ》かにも調査しようと接近してきた。肉体は準備ができていた。彼《かれ》らは攻撃《こうげき》した！　船を奪《うば》い、怒《いか》りに任せてその中身を空《から》にし、グラスパーの身体を吸収し、船を自分たちのものにした。

第三の船は彼《かれ》らの胃袋《いぶくろ》を逃《のが》れたが、そんなことはどうでもよかった。彼《かれ》らは必要なものを手に入れたのだ。星と星の隙間《すきま》に橋をかけさせてくれるマシンを。

だから彼《かれ》らは空腹を満たすため出発した。初めはすぐ近くにあるグラスパーの惑星《わくせい》系へ。移住者が定着したばかりのコロニーで、脆弱《ぜいじゃく》で無防備だった。そこで彼《かれ》らは暗闇《くらやみ》のなかを周回している基地を見つけた。もぎ取られるのを待っている熟した果実。彼《かれ》らはそこに不時着し、その建造物の一部となった。コンピューターのなかに入っていた情報は自分たちのものになり、彼《かれ》らは自分たちの野望に対する自信を深めていった。

自信を持つのは早すぎた。グラスパーはさらに船を送り出して彼《かれ》らを追跡《ついせき》した。彼《かれ》らの肉体を切り裂《さ》き、燃やし、爆破《ばくは》しようとする船を。大丈夫《だいじょうぶ》。必要なものは手に入れた、望んでいたものではなかったが。

彼《かれ》らは太陽系宇宙空間へ逃《に》げ戻《もど》った。今度はグラスパーも二形態もいない惑星《わくせい》系を選んだ。だが生命が一切存在しなかったわけではない。惑星《わくせい》のひとつは、ほかの生き物をせっせと食べている生き物がいやというほどあふれかえっていた。それでモーは降り立ってそれらをがつがつと食べ尽《つ》くし、新しい肉体の形に変質させた。

そのとき彼《かれ》らはそこにとどまった。熱狂《ねっきょう》して食べ、増大し、建造した。ほどなくその惑《わく》星《せい》の地表は覆《おお》い尽《つ》くされ、空には彼《かれ》らが建造している船が点在することになった。

いや、建造しているのではなく……育てているのだ。

船と共に、彼《かれ》らはしもべも育てた。中身としてはうっすらと記憶《きおく》している結合した肉体のテンプレートに基づき、形としては精神の異なる部分によって提案された形態の移植に基づいて。その結果生まれたものは未完成で醜《みにく》かったが、彼《かれ》らは要求されたとおりに服従し、それで充分《じゅうぶん》だった。クリーチャーの群れはパターンの命令を実行した。自足し増殖《ぞうしょく》できる生命。だが、それだけではないしもべもいた——モーの一部で、自らの肉体の種を与《あた》えられており、その本質は星のあいだを旅するかもしれなかった。

戦力が充分《じゅうぶん》に整うと、彼《かれ》らはグラスパーの惑星《わくせい》系を奪《うば》い返してそれ以外にも襲撃《しゅうげき》するため、しもべを送り出した。空腹はいまだ満たされず、ふたつの心の恐怖《きょうふ》に駆《か》り立てられた怒《いか》りもやわらいではいなかった。

あとには祝宴《しゅくえん》の時期がやって来た。グラスパーは反撃《はんげき》したが、準備ができておらず、倒《たお》れた者たちを交替《こうたい》させるのが遅《おそ》すぎた。モーはそんな苦労とは無縁《むえん》だった。攻撃《こうげき》したそれぞれの惑星《わくせい》系で、モーはあっという間に永久不変の足場を確立し、利用できるあらゆる惑《わく》星《せい》に広がっていくプロセスを開始した。

プロセスによって彼《かれ》らのしもべは二形態のいる空間へと近づいていった。モーの肉体はいまや七つの惑星《わくせい》系にまたがっていて、己の力に自信を持っていた。そんなわけでモーは二形態を追い返して転換《てんかん》のプロセスを開始するため、彼《かれ》らに対して手先を送り込《こ》んだ。

すると、まったく思いもかけないときに、彼《かれ》らは闇《やみ》のなかの叫《さけ》びを聞いた。や、や、やめて！　彼《かれ》らはその信号も声も認識していた。前者はとうの昔に消えてしまったこの肉体の造物主のもので、後者は彼女《かのじょ》、キラ・ナヴァレスのものだった。

彼女《かのじょ》は自分が恐怖《きょうふ》と怒《いか》りに顔をゆがめながらピストルを発砲《はっぽう》するのをふたたび見た……。

モーはうなり、彼《かれ》らはしもべたちに命じた。忘れられた肉体を探せ！　壊《こわ》せ！　打ち砕《くだ》け！　**食え**！

3

「キラ……どこにいる？……キラ？」

キラは悲鳴を上げて我に返った。

人型のナイトメアは触手《しょくしゅ》をキラの腕《うで》に巻きつけたままだったが、それだけではなかった。黒い糸がソフト・ブレイドの表面をナイトメアの肉体に結びつけていて、このクリーチャーの意識が押《お》し寄せてキラを消し去ろうとしているのが感じ取れた。ナイトメアの皮膚《ひふ》がキラの皮膚《ひふ》を侵食《しんしょく》し、ソフト・ブレイドを同化させようとしている。意志の力では進行を止められなかった。ゼノはナイトメアを敵と認識していない。それどころか、このクリーチャーの壊《こわ》れた肉体に同化され、失われたパーツと合わさってまたひとつになることを望んでいるようだ。

ぐずぐずしていれば死ぬとわかっている。死ななかったとしても、ぞっとするものに変えられてしまうはずだ。

キラは人型ナイトメアを振《ふ》りほどこうと腕《うで》をぐいと引き、揃《そろ》って転倒《てんとう》して甲板《かんぱん》に衝突《しょうとつ》した。ナイトメアの肉体はまだキラのなかへ溶《と》けていっている。

「諦《あきら》めろ」くちばしをカチカチさせながら怪物《かいぶつ》が言う。「おまえは勝てない。すべては数《あま》多《た》の口に入る肉となるだろう。われわれとひとつになって食われろ」

「いや！」キラが外へ向かうよう念じると、ソフト・ブレイドは反応して千の大釘《おおくぎ》を突《つ》き出し、ナイトメアを完全に貫《つらぬ》き通した。ナイトメアは金切り声をあげて身もだえしたが、死にはしなかった。と、キラはナイトメアの身体を貫《つらぬ》いている大釘《おおくぎ》が溶《と》けて相手のなかへ流れ込《こ》み、ソフト・ブレイドが前よりも細く小さくなっていくのを感じた。

ナイトメアの触手《しょくしゅ》はキラの腕《うで》に深々と食い込《こ》んでいた。激しくかき乱されているソフト・ブレイドの表面より上に見えているのは、触手《しょくしゅ》の先端《せんたん》だけだ。

いや！　こんなふうに死ぬなんていやだ。肉体は犠牲《ぎせい》にできる。意識はだめだ。

キラは左腕《ひだりうで》のスーツを刃《は》に変形させると——死に物狂《ものぐる》いの叫《さけ》びをあげながら——二回切りつけた。

一回は自分の右腕《みぎうで》を切りつけ、肘《ひじ》のところで切断した。

もう一回はナイトメアを切りつけ、腰《こし》のところで真っ二つに切断した。

切断した腕《うで》の付け根から血がほとばしったが、ほんの少しのあいだだけだ。ソフト・ブレイドがむき出しになった傷口をふさいだ。

痛くて当然なのに、アドレナリンのせいかゼノのおかげか、痛みは感じなかった。

ふたつに分かれたナイトメアの身体は、それぞれ廊下《ろうか》の反対側へ飛んでいった。それでもまだ死んでいない。上半身は腕《うで》と頭を動かしつづけ、くちばしをカチカチ鳴らしていて、下半身は走ろうとしているみたいに蹴《け》っている。キラが見ているうちにも、露出《ろしゅつ》した内臓の表面から黒い巻きひげが現れて伸《の》びていき、身体を元どおりにくっつけようと探している。

この相手にはかなわない。

そう思い、キラはさっきのアルコーブを探した。あそこだ。壁《かべ》を蹴《け》ってそこまで行き、繭《まゆ》に包まれたトリッグを片手でつかみ、もともとめざしていた方向へと廊下《ろうか》を進むようソフト・ブレイドに命じた。

廊下《ろうか》の突《つ》き当たりに近づくと、キラは肩越《かたご》しにナイトメアをちらりと振《ふ》り返った。ナイトメアのふたつの身体は元どおりくっつきかけている。そのとき、上半身のほうが残っている触手《しょくしゅ》を持ちあげて、前にもしたように例の小型装置をキラに狙《ねら》い定めた。

キラは頭を下げて腕《うで》でかばおうとした。が、遅《おそ》すぎた。

……

……

……

鐘《かね》のような音が耳のなかに響《ひび》き、キラは意識を取り戻《もど》した。初めは自分が何者でどこにいるのかも思い出せずにいた。押《お》し流されながら、青く照らされた壁《かべ》にぽかんと口をあけて見とれ、理解しようと努めた。何かがおかしいことは確信している。とんでもなくおかしい。

空気をいっぱいに吸い込《こ》み、それと同時に記憶《きおく》も戻《もど》ってきた。知覚も。恐怖《きょうふ》も。

ナイトメアに頭を撃《う》たれたのだ。頭のなかがずきずきしていて、急激な痛みに首が痙攣《けいれん》した。ナイトメアはいまも廊下《ろうか》の向こう端《はし》にいて、切断されたふたつの肉体をくっつけようとしている。

ドーン！　ナイトメアはふたたびキラに向かって発砲《はっぽう》したが、今度の弾丸《だんがん》は肩《かた》をかすめ、ソフト・ブレイドの硬《かた》くなった表面に当たってそれた。

キラはそれ以上ぐずぐずしていなかった。まだ頭がぼうっとしたまま壁《かべ》をつかみ、トリッグを連れて廊下《ろうか》の突《つ》き当たりの角を曲がり、ナイトメアの照準線からはずれた。

船内を移動しながら、キラは現実から切り離《はな》されているような感じがしていた。すべてが他人の身に起きていることみたいに。音はほとんど意味をなさず、照明の周りに虹《にじ》色の光の輪が見えた。

脳震盪《のうしんとう》を起こしているらしい。

ナイトメアから見たものは……あり得ないことだったけれど、あれは事実だ。ドクター・カーとあのジェリー、彼《かれ》らはキラの身体から吹《ふ》き飛ばされたソフト・ブレイドのかけらによって結合し、忌《い》まわしいものになった。あのときの対決で、自分が感情にのまれてさえいなければ。カーの訴《うった》えを聞き入れてさえいれば。酸素供給管を撃《う》たないようにさえしていれば……。

コラプテッドを生みだしたのは、わたしだった。わたしの行動が彼《かれ》らを創造していて、彼《かれ》らの罪はわたしの罪だ。命を落とした者たち――遠い惑星《わくせい》のジェリー、人間、なんの罪もない無数の生き物たち――そのことを思うと胸が痛んだ。

自分がどこへ向かっているのかもほとんど意識していなかった。ソフト・ブレイドが代わりに決めてくれているようだった。ここを左、あそこを右……。

声が聞こえて、キラを朦朧《もうろう》とした状態から引き戻《もど》した。「キラ！　キラ、こっちだ！　どこに――」

キラが見上げると、怖《こわ》い顔をしたファルコーニが目の前に立っていた。ジェリーのイタリもいっしょにいて、戸口に向けて武器をかまえている。その後ろを見ると、船体にぎざぎざの大きな穴がひとつあいていた。車一台が通り抜《ぬ》けられそうなほど大きな穴だ。

そこから暗い宇宙空間が見えていて、百メートル以上離《はな》れたところに〈ウォールフィッシュ〉号が闇《やみ》のなかで輝《かがや》く宝石みたいに浮《う》かんでいた。

キラはハッとして、自分たちが真空空間にいることに気づいた。自分では気づかないうちに、いつの間にかそうなっていた。

「……その腕《うで》！　どこで――」

言葉が見つからず、キラは首を振《ふ》った。

ファルコーニは理解したらしい。キラの腰《こし》を抱《だ》き、トリッグといっしょに船体の開口部へと引っぱっていく。「飛ぶしかない。これ以上は近づけないんだ。できるか？」

〈ウォールフィッシュ〉号の側面にエアロックが開いているのが見えた。そのなかで数人が動いている。ニールセンと何人かの海兵隊員だ。

キラがうなずくと、ファルコーニは手を離《はな》した。キラは力を振《ふ》り絞《しぼ》り、虚空《こくう》へと飛び出した。

ひと呼吸分のあいだ、キラは無言で宙に浮《う》いていた。

ソフト・ブレイドが数センチメートル進行方向を調整し、キラは〈ウォールフィッシュ〉号のエアロックにまっすぐ飛び込《こ》んだ。海兵隊員のひとりがキラを受け止め、勢いを殺した。

少しすると、ファルコーニがトリッグを連れてあとにつづいた。キラがちょっと驚《おどろ》いたことにジェリーもつづき、触手《しょくしゅ》のある大きな身体をエアロックに押《お》し込《こ》んだ。外側の扉《とびら》が閉まるのと同時に、ファルコーニが命じる。「船を出せ！」

グレゴロヴィッチのささやき声の返事があった。「アイアイ、キャプテン。目下、船を出しているところです」

一気に高重力がかかり、一同は床《ゆか》に落下した。腕《うで》の付け根をエアロックの壁《かべ》に思い切りぶつけ、キラは鋭《するど》い悲鳴をあげた。真っ二つに切断したナイトメアのことを思い浮《う》かべると、恐怖《きょうふ》が思考を支配した。

キラはファルコーニを見て話す。「やらなきゃ……やらなきゃ……」言葉をうまく発音できないようだ。

「やるって、何を？」ファルコーニは訊《き》いた。

「あの船を破壊《はかい》しなきゃ！」

返事をしたのはスパローで、頭上のインターコムから声が聞こえてきた。「もう手配済みだよ、かわいこちゃん。しっかりつかまっときな」

エアロックの外で真っ白な閃光《せんこう》がひらめき、窓が暗くなったかと思うと不透明《ふとうめい》になった。二、三秒後、〈ウォールフィッシュ〉号はガタガタと揺《ゆ》れ、船体の外側からピシピシとかすかな音が立てつづけに響《ひび》く。しばらくすると、船の揺《ゆ》れは収まった。

キラはふーっと息を吐《は》き、床《ゆか》に頭をおろした。
もう大丈夫《だいじょうぶ》。いまのところは。

N e c e s s i t y

第7章　必然

1

　エアロックの内側の扉《とびら》が開いた。肩《かた》にライフルを担いだスパローが立っていて、エアロックの奥《おく》にいるジェリーに狙《ねら》いをつけている。〈ウォールフィッシュ〉号の噴射《ふんしゃ》による高重力のせいで、髪《かみ》の毛が重そうにぺったり潰《つぶ》れている。

「キャプテン、そいつはここで何をしてる？　片付けてやろうか？」スパローは言った。

　海兵隊員たちは武器を構えたまま、ジェリーからさっと離《はな》れて後ずさった。にわかに緊《きん》張《ちょう》が走る。「ファルコーニ？」とホーズ。

「このジェリーは俺《おれ》たちを助けようとしてる」ファルコーニは立ち上がりながら言った。立つのにひどく苦労している。

《こちらイタリ：攻撃《こうげき》リーダーのウルナックルに命じられたので、私はあなたたちを保護する》

キラが通訳すると、ファルコーニは言った。「いいだろう。だが、問題が片付くまではここにいてもらう。船をうろつかせるつもりはない。彼《かれ》にそう伝えてくれ」

「それよ」キラは訂正《ていせい》した。「彼《かれ》じゃなくて」

ファルコーニはうなり声をあげた。「それ。なんでもいいさ」そう言って、グレネードランチャーを背中に担ぐと、ふらつく足でエアロックから出ていく。「管理室にいる」

「了解《りょうかい》」パワードスーツのヘルメットをはずしながら、くぐもった声でニールセンが答えた。

船長は船の推力を受けながらも最大限の速さでよろよろと廊下《ろうか》を進んでいき、スパローがすぐ後ろをついていく。「無事に帰ってきてよかったよ、阿呆《あほ》ども！」スパローは肩越《かたご》しに叫《さけ》んだ。

キラはファルコーニの指示をジェリーに伝えた。ジェリーは触手《しょくしゅ》を使って巣をつくり、エアロックの片隅《かたすみ》に身を落ち着けた。《こちらイタリ：待ちましょう》

《こちらキラ：怪我《けが》の手当てをしたほうがいい？》

否定の近香《ニアセント》が漂《ただよ》ってくる。《こちらイタリ：この形態は自然に治癒《ちゆ》する。助けは必要ない》ジェリーの背甲《はいこう》に入ったひび割れは、すでにかたい茶色の外皮で覆《おお》われていた。

エアロックから出ていくとき、キラはニールセンとすれ違《ちが》った。「その腕《うで》!」一等航海士は叫《さけ》んだ。

キラは肩《かた》をすくめた。ナイトメアについてわかったことのショックからまだ立ち直れずにいるせいで、腕《うで》を失ったことはそれほどおおごとに思えずにいた。とはいえ、肘《ひじ》から下のなくなっている部分を見たくはなかった。

エントロピストたちも無事だったが、遠征隊《えんせいたい》の全体として見ると、生き残った海兵隊員は七人しかいなかった。

「コーイチは? ニシューは?」キラはホーズに尋《たず》ねた。

中尉《ちゅうい》はモロスの手当をしながら首を振《ふ》った。モロスのスキンスーツからは上腕骨《じょうわんこつ》が突《つ》き出ている。キラは自分の苦悩《くのう》をよそに、亡くなった人々を悼《いた》んで胸が痛くなった。

鞄《かばん》を手にヴィシャルがエアロックに駆《か》けつけてきた。顔にしわを寄せて汗《あせ》を流している。医師は心配そうにトリッグの身体を一瞥《いちべつ》してから言った。「ミズ・ニールセン! ミズ・キラ! きみたちを失ってしまったものと思っていたよ。無事でよかった」

「あなたもね、ヴィシャル」ニールセンがパワードスーツを脱《ぬ》ぎながら言う。「都合のいいとき、放射線用の薬をもらいたいんだけど」

ヴィシャルは頭をうなずかせた。「いまここにあるよ、ミズ・ニールセン」医師は一等航海士にブリスター・パックを手わたし、キラにも差し出した。

キラはなくなった手で受け取ろうとした。ヴィシャルは気づき、目を見開いた。「ミズ・キラ！」

「大丈夫《だいじょうぶ》」キラは反対の手で薬を受け取った。大丈夫《だいじょうぶ》なはずがない。

キラがエアロックから出ていくあいだ、ヴィシャルはずっと目を離《はな》さなかった。目の届かないところまで来ると、キラは廊下《ろうか》で立ち止まり、薬をのんだ。薬は喉《のど》につかえて、少しのあいだ苦しかった。そのあと、キラはその場にじっと立ち尽《つ》くしていた。自分がどうしたいのかわからず、しばらくは脳が答えを出そうとしなかった。

やがてキラは声を発した。「グレゴロヴィッチ、いまの状況《じょうきょう》は？」

「いまは手が離《はな》せない」シップ・マインドはいつになく真剣《しんけん》な声で答えた。「すまない、釘《くぎ》だらけの肉袋《ミートバッグ》よ」

キラはうなずき、管理室へと苦労しながら歩き出した。重い足を一歩《いっぽ》踏《ふ》み出すごとに、踵《かかと》がぐらぐらした。

2

ファルコーニはスパローとふたりで中央のディスプレイを覗《のぞ》き込《こ》んでいた。ホロディスプレイのウインドウのひとつには、〈ウォールフィッシュ〉号の船体の外を動き回っている誰《だれ》かのスキンスーツに装着したヘッドカメラからの映像が映し出されている。

通信からファジョンの声が聞こえてきた。「――溶接《ようせつ》部を確認する。約束するから。五分だけ、キャプテン」

「五分だけだ。通信終了《しゅうりょう》」ファルコーニはボタンを押《お》し、ホロディスプレイはこの惑星《わくせい》系の地図に切り替《か》わり、すべての船の位置がひと目でわかるよう表示された。

詰《つ》め物の入った壊《こわ》れた椅子《いす》をありがたく思いながらキラが身を沈《しず》めると、スパローがちらりと目を向けた。スパローはさっきまで気づいていなかったことに気づき、目を見開いた。「ちょっと、キラ。何があってそんな――」

「いまはやめておけ。おしゃべりの時間はあとだ」ファルコーニが言う。

スパローは質問をのみ込《こ》んだが、キラは視線の重さを感じた。

ジェリーとナイトメアはいまもナイダス近辺で小競り合いをつづけている。だが、戦いは混乱していた。味方のジェリーを乗せた残り三艘《そう》の船——チェッター少佐を乗せている船も含《ふく》めて——はナイトメアと、敵対するジェリーの両方を手当たり次第に攻撃《こうげき》していた。二艘《そう》のジェリーの船と一艘《そう》のナイトメアの船が惑星《わくせい》から飛び立ち、片っ端《ぱし》から銃撃《じゅうげき》している。彼《かれ》らは〈探求者《シーカー》〉に支配されているのではないかとキラは思った。また、残りのナイトメアたちも自分たち以外のすべてを相手にして戦っていた。

ジェリーの船の一艘《そう》——幸い、友好的なジェリーの船ではない——が核《かく》の炎《ほのお》に包まれて爆発《ばくはつ》するのを見て、スパローが顔をしかめた。「もうぐちゃぐちゃだ」

初めのうちキラは〈ウォールフィッシュ〉号が幸運にも追跡《ついせき》を逃《のが》れたものと思っていたのだが、ナイトメアの二艘《そう》の船が座標に描《えが》いている軌道《きどう》に目を留めた。迎撃路《げいげきろ》だ。それらの角張った長い船（むき出しになった細長い筋肉で結合された巨大《きょだい》な大腿骨《だいたいこつ》のかたまりみたいに見える）は惑星《わくせい》の向こう側に位置しているものの、ほかのナイトメアの船と同様、細胞《さいぼう》を破壊《はかい》するほどの常軌《じょうき》を逸《いっ》した重力加速度で飛ばしている。このままのスピードで行けば、十四分以内に射程圏内《けんない》に入るだろう。

いや、そうはならないかもしれない。

損傷を受けたラジエーターから冷却《れいきゃく》液を尾《お》のように引きずりながら、〈ダルムシュタット〉号がすぐそばの小惑星帯《しょうわくせいたい》から接近してきている。キラは計算した。ナイトメアの船が通過する前に、巡洋艦《じゅんようかん》はぎりぎりのタイミングで進路を妨害《ぼうがい》できそうだ。もしもナイトメアの船がさらに4分の1Gの重力加速度を増加させたら、UMCの船では遅《おそ》すぎることになる。

無線通信がパチパチと雑音を立て、アカウェ船長の声が聞こえてきた。「キャプテン・ファルコーニ、聞こえるか？」

「聞こえている」

「こっちで多少なりとも時間を稼《かせ》いでやれそうだ。もしかしたら、きみたちの船がマルコフ・リミットに到達《とうたつ》できるぐらいには」

ファルコーニはテーブルのへりをつかんだが、力が込《こ》もっているせいで指先が白くなっている。「キャプテン・アカウェ、そっちはどうなるんだ？」

アカウェがクックックッと笑うのを聞いて、キラは驚《おどろ》いた。「あとを追えそうならそうするが、何よりも重要なのはチェッターの仲間のジェリーからの提案を誰《だれ》かが司令部に伝えることで、現状この惑星系《わくせい》から脱出《だっしゅつ》する見込《みこ》みが最も高いのは〈ウォールフィッシュ〉号だ。ファルコーニ、きみが民間人であることはわかってる――なんの価値もないことをやれときみに命じることはできない――が、これほど重要なことはないんだ」

「連盟にメッセージを届けよう」ファルコーニは少し間を置いてからつけ加えた。「約束するよ、キャプテン」

雑音のあとで返事があった。「頼《たの》んだぞ、キャプテン……光のショーを待っててくれ。通信終了《しゅうりょう》」

「〈ダルムシュタット〉号はどうするつもりなの？　ナイトメアの裏をかくことはできないわ」キラは言った。

ホロディスプレイから目を離《はな》さず、スパローが唇《くちびる》を湿《しめ》らせた。「そうだけど。アカウェが迅速《じんそく》かつ強力な攻撃《こうげき》を仕掛《しか》ければ、ナイトメアにこの船の追跡《ついせき》をやめさせられるかもしれない。〈ダルムシュタット〉号に何発のミサイルが残っているかによっては」

キラたちがじっと座って見つめながら待っていると、重々しい足音を立ててファジョンが管理室に入ってきた。ファルコーニは彼女《かのじょ》にうなずいてみせた。「修理は終わったか？」

意外なことに、ファジョンは深々と頭を下げた。「あたしの責任です。61シグニで修理したとき、腹を立ててたから。作業が雑だった。すみません。もっと優秀《ゆうしゅう》なマシン・ボスを探してください」

ファルコーニはファジョンに近づいていき、両手を肩《かた》に置いて顔を上げさせた。「ばかを言うな」思いがけないほど優しい声だった。「ただ、二度と同じことのないようにしてくれよ」

少しして、ファジョンは頭を下げた。その目には涙《なみだ》が浮《う》かんでいる。「二度としない。約束します」

「それならもういい。もし――」

「まずい」スパローがホロディスプレイを指さしながら低い声で言った。

ナイトメアは推力を増していた。この分だと〈ダルムシュタット〉号は到底及《とうていおよ》ばないだろう。巡洋艦《じゅんようかん》のメインレーザーの有効な射程距離《きょり》から外れるのは間違《まちが》いない。

「今度は何よ？」キラは次々と襲《おそ》いかかる災難の連続に感覚が麻痺《まひ》していた。これ以上、悪いことなんて起きる？　どうでもいい。とにかくなんとかするしかない。ナイトメアの船が〈ウォールフィッシュ〉号にドッキングすることになったとしたら、侵入者《しんにゅうしゃ》と戦って何体かは撃退《げきたい》できるかもしれないが、ジェリーの船で捕《つか》まったやつみたいなクリーチャーがほかにもまだいるとしたら、キラはやられてしまうだろう。全員がやられてしまうだろう。

「メインシャフトにキルゾーン【訳注：敵を封《ふう》じ込《こ》め、多くの戦死者が出ると予想される戦闘《せんとう》地帯】を設定する。ナイトメアをそこに集中させて、四方から叩《たた》こう」ファルコーニが言った。

「この船をあっさり吹《ふ》き飛ばしはしないだろうからね」とスパロー。

「うん」ファジョンが身振《みぶ》りでキラを示した。「やつらはキラを捕《つか》まえたがってる」

「そうだな」ファルコーニも同意した。「その点をうまいこと利用すればいい」

「餌《えさ》にする」キラは言った。

「まさにそういうことだ」

「じゃあ――」

ホロディスプレイの中央がパッとまぶしいほど真っ白になり、キラは話を中断し、みんな画面に釘付《くぎづ》けになった。

ナイトメアの船が二艘《そう》とも爆発《ばくはつ》し、蒸気の雲が膨《ふく》らんでいるだけで跡形《あとかた》もなくなっている。

「グレゴロヴィッチ。何が起きた？」ファルコーニが尋《たず》ねた。

シップ・マインドが答える。「カサバ榴弾砲《ハウイッツァー》。三発」

ホロディスプレイの映像が逆再生され、爆発《ばくはつ》がナイトメアの船のなかに引き戻《もど》されていき――その直前――数万キロメートル先から一本の線が拡散して、明滅《めいめつ》する三本の光の針が見えた。

「どうやったの？」キラは混乱していた。「〈ダルムシュタット〉号は射程距離《きょり》になかったのに」

スパローが答えようとしていたところにふたたび無線の雑音が入り、アカウェが話した。

「諸君、光のショーだ」冷酷《れいこく》ながら面白がっているような声だ。「この船はナイダスに接近する際にいくつかの〈RD52〉[*27]を投下した。われわれが使っている新兵器だ。水素冷却《れいきゃく》カサバ榴弾砲《ハウイッツァー》。見つけるのはほぼ不可能と言っていい。いざというときに機雷《きらい》としてかなりうまく作動する。あとはナイトメアを射程内に追いやるだけだった。あのまぬけどもは罠《わな》に飛び込《こ》もうとしていることに気づきもしなかったんだ。いまこの船は進路を変えている。残りの敵船がそっちの船を追跡《ついせき》できぬよう最大限の努力をするつもりだ。とにかく噴射《ふんしゃ》を維持《いじ》して、何があっても止まるんじゃないぞ。どうぞ」

「了解《りょうかい》した」とファルコーニは答えた。「……それと感謝するよ、キャプテン。借りがひとつできたな。どうぞ」

「こいつが片付いたら酒をおごってもらおう、キャプテン。どうぞ」

通信が終わると、スパローが話した。「〈RD52〉の噂《うわさ》は聞いたことがある。使ったことは一度もないけど」

ファルコーニは前のめりになっていた上体をホロディスプレイから離《はな》した。かたい髪《かみ》に両手をすべらせ、指先で頭皮をごしごしこすったあとで口を開く。「よし。いくらか息つく暇《ひま》ができたな。大した余裕《よゆう》はないが、少しだけでも」

「ここを飛び出すまで、あとどれだけかかる？」キラは質問した。

「現在の2Gの推力で進んだ場合、この神聖な墓所から解放されて出発するまで、きっかり二十五時間かかる」グレゴロヴィッチがささやいた。

長すぎる。それはキラが口に出して言うまでもなかった。ほかのみんなも同じことを考えているのがわかった。ナイトメアとジェリーは超光速《ちょうこうそく》からはずれたあと、ナイダスに着くまで二、三時間しかかからなかった。さらに多くの船が〈ウォールフィッシュ〉号を追《つい》跡《せき》することになったら、難なく追いついてしまうはずだ。

「グレゴロヴィッチ、フレアの可能性は？」ファルコーニが訊《き》いた。

考えたものだ。すべての赤色矮星《わいせい》と同様に、バグハントも強度変動をきたす傾向《けいこう》にあるはずで、つまり予測不能な巨大《きょだい》フレアを起こしやすいということだ。充分《じゅうぶん》な大きさの爆発《ばくはつ》があれば、核融合炉《かくゆうごうろ》の排気《はいき》ノズルに使われている磁場が乱れて、ジェリーとナイトメアが〈ウォールフィッシュ〉号に追いつくのを防ぐことができるだろう。向こうが船を保護するのに有効な方法を見つけていないと仮定すれば。

「当座はまったくありません」グレゴロヴィッチは答えた。

「くそっ」ファルコーニはぼやいた。

「アカウェとチェッターのジェリーたちがすべての追跡《ついせき》をそらしてくれることを願うしかない」とスパロー。

ファルコーニは石でも噛《か》んだような顔をしている。「気に入らない。まったく気に入らない。あのくそったれどもの船が一艘《そう》でも追いかけてきたら、とんでもなく面倒《めんどう》なことになるぞ」

スパローは肩《かた》をすくめた。「だからってどうしろって言うのさ、キャプテン。〈ウォールフィッシュ〉号は馬とは違《ちが》うんだから。叩《たた》いたところで速くは進まない」

ふとキラはあることを思いついた。奇形《きけい》の腐敗《ふはい》したナイトメアがジェリーの技術を利用することができていたんだから……わたしたちにできないはずがある？

あまりに突飛《とっぴ》な思いつきだったので、忘れようかとも思った。けれど、ひどく追い詰《つ》められた状況《じょうきょう》にあるせいで、キラは口にした。「じゃあジェリーの、イタリは？」

「なんのことだ？」

「力になってくれるかも」

ファジョンが目を細くし、敵意むき出しの口調で言う。「どういう意味？」

「わからないけど。マルコフ・ドライブを調整して、もっと速く超光速《ちょうこうそく》に入れるようにしてくれるかもしれない」

ファジョンは罵《ののし》った。「あんなやつに〈ウォールフィッシュ〉号をいじらせようって？ハッ！」

「試してみる価値はある」スパローはファルコーニを見て言った。

ファルコーニは渋面《じゅうめん》をつくった。「気に入らないが、ジェリーが力になれそうだというのなら、やってみるしかないな」

ファジョンはこの上なく不満そうだ。「だめ、だめ、だめ」とつぶやいたあとで、もっと大きな声で言う。「どんなことをしでかすか、わかったもんじゃない。この船のシステムを破壊《はかい》し尽《つ》くしかねない。あたしたちを吹《ふ》き飛ばしかねないんだ。だめ！　あのジェリーはあたしたちのコンピューターのことも知らないし、それに――」

「だったらきみが教えてやれ」ファルコーニは穏《おだ》やかな口調で話した。「この惑星《わくせい》系から脱出《だっしゅつ》できなければ俺《おれ》たちは死ぬことになるんだ、ファジョン。いまは助けになりそうなことならなんだって試してみる価値がある」

マシン・ボスは顔をしかめ、両手を何度もくり返しこすり合わせた。やがて彼女《かのじょ》はうめき声をあげると、立ち上がった。「わかった。でも少しでも〈ウォールフィッシュ〉号を傷つけるような真似をしたら、あのジェリーを引き裂《さ》いてやる」

ファルコーニはうっすら笑みを浮《う》かべた。「俺《おれ》もまさしくそうするつもりだよ。グレゴロヴィッチ、きみもしっかり見張っておいてくれ」

「必ず」シップ・マインドはささやいた。

ファルコーニは視線を移した。「キラ、ジェリーと会話できるのはきみだけだ。あれが力になれそうか確かめにいって、可能だった場合、ジェリーとファジョンの仲立ちをしてくれ」

キラはうなずき、噴射《ふんしゃ》によって身体に余分にかかっている重さを残らず感じながら、壊《こわ》れた椅子《いす》からうんしょと立ち上がった。

船長はまだ話をつづけている。「スパロー、きみもだ。事態の収拾がつかなくなることは絶対に避《さ》けてくれ」

「イエッサー」

「それが済んだら、ジェリーをエアロックに戻《もど》しておくように」

「ずっとあそこにいさせるつもり？」スパローは尋《たず》ねた。

「ジェリーを置いておくのにいくらかでも安全な場所は、あそこしかなさそうだからな。ほかにいい考えでも？」

スパローは首を振《ふ》った。

「よし。じゃあ始めてくれ。そうだ、キラ？　終わったら、ドクのところに行って腕《うで》を診《み》てもらえよ」

「そうするわ」

3

キラがふたりの女性と管理室から出ていくと、ファジョンが腕《うで》を示して問いかけた。

「痛む？」

「ううん。別に。ただ妙《みょう》な違和感《いわかん》があるだけ」

「何があったの？」スパローが訊《き》いた。

「ナイトメアに捕《つか》まって。逃《のが》れるには自分の腕《うで》を切り落とすしか方法がなかったの」

スパローは顔をゆがめた。「ひどい。とはいえ、うまいこと逃《に》げのびたわけだ」

「そうね」けれどキラは内心、本当にそうだろうかと思っていた。

ふたりの海兵隊員――タトゥポアとキラが名前を知らない相手――がエアロックの手前の小室に配置されていて、なかにいるジェリーを監視《かんし》している。ほかの海兵隊員たちの姿はもうなく、包帯や血のすじを甲板《かんぱん》に残していっていた。

キラたちが近づいていったとき、ふたりの男性はがつがつ食べているところだった。ふたりとも顔色が悪く、疲労《ひろう》と緊張《きんちょう》を味わっているようだ。キラはその様子に覚えがあった。自分も同じ感覚を味わっていた。アドレナリンが減少したあとは、ぐったりとなる。そしてキラはひどくぐったりしていた。

タトゥポアが先割れスプーンを宙に浮《う》かせてぴたりと止まった。「あのイカに話があるんだろう？」

「ええ」キラは答えた。

「はいよ。何か助けが必要なときは、大声を出してくれればそれでいい。支援《しえん》するから」

キラを守るのに海兵隊員がソフト・ブレイドよりも助けになるかは疑問だったが、銃《じゅう》を構えてそこにいてくれると思うと心強かった。

スパローとファジョンは後ろで待機し、キラはエアロックに進んで菱形《ひしがた》の気密窓を覗《のぞ》いた。ジェリーのイタリはいまも床《ゆか》に座ったままで、節のある触手《しょくしゅ》の真ん中に身体を休めている。一瞬《いっしゅん》、不安で足がすくんだ。が、解除ボタンを押《お》すと、エアロックの内側のドアが開いた。

ジェリーの香りが鼻をつく。塩水と香辛料《こうしんりょう》を思わせる香り。銅のような強いにおいが含《ふく》まれている。

エイリアンが先に口を開いた。《こちらイタリ：なんの用でしょう、アイディーリス？》

《こちらキラ：わたしたちはこの惑星系《わくせい》から出ていこうとしているのだけど、この船はウラナウイやコラプテッドよりも速く泳ぐことができない》

《こちらイタリ：私は流動変更子《フロー・モディファイアー》をつくることができない》

《こちらキラ：それって——》キラはふさわしい言葉を探そうとした。《——重量を変えるもののこと？》

《こちらイタリ：そう。船を泳ぎやすくさせるもの》

《こちらキラ：なるほど。じゃあ光よりも速く泳げるようにしてくれるマシンについては？》

《こちらイタリ：転換《てんかん》の球《オーブ》》*28

《こちらキラ：そう、それ。もっと速く出ていけるよう、それをなんとか改良できない？》

ジェリーは小さく動き、二本の触手《しょくしゅ》で自分を示すような身振《みぶ》りを見せた。

《こちらイタリ：この形態は戦うためのもので、建造するためのものではない。この種《しゅ》の作業をするのに必要な材料や組立工具を持っていない》

《こちらキラ：でも、わたしたちの転換《てんかん》のオーブを改良する方法は知ってる？》

ジェリーは身体に触手《しょくしゅ》を巻きつけ、ひっきりなしにこすったりねじったりしている。

《こちらイタリ：知っているけれど、適切な時間、道具、形態がなければ不可能かもしれない》

《こちらキラ：やるだけやってみてもらえる？》

……《こちらイタリ：そうしてほしいと言うのなら、アイディーリス、いいでしょう》

《こちらキラ：ついてきて》

「どうだった？」キラがエアロックから出ていくと、スパローが尋《たず》ねた。

「できるかも」キラは答えた。「やってみてくれることになった。ファジョン？」

マシン・ボスは渋《しぶ》い顔で言う。「こっちだよ」

「おっと、待て待て」タトゥポアがタトゥーの入った手をあげた。「これについては誰《だれ》からも何も聞いてない。ジェリーを連れ出すつもりか？」

というわけでスパローはファルコーニに連絡《れんらく》しなければならず、ファルコーニはホーズに連絡《れんらく》し、それでようやく海兵隊員は折れてイタリをエンジニアリングルームに連れていくのを許可した。キラはジェリーのそばから離《はな》れず、戦って殺さざるを得なくなった場合に備えて、ソフト・ブレイドの全身を短く鈍《にぶ》いスパイク状にしておいた。

けれど、その必要はないだろうとキラは思っていた。いまのところは。

キラは油断なく警戒《けいかい》し、いつでも動けるようにしてはいたが、その日に受けた外傷に苦しみ、弱っていた。食事をしないと。自分自身のためだけではない。ソフト・ブレイドにも栄養が必要だ。スーツはなんだか……薄《うす》くなった感じがする、戦闘《せんとう》で使われたエネルギーと前腕《ぜんわん》を覆《おお》っていた物質を失ったことで備えが激減したかのように。

「携帯非常食《レーションバー》を持ってない?」キラはスパローに訊《き》いた。

スパローは首を振《ふ》った。「ごめん」

いて欲しいときにトリッグはどこへ行ったのよ? キラはそう思って顔をしかめた。仕方ない。待とう。空腹でいまにも気絶しそうなわけでもないし、食べ物は――というより食べ物がないことは――優先順位リストの上位からはかけ離《はな》れている。

エンジニアリングルームはディスプレイがぎっしり詰め込《こ》まれた狭苦《せまくる》しい部屋だった。壁《かべ》も床《ゆか》も天井もキラが〈酌量《しゃくりょう》すべき事情〉号で覚えているのと同じ平板な灰色に塗《ぬ》られている。対照的に、管やワイヤー、バルブやハンドルはどれも違《ちが》う色だ。鮮《あざ》やかな赤や緑に青、タンジェリンのようなオレンジ色まであって、間違《まちが》えることのないようそれぞれが区別されている。各装置に大量の鋲《びょう》による特大の点字がついていて、スキンスーツを着ているときでも暗闇《くらやみ》のなかでも識別できるようになっている。

床《ゆか》はギャレーのカウンターよりも清潔そうだ。しかし空気は熱と湿気《しっけ》でムッとして、機械油や洗剤《せんざい》、オゾンの不快な強いにおいを含《ふく》んでいる。舌に銅の味が残り、静電気で眉毛《まゆげ》が逆立っているのを感じた。

「ここだよ」ファジョンが部屋の奥《おく》へ案内し、そこには直径で一メートルを超《こ》える大きな黒い球の半分が突《つ》き出ていた。〈ウォールフィッシュ〉号のマルコフ・ドライブだ。

　そのあとの十五分間、キラは通訳がうまくできず、もどかしさに苦しむことになった。ジェリーはキラが理解できずわかりやすい英語に置き換《か》えられない技術用語を使ってばかりいて、同様にファジョンもキラがジェリーの言語に適切に転換《てんかん》できない技術用語を使ってばかりいたのだ。マシン・ボスはマルコフ・ドライブの横にある制御盤《せいぎょばん》に組み込《こ》まれたホロディスプレイを切り替《か》えて、機械の内部構造を表した配線略図などの視覚表示を立ち上げて、それがいくらか助けにはなったが――結局のところ――言葉の溝《みぞ》を完全に埋《う》めることはできなかった。

　マルコフ・ドライブに隠《かく》された数学的計算は複雑そのものだった。けれど、その実行は――キラが理解している限り――かなり簡単だった。アンチマターの対消滅《ついしょうめつ》が発電するのに使われ、それが次には超光速《ちょうこうそく》空間への移動を可能にする調整電磁場に動力を供給するのに使われる。

　超光速《ちょうこうそく》を進むとき（正規空間の正反対で）エネルギーの少なさはスピードの速さに等しいため、そのフィールドのエネルギー密度が低ければ低いほど、船はより速く飛ぶことができる。規模の効率性は大きな船ほど最高速度が速いことを意味するが、つまるところ最大の制限因子はエンジニアリングのひとつにある。低エネルギー場を維持《いじ》するのは難しい。

船の内外どちらにも存在するさまざまな原因に妨害《ぼうがい》されがちで、強力な重力井戸が船を正規空間に押《お》し戻《もど》すことになるのもそのためだ。星間飛行中でさえも、安定性らしきものを維持《いじ》するためにはナノ秒ごとに何度もフィールドを調整する必要がある。

どれもこれも、まともな設備も英語や人間の数学のプログラミングへの理解もなしに、イタリが大至急この船のマルコフ・ドライブをどうにかして改良できるはずだと確信させる理由にはならなかった。それでも、理屈《りくつ》はどうであれ、キラは期待していた。

ついにインターコムからファルコーニの声が聞こえてきた。「何か進捗《しんちょく》は？　あまり状《じょう》況《きょう》がよくなさそうだ」

「まだです」ファジョンもキラと同じぐらいいらだっているような声だった。

「つづけてくれ」船長は通信を切った。

「もしかして――」キラは言いかけたけれど、ジェリーがホロディスプレイに背を向けてマルコフ・ドライブの膨《ふく》らんだ表面によじ登るのを見て、口をつぐんだ。

「やめろ！」エイリアンが触手《しょくしゅ》の一本を伸《の》ばしてパネル用材を引っぱりはじめると、ファジョンが叫《さけ》んだ。マシン・ボスは驚《おどろ》くほどの機敏《きびん》さで室内を移動し、ジェリーをマルコフ・ドライブから引き離《はな》そうとしたが、ジェリーはもう一本の触手《しょくしゅ》で彼女《かのじょ》をあっさり押《お》し返した。「キラ、やめるように言って。格納を壊《こわ》されたら、みんな死ぬことになる」

キラが発言したとき、スパローは既《すで》にブラスター銃《じゅう》を構え、引金に指をかけていた。

「待って！　みんな落ち着いて。話を聞くから、撃《う》たないで。自分が何をしているのか、ジェリーはわかっているはずよ」

金属の曲がる音がして、キラはたじろいだ。イタリはマルコフ・ドライブの内部を囲んだ保護殻《かく》をもぎ取っている。

「だといいけど」スパローがつぶやいた。そしてブラスター銃《じゅう》をいくらか下げたものの、完全に下ろしはしなかった。

《こちらキラ：何をしているの？　わたしのショールメイトが心配してる》

《こちらイタリ：あなたたちの転換《てんかん》のオーブの仕組みを確かめる必要がある。二形態よ、心配は無用だ。自分たちを滅《ほろ》ぼすつもりはない》

キラは通訳したが、イタリの保証でファジョンの不安はほとんど解消しなかった。マシン・ボスはジェリーの横に立ち、こぶのある触手《しょくしゅ》の先を覗《のぞ》き込《こ》み、眉《まゆ》をひそめ、手を揉《も》み合わせている。「シバル」ファジョンはうなった。「そんなことを……だめだ……ああ、ばかな、なんの真似？」

ピリピリした膠着《こうちゃく》状態が数分つづいたあと、ジェリーはマルコフ・ドライブのなかから腕《うで》のようなはさみを引き抜《ぬ》き、振《ふ》り返ってキラと向き合った。

《こちらイタリ：あなたたちのオーブの機能を向上させることはできない》キラが酸で胃が焼けるような痛みを感じていると、ジェリーは話をつづけた。《より強力にすることはできても――》

《こちらキラ：強力に？》

《こちらイタリ：エネルギーの流れを増やすことでバブルの強さを向上させられ、超光速《ちょうこうそく》への転換《てんかん》は星により近づくことになる。だが、そうするためには、われわれの船にある道具が必要だ。原材料から必要な部品をつくっている時間はない》

「なんて言ってる？」ファジョンが訊《き》いた。キラが説明すると、マシン・ボスは問いかけた。「どれぐらい近づく？」

《こちらイタリ：あなたがたの転換《てんかん》のオーブを使った場合……少なくとも一・五倍は》

「感心してないみたいね」通訳を終えると、キラは言った。

ファジョンは鼻を鳴らした。「してない。超光速《ちょうこうそく》に入る前のフィールドの強度はもう上げてある。昔ながらのやり方だ。だけど駆動《くどう》装置はそれ以上のパワーには耐《た》えられない。燃焼室が作動しなくなるか、回線が焼き切れるだろう。これじゃあ運転できない」

「どっちみち関係ない」とスパロー。「言ったじゃない。このジェリーは適切な道具がないことにはどうにもできないって。エアロックの外で話してたんだからさ」彼女《かのじょ》は肩《かた》をすくめた。

ふたりが話しているあいだ、キラは考えていた。まず思ったのは、ソフト・ブレイドがイタリに必要な道具と材料を提供できないかということだ。それは可能なはずだと確信していたけれど、何からどう手をつけたものか見当もつかず、ゼノはなんのヒントもくれなかった。次にキラは〈ウォールフィッシュ〉号にあるとわかっているすべてのものに思いを巡《めぐ》らせ、何か――なんでもいいから――役に立ちそうなものがないか探した。

いきなりパッと答えが浮《う》かんだ。

「待って」とキラが言うと、ファジョンとスパローは口をつぐんで目を向けた。キラは無線をタップしてエントロピストに繋《つな》いだ。「ヴェーラ、ジョラス、大至急エンジニアリングルームに降りてきてほしいの。ジェリーの船で見つけたあの物体を持ってきて」

「すぐに向かいます、プリズナー」ふたりは答えた。

ファジョンは目を細くした。「エイリアンの船からあさってきた適当な機械部品が本当に役立つなんて期待するもんじゃないよ、ナヴァレス」

「そうね。でも試してみる価値はある」キラがイタリに説明すると、ジェリーは身体に触《しょく》手《しゅ》を巻きつけて、甲板《かんぱん》に身を落ち着けて待った。

「そもそもこのイカに何ができるっての？」スパローがブラスターの銃身《じゅうしん》をイタリに向け

て動かし、問い詰《つ》めた。「ただの兵士なのに。ジェリーの兵士たちはみんな訓練されたエンジニアなわけ？」

「それはあたしも知りたいね」ファジョンが眉《まゆ》をひそめて言う。

キラが質問を伝えると、ジェリーは答えた。《こちらイタリ：いいえ、この形態はマシンをつくるためのものではない、けれどそれぞれの形態には必要なときに役立つ情報の種が与《あた》えられている》

「形態ってなんのこと？」スパローが尋《たず》ねた。

エイリアンの何本かの触手《しょくしゅ》が自らに向かってねじれた。《こちらイタリ：この形態。異なる形態は異なる目的に使われる。わかるはずだ。あなたがたにもふたつの形態があるのだから》

「つまり男と女ってこと？」ファジョンが訊《き》いた。

スパローも難しい顔をしている。「ジェリーは形態を変えることができるとでも？　そのジェリーが言ってるのはそういう――」

スパローの話はエントロピストの到着《とうちゃく》によってさえぎられた。ふたりのクエスタントは慎重《しんちょう》にキラに近づき――どちらもイタリをじっと見据《みす》えながら――、61シグニでジェリーの船から回収した青みがかった長方形の物体を手渡《てわた》した。

キラがそれをイタリに渡《わた》すと、興奮のニアセントが鼻をついた。ジェリーはカニみたいな手を使ってこぶし大の物体をひっくり返した。触手《しょくしゅ》が秋を思わせる赤やオレンジにパッと色づく。

《こちらイタリ：これは〈虚空の様相《アスペクト・オブ・ザ・ボイド》〉の団塊《ノジュール》だ》

《こちらキラ：そう。わたしのショールメイトがそれを見つけたのは、その部屋だった。そのノジュールに何か使いみちはある？》

《こちらイタリ：おそらく》

ジェリーの背甲《はいこう》のへりに隠《かく》れた溝《みぞ》からさらに小さな二本の腕《うで》が広がるのを、キラは好奇《こうき》心《しん》といくらかの驚《おどろ》きをもって見ていた。大きな腕《うで》と同じく、小さな腕《うで》もピカピカしたキチン質の物質に包まれているが、大きな腕《うで》とは違《ちが》って、それらには立派な関節があり、長さ一、二センチ足らずの繊毛《せんもう》が先端《せんたん》をなしている。

それらを使って、イタリはノジュールをすばやく分解した。なかには固体の部品がいくつか入っていたが、どれもキラが知っているコンピューターや機械装置の部品とは似ていなかった。どちらかと言うと、それらの部品がいちばん似ているのは水晶《すいしょう》や宝石の加工しかけらだ。

繊毛《せんもう》で部品をつかみ、イタリはマルコフ・ドライブのところに戻《もど》り、球形の装置の奥深《おくふか》くへと小さな第三の肢《あし》を伸《の》ばした。

叩《たた》いたり引っ掻《か》いたりして、装置の内部で金属の鋭《するど》い軋《きし》みが響《ひび》くと、ファジョンが警告するような口調で言った。「キラ」

「やらせてみて」そう言ったものの、キラもまた緊張《きんちょう》していた。エントロピストとマシン・ボスといっしょに、キラはイタリの触手《しょくしゅ》の先にある装置のなかを覗《のぞ》き込《こ》んだ。ジェリーが水晶《すいしょう》のような部品をマシン内部の別々のパーツにはめ込《こ》んでいるのが見えた。その部品が触《ふ》れたものはどれでも、少しすると結合した。光り輝《かがや》く細い糸がそばにある物質と結びつけている。ただし――キラは気づいた――適切なところだけを。イタリの指示だか内蔵プログラムだかが糸を導いていた。

「こんなこと、どうやって？」妙《みょう》に熱っぽい口調でファジョンが尋《たず》ねた。

キラが通訳すると、イタリは言った。《こちらイタリ：〈消え失せし者〉の意志によって》

ジェリーの答えはキラの懸念《けねん》を少しもやわらげることはなく――どうやら――ファジョンも同じようだった。それでもキラたちは傍観《ぼうかん》し、エイリアンの作業の邪魔《じゃま》はしなかった。

そのうちにジェリーは言った。

《こちらイタリ：これを作動させるためには、この転換《てんかん》のオーブを制御《せいぎょ》している岩脳《ロック・マインド》を

止める必要がある》
「ロック・マインド？　コンピューターのこと？」ファジョンが訊《き》いた。
「たぶんね」キラは答えた。
「うーん」マシン・ボスはいかにも不服そうだったけれど、しばし無言で見えないオーバーレイに目をきょろきょろと走らせたあとで言った。「完了《かんりょう》。いまはグレゴロヴィッチがマルコフ・ドライブを監視《かんし》してる」
キラがそのことを伝えると、ジェリーは言った。《こちらイタリ：転換《てんかん》のオーブの準備ができた。これまでの二倍の速さで作動するはずだ》
ファジョンはけわしい顔でマルコフ・ドライブに身をかがめ、マシンの内部に加えられた謎《なぞ》めいた構造を観察した。「で、そのあとは？」
《こちらイタリ：そのあと、エネルギーの流れは元に戻《もど》るので、この船はいつもどおりの速さで泳ぐことができるだろう》
マシン・ボスは納得していない様子だったが、うめき声をあげて言った。「それでせいいっぱいってことになりそうだね」
「これまでの二倍の速さ。この船は2Gの推力で進んでて、ということはジャンプできるのは……いつになる？」スパローが問いかける。

「七時間後」とファジョンが答えた。

キラが恐《おそ》れていたよりはマシだけれど、期待には遥《はる》かに及《およ》ばない。七時間というのは、敵船の一艘《そう》かそれ以上が追いつくにはまだ充分《じゅうぶん》すぎるほどの時間だ。

ファジョンが管理室に連絡《れんらく》して状況《じょうきょう》を報告すると、ファルコーニは話した。「そうか。よし。まだ森から抜《ぬ》け出しちゃいないが、木々のあいだに光が見えるかもしれない。ジェリーもナイトメアも、この船がそんなに早くジャンプするとは予想していないだろう。運がよければ、やつらは俺《おれ》たちを追跡《ついせき》する時間はたっぷりあると思って、お互《たが》いを空から吹《ふ》き飛ばすことだけに集中するかもしれない……みんな、よくやった。キラ、ジェリーに感謝を伝えて、食料や水、ブランケットや何か必要なものがないか確認してくれ。スパロー、ジェリーを無事にエアロックまで送り届けるんだ」

「イエッサー」とスパローは返事した。その後、無線通信が切れるとつぶやいた。「運が、いい、よければ。まったく。ここのところ、運に恵《めぐ》まれたことなんてあった?」

「私たちはまだ生きています」ジョラスが言う。「それは――」

「――重要なことです」とヴェーラ。

「ああ」そう言うと、スパローはイタリに身振《みぶ》りで合図した。「さあ、でかくて醜《みにく》いやつ。もう行くよ」

ナイトメアの話が出たことで、キラはまたいやなことを考えはじめてしまった。エンジニアリングルームの外の狭《せま》い廊下《ろうか》にジェリーを連れていきながら、キラがファルコーニのお礼を伝えて必要なものがないか尋《たず》ねると、こう返事があった。

《こちらイタリ：水があるとありがたい。それだけだ。この形態は頑丈《がんじょう》で、維持《いじ》するのにあまり多くを必要としない》

そのあと、キラは訊《き》いた。《こちらキラ：コラプテッドがアイディーリスから生まれたことを知っていた？》

キラがそんな質問をすることにイタリは驚《おどろ》いているようだ。《こちらイタリ：もちろんだ、二形態よ。知らなかったのか？》

《こちらキラ：ええ》

触手《しょくしゅ》の表面が派手な色でかき乱され、困惑《こんわく》のニアセントがかすかに漂《ただよ》ってきた。《こちらイタリ：そんなばかな。コラプテッドたちを生み出したのは、確かにあなただと認められている……。なぜこうなったのか、われわれはずっと事情が気になっていたのだ、アイディーリス》

キラはスパローの肩《かた》に手を置いた。「待って。少し時間をちょうだい」

スパローはキラとジェリーを交互《こうご》に見やった。「どうしたの？」

「ちょっとはっきりさせたいことがあって」
「なんなの？　いまじゃなきゃだめなわけ？　エアロックに戻《もど》ってから好きなだけおしゃべりすれば」
「大事なことなの」
スパローはため息をついた。「わかった、でも手短に」
まったく気が進まなかったけど、キラはモーが誕生することになったいきさつをイタリに説明した。だけど〈酌量《しゃくりょう》すべき事情〉号の爆発《ばくはつ》が正確にはどうやって起こったのか、その詳細《しょうさい》は割愛した。自分がしたことと、それが引き起こした結果を恥《は》じていたから。
キラが話を終えると、ジェリーの皮膚《ひふ》から不快な香りが漂《ただよ》ってきた。《こちらイタリ：では、いまわれわれが相手にしているコラプテッドは、ウラナウイと二形態、それに神聖なアイディーリスが混合したものだと？》
《こちらキラ：そうよ》
ジェリーは身震《みぶる》いした。ジェリーがそんな反応をするのは、これまで見たことがない。
《こちらイタリ：それは……不幸なことだ。われわれが最初に思っていたよりも、敵はさらに危険だ》
でしょうね。

イタリは話をつづけた。《消え失せし者の捜索《そうさく》信号、ツーロにあなたが応じるまで、われわれはあなたをコラプテッドだと思っていた。当然のことだろう、われわれがアイディーリスを隠《かく》した星の周りでコラプテッドが待ち伏《ぶ》せしていたのだから》

《こちらキラ：わたしがあの惑星《わくせい》系を去ったあと、あなたたちがわたしを捜《さが》さなかったのは、だからなの？》

肯定《こうてい》のニアセント。《こちらイタリ：捜索《そうさく》はした、アイディーリス、だがくり返しになるが、われわれはあなたをコラプテッドだと思っていたから、コラプテッドを追跡《ついせき》したのだ。あなたがたの小さな宇宙船《シェル》ではなく》

まだ理解に苦しみながら、キラは顔をしかめた。《こちらキラ：じゃあ、コラプテッドが人間と同盟しているものとあなたたちウラナウイが思い込《こ》んだのは……わたしがコラプテッドを生み出したと知っていたから？》

《こちらイタリ：そうだ。前にも一度、サンダリングのさなかにこういうことがあり、われわれは危うく破滅《はめつ》するところだった。われわれの種族のほかの皆《みな》がコラプテッドたちの正確な源を知らなくても、アイディーリスから生まれたに違《ちが》いないことはわかっていた。あなたの同形態が言っていたように、コラプテッドはあなたがたの言葉を使っており、しばらくのあいだそちらの水たまりを襲《おそ》わなかったから、彼《かれ》らがあなたたちのショールメイトであることは明らかだと思われた。あなたの発した信号を聞き、コラプテッドの反応を見てから、あなたがわれわれと戦争するために彼《かれ》らを育てているのではないのだとようやく気づいたのだ》
《こちらキラ：ほかのウラナウイたちもみんな、このことに気づいたんでしょう？》
《こちらイタリ：そうだ》
《こちらキラ：なのにわたしたちを攻撃《こうげき》しつづけている》
《こちらイタリ：コラプテッドに対してあなたと同形態たちに責任があるといまでも考えているからだ。事実そうだ、アイディーリス。その観点からすると、方法や理由は問題ではない。われわれは長いあいだ、あなたがたの水をせき止めて広がりを制限することを計画していた。コラプテッドが出現したからといって、それは何も変わらない。だが、この形態が仕えている者たちには別の考えがある。コラプテッドがあまりに大きな脅威《きょうい》になり、ウラナウイだけでは打ち勝つことができないと彼《かれ》らは信じている。それにアームズの首脳部を入れ替《か》えるのに、いまがサンダリング以来の絶好の機会だとも信じている。そのためにはあなたの協力が必要なのだ、アイディーリス、あなたの同形態の協力も》
《こちらキラ：具体的にはわたしに何をしろというの？》
ジェリーはピンクとブルーに輝《かがや》いた。《こちらイタリ：決まっている、コラプテッドに

立ち向かうことだ。わかりきったことではないか？　〈蒼《あお》き杖《つえ》〉がないのなら、あなたがわれわれの最大の希望なのだから》

4

イタリを無事エアロックに戻《もど》すと、キラはギャレーに向かった。レーションバーを三本つかみ、水を一杯《いっぱい》飲み干す。バーを一本かじりながら、船の中心部を引き返していき、〈ウォールフィッシュ〉号の機械室を訪れた。前にもしたように、キラはプリントしてある在庫の引き出しをあけると、別々の粉に腕《うで》の付け根を突《つ》っ込《こ》んだ。食べなさい、とソフト・ブレイドに言い聞かせる。

ソフト・ブレイドは言うとおりにした。

金属に有機物にプラスチック。ゼノはそのすべてを大量に吸収した。来るべき事態に備えて自らの防備をかためているみたいに。

スーツが貪《むさぼ》り食うあいだ、キラは残りの二本のレーションバーを食べたけれど、片手だけでホイル包装を破るのは難しかった――それも利き手でないほうでは。なんで左手じゃだめだったの？　キラは思った。

ともあれ、不便なおかげで、もっと暗く陰鬱《いんうつ》なことをくよくよと思い悩《なや》まずにすんだ。キラもスーツも満たされたころには、ヴィシャルが負傷者の手当を終えているはずだと思えるほど充分《じゅうぶん》な時間が過ぎていた。少なくとも、キラのために数分を費やせるぐらいには。そこでキラは在庫の引き出しを閉めると、医務室に向かった。

医務室はめちゃくちゃだった。包帯、ガーゼ、メディフォームの空き缶《かん》、血まみれの布切れが床《ゆか》に散乱している。そこには四人の海兵隊員の姿があった。ひとつしかない診察台《しんさつだい》の上にひとりと、さまざまな段階まで服を脱《ぬ》いだ三人が床《ゆか》に横たわっており、UMCの衛生兵がヴィシャルと共に手当をしている。負傷者は全員、鎮静剤《ちんせいざい》を投与《とうよ》されているようだ。

けれど、キラが誰《だれ》よりも心配している相手が見当たらない。忙《いそが》しそうに働くヴィシャルに、キラは尋《たず》ねた。「ねえ、トリッグはどこ？　あの子は大丈夫《だいじょうぶ》なの？」

ヴィシャルは顔を曇《くも》らせた。「いや、ミズ・キラ。ジェリーが施《ほどこ》した網目状《あみめじょう》のものを切ってトリッグの身体を解放した。確かに命は助かったが……」医師は舌打ちし、血に汚《よご》れた手袋《てぶくろ》をはずしながら首を振《ふ》る。

「トリッグは回復する？」

カウンターに置かれた箱から新しい手袋《てぶくろ》を取り出してはめたあと、ヴィシャルは返事をした。「ちゃんとした医療施設《いりょうしせつ》に連れていくことができれば、そのときはそう、トリッグは生き延びられるだろう。そうじゃなければ、見込《みこ》みは薄《うす》い」

「ここで治療《ちりょう》することはできないの？」

ヴィシャルは首を振《ふ》った。「投射物はここの椎骨《ついこつ》を砕《くだ》き――」医師は首の上部に手を触《ふ》れた。「――頭蓋骨《ずがいこつ》に破片を飛び散らせた。ここのメディボットには任せられないような手術が必要だ。新しい身体が育つまでのあいだ、脳を別の場所に移しておく必要さえあるかもしれない」

そのことを考えると、キラはますます気分が暗くなった。トリッグみたいに若い子が身体を失うなんて……。そんなの間違《まちが》っている。「いまはクライオに入ってる？」

「そうとも、ストーム・シェルターのなかで」ヴィシャルはキラの切断された腕《うで》の端《はし》に手を伸《の》ばした。「それでは、ミズ・キラ、診察《しんさつ》させてもらおう。ふうむ、きみは何をしていたんだね？」

「面白いことは何も」

ヴィシャルは頭をうなずかせ、スキャナーを取り出して腕《うで》の付け根を検査しはじめた。

「うん、そうだろうな」そう言うと、視線をさっと上げてキラを見た。「きみがナイダスでしたことを見せてもらったよ。ジェリーやナイトメアとどうやって戦ったかを」

キラは気まずさを覚え、ちょっと肩《かた》をすくめた。「自分たちが殺されないようにしていただけよ」

「もちろんだ、ミズ・キラ、当然のことだ」医師は腕《うで》の付け根を軽く叩《たた》いた。「こうすると痛いかね？」

キラは首を振《ふ》った。

短くなった腕《うで》の付け根の周りにある筋肉に触《ふ》れながら、ヴィシャルは言った。「私が観たあの映像……。このゼノできみができること……」ヴィシャルは舌を鳴らし、頭上の戸《と》棚《だな》のひとつをがさごそ探っている。

「それがどうしたの？」ソフト・ブレイドが殺している光景がヴィシャルにどんな印象を与《あた》えたのか、キラのなかの病的な部分が知りたがっていた。いまではわたしがモンスターに見えているだろうか？

ヴィシャルは緑色のジェルのチューブを手にして戻《もど》り、キラの腕《うで》の付け根に塗《ぬ》りつけた。冷たくてねばねばしている。ヴィシャルは超音波《ちょうおんぱ》プロジェクターをキラの腕《うで》に押《お》し当て、オーバーレイに集中しながら話した。「ミズ・キラ、きみのゼノに名前をつけたよ」

「へえ？」キラは興味をそそられた。このスーツがソフト・ブレイドと名乗っていることを、ヴィシャルには話したことがなかったと気づいた。

つかの間、ヴィシャルは真剣《しんけん》な顔でキラに視線を移した。「ヴァルナストラ」

「それ、何?」

「インド神話に出てくる非常に有名な武器だ。ヴァルナストラは水でできていて、どんな武器にも形を変えられる。そう、アルジュナなどの多くの戦士がそれを使った。神の武器を持つ者はアストラダリと呼ばれている」ヴィシャルは眉《まゆ》の下からキラをじっと見つめた。

「きみはアストラダリだ、ミズ・キラ」

「それはどうかと思うけど……その名前は気に入ったわ。ヴァルナストラ」

医師はかすかにほほ笑んで、キラにタオルを手渡《てわた》した。「ヴァルナ神にちなんでつけられた名前だ。ヴァルナストラをつくった神の」

「ヴァルナストラを使うことの代償《だいしょう》は?」キラは腕《うで》からジェルを拭《ふ》きとりながら訊《き》いた。

「神の武器を使うことには代償《だいしょう》がつきものでしょう」

ヴィシャルは超音波《ちょうおんぱ》装置を片付けた。「本質的な代償《だいしょう》はないんだよ、ミズ・キラ、だが使うにあたっては細心の注意を払《はら》わねばならない」

「なぜ?」

医師は返事を渋《しぶ》っているようだったが、最後には言った。「ヴァルナストラを制御《せいぎょ》できなくなると、自らが滅《ほろ》ぼされかねない」

「そうなの?」背筋がひやりとした。「まあ、その名前はぴったりね。ヴァルナストラ」

それからキラは腕《うで》の付け根を示した。「何か治療《ちりょう》はできそう？」

ヴィシャルは片手を左右に揺《ゆ》らした。「痛みはないようだが――」

「ええ」

「――だが、この惑星系《わくせい》を出発する前に代わりの腕《うで》をプリントしている時間はない。ファジョンが義手をつくってくれるかもしれないが、やはり時間は限られている」

「時間があったとしたら、代わりの腕《うで》をくっつけられると思う？　切断部からスーツを引っ込《こ》めることはできるけど……どれだけのあいだ抑《おさ》えておけるかわからないし、また皮膚《ひふ》を切開しなきゃならないとしたら――」キラは首を振《ふ》った。麻酔《ますい》も選択肢《せんたくし》にはない。結局、義手が最善の選択《せんたく》ということになるのだろう。

ヴィシャルは身をかがめて海兵隊員の包帯を確認し、言った。「確かに、確かに。しかしゼノは治療法《ちりょうほう》を知っているのだろう？」

「ええ」キラはゼノがカーとジェリーを結合させたことを思い浮《う》かべていた。あまりにも見事にやりすぎることもあるけれど。

「それなら、ゼノは新しい腕《うで》を接合できるかもしれない。わからないが、それはすごいことができそうじゃないか、ミズ・キラ」

「ヴァルナストラね」

「まさに」ヴィシャルは輝《かがや》く白い歯を見せてキラにほほ笑みかけた。「怪我《けが》そのものを別とすれば、きみの腕《うで》はどこにも異常が見つからない。痛みがあれば言ってくれたらまた診《しん》察《さつ》するが、当面は特別な処置をする必要はなさそうだ」

「わかった。ありがとう」

「どういたしまして、ミズ・キラ。当然のことをしたまでだよ」

医務室の外に出ると、キラは廊下《ろうか》で立ち止まって片手を腰《こし》に当て、少し気持ちを落ち着けようとした。いま本当に必要なのは、これまでに起きたすべてのことについて、腰《こし》を落ち着けて考えて分析《ぶんせき》することだ。

けれどヴィシャルが言っていたように、時間は限られていて、やるべきことがほかにある。それにすべてのことが単純明快ではなく、わかりやすいことばかりではない――戦闘《せんとう》とは違《ちが》って。

医務室から船の中心部に向かい、管理室の真下に位置する鉛《なまり》張りのストーム・シェルターを訪れた。壁《かべ》沿いに設置された七つのクライオ・チューブのひとつの前にニールセンが立っていた。チューブのなかにはトリッグが横たえられていて、霜《しも》で覆《おお》われたプレートを通してかろうじて顔が見える。首は黒い血に汚《よご》れたままで、顔はゆるんでいて――無の状態だ――見ていると心がざわわした。目の前の肉体はキラが知っていた人物ではなく、物という感じがした。物体。生気が一切感じられない物体。

ニールセンが脇《わき》によけ、キラは近づいていってチューブの側面に手を当てた。手のひらに触《ふ》れる感触《かんしょく》が冷たい。この少年とはすぐにはまた会えないだろう。トリッグに最後にかけた言葉はなんだった？　キラは思い出せず、そのことが心に引っかかった。

「ごめんなさい」キラはささやいた。わたしがもっと早く行動していれば、ソフト・ブレイドを制御《せいぎょ》することにあれほど慎重《しんちょう》になりすぎていなければ、救うことができていたのに。だけど、そうはならなかったかもしれない……。ナイトメアが誕生した経緯《けいい》を知ったいま、ソフト・ブレイドを解放することだけは避《さ》けるべきだったのかもしれない。ソフト・ブレイドを使うことは、動きを感知して作動する爆弾《ばくだん》を扱《あつか》っているようなものだ。いつ爆発《ばくはつ》して誰《だれ》かの命を奪《うば》ってもおかしくない。

だったら、正解は？　きっと中間の道があるはずだ――恐怖《きょうふ》からではなく、自信から行動が取れるようになる道が。けれど、その道がどこにあるのか、キラは知らなかった。制《せい》御《ぎょ》しすぎれば、ソフト・ブレイドは見せかけだけのスキンスーツも同然だ。制御《せいぎょ》が足りなければ、そう、その結果がどうなるかはわかっている。大惨事《だいさんじ》。キラはナイフの刃《は》の上でバランスを取ろうとしていたが、これまでのところ失敗していて、その刃《は》はキラを切りつけた。

「その道を食べなさい」イナーレの言葉を思い出してつぶやく。

「わたしのせいよ」ニールセンがそう言い、キラは驚《おどろ》いた。一等航海士はキラの隣《となり》に並んで、クライオ・チューブの前に立っている。

「違《ちが》う、そんなことない」キラは否定した。

ニールセンは首を振《ふ》っている。「わたしの身に危険が迫《せま》っていると思ったら、あの子が何かばかな真似をするだろうとわかっていたはずなのに。トリッグはいつもわたしの周りで子犬みたいにふるまっていた。船に送り返しておくべきだったのよ」

「あなたのせいじゃないわ」キラは話した。「どちらかと言えば……わたしのせい」

「そのスーツを解放したら、どうなっていたかわからないでしょう」

「かもね。それにジェリーが急に出現するなんて、あなたには知る由《よし》もなかった。あなたは何も間違《まちが》ったことはしていない」

少し間を置いて、ニールセンは気持ちをやわらげた。「そうね。問題は、そもそもトリッグをあんな状況《じょうきょう》に置くべきじゃなかったということだわ」

「本当に選択肢《せんたくし》はあった？〈ウォールフィッシュ〉号だって大して安全じゃなかったのに」

「だからといって、あれで正しかったことにはならない。トリッグはわたしの息子のどちらよりも年下なのに」

「でも彼《かれ》は子どもじゃない」

ニールセンはチューブのてっぺんに触《ふ》れた。「ええ、確かに。もう子どもじゃない」

キラが抱《だ》きしめると、ニールセンは最初は戸惑《とまど》っていたけれど、やがて抱《だ》きしめ返した。

「ねえ、ヴィシャルの話だとトリッグは助かるって」キラは身を離《はな》しながら話す。「あなたも無事に生き延びた。〈ウォールフィッシュ〉号のみんながそう。そのことをトリッグは勝利だと思うはず」

一等航海士は弱々しい笑顔をつくった。「これからは、そういう勝利は避《さ》けるようにしましょう」

「賛成」

5

二十八分後、〈ダルムシュタット〉号が爆発《ばくはつ》した。シーカーに支配されたナイトメアの船のひとつがUMCの巡洋艦《じゅんようかん》にミサイルを命中させ、マルコフ・ドライブを破裂《はれつ》させて船の半分を蒸発させた。

爆発《ばくはつ》が起きたとき、キラは管理室にいたが、医務室にいる負傷した海兵隊員たちが「ちくしょう！」と叫《さけ》ぶ大声はそこまで響《ひび》いてきた。

キラは愕然《がくぜん》としながら、この惑星《わくせい》系のホログラムを見つめていた――〈ダルムシュタット〉号が最後にいた場所を示す、明滅《めいめつ》する赤い点を。この人たちが死んだのは、わたしのせいだ。キラは罪悪感に押しつぶされそうになっている。

ファルコーニはキラの表情から何かを読み取ったのだろう、彼《かれ》はこう声をかけた。「俺《おれ》たちにできることは何もなかった」

そうかもしれないけれど、だからといってキラの気分は少しも軽くならなかった。

即座《そくざ》にチェッターから連絡《れんらく》があった。「ファルコーニ船長、味方のジェリーたちは最善を尽《つ》くしてそちらの船の保護をつづけるつもりです。とはいえ安全を保証することはできないので、現状の噴射《ふんしゃ》を維持《いじ》することをお勧《すす》めします」

「了解《りょうかい》。そっちの船の状況《じょうきょう》はどんな感じだ？」ファルコーニは訊《き》いた。

「こちらの心配は無用ですよ、船長。とにかく無事で連盟星に帰り着くように。あとのことは私たちに任せて。どうぞ」

ホログラムを見ると、味方のジェリーの船が三艘《そう》、大規模な戦闘《せんとう》に加わったり周囲をすばやく動き回ったりしている。敵のジェリーの船は残り四艘《そう》だけになっていて、ナイトメアの船の大半は損傷しているか破壊《はかい》されているかしていたが、残っている何艘《そう》かはいままでも戦っていて、いまでも危険な存在だ。

「グレゴロヴィッチ。さらに4分の1G増加してくれ」ファルコーニは指示した。

「キャプテン」ファジョンが警告するような口調で言う。「修理したところが持ちこたえられないかもしれない」

ファルコーニはまっすぐな目でファジョンを見つめた。「ソン、俺《おれ》はきみを信じてる。修理したところは持ちこたえられるさ」

グレゴロヴィッチが作り物の喉《のど》で咳払《せきばら》いをしてから言う。「推力の増加、おおキャプテン、わがキャプテン」

キラは手足がさらに重くなるのを感じた。手近にあった椅子《いす》に身を沈《しず》めると、骨にかかる圧力がクッション材によっていくらか軽減され、息をつく。ソフト・ブレイドの助けがあっても、追加の推力は快適とは程遠かった。呼吸するだけでもひと苦労だ。

「これでどれだけ時間を短縮できる？」ファルコーニは質問した。

「二十分」とグレゴロヴィッチは答えた。

ファルコーニは顔をしかめた。「それでどうにかしのぐしかない」噴射《ふんしゃ》の勢いによる圧力で肩《かた》が丸まり、顔の皮膚《ひふ》が垂れ下がっていて、実際よりも老けて見える。

すると、ホログラムを挟《はさ》んだ向こう側にいるニールセンが口を開く。「海兵隊員はどうするつもり?」

「何か問題が?」キラは尋《たず》ねた。

ファルコーニは椅子《いす》に背をもたれて身体を支えた。「クライオ・チューブが人数分はないんだ。四つ足りない。それに間違《まちが》いなく、起きているやつがいる状態ではるばる連盟星まで引き返せるだけの備蓄《びちく》もありゃしない」

キラは〈ワルキューレ〉号で食料がなくなったときのことを思い出し、不安を抱《いだ》きはじめた。「じゃあ、どうするの?」

ファルコーニの目に邪悪《じゃあく》な光が浮《う》かんだ。「どうするかって、有志を募《つの》る。ジェリーがトリッグを冬眠《とうみん》状態にできたのなら、海兵隊員のことも包めるだろう。チェッターは無事だったようだしな」

キラは激しく息を吸い込《こ》んだ。「ホーズたちはいい顔をしないわよ、少しもね」

ファルコーニはクックックッと笑ったけれど、本当のところはいまも真剣《しんけん》そのものだ。「あいにくだが。居候はエアロックから出ていってもらうしかない。オードリー、きみが伝えてくれ。やつら、女は殴《なぐ》らないだろうからな」

「それはそれは」ニールセンは渋《しぶ》い顔をした。が、それ以上は文句も言わず慎重《しんちょう》に椅子《いす》から立ち上がり、船倉に向かった。
「で、次は?」一等航海士が行ってしまうと、キラは問いかけた。
「次は待つんだ」ファルコーニは言った。

Sins of the Present

第8章　現在の過ち

1

その日は一日が始まったのが早かった。クルー、エントロピスト、まだ歩ける海兵隊員たちがひとり、またひとりとギャレーに集まってきた。これほど大勢が集まっているせいで、ギャレーのなかは窮屈《きゅうくつ》だったが、誰《だれ》も気にしていないようだ。

ファジョンとヴィシャルが自ら役目を買って出て、みんなのために食事を温めて配膳《はいぜん》した。さっきレーションバーを食べたというのに、キラは水で戻《もど》したシチューのボウルを残っている手に押《お》しつけられたとき、断らなかった。

キラは部屋の片隅《かたすみ》の床《ゆか》に座り、壁《かべ》に背中をもたせかけた。2・25Gでは、そうしておくのが断然楽だった。立ったり座ったりするのにどれほど苦労するとしても。キラはそこで食事をしながら、みんなの様子を見て話に耳を傾《かたむ》けていた。

各テーブルの上では、後ろにいる船のライブ映像がホログラムに映し出されている。みんなは主にその映像に集中していた。何が起きているのか、みんな知りたがっていた。

ジェリーとナイトメアは相変わらず小競り合いをつづけている。惑星《わくせい》cやbに逃《のが》れた船もあり、目下のところ大気の縞《しま》を抜《ぬ》けて互《たが》いに追跡《ついせき》し合っていて、それとは別のグループ――合計三艘《そう》の船――は、バグハントの周りで急降下している。

「やつらはまだ、この船が超光速《ちょうこうそく》に入る前に捕《つか》まえる時間はたっぷりあると思っているようだな」ホーズ中尉《ちゅうい》がつぶやく。その目は赤く充血《じゅうけつ》し、顔つきはけわしい。海兵隊員全員がそうだ。あの星から逃《に》げるあいだに経験した喪失《そうしつ》に加え、〈ダルムシュタット〉号まで破壊《はかい》されたことによって、すっかり疲弊《ひへい》し、心を閉ざし、抜《ぬ》け殻《がら》のようになっている。

この船の誰《だれ》もが感じていることを正確に表しているような顔だ、とキラは思った。

「やつらの気が変わらないことを祈《いの》ろう」ファルコーニが言った。

ホーズはうめいた。それからキラに目を向けた。「きみがよければ、あのジェリーと話がしたい。ジェリーと意思を通じ合う初めての機会だ。故郷のお偉方《えらがた》は、連中からしぼり出せるどんな情報も欲しがるだろうからな。これまでは暗闇《くらやみ》のなかで戦っていた。いくらか答えが得られるとありがたい」

「明日でもいい？　もうへとへとだし、まずは逃《に》げ切らないことには、どうにもならないでしょう」とキラは返事した。

中尉《ちゅうい》は顔をごしごしこすって、ため息をついた。キラよりもくたびれ果てているようだ。

「ああ、わかった。だがそれ以上は先延ばしにしないでくれ」

待っているあいだに、キラはどんどん自分の内へと沈《しず》んでいった。まるで殻《から》に閉じこもるみたいに。ナイトメアのことでわかった事実について、考えずにいられなかった。ナイトメアが生まれたのはわたしのせいだ。わたしの間違《まちが》った選択《せんたく》、恐怖《きょうふ》と怒《いか》りが、いま星のあいだにはびこっているあの怪物《かいぶつ》たちを生むことになった。

論理的には、モーと呼ばれる人型のナイトメア――ドクター・カー、ジェリー、ソフト・ブレイドの破損した一部の変異した融合《ゆうごう》――の行動に対する責任はないとわかっていても、だからといってキラの気分は変わらなかった。感情は論理に勝った。人間とジェリー、そしてナイトメアのあいだで起きた戦いで命を落としたすべての人を思うと、ソフト・ブレイドにもどうしたってやわらげることのできない、心を押《お》しつぶすような鈍《にぶ》い胸の痛みに苛《さいな》まれた。

まるで毒を盛られたみたいだ。

海兵隊員たちはさっさと食事を済ませ、超光速《ちょうこうそく》に入るにあたっての準備を整えるため、はやばやと船倉に戻《もど》っていった。エントロピストと〈ウォールフィッシュ〉号のクルーたちはいつまでもホログラムを見つづけていて、たまにぼそぼそと意見を述べるだけで、あとは黙《だま》っていた。

ある時点で、ファジョンがいつものぶっきらぼうな言い方でつぶやいた。「トリッグがいなくて寂《さび》しい」それに対し、みんなはうなずいて同意することしかできなかった。

食事の途中《とちゅう》で、ヴィシャルがファルコーニのほうを見て、話しかけた。「キャプテン、塩気は足りているかな?」

ファルコーニは親指を立ててみせた。「ばっちりだ、ドク。ありがとう」

「うん、でもこのニンジンはなんだってのよ?」スパローはオレンジ色の円盤《えんばん》が高く積み重ねられたスプーンを持ち上げた。「いつも一袋《ふくろ》多く入れ過ぎてるみたいだけど」

「身体にいいんだ。それに、私はニンジンが好きでね」とヴィシャルは答えた。

スパローは薄《うす》ら笑いを浮《う》かべた。「ああ、そうよね。お腹がすいたらおやつに食べるため、ニンジンを医務室に隠《かく》し持ってるに決まってる。ウサギみたいにさ」そう言って、歯を動かしてちょっとずつかじる真似をしてみせる。「ニンジンがぎっしり詰《つ》まった引き出しだらけ。赤いニンジン、黄色いニンジン、紫《むらさき》のニンジン――」

ヴィシャルは頬《ほほ》を紅潮させ、ガチャンと大きな音を立ててスプーンを置いた。キラもみんなもヴィシャルを見ている。「ミズ・スパロー」珍《めずら》しく怒《いか》りのこもった口調だ。「きみの言葉を借りれば、きみは前からずっと私を〝いじり倒《たお》してきた〟。トリッグはきみに憧《あこが》れるあまり真似をしていた」

スパローはいたずらっぽい顔をして言う。「そんなに深刻に考えないでよ、ドク。ちょっとからかってるだけじゃない。もし——」

ヴィシャルはスパローと正面から向き合った。「では頼《たの》むからやめてくれ、ミズ・スパロー。ほかの誰《だれ》もこんなふうにからかわれていないだろう、私がきみに対するのと同じように、きみも私に敬意を払《はら》ってもらえるとありがたい。そうだ。よろしく」そう言うと、ヴィシャルはまた食べはじめた。

スパローは面食らって気まずそうにしている。するとファルコーニが戒《いまし》めるような顔を向け、スパローは咳払《せきばら》いをして口を開いた。「あーもう。そんなにいやだと思ってるなら、ドク——」

「そのとおりだ」ヴィシャルはきっぱりと言い切った。

「その、だったらごめん。二度とないようにする」

ヴィシャルはうなずき、食事をつづけた。

ヴィシャルはよくやったわ、とキラはぼんやり思った。キラはニールセンの顔に小さな笑みが浮《う》かんでいるのに気づいた。数分後、この一等航海士は立ち上がって医師の隣《となり》に座り、低い声でおしゃべりをはじめた。

ほどなくスパローはジェリーの様子を確かめるため出ていった。

みんなが食事を終えて、ニールセンとヴィシャルが食器を洗っているとき、ファルコーニが足を引きずりながらキラのところへやって来て、キラの横の床《ゆか》に慎重《しんちょう》に腰《こし》をおろした。

キラは見るともなしに見ていた。

ファルコーニはキラと目を合わせず、部屋の向こうのほうの天井を眺《なが》めて、一日分の無精ひげが伸《の》びた首元をぽりぽり掻《か》いた。「何を思い悩《なや》んでるのか話してくれないか、それとも探り出さなきゃならないか？」

キラは話したい気分じゃなかった。ナイトメアに関する事実は知ったばかりでまだ生々しく、それに――自分に正直になるとすれば――そのことを恥《は》じていた。それに疲《つか》れていた。骨まで疲《つか》れ切っていた。いまは感情的な難しい会話なんてできそうにもない。

だから話をそらすことにした。ホログラムを示して言う。「悩《なや》んでいるのは、あれが原因。どう思う？　すべてがめちゃくちゃよ」

「嘘《うそ》つけ」ファルコーニは親しみのこもった口調で言った。黒い眉《まゆ》の下から、深く澄《す》んだ青い目で一瞥《いちべつ》をくれる。「あのジェリーの船から戻《もど》ったあと、きみはずっと様子がおかしい。どうしてだ？　腕《うで》のせいか？」

「そう、腕《うで》のせい。それよ」

ファルコーニの顔にゆがんだ笑みが浮《う》かんだが、ちっとも面白そうじゃない。「なるほど。そうか。そっちがそういうつもりなら」彼《かれ》は上着のポケットを開き、ふたりのあいだの床《ゆか》にひと組のトランプを叩《たた》きつけた。「スクラッチ・セブン*29をやったことは？」

キラは探るような目を向けた。「ないけど」

「じゃあ教えるよ。単純なゲームだ。俺《おれ》と一回勝負しよう。俺《おれ》が勝ったら、質問に答えてもらう。きみが勝ったら、そっちが訊《き》きたいことになんでも答えてやろう」

「悪いけど。そういう気分じゃないから」キラが立ち上がろうとすると、ファルコーニが左手首をつかんで引きとめた。

無意識のうちに、キラは手首の周りにぐるりとスパイクを突《つ》き出していた。血を流させるほどではないけれど、痛みを感じさせる程度の鋭《するど》いスパイクを。

ファルコーニは顔をゆがめたものの、手を離《はな》しはしなかった。「俺《おれ》もだよ」その声は低く、表情は真剣《しんけん》だ。「どうしたんだ、キラ。何を怖《こわ》がってる？」

「何も」われながら自信のなさそうな声だった。

ファルコーニは眉《まゆ》を上げた。「だったら行くな。俺《おれ》と一回、勝負しよう……頼《たの》む」

キラは躊躇《ちゅうちょ》した。話したくないのと同じぐらい、ひとりになるのもいやだった。いますぐには。胸に重苦しい痛みを抱《かか》えて、周囲で戦闘《せんとう》が行われている状況《じょうきょう》では。それだけの理由ならまだ気は変わらなかったが、ファルコーニの腕《うで》の傷痕《きずあと》のことが頭に浮《う》かんだ。どうしてその傷を負うことになったのか、聞き出せるかもしれない。そう考えると、興味をそそられた。それに、どこかでは——心の奥深《おくふか》くでひそかに——自分が知ったことについて本当は誰《だれ》かに話したいと思っていた。告白したところで何も変わらないかもしれないけれど、胸の痛みはやわらぐかもしれない。

ここにアランがいてくれたらいいのに。キラは彼《かれ》と話すことを何よりも望んでいた。アランならわかってくれただろう。同情して慰《なぐさ》めてくれて、キラが引き起こした銀河規模の問題の解決策を探すのも助けてくれたかもしれない。

でも、アランは死んでしまってもういない。いるのはファルコーニだけだ。ファルコーニに聞いてもらうしかない。

「どうしても答えたくないことを訊《き》かれたら?」キラの声には少し力強さが戻《もど》っている。

「そのときはゲームを降りればいい」ファルコーニはそう答えたものの、むしろ挑《いど》むような言い方だった。

キラの負けん気が掻《か》き立てられた。「いいわ」キラが座り直すと、ファルコーニはつかんでいた手首を離《はな》した。「じゃあ、やり方を教えて」

ファルコーニはスパイクで突《つ》かれた手をまじまじ見ると、腿《もも》でごしごしやった。「得点を競うゲームだ。ごく普通《ふつう》の」カードを切り、配りはじめる。キラに三枚、自分に三枚、場の中央に四枚。すべて表を伏《ふ》せて。残りの札は脇《わき》に置いた。「できるだけ多く7か7の倍数を集めたほうが勝ちだ」

「どうやって？　カードの数字を掛《か》けるの？」

「足すんだ。1＋6。10＋4。わかるだろ。ジャックは11、クイーンは12、キングは13。エースは1。ジョーカーはなし、ワイルドカードもなし。共有するカードを含《ふく》めて、プレーヤーはそれぞれカードを7枚持ってるから」ファルコーニは床《ゆか》に置いた四枚のカードを示して言う。「特例が発動していない場合、最強の手はストレート・スイープ*30だ。キングが四枚、クイーンが二枚、エースが一枚。この合計は——」

「77」

「つまりスコアは11。そういうことだ。カードは常に額面どおりの価値になるが、ただし——」ファルコーニは人差し指を立ててみせた。「——すべての7を手に入れたときは例外だ。そのときは7の点数が二倍になる。その場合、最強の手はフル・スイープ*31ってことになる。7が四枚、キングが二枚、9が一枚、合計すると……」ファルコーニはキラが計算するのを待っている。

「91ね」

「スコアは13というわけだ。普通《ふつう》は各共有カードをめくったあとで賭《ベット》けるが、ここでは簡単にして、最初のカードをめくったあとに一度だけベットすることにしよう。だが、ひとつ落とし穴がある」

「なんなの？」

「計算するのにオーバーレイを使うのは禁止だ。それだと簡単すぎるからな」と、キラの視界の端《はし》に一通のメッセージが表示された。開いてみると、ふたりとも使うことを選択《せんたく》したらオーバーレイをロックすることになるという、プライバシーアプリからのプロンプトだった。

キラはイライラしながら〝同意〟を押《お》した。ファルコーニも同じことをすると、キラのオーバーレイのすべてがかたまった。「いいわよ」とキラは言った。

ファルコーニはうなずき、持ち札を手に取った。

キラは自分の持ち札を確認した。2、8、ジャック。合計21だ。となると、7は何組できる？　超光速《ちょうこうそく》飛行中に暗算をくり返しやってはいたが、頭のなかで掛《か》け算や割り算をするのはやっぱり苦手だ。キラは足し算をした。7＋7は14。さらに7を足すと21。すでにスコアが3であることに満足し、キラはにんまりした。

ファルコーニが手を伸《の》ばして四枚の共有カードの一枚目をめくった。エースだ。「まずは俺《おれ》からベットする」ファルコーニの背後で、エントロピストたちが食事の済んだ空《から》の包装パックをごみ箱に捨てて、ギャレーから出ていった。

「配ったのはそっちなのに。わたしが先じゃない？」

「船長の特権ってやつさ」キラが言い返さずにいると、ファルコーニはつづけた。「さっきと同じ質問だ。何を思い悩《なや》んでる？」

キラはもう質問を考えてあった。「その腕《うで》の傷はどうしてついたの？」ファルコーニの表情がけわしくなった。そんな質問をされるとは思っていなかったらしい。ざまあみなさい。いい気味だわ。「コール。レイズだっていうんじゃなければ」キラはファルコーニが前にしていたのと同じ挑《いど》むような口調で要求した。

ファルコーニは口を一文字に引き結んだ。「いや。ここはコールってことで」ファルコーニは次のカードをめくった。5だ。

ふたりとも無言で計算した。キラの点数はまだ同じだ。21。これっていい手？キラにはわからなかった。いい手じゃないなら、勝つためにはもうひとつ質問をするしかない。ファルコーニがゲームを降りたくなるような質問を。

ニールセンとヴィシャルは皿洗いを終えて、手を拭《ふ》いていた。ニールセンが近づいてきて——高重力下でひどくのろのろとしか進めない——ファルコーニの肩《かた》に触《ふ》れる。「管理室に戻《もど》るわ。あそこで監視《かんし》をつづけておく」

ファルコーニはうなずいた。「わかった。あとで交替《こうたい》しよう、そうだな、一時間後に」

ニールセンは彼《かれ》の肩《かた》をぽんぽんと叩《たた》くと、歩き出した。ギャレーから出ていくとき、振《ふ》り返って言った。

「あまり大事すぎるものは賭《か》けちゃだめよ、キラ」

「ファルコーニに口のなかから舌ごと盗《ぬす》まれるぞ」ヴィシャルがつけ加え、ニールセンのあとにつづいた。

ギャレーにいるのはキラとファルコーニのふたりだけになった。

「つづきは?」キラは促《うなが》した。

ファルコーニは三枚目のカードをめくった。9だ。

キラは暗算しながら、唇《くちびる》を動かさないよう気をつけていた。すべての数字を覚えておくのは簡単なことではなく、何度かは途中《とちゅう》でわからなくなって、一からやり直さなければならなかった。

35。導き出せた答えでは、それが最大の数字になった。7が五つ。さっきよりずっと増えている。この勝負に勝てそうな気がしてきた。賭《か》けに出てもいいころだ。

「レイズするわ」

「ほう？」

「ええ。どうして〈ウォールフィッシュ〉号を買うことができたの？」ファルコーニの目の下の皮膚《ひふ》がひきつった。また痛いところを突《つ》いてやった。いい調子。ナイトメアについてファルコーニに話すことになるとしたら、自分だけ秘密を打ち明けるのはいやだった。

ファルコーニはすぐには返事をせず、キラは尋《たず》ねた。「どうするの？　フォールド、コール、それともレイズ？」

ファルコーニは顎《あご》を掻《か》いた。無精ひげが親指にこすれてザラザラいっている。「コールだ。その腕《うで》は何があった？　本当はどうやって失った？　ナイトメアに捕《つか》まったなんてスパローには話していたが、そんなたわごとはやめてくれ。きみを苦しめるにはエクソスケルトンが半ダースは必要だ」

「それだと質問がふたつじゃない」

「言い換《か》えただけだ。それでも質問がふたつだと言うなら、いいさ……賭《か》け金を増やそう」

キラは口から出かかった嫌《いや》みをのみ込《こ》んだ。ファルコーニは話を打ち明けやすくしていない、それは確かだ。

「最後の一枚」ファルコーニは見たところ平静を保ちながらカードをひっくり返した。キング。13だ。

キラはすばやく頭を回転させ、別々の数字を組み合わせようとした。次の7の倍数は7×6で、つまり……42。11＋13＋1＋8＋9は――やった！ 42だ！ 満足し、肩《かた》の力が抜《ぬ》けていく。すると、キラは気づいた。さらに2と5を加えて、7がもうひとつ増えることに。49。7×7。口元がゆるむ。ぴったりだ。

「危険な顔つきだな」ファルコーニは持ち札を床《ゆか》に広げた。3が二枚と7が一枚。「がっかりさせて気の毒だが。7が五組だ」

キラは自分の札を広げた。「7が七組」

ファルコーニはカードからカードへとすばやく視線を動かし、キラの計算に間違《まちが》いがないか確認した。ファルコーニの眉間《みけん》に深いしわが寄る。「ビギナーズラックだな」

「はいはい、そう思いたければどうぞ。さあ支払《しはら》いを」キラは得意になりながら、長さの違《ちが》う腕《うで》を組む。

ファルコーニは指でトントントンと床《ゆか》を叩《たた》いた。やがて動きを止めて話しはじめる。「この傷は火事が原因だ。〈ウォールフィッシュ〉号を買うことができたのは、十年近くもコツコツ貯金してきたから。好条件の取引があって……」そう言って肩《かた》をすくめた。船を買えるなんて、よ、ほ、ど稼《かせ》ぎのいい仕事をしてきたに違《ちが》いない。「それじゃあ答えになってない」キラは言った。

ファルコーニはカードをさっと拾い上げると、山札のなかに戻《もど》して切った。「だったらもうひと勝負しよう。ツキがあるかもしれないぞ」

「かもね。配って」

ファルコーニはカードを配った。キラに三枚、自分に三枚、場に四枚。

キラは持ち札を確かめた。7のカードはなく、どれも7か7の倍数にもならない。ファルコーニが場に置かれたカードの一枚目をめくる。スペードの2。これにキラのカードを組み合わせると……7がひと組できた。

「どうして傷痕《きずあと》を残しておいたの?」キラは質問した。

つづくファルコーニの反撃《はんげき》にキラは驚《おどろ》かされた。「なぜ気にする?」

「それって……賭《か》けの対象?」

「そうだ」

ファルコーニは次のカードをめくった。キラはまだ7がひと組しか揃《そろ》っていない。さらにベットすることにした。「〈ウォールフィッシュ〉号を手に入れる前は具体的にどんなことをしていたの?」

「コール。きみの心を悩《なや》ませているものは?」

その勝負の最後まで、どちらももう賭《か》けなかった。最後の共有カードで、キラは7が三組になった。悪くない。ところがファルコーニは持ち札を見せて言った。「7が四組だ」

やられた。キラは黙《だま》ってファルコーニの計算を確認し、げんなりした声を出した。「こっちは三組」

ファルコーニはふんぞり返って腕組《うでぐ》みをして、待っている。

つかの間、聞こえるのは船が立てる低い響《ひび》きと生命維持《いじ》の換気扇《かんきせん》の回転音だけになった。

そのあいだにキラは考えを整理し、やがて口を開いた。「気にするのは、興味があるから。辺境の遥《はる》か彼方《かなた》まで来たっていうのに、あなたのことは何も知らないから」

「知らないと困るのか?」

「それはまた別の質問よ」

「ふーん……俺《おれ》が〈ウォールフィッシュ〉号を大事に思っていることは知ってるだろう。それにクルーのことも」

「そうね」キラはファルコーニに思いがけない親しみを感じた。彼《かれ》は確かに船とクルーを守っていた。それはこの目で見てきたことだ。それに盆栽《ぼんさい》も。だからといって必ずしも彼《かれ》が善人だということにはならなくても、自分のものだと認めている人や物に対する誠実さは否定できない。「わたしの心を悩《なや》ませているものは、ナイトメア」

「それじゃあ答えになってない」

「ええ、そうよね」キラは片手で床《ゆか》のカードをすくい上げた。「また勝負に勝てば、もっと聞き出せるかもよ」

「かもな」ファルコーニの目に危険な光が宿った。

難しかったけれど、キラはどうにかカードを切った。膝《ひざ》の横にカードを落とし、ぐちゃぐちゃにかき混ぜると、一枚ずつカードを親指と人差し指で挟《はさ》んでつまみ上げて配った。一連の作業をするあいだじゅうずっと、もどかしくてたまらず、イライラするあまりソフト・ブレイドを使って楽をしようかと思うほどだった。でも、そうはしなかった。いまはゼノと一切かかわりを持ちたくなかったから。いまも、これからも。

前回の質問に答えてもらっていなかったから、キラは同じ質問をくり返した。次にファルコーニはこう質問した。「ナイトメアの何がそんなにきみを悩《なや》ませている?」それと「本当はどうやって腕《うで》を失った?」

腹立たしくて仕方ないことに、一対三で、キラはまた負けてしまった。それでも、もう真実をごまかす必要はないのだということに、ホッとしている部分もあった。

「……こんな話をするには飲み足りないんだけど」

「ロッカーにウォッカの瓶《びん》がある」

「いいの」キラは頭を後ろにそらし、壁《かべ》にもたれた。「お酒じゃどうにもならない。無理よ」

「気分はよくなるかもしれないぞ」

「どうかな」ふいに涙《なみだ》が浮《う》かんできて、キラはパチパチとまばたきをした。「どれも無理」

「キラ」意外なほど優しい声だった。「何があった？　本当にどうしたんだ？」

キラは震《ふる》える息を吐《は》いた。「ナイトメアは……わたしのせいなの」

「どういうことだ？」ファルコーニはキラから決して目をそらさない。

だからキラは打ち明けた。悔《く》やんでも悔《く》やみきれない物語の一部始終を、カーとジェリーとソフト・ブレイドが合体した怪物《かいぶつ》の誕生から始めて、そのあとに起きたすべてのことについて。まるで心のなかの堤防《ていぼう》が壊《こわ》れたかのように、罪悪感と悲しみ、後悔《こうかい》がごちゃ混ぜになって、押《お》し寄せる言葉と感情の波が一気にあふれ出していくみたいだった。

キラが話すのをやめたとき、ファルコーニは読めない表情を浮《う》かべていた。彼《かれ》が何を考えているのかわからなかったけれど、ただそのまなざしは陰《かげ》り、口元のしわは深くなっていた。ファルコーニは口を開きかけたが、キラはそれをさえぎった。「問題は、わたしにはあのナイトメアたちと戦えそうにないということなの。少なくとも、ソフト・ブレイドみたいなやつとは。接触《せっしょく》したとき、あれに吸収されそうになっているのを感じた。あのまだったら……」キラは頭を振《ふ》った。「わたしには彼《かれ》らを倒《たお》せない。わたしたちはあまりにも似ているし、相手はもっとたくさんいる。わたしは彼《かれ》らの肉体に埋《う》もれてしまう。カーとジェリーの合体したやつと遭遇《そうぐう》したら、食べられてしまう。きっとそうなるはずよ。モーのための肉」

「止める方法はあるはずだ」しわがれた低い声で、どす黒い感情を抑《おさ》えようとしているみたいだ。

キラは頭を起こすと、壁《かべ》に戻《もど》して打ちつけた。2と4分の1Gの重力下にあっては、その衝撃《しょうげき》は大きく、衝突《しょうとつ》の痛みで目の前に星が飛ぶほどだった。「ソフト・ブレイドはあまりに多くのことができる。わたしが理解できている以上のことが。これが解き放たれて不安定になったら、どうすれば止められるのかわからない……。ナイトメアのこの状況《じょうきょう》は、最悪のグレイ・グー、無限に増殖《ぞうしょく》するナノボットの大惨事《だいさんじ》よ」キラは鼻を鳴らした。「まさに悪夢《ナイトメア》のシナリオ。ひたすら食べて、育って、拡大しつづける……。カーとジェリー、クウォンが合体したやつを殺したとしても、ソフト・ブレイドの肉体を持つナイトメアはほかにもいる。そのどれがまた同じことを一から始めてもおかしくない。冗談《じょうだん》じゃないわ、たとえモーの小さなひとかけらでも生き延びたら、りゅう座σ星のときみたいに、別の誰《だれ》かを感染させかねない。阻止《そし》する方法なんて、ひとつも――」

「キラ」

「――ひとつもない。わたしには戦えない、わたしには止められない、わたしには――」

「キラ」ファルコーニの命令するような声は、キラの頭のなかで騒《さわ》ぎたてている思考を切り裂《さ》いて届いた。アイスブルーの目はゆらぐことなくキラをまっすぐ見つめ、どこか励《はげ》ますようなところがあった。

キラはいくらか肩《かた》の力を抜《ぬ》いた。「うん。わかってる……。ジェリーは前にもこういうものを相手にしたことがありそうなの。少なくとも、可能性としてあることは知っていたみたい。イタリは驚《おどろ》いていないようだった」

ファルコーニは頭を傾《かたむ》けた。「そいつは心強い。ジェリーはナイトメアをどうやって阻《そ》止《し》したのか、思い当たることは?」

キラは肩《かた》をすくめた。「たぶん多くの死を伴《ともな》って。詳細《しょうさい》ははっきりしないけど、ある時点でジェリーの種族が危険にさらされたのは確かだと思う。ナイトメアのせいとは限らず、ただ単に戦闘《せんとう》の規模のせいで。わたしたちと同じで、ジェリーはある時点でシーカーとも戦っていたのよ」

「だとしたら、ホーズは正しいようだな。きみはジェリーと話をする必要がある。何か答えをもらえるかもしれない。ナイトメアを阻止《そし》するのに、俺《おれ》たちの知らない方法があるかもしれないぞ」

キラはまさかファルコーニに励《はげ》まされるとは思ってもいなかったけれど、ありがたい贈《おく》り物だった。「話してみる」キラは床《ゆか》を見下ろし、甲板《かんぱん》の格子に詰《つ》まって乾燥《かんそう》した食べ物のかけらをほじった。「でもやっぱり……わたしのせいよ。ぜんぶわたしのせいなの」

「わかるはずがなかったことだ」

「だからって、この戦争を引き起こしたのがわたしだという事実は変わらない。わたしのせい。ほかの誰《だれ》でもなく」

ファルコーニはぼんやりしているようにトランプのへりを床《ゆか》にコツコツ当てていたが、彼《かれ》はあまりに鋭《するど》く、油断することがないので、無意識の動作のはずはなかった。

「そんなふうに考えるもんじゃない。自分を壊《こわ》すことになるぞ」

「それだけじゃないの」キラはみじめに小さくつぶやいた。

ファルコーニはかたまった。そのあと、残りのカードを集めて切りはじめた。「というと？」

ひとたび打ち明けはじめると、歯止めがきかなくなった。「嘘《うそ》をついたのよ。チームの仲間たちを殺したのはジェリーじゃなかった……」

「どういう意味だ？」

「ニューマニストのときと同じ。わたしが怖《こわ》がったり、怒《おこ》ったり、動揺《どうよう》したりすると、ソフト・ブレイドはそれを行動で表す。できなくても、そうしようとする……」いまでは頬《ほほ》を涙《なみだ》が流れ落ちていて、キラはそれを止めようともしなかった。「わたしがクライオから出てきたとき、チームのほとんどみんなが腹を立てていた。わたしに対して怒《おこ》っていたわけじゃないけど、そう、責任はわたしにあった。植民は無効になり、ボーナスももらえないことになっていた。最悪よ。わたしは医師のファイゼルと口論することになって、そのあとアランと寝室《しんしつ》に引き上げたとき——」言葉が喉《のど》につかえ、キラは首を振《ふ》った。「わたしはまだすっかり混乱したままで、それから……その夜、ネガーが咳《せき》をしてた。わたしを救出したことで、きっと彼女《かのじょ》の体内にも少しゼノが入っていたのね。ネガーはひどく咳《せ》き込《こ》んでいて、そこには……大量の血があった。わたしはおびえてた。ど、どうしようもなかった。怖《こわ》かった。そ、そしたらソフト・ブレイドが出てきて刺《さ》した。それ、それはアランを刺《さ》した。ユーゴを。セッポを。ジ、ジェナンを。でも、わたしのせいだったの。わたしの責任。わたしがみんなを殺した」

ファルコーニの視線に耐《た》えられず、キラは首を曲げ、涙《なみだ》がこぼれ落ちるままにした。涙《なみだ》に反応して、スーツの胸と脚《あし》の部分がかき乱れる。キラは嫌悪感《けんおかん》でいっぱいになり、ゼノの反応を抑《おさ》えつけて鎮《しず》まらせた。

ファルコーニが肩《かた》に腕《うで》を回してきて、キラは身をすくめた。キラはそうやって抱《だ》かれていて、しばらくすると、泣きながら彼《かれ》の胸に頭を預けた。〈酌量《しゃくりょう》すべき事情〉号に乗せられてから、こんなに人目もはばからず悲しみを表したことはなかった。ナイトメアに関する新事実は古い痛みを呼び起こし、新たな痛みを添《そ》えていた。

涙《なみだ》が乾《かわ》きはじめて呼吸が落ち着いてくると、ファルコーニはキラを離《はな》した。キラは気恥《きは》ずかしくなり、目を押《お》さえた。「ごめん」

ファルコーニは片手を振《ふ》って立ち上がった。まるで骨が腐《くさ》っているみたいな動きでふらふらとギャレーを歩いていく。キラが見ていると、彼《かれ》はケトルのお湯でチェルを淹《い》れ、マグカップふたつを手にキラの座っているところに戻《もど》ってきた。

「熱いぞ」そう言ってひとつをキラにわたす。

「ありがとう」キラは温かいマグを両手で包み、湯気を吸い込《こ》んで香りを味わった。

ファルコーニは腰《こし》をおろし、カップのへりを親指でなぞり、水滴《すいてき》を押《お》しやっていく。

「〈ウォールフィッシュ〉号を買う前、俺《おれ》はハンゾー・テンセグリティー社[*32]で働いていた。ソルの外にある大きな保険会社だ」

「保険販売《はんばい》をしてたの？」キラはなんだか信じられなかった。

「採掘《さいくつ》作業員や出資者、フリーランサーとかからの請求《せいきゅう》を審査《しんさ》するのが俺《おれ》の仕事だった。唯一《ゆいいつ》の問題は、この会社は本当は俺《おれ》たちに審査《しんさ》なんてさせたくなかったってことだ。俺《おれ》たちの実際の仕事は、そう、請求《せいきゅう》を取り下げさせることだった」ファルコーニは肩《かた》をすくめた。「しばらくしたら耐《た》えられなくなって、俺《おれ》は辞めた。それはどうでもいい。俺《おれ》が扱《あつか》ったある請求《せいきゅう》は、ひとりの少年がいて――」

「少年？」

「物語だ。聞いてくれ。ファルジアアズ・ランディングのはずれにあるハブリングに住んでいる、ひとりの少年がいた。父親は整備の仕事をしていて、少年は毎日父親についていき、整備クルーが使うスキンスーツの汚《よご》れを落として確認していた」ファルコーニはマグから水滴《すいてき》をはじき飛ばした。「もちろん、本物の仕事と呼べるようなものじゃない。父親が働いているあいだ、時間をやり過ごしていただけだ」

「母親はいなかったの？」

ファルコーニは首を振《ふ》った。「親はひとりだけだった。母親も、第二の家長も、祖父母も、きょうだいさえもいなかった。少年には父親しかなかった。毎日、少年はスーツを綺《き》麗《れい》にして確認し、一列に並べて、クルーたちがハブリングの外殻《がいかく》を整備しに出ていく前に点検をしていた」

「それから?」

ファルコーニは燃えるような目でキラを見ていた。「男のひとりは——ほぼ全員が男だった——男のひとりは誰《だれ》にも自分のスーツを触《さわ》らせたくなかった。落ち着かなくなるんだと言って。やめろと少年に命じた。だが、明確な規則があった。スキンスーツも含《ふく》め、すべての安全装備を少なくともふたりで点検する必要があったんだ。だから少年の父親は、ばか野郎《やろう》の言うことは無視して、これまでどおりのことをつづけるよう話した」

「でも、そうしなかった」

「でも、そうしなかった。彼《かれ》は若く、まだ子どもだった。ばか野郎《やろう》は大丈夫《だいじょうぶ》だと少年を言いくるめた。彼《かれ》は——ばか野郎《やろう》のことだ——自分で点検するつもりだった」

「でも、そうしなかった」キラはつぶやいた。

「でも、そうしなかった。そしてある日……パッ。スーツが破れて、紐《ひも》が切れて、ミスター・ばか野郎《やろう》は苦痛に満ちた恐《おそ》ろしい死を遂《と》げた」ファルコーニはキラに身を寄せた。

「さて、責められるべきは誰《だれ》だ?」

「決まってるでしょ、ばか野郎《やろう》よ」

「かもな。だが規則は明確だったのに、少年はそれを無視した。無視していなければ、その男はいまも生きていただろう」

「でも、ほんの子どもだったのよ」キラは言い返した。

「そのとおりだ」

「だったら、父親の責任ね」

ファルコーニは肩《かた》をすくめた。「もしかしたらな」そしてチェルに息を吹《ふ》きかけてひと口飲む。「じつは製造に問題があったことが判明したんだ。スーツに欠陥《けっかん》があってね。いずれ残りのスーツもだめになっていただろう。1ロット分すべて交換《こうかん》しなければならなかった」

「つまり何が言いたいの?」

「何事もふとしたときに悲惨《ひさん》な結果になることがあって、それに対して俺《おれ》たちにはどうすることもできないんだ」ファルコーニはキラを見た。「責められる者はいない。それか全員に責任があるのかもしれない」

キラはいまの話についてじっくり考え、その中心にある真実の核《かく》を探そうとした。ファルコーニがそんな話を持ち出したのは、罪を赦《ゆる》すとまでは言わなくても、同情の念からだろうと感じ、そのことにキラは感謝していた。けれど、それだけでは心の痛みはやわらがなかった。

「そうかもしれないわね。でもきっとその少年はいまでも責任を感じてる」

ファルコーニはうなずいた。「もちろん。それはそうだろう。だけどそういうことへの罪悪感に人生を奪《うば》われるわけにはいかない」

「奪《うば》われてもおかしくない」

「キラ」

キラはまた目を閉じたけれど、倒《たお》れ込《こ》んできたアランの姿は消せなかった。「起きてしまったことは変えられない。わたしは愛した人を殺したのよ、ファルコーニ。これ以上最悪のことはないと思うでしょうけど、そうじゃない、わたしは戦争を始めることになった——恒星間《こうせい》の大戦争を、わたしのせいで。そんなの取り返しがつかない」

ファルコーニは長いこと黙《だま》っていた。やがてため息をつき、床《ゆか》にカップを置く。「俺《おれ》が十九歳《さい》のとき——」

「何を言われても、状況《じょうきょう》はよくならない」

「いいから聞けよ。また別の物語だ」ファルコーニはマグの持ち手をもてあそんでいたが、キラがもう口を挟《はさ》まずにいると、話をつづけた。「十九歳《さい》のとき、両親がディナーに出かけるあいだ、俺《おれ》は妹の面倒《めんどう》を任せられた。子守をして過ごすなんてまっぴらだった、それもせっかくの週末に。俺《おれ》はすっかり頭に来ていたが、どうにもならなかった。親は出かけていき、それで終わりだ」

ファルコーニはマグを床にコンと鳴らした。「だが、それで終わりじゃなかったんだ。

妹は俺《おれ》より六つ下だったが、もう自分の面倒《めんどう》ぐらい見られるだろうと思ったから、俺《おれ》はこっそり家を抜《ぬ》け出して、いつもの土曜みたいに友だちと遊びに行ったんだ。気がついたときには――」ファルコーニは声を詰《つ》まらせ、見えない何かを押《お》しつぶそうとするみたいに手を開いて閉じた。「爆発《ばくはつ》が起きていた。帰ってきたときには、家の半分が崩壊《ほうかい》してたよ」

ファルコーニは首を振《ふ》った。「妹を探そうと飛び込《こ》んでいったが、もう手遅《ておく》れだった。煙《けむり》を吸っていて……。俺《おれ》の火傷《やけど》はそのとき負ったものだ。あとになって、妹が料理をしていて何かのきっかけで火事になったんだとわかった。俺《おれ》がそばについていたら、いるべき場所にいてやれば、妹は無事だっただろう」

「そんなのわからない」

ファルコーニは首を傾《かし》げた。「そうか？……」トランプの束を手に取り、ばらけていた札をあいだに挟《はさ》んで、二回切る。「きみはアランもチームの誰《だれ》のことも殺してない」

「殺したわ。わたしが――」

「黙《だま》れ」ファルコーニは中指をキラに突《つ》きつけた。「きみに責任はあるかもしれないが、自分の意思で決めたことじゃないんだ。俺《おれ》が妹を殺してないのと同じで、きみも彼《かれ》らを殺してない。この忌々《いまいま》しい戦争について言えば、キラ、きみは全能じゃない。ジェリーは自分たちで選択《せんたく》した。連盟も、モーだって。結局、彼《かれ》らに対して責任を負えるのは彼《かれ》らだけだ。だから自分を責めるのはやめろ」

「でも責めずにいられない」

「ばかなことを。本当は自分を責めるのをやめたくないんだ。自分を責めていれば、気分が楽になるから。なぜかわかるか？」キラは無言で首を振《ふ》る。「そうすれば物事をコントロールできている気がするからだよ。人生で何よりも厳しい教訓は、自分では変えられないものがあるのを受け容れることだ」ファルコーニは言葉を切った。厳しいまなざしで、目がギラギラしている。「自分を責めるのはいたって普《ふ》通《つう》のことだが、そんなことをしてもなんにもならない。責めるのをやめるまで、やめられるようになるまで、決して完全に立ち直ることはできないんだよ」

ファルコーニはシャツの袖口《そでぐち》のボタンをはずし、袖《そで》をまくって前腕《ぜんわん》のただれた皮膚《ひふ》を露《あら》わにした。その手を上げて、キラに見せる。「俺《おれ》がこの傷痕《きずあと》を消さないのはなぜだと思う？」

「それは……罪悪感が――」

「違《ちが》う」きつい口調だった。が、声をやわらげてつづけた。「そうじゃない。自分がどんなことを乗り越《こ》えられるか、それを忘れないために残してあるんだ。どんなことを乗り越《こ》えてきたかを。苦しいとき、この腕《うで》を見ると、どんな困難にぶち当たっていても切り抜《ぬ》けられるはずだとわかる。俺《おれ》は人生に壊《こわ》されはしない。俺《おれ》のことは壊《こわ》せやしない。命を奪《うば》われることはあるかもしれないが、どんなものを投げつけられようと、俺《おれ》は決して諦《あきら》めるつもりはない」

「わたしはそんなに強くないとしたら？」

ファルコーニは面白くもなさそうに笑った。「そのときは、重荷を背負ったままこそこそ生きていって、いつかぼろぼろになって死ぬことになるだろうな。嘘《うそ》じゃないぞ」

「……あなたはどうやって抜《ぬ》け出したの？」

「浴びるほど飲んだ。しょっちゅう喧嘩《けんか》していた。何度かは死にかけた。しばらくすると、無意味に自分を罰《ばっ》しているだけだと気づいた。それに、俺《おれ》がそんなふうに終わることを妹は望まないだろうとわかっていたから、自分を赦《ゆる》したんだ。直接的には自分のせいじゃないにしても——きみのせいじゃないのと同じように——俺《おれ》は自分を赦《ゆる》した。そのときになってやっと前に進んで、一人前になれたんだよ」

そのときキラは決心した。はまり込《こ》んでいる苦境から抜《ぬ》け出す道ははっきり見えなかったけれど、せめて自由のために戦ってみよう。それならできるはずだ。やってみるだけでも。

「うん」とキラは言った。

「うん」ファルコーニは穏《おだ》やかな声でくり返し、その瞬間《しゅんかん》、キラは彼《かれ》との深い絆《きずな》を感じた。相通じる悲しみから生まれた絆《きずな》を。

「妹さんの名前は？」

「ベアトリスだが、俺《おれ》たちはいつもベアと呼んでいた」

キラはチェルの油のような表面を見つめ、黒っぽく反射した自分の姿を見つめている。

「ファルコーニ、あなたは何を求めているの？」

「サルヴォだ……サルヴォと呼んでくれ」

「サルヴォ、あなたが心から求めているものは何？　宇宙全体のなかで」

「俺《おれ》が求めているのは」ファルコーニは言葉を引っ張り出した。「解放されること。負債《ふさい》からの解放。俺《おれ》の生き方に口を出す会社や政府からの解放。それが残りの生涯《しょうがい》を〈ウォールフィッシュ〉号の船長として過ごすことを意味するのなら、そのときは――」ファルコーニは乾杯《かんぱい》の真似をしてマグを掲《かか》げてみせる。「――喜んで運命を受け入れよう」

キラも彼《かれ》の身振《みぶ》りを真似た。「立派な目標ね。自由に乾杯《かんぱい》」

「自由に」

チェルをもうひと口飲むと喉《のど》の奥《おく》がうずき、同時にその日の恐怖《きょうふ》が少し遠ざかったように思えた。

「ファルジアズ・ランディングの出身なの?」キラは尋《たず》ねた。

ファルコーニは小さくうなずいた。「付近の船の上で生まれたが、育ったのはあの入植地だ」

キラの脳裏に忘れかけていた記憶《きおく》がよみがえってきた。「あそこで暴動がなかった? 企業《きぎょう》内の反乱みたいなことが。記事を読んだ記憶《きおく》がある。労働者の大半がストライキして、大勢が負傷するか投獄《とうごく》されたとか」

ファルコーニはチェルを飲んだ。「その記憶《きおく》は正しい。あっという間にひどく血なまぐさいことになった」

「あなたも戦った?」

ファルコーニは鼻を鳴らした。「どう思う?」と、彼《かれ》は目の端《はし》からキラを見やり、少しのあいだ何かを決めかねているようだった。「どんな感じがする?」

「何が?」

「ソフト・ブレイドだよ」

「どんな感じかって……こんな感じ」キラは手を伸《の》ばし、ファルコーニの手首に触《ふ》れた。

ファルコーニは驚《おどろ》き、注意深く見つめている。「何も感じないの。自分の皮膚《ひふ》みたいな感じ」

そしてキラは手の甲《こう》を隆起《りゅうき》させ剃刀《かみそり》のように鋭《するど》い刃《は》を並べるよう念じた。ゼノはすっかり自分の一部になっていて、刃《は》を出させるのになんの苦もなかった。

少しすると、キラは刃《は》を引っ込《こ》めた。

ファルコーニはキラの手に自分の手を重ねた。手のひらを指先でなぞられると、腕《うで》に冷たい電気が走ったようになり、キラは身震《みぶる》いして手を後ろに引きそうになった。「こんな感じ?」

「そのとおりよ」

指の腹がかろうじて触《ふ》れ合っている状態で、ファルコーニはしばらくそのままにしていた。それから手を引くと、トランプを拾い上げた。「もうひと勝負するか?」

残りのチェルを飲み干したとき、キラにはあまり美味しく感じられなかった。わたしは何をしているの? アラン……。「もう充分《じゅうぶん》よ」

ファルコーニは物分かりよくうなずいた。

「ドクター・カーとモーのことをホーズ中尉《ちゅうい》に話すつもり?」キラは訊《き》いた。

「いま話す理由はないだろう。連盟星に戻《もど》ったら、きみが報告書を提出すればいい」

そのことを考え、キラは難しい顔になった。そして、心からの言葉を伝えた。「話してくれて、聞いてくれてありがとう」

ファルコーニはポケットにトランプをしまい直した。「いいんだ。とにかく諦《あきら》めるなよ。戦うのをやめたら、この状況《じょうきょう》を誰《だれ》も乗り越《こ》えられないからな」

「諦《あきら》めない。約束する」

2

キラは思案しているファルコーニを残してギャレーから出ていった。イタリのもとへ直行して、ジェリーと話をしてみようかと思った（そもそも起きているだろうか？ジェリーは眠《ねむ》っていた?）。だけど答えが欲しいのと同じぐらい、いまは休息が必要だ。アキュウェイクをいくらのんでも回復しそうにないほど、一日の疲《つか》れでへとへとだった。睡眠《すいみん》が唯一《ゆいいつ》の治療《ちりょう》薬《やく》だ。

だから自分の部屋に戻《もど》った。グレゴロヴィッチからのメッセージは待ち受けておらず、たとえ届いていたとしても返事をするつもりはなかった。消灯し、ベッドに身を横たえ、ずきずきしている足にかかっていた重さがなくなって、ホッとため息をついた。

ファルコーニの言葉――どうしても彼《かれ》をファーストネームで思い起こすことはできなかった――をまだ頭に浮《う》かべながら、キラは目を閉じたかと思うとすぐに、夢も見ない眠《ねむ》りに落ちていた。

3

ベルのような音色が〈ウォールフィッシュ〉号に響《ひび》きわたった。

キラはがばっと起き上がろうとして、ソフト・ブレイドの触手《しょくしゅ》に固定されてマットレスに釘付《くぎづ》けになったままもがいた。2・25Gの重力はなくなっていて、キラは無重力下にあった。ゼノがなければ、眠《ねむ》ったまま身体が宙に漂《ただよ》い流されていただろう。

キラは心臓をバクバクさせながら、ソフト・ブレイドの力を緩《ゆる》めさせ、デスクに移動した。あの音は幻聴《げんちょう》だったのだろうか？　本当にそんなに長いあいだ眠《ねむ》っていたの？

コンソールを確認する。本当だ、そんなに眠《ねむ》っていた。

船は超光速《ちょうこうそく》に入ったところだった。

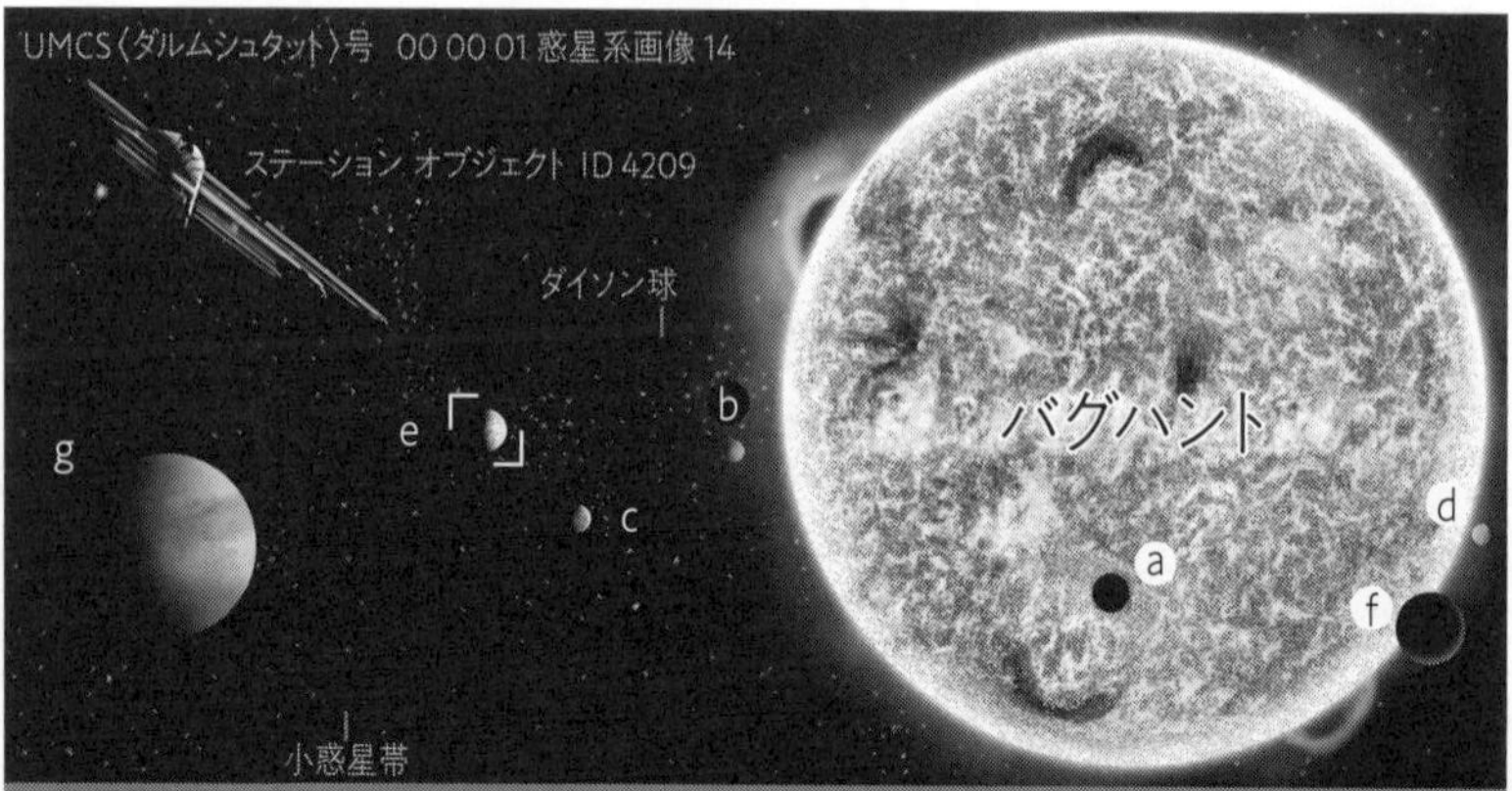
UMCS〈ダルムシュタット〉号　00 00 01 惑星系画像 14
ステーション オブジェクト ID 4209
ダイソン球
バグハント
a
b
c
d
e
f
g
小惑星帯

UMCS〈ダルムシュタット〉号　00 12 79 惑星系画像 91
惑星 e
■地球半径の0.35倍　地表温度：-200℃—200℃
■大気圏　窒素 78% 酸素 20% メタン 1%
■潮汐固定、衛星は持たない
■軌道上に衛星群の痕跡
■確認された集落：9+
■ナイダス ID 4412

UMCS〈ダルムシュタット〉号　02 01 35 惑星系画像 735
ナイダス

Exeunt III

退場 III

1

逃《に》げることはできたが、安全ではない。

キラは船の記録を確認し、ジェリーもナイトメアもどの船も〈ウォールフィッシュ〉号に追いつけなかったことが信じられなかった。

ジェリーの船のひとつは一時間ちょっと前に〈ウォールフィッシュ〉号のあとを追っていて、そのすぐあとに残っている二艘《そう》のナイトメアの船が続いていた。〈ウォールフィッシュ〉号が超光速《ちょうこうそく》に移動したとき、三艘《そう》の船はあとほんの数分で射撃《しゃげき》を開始する距離《きょり》にいた。

バグハントを早急に出発するために、〈ウォールフィッシュ〉号は間を置かずにジャンプしていて、船をしっかり冷やす時間を取らずに超光速《ちょうこうそく》に移行していた。そうするためには、一日の大半は核融合炉《かくゆうごうろ》を停止させておく必要があるはずだった。敵船がすぐ後ろに迫《せま》った状況《じょうきょう》で実行するのは現実的とは言い難い。

たとえ駆動《くどう》装置を停止させていたとしても、そこから放射される熱が——それ以外にも〈ウォールフィッシュ〉号の船体のなかに包含《ほうがん》されている熱エネルギーに加えて——マルコフ・バブルの内部で耐《た》えられないレベルまでたちまち蓄積《ちくせき》されてしまうだろう。熱中症《ねっちゅうしょう》のリスクがひどく高まり、そのすぐあとには装置の故障が起きる。

生命維持《いじ》の換気扇《かんきせん》がいつもより激しく回転している音がすでに聞こえている。〈ウォールフィッシュ〉号は、じきに通常空間に戻《もど》ることになるだろう。だけど、そんなことはほとんど問題にならない。光より遅《おそ》い空間にいようと、光より速い空間にいようと、こちらを追いかけてきている船は、人間がつくったどんな船よりも速いのだから。

キラたちは脱出《だっしゅつ》したが、ジェリーとナイトメアに追いつかれそうだということに変わりはなかった。捕《つか》まったらどうなるのか、キラは幻想《げんそう》を抱《いだ》いてはいなかった。

この状況《じょうきょう》をどうやって脱《だっ》するつもりなのか、キラにはわからなかった。ファルコーニかグレゴロヴィッチには何か考えがあるのかもしれないけれど、キラとしては、戦うことしか選択肢《せんたくし》はなさそうだと思っていた。もしもこのゼノみたいなナイトメアがさらに襲《おそ》ってきたら、クルーのことも、ましてや自分自身も守れる自信がなかった。

喉《のど》を締《し》めつけられ、キラは無理やり息を吸い込《こ》んで、自分を落ち着かせた。〈ウォールフィッシュ〉号は発火していない。敵に乗り込《こ》まれていない。実際にそうなったときまで、アドレナリンは取っておいたほうがいい……。

ドアへ向かおうとしたちょうどそのとき、ベルのような音がふたたび響《ひび》いた。こんなに早く？　〈ウォールフィッシュ〉号に何か異常でも起きたの？　いやというほど宇宙船での旅を経験してきたことによって培《つちか》われた本能から、キラはデスクの横の握《にぎ》りに手を伸《の》ばした。

切断された腕《うで》の付け根は握《にぎ》りをつかみ損ねて通り過ぎた。「もうっ」はずみで身体がぐるっと回転しそうになったが、左手でどうにか握《にぎ》りをつかみ、姿勢を安定させた。

まるで空気中の電荷が増大したみたいに、肌《はだ》がなんとなくピリピリした。通常空間に戻《もど》ったのだ。

するとスラスト警報が鳴り響《ひび》き、キラは壁《かべ》に身体を押《お》しつけられるのを感じ、〈ウォールフィッシュ〉号は向きを変えて新たな方向へ噴射《ふんしゃ》しはじめた。「次のジャンプは十分後」とグレゴロヴィッチがささやき声を震《ふる》わせて言う。

キラはまっすぐ管理室へ急いだ。部屋に入ると、ファルコーニ、ニールセン、ホーズ中《ちゅう》尉《い》がキラに目を向けた。

中尉《ちゅうい》は青ざめた顔にけわしい表情を浮《う》かべている。むしろ昨日よりも具合が悪そうだ。

「どうなってるの？　船はなぜ止まったの？」キラは尋《たず》ねた。

「進路を変えるんだ」とファルコーニが答えた。

「でも、なんで？　あの惑星系《わくせい》を出たばかりなのに」

ファルコーニは部屋の中央にいつも設置されているホログラムを示した。バグハントの地図が映し出されている。「そこが肝心《かんじん》なところだ。ジェリーはあたり一帯の通信を妨害《ぼうがい》してて、この船もまだ妨害範囲《ぼうがいはんい》のなかにいる。つまりこの船が超光速《ちょうこうそく》から出たことを誰《だれ》も見てないし、〈ウォールフィッシュ〉号からの光がバグハントに届くまでには一日以上かかるから――」

「わたしたちがここにいることを誰《だれ》も知らない」キラは言った。

ファルコーニはうなずいた。「そう、当分は気づかない。FTLセンサーは亜《あ》光速物を検知できないから、俺《おれ》たちを追ってるくそったれどもは、すれ違《ちが》ってもこの船が見えないだろう、万が一――」

「万が一、私たちがどうしようもなく運に見放されて、敵が通常空間に戻《もど》って調べようとしない限りは」ニールセンが締《し》めくくった。

ホーズは眉根《まゆね》を寄せた。「だが、やつらがそうするはずはない。そんなことをする理由がひとつもないからな」

ファルコーニは眉《まゆ》の下からキラに一瞥《いちべつ》をくれた。「とにかくそれが案だ。ジェリーとナイトメアが通り過ぎるのを待ち、そのあと反対方向へ噴射《ふんしゃ》する」

キラはホーズと同じ表情を浮《う》かべ、眉《まゆ》をひそめた。「でも……この船が通信妨害範囲《ぼうがいはんい》を出たらすぐに、向こうの船の計器で検知されちゃうんじゃない？」

「そのはずはない」とファルコーニ。「きみのことや〈蒼《あお》き杖《つえ》〉のこと、バグハントに関するそのほか一切のことについて、ジェリーは残りのナイトメアたちに知られたくないんだろうと俺《おれ》は踏《ふ》んでる。この予想が正しければ、この船を追跡《ついせき》しているジェリーは通信妨《ぼう》害《がい》をつづけるはずで、となれば向こうは超光速《ちょうこうそく》空間内の短距離《たんきょり》観測に限定されることになる」

キラは確信が持てずにいる。「そんなの、あてずっぽうもいいとこじゃない」

ファルコーニはうなずいた。「確かにな、だがジェリーが通信妨害《ぼうがい》を解除したとしても……きみはＦＴＬセンサーのことは何も知らないだろう？」

「知らないけど」キラは認めた。

「あれはなかなかのガラクタでね。受動型はとんでもなくでかくないと効力を発揮できないんだ。たいていの船では持ち運べるような代物じゃない。能動型はさらにひどいもんで、俺《おれ》たちが気にしなきゃならないのは能動型のほうだ。射程範囲《はんい》はせいぜい数光日で、この船の飛行速度に対しては不充分だし、センサーの感度もあまり高くなくて、マルコフ・バブルを検知するうえで問題になる。バブルのエネルギー状態はきわめて低いからな。おまけに……ホーズ、きみから話したらどうだ」

中尉《ちゅうい》はディスプレイから決して目を離《はな》さず、慎重《しんちょう》に言葉を選んでゆっくり話した。「UMCの発見によると、敵のセンサーはこっちのジェリーの船の真後ろでは約二〇パーセント効果が乏《とぼ》しくなるらしい。おそらくシャドウシールドと核融合炉《かくゆうごうろ》が妨《さまた》げになるからだろう」

ファルコーニがまたもうなずいた。「ナイトメアも同じ問題を抱《かか》えている可能性が考えられる、たとえシールドを使っていないとしても」そう説明して、〈ウォールフィッシュ〉号を追跡《ついせき》している三艘《そう》の船の映像をホログラムに表示させる。「この船を通り越《こ》してしまえば、やつらは俺《おれ》たちを見つけるのに苦労するだろう——通信妨害《ぼうがい》がないとしても——そして時間が過ぎるほどに、見つけるのはますます難しくなる」

「〈ウォールフィッシュ〉号が自分たちの前を飛行していないことに向こうが気づくまで

の時間は？」キラは質問した。

ファルコーニは肩《かた》をすくめた。「さあな。最善のシナリオで二時間ってとこか。最悪だと三十分程度かな。いずれにしても、敵のＦＴＬセンサーの射程圏内《けんない》から脱出《だっしゅつ》するには充《じゅう》分《ぶん》な時間だ」

「そのあとは？」

悪だくみをするようないたずらっぽい表情がファルコーニの顔をちらりとよぎった。

「でたらめに進む、ってことだ」ファルコーニは船尾《せんび》に向けて親指をぐいと動かした。「ＵＭＣはこの船がバグハントに行って戻《もど》るのに充分《じゅうぶん》すぎるほどのアンチマターをくれた。その予備を使って、毎回進路を変えながら何度か余分にジャンプをして、追跡《ついせき》をまく」

「だけど」キラは頭のなかで全体の計画を視覚化しようとした。「それでも向こうはフラッシュ・トレースができるでしょ？」

グレゴロヴィッチがゲラゲラ笑って言う。「できるとも、おお好奇心旺盛《こうきしんおうせい》なわが哺乳動《ほにゅうどう》物《ぶつ》よ、だがそれには時間がかかる――われわれがさっさと逃《に》げるのに足るほどの時間が」

ファルコーニが天井のスピーカーに向けて人差し指を立てた。「ジャンプするごとに、ジェリーとナイトメアがこの船を追跡《ついせき》するのはどんどん難しくなっていく。これは、ここまで旅してきたときとは違《ちが》うやり方だ。ほぼまっすぐの飛行経路で一定の間隔《かんかく》を置いて超《ちょう》光速《こうそく》をはずれるということはしない」

「予防策なら取ってきたが、これほど大胆《だいたん》なものはない」ホーズが言った。

ニールセンが口を開く。「センサーの射程圏内《けんない》をはずれたら、ジェリーはこの船がいつ亜《あ》光速飛行をするか予測できなくなる。やつらがひとつでも軌道《きどう》の計算違《ちが》いをするか、ひとつでもジャンプを見逃《みのが》したら――」

「ずーーーっと引き離《はな》せることになる」ファルコーニは満足げな笑みを浮《う》かべた。「〈ウォールフィッシュ〉号は一日に4分の3光年ほど進むことができる。こっちのジャンプに数時間でも後れを取れば、フラッシュ・トレースのためにどれだけ待たなきゃならないことか。光が届くまでに数日間、数週間、数か月間かかることも考えられる」

「じゃあ、本当に乗り切れそうなのね」キラは言った。

ファルコーニの顔に冷酷《れいこく》な笑みが浮《う》かんだ。「そうみたいだな。充分《じゅうぶん》な距離《きょり》が開いてしまえば、連中のどの船も〈ウォールフィッシュ〉号を見つける可能性は、偶然《ぐうぜん》にしてもほとんどゼロに等しい。この船の最後のジャンプまで追跡《ついせき》できない限り、やつらは俺《おれ》たちが連盟のどの惑星《わくせい》系に向かっているのかさえわからないだろう」

壁《かべ》に身体を押《お》しつけていた圧力が消え、キラは部屋のなかを漂《ただよ》い流されていかないよう、切断された腕《うで》を壁《かべ》の握《にぎ》りに引っ掛《か》けなければならなかった。ジャンプの警報がふたたび響《ひび》き、キラはまた皮膚《ひふ》に奇妙《きみょう》なうずきが広がるのを感じた。

「それで、どの惑星系《わくせい》に向かうの？」キラは訊《き》いた。

「ソルよ」ニールセンが答えた。

2

二度目のジャンプは一度目よりも長かった。正確に言うと四十三分間だ。

待っているあいだに、キラはホーズと連れ立ってイタリに話を聞きにいくことにした。

「大丈夫《だいじょうぶ》？」管理室を出ると、キラは尋《たず》ねた。

ホーズは視線を合わせようとしない。「大丈夫《だいじょうぶ》だ、どうも」

「アカウェは立派な船長だったみたいね」

「本当に。立派だった。それにとんでもなく頭が切れて。彼《かれ》もコーイチも……〈ダルムシュタット〉号には立派な人間が大勢いたんだ」

「そうね。あんなことになって残念だわ」

ホーズはうなずいて哀悼《あいとう》の意を受け取った。

「何かしゃべったらまずいことはある？」ジェリーのいるエアロックに近づくと、キラは質問した。

中尉《ちゅうい》は考え込《こ》んだ。「いまの時点では問題にならないかもしれないが、ソルと連盟、それにUMCについて知っていることは黙《だま》っていてもらおう」

廊下《ろうか》の中央を進みつづけられるよう壁《かべ》をそっと押《お》しながら、キラはうなずいた。「やってみる。何かわからないことがあれば、まずあなたに確認するわね」

ホーズはうなずいた。「それがいい。われわれが特に関心を抱《いだ》いているのは、ジェリーの軍について――軍隊の配置、戦術、今後の計画など――および彼《かれ》らの有するテクノロジーについてだ。このジェリーの一団が人間との協力を望んでいるのはなぜなのか、その正確な詳細《しょうさい》についても。つまり政治ってことだな。それ以外にもどんな情報でも探り出してもらえるとありがたい」

「わかった」

エアロックに着くと、奥《おく》の壁際《かべぎわ》にイタリが浮《う》かんでいて、身を守るように触手《しょくしゅ》で自らを包んでいるのが見えた。ジェリーは身じろぎし、二本の触手《しょくしゅ》のあいだから光沢《こうたく》のあるただひとつの目で覗《のぞ》いてきた。好奇心《こうきしん》。知覚力のあるどんな生物にも備わっているはずのものだが、それでもキラは脅威《きょうい》を感じずにいられなかった。ジェリーの目に秘められた知性によって、自分たちが相手にしているのは人間となんら変わりのない能力を持つ生物なのだということを絶えず思い出させられた。その身を守る背甲《はいこう》とたくさんの肢《あし》からすると、人間以上の能力があるかもしれない。

エアロックの両脇《わき》に配置された海兵隊員――サンチェスと、キラの知らないもうひとり――にホーズが話をすると、彼《かれ》らはドアをあけてキラと中尉《ちゅうい》をなかへ通した。キラは前に進み出た。ホーズはキラの右手後方に控《ひか》えている。

《こちらキラ：いくつか質問をさせてほしいの。答えてもらえる？》

ジェリーは触手《しょくしゅ》の位置を直し、キラたちの前の床《ゆか》に吸盤《きゅうばん》で固定して身を落ち着けた。

《こちらイタリ：話しなさい、二形態よ、できる限り答えましょう》

まずは大事なことから。言葉の定義について。《こちらキラ：なぜわたしたちを二形態と呼ぶの？　それはつまり……》キラはジェリーの言葉で男や女や性別さえもなんと言うのか思いつかず、行き詰《づ》まった。《……つまり、わたしたちみたいなことを指しているの？》キラは自分とホーズを身振《みぶ》りで示した。

敬意を払《はら》った不一致《ふいっち》の近香《ニアセント》。《こちらイタリ：違《ちが》う。あなたがたの形態と、あなたがたの宇宙船に住んでいる形態のことだ》

なるほどね。《こちらキラ：シップ・マインドのこと？》

《こちらイタリ：あなたがたが彼《かれ》らをそう呼ぶのなら、そうだ。彼《かれ》らによって、あなたが

たのシェルに乗り込《こ》むときにずいぶん苦労させられている。われわれの第一目標は常に、彼《かれ》らの接続を断つか破壊《はかい》することだ》

キラが通訳すると、ホーズは暗い顔で面白がっているように鼻を鳴らした。「そりゃあいい。とりあえずジェリーはシップ・マインドを怖《こわ》がることを学んだわけか」

「そうあってしかるべきだ」天井からグレゴロヴィッチがささやいた。

ホーズはスピーカーに迷惑《めいわく》そうな一瞥《いちべつ》をくれた。「機密扱《あつか》いの話だぞ、グレゴロヴィッチ。出ていってくれ」

「だがこれは私の船だ」グレゴロヴィッチはひどく静かに言い返した。

ホーズはうめき、その点に反論はしなかった。

ジェリーが身じろぎし、赤みがかったピンク色が触手《しょくしゅ》をさっと染めていく。《こちらイタリ：不思議なのだが、シップ・マインドとあなたがたの現在の形態とはどういう関係が？　あなたがたが呼ぶところの――》イタリはさまざまに入り混じった香りを発し、キラは苦労しながらも、このジェリーがチェッターの名前を再生しようとしているのだと気づいた。《――チェッターはこのことを話し合おうとしなかった。シップ・マインドはあなたがたの形態よりも下級なのか、それとも上級なのか？》

キラが確認すると、ホーズは話を進めるよう促《うなが》した。「少しはこっちも話してやったほうがよさそうだ。助け合いは価値のあることだからな。彼《かれ》らの文明はそうじゃないとうまくいかないいんだろう」
「そうかもね」エイリアンの社会のこととなると、キラは何ひとつ確信が持てなかった。
《こちらキラ：シップ・マインドは初めはわたしたちと同じなの。なろうと決めなければ、シップ・マインドにはなれない。自然に起きることではないのよ。たいていの場合シップ・マインドはわたしたちよりも多くのことを知っていて理解しているけど、わたしたちは必ずしも彼《かれ》らの命令を受けているわけじゃない。それはシップ・マインドの地位や権限による。それにすべてのシップ・マインドが船に乗っているわけじゃなくて。多くは別の場所にいる》
しばらくのあいだ、ジェリーはいまの話について熟考しているようだった。《こちらイタリ：わからない。より大きく、より知的な形態が、なぜショール・リーダーにならない？》
「本当に、なぜだろう？」キラがジェリーの言葉をくり返すと、グレゴロヴィッチが問いかけた。そして彼《かれ》はクックッと笑った。
キラは答えに詰《つ》まった。《こちらキラ：なぜかって……わたしたちはひとりひとり違《ちが》うから。わたしたちの種族では、地位は自分で得なければならない。ある特性を生まれながらに備えているだけでは、地位は与《あた》えられないの》そうだ、ほかにも言葉の定義を確認しないと。《形態というのは肉体のこと、そうよね？》
《こちらイタリ：そうだ》珍《めずら》しくジェリーは予想どおりの返事をした。
キラはその方面の質問をつづけたかったが、ホーズには別の考えがあった。「ソフト・ブレイドについて訊《き》いてくれ。どこから来たのかを」
ジェリーの近香《ニアセント》が濃厚《のうこう》で鋭《するど》くなり、葛藤《かっとう》した色が皮膚《ひふ》を次々と染めていく。《こちらイタリ：あなたが訊《き》きたがっているのは、われわれが話すつもりのない秘密だ》
《こちらキラ：わたしがその秘密なのよ》キラは自分自身を、ソフト・ブレイドを示してみせた。《そしてコラプテッドに追われてる。話して》
ジェリーは触手《しょくしゅ》をひねったりくねらせたりして互《たが》いに絡《から》ませている。《こちらイタリ：何サイクル*33も前、われわれは〈消え失せし者〉の製作物を発見した。われわれが光より速くも遅《おそ》くも宇宙空間を泳げるようになったのは、彼《かれ》らの製作物のおかげだ。彼《かれ》らの製作物が、われわれに戦うための武器を与《あた》えてくれた》
《こちらキラ：あなたたちはその……製作物をホームワールドで見つけたの？》
確認の近香《ニアセント》。《こちらイタリ：深海平原《アビッサル・プレイン》の奥深《おくふか》くで。のちには、ホームワールドに対して反回転している星の周りで、〈消え失せし者〉の遺物がさらに浮《う》かんでいるのを発見した。これらの発見のなかに、あなたがいま結びついているものも含《ふく》め、アイディーリスもあった。それがきっかけで、サンダリングへと導いた戦争が始まった》
ジェリーのテクノロジーのうち、どれだけを彼《かれ》らが実際に発明したのだろう？　キラは疑問に思った。
《こちらキラ：〈消え失せし者〉とは何者？　ウラナウイなの？》
《こちらイタリ：違《ちが》う。彼《かれ》らはわれわれのずっと前に泳いでいて、彼《かれ》らがどこへ行ったのかも、彼《かれ》らに何が起きたのかもわからない。彼《かれ》らがいなければ、いまのわれわれはなかっただろう。だからわれわれは〈消え失せし者〉とその製作物を称《たた》えている》
《こちらキラ：でも、その製作物が戦争をもたらした》
《こちらイタリ：自分たちが犯した失敗を〈消え失せし者〉のせいにはできない》
キラが通訳するあいだ、ホーズは記録を取っていた。「じゃあ、確認が取れたな。銀河系のこの地域には、少なくともほかにふたつの高度文明が過去あるいは現在に存在しているということか。すばらしい」ホーズは口にした。
「知的生命体はわたしたちが思っていたほど珍《めずら》しくはないわけね」
「人間がその序列の最下層だとしたら、嬉《うれ》しくないことになるな。〈消え失せし者〉はまだ少しは存在するのか訊《き》いてみてくれ」

明確な返事がすぐに返ってきた。《こちらイタリ：われわれが知る限りまったくいないが、いてくれることをずっと願っている……。教えてほしい、アイディーリス、あなたがたは〈消え失せし者〉の製作物をいくつ発見したのだ？》エイリアンのその言葉には、熱っぽい欲求の鋭《するど》い香気が添《そ》えられていた。《あなたがたがそれほどの早さで展開していったからには、そちらの惑星系《わくせい》には豊富にあったに違《ちが》いない》

キラは顔をしかめ、またホーズに確認した。「どうやらジェリーの考えは――」

「そうだな」

「〈グレート・ビーコン〉のことを話すべき？」

中尉《ちゅうい》は少し考え込《こ》んだ。「いいだろう。だが場所は明かすな」

いくぶん動揺《どうよう》しながら、キラは話した。《こちらキラ：わたしたちは〈消え失せし者〉の製作物をひとつ見つけた。おそらく。わたしたちが見つけたのは……一定の間隔《かんかく》で低音遠香《ローサウンド・ファーセント》＊34を発している大きな穴》

ジェリーの皮膚《ひふ》が満足の赤色にパッと染まっていく。《こちらイタリ：渦巻《ホワールプール》のことか！われわれがまだ知らないホワールプールだ、〈消え失せし者〉の製作物はすべて注意深く見張っているのだから》

《こちらキラ：ほかにもホワールプールがあるの？》

《こちらイタリ：こちらが知っている限り六つ》
《こちらキラ：その使用目的は？》
《こちらイタリ：〈消え失せし者〉だけが知っていること……。それにしても、なぜなのか。われわれの偵察艦《ていさつかん》は、あなたがたの惑星《わくせい》系のどこにもホワールプールを嗅《か》ぎ取っていない》
キラは頭を傾《かたむ》けた。《こちらキラ：それがあるのは、わたしたちにとって主となる惑星《わくせい》系ではないし、ほんの数サイクル前に発見したばかりだから。わたしたちは戦い方や宇宙の泳ぎ方を〈消え失せし者〉の製作物から学んだわけじゃないの》
イタリは鈍《にぶ》い灰色になり、触手《しょくしゅ》をもつれさせた。まるで手をすり合わせているみたいに——あまりにも長く、よく曲がりすぎる指のついた手を。このエイリアンは異常なまでに狼狽《ろうばい》しているようだ。香りまでもが変化して、アーモンドのような苦さが増している。
（これはヒ素のにおいだろうか？）
「ナヴァレス？　どうなってるんだ？　話してくれ」とホーズ。
キラが口を開こうとしたとき、ジェリーが言った。《こちらイタリ：嘘《うそ》をつくな、アイディーリス》
《こちらキラ：嘘《うそ》じゃない》その言葉に誠意の近香《ニアセント》を添《そ》えた。

ジェリーはますます動揺《どうよう》している。《こちらイタリ：〈消え失せし者〉は全英知の源だ、アイディーリス》

《こちらキラ：英知は外からと同じく内からも湧《わ》き出てくるものよ。わたしの種族がしてきたことはすべて自分たちの力で成し遂《と》げたことで、〈消え失せし者〉やウラナウイ、アイディーリス、その他のどんな形態や種族の力も借りていない》

粘着性《ねんちゃくせい》の湿《しめ》った音を立てて、イタリは床《ゆか》から吸盤《きゅうばん》を引き剝《は》がし、円を描《えが》いて泳いでいるようにエアロックをぐるぐる移動しはじめた。行ったり来たりのジェリー版ね、とキラは思った。そして口の端《はし》からこっそりささやく。

「人間が自力ですべてのテクノロジーを発明したと知って、ここにいるお友だちはちょっとばかり動揺《どうよう》しているみたい」

ホーズはニヤリとした。「人類に一ポイント加算だな」

ジェリーはうろうろするのをやめると、触手《しょくしゅ》をキラのほうに向けて、先端《せんたん》に目でもついているみたいに指した。《こちらイタリ：これでわかった》

《こちらキラ：わかったって、何が？》

《こちらイタリ：サンダリングの終了後《しゅうりょう》にあなたがたの種族の香りを初めて嗅《か》いで以来、われわれがふさわしい力の波紋《はもん》に到達《とうたつ》したが最後、そちらの中枢《ちゅうすう》を破壊《はかい》することを計画し

てきた理由が》

心に不安のとげが刺《さ》さる。キラは反応してそわそわしそうになるのを抑《おさ》えた。《こちらキラ：考えは変わった？　あなたはその計画に賛成しているの？》

肩《かた》をすくめるのと同じ意味を持つ近香《ニアセント》。《こちらイタリ：コラプテッドがいなければ、賛成だった。だが、これまでもこれからも予定された状況《じょうきょう》とは違《ちが》っている》

「本当にそんなことを言っているのか？」ホーズが確認する。「本当に？」

キラは面白がるのでもなく呆然《ぼうぜん》として言った。「わたしたちがどう反応するかなんて気にしてないみたい」

中尉《ちゅうい》は短く刈《か》りこんだ髪《かみ》に手をやり、ごしごしこすった。「ということは……あれか？ジェリーは異種生物皆殺《ゼノサイド》しをなんとも思わないってことか？　そうなんだな？」ホーズはまだ若い、とキラはふと思った。幹細胞《かんさいぼう》注射も必要ないぐらいに。せいぜい二十代半ばだろう。軍にこれだけの責任を与《あた》えられていても、まだまだ若いただの青年だ。

「そうかもしれない」キラは答えた。

ホーズはキラに不安そうな目を向けた。「そんなことでどうすれば秩序《ちつじょ》を保てる？　長い目で見たときに」

「さあ……もう少し質問させて」

ホーズは身振《みぶ》りでイタリを示した。「どうぞ」

キラはジェリーに注意を戻《もど》して話をする。《こちらキラ：サンダリングについて教えてほしいんだけど。正確にはどういうものだったの？》

《こちらイタリ：わが種が経験した最大の闘争《とうそう》だ。〈消え失せし者〉の製作物を支配しようと試みたアームズの闘《たたか》い。最終的に、これらの製作物はわれわれを滅《ほろ》ぼすところだった。全惑星《わくせい》に住めなくなり、われわれが力を回復して再建するまでに何サイクルもかかった》

「だとしたら、俺《おれ》たちが百年以上もひとつとしてジェリーの信号に気づかなかったのは、サンダリングが理由だと思うか？　打ちのめされてテクノロジーを再建しなきゃならなかったのなら、俺《おれ》たちのもとに光が届くだけの時間がなかったのかもしれない」

「ありうる話ね」

「ふーむ。連盟星のお偉方《えらがた》はこの情報に大満足するだろうよ」

いまや問題の核心《かくしん》に迫《せま》りつつある。《こちらキラ：サンダリングでもたらされた破壊《はかい》の多くはコラプテッドが原因なのね？》

またもや確認の近香《ニアセント》。《こちらイタリ：戦争の大惨事《だいさんじ》をもたらしたのはやつらだ。やつらが戦闘《せんとう》による最悪の日々を刻み込《こ》んだ。あなたがたがシーカーと呼ぶ者を眠《ねむ》りから覚めさせたのもやつらだ》

《こちらキラ：どうやってコラプテッドを阻止《そし》したの？》

《こちらイタリ：サンダリングの記録はほとんど残っていないので、正確な方法はわからない。だが、これだけはわかっている。コラプテッドが最初に現れたコロニーは、天からの衝撃《しょうげき》で爆発《ばくはつ》して消えてなくなった。海底が裂《さ》け、この惑星《わくせい》のあらゆる生命の形態はもう存在しない。コラプテッドのなかには宇宙空間へ泳いでいったものもあり、いま広がっているように広がっていき、大量の資源と多大な労力を注ぎ込《こ》んでやっとのことでわれわれはやつらを殺した》

キラが吐《は》き気を催《もよお》したのは、無重力のせいだけではない。《こちらキラ：いまのわたしたちでコラプテッドを止められると思う？》

ジェリーの触手《しょくしゅ》が深い紫色《むらさきいろ》に光った。《こちらイタリ：あなたと同形態たちで？　無理だ。ウラナウイにも止められるとは思えない。単独では。このコラプテッドはサンダリングのときのコラプテッドよりも強力で敵意に満ちている。少しでも成功の見込《みこ》みがあるとすれば、われわれが共に戦うしかない。このことを知っておいてくれ、アイディーリス。コラプテッドを止めるには、やつらの肉体の細胞《さいぼう》という細胞《さいぼう》を跡形《あとかた》もなく消し去らなければ、新たに発達してしまう。だからわれわれは〈蒼《あお》き杖《つえ》〉を捜《さが》しているのだ。〈蒼《あお》き杖《つえ》〉にはアイディーリスに号令を下すほかにも力がある。それがあれば、コラプテッドを滅《ほろ》ぼ

せていたはずだ。それがなければ、われわれは弱く無防備だ》

「どうしたんだ？」ホーズがささやいた。「ひどい顔色だぞ」

「ナイトメアは……」キラは言いかけてやめた。口のなかに酸っぱい味がする。いまこのときは、モーの誕生において自分が果たした役割について、中尉《ちゅうい》にもＵＭＣにも詳細《しょうさい》を明かしたくなかった。いずれは知られることになるだろうけれど、その事実によって連盟の対応がどう変わるというのか。連盟はナイトメアを殺すことを望んでいる。それ以外に大事なことがあるだろうか？「ナイトメアは〈消え失せし者〉に由来している」キラはイタリの残りの話も通訳した。

中尉《ちゅうい》は首をぽりぽり掻《か》いた。「そいつはまずいな」

「でしょう」

「ＵＭＣを侮《あなど》ってもらっちゃ困る」ホーズは虚勢《きょせい》を張った。「俺《おれ》たちは殺すことにかけては抜群《ばつぐん》の腕前《うでまえ》だし、故郷には死をもたらす新たな方法を考案している本物の天才たちがいるんだからな。戦いから抜《ぬ》ける気はさらさらない」

「あなたの言うとおりだといいけど」キラは言った。

ホーズはＵＭＣの袖章《そでしょう》をいじった。「わからないのは、なんでいまになってナイトメアを見るようになった？　やつらはずっといたってことだろう？　何がきっかけになったんだ？　きみがゼノを見つけたことか？」

キラはどぎまぎしながら肩《かた》をすくめた。「ジェリーは言わなかった」厳密には嘘《うそ》じゃない。

「そのはずだ」中尉《ちゅうい》はつぶやいた。「それ以外に説明がつかない。信号が発信されて、そのあと……」ホーズの表情に変化があった。「そういえば、チェッターの仲間のジェリーたちはどうしてアドラステイアに現れたんだ？　誰《だれ》かがゼノを見つけたときに備えて、あの惑星系《わくせい》を見張ってたってことか？」

《違《ちが》う》とイタリは答えた。《そんなことをすれば、不要な注意を引くことになっただろう。遺宝箱が破られ、低音遠香《ローサウンド・ファーセント》が放たれて、それがわれわれのもとに届いてから、調査船〈ツェッロ〉を出した》

キラは尋《たず》ねた。「この〝われわれ〟が具体的に誰《だれ》を指すのか、詳《くわ》しく訊《き》いてみたほうがいい？」

ホーズはうなずいた。「名案だ。俺《おれ》たちが同盟を組むことになるかもしれない相手について知っておこう」

《こちらキラ：あなたが仕えている相手、わたしたちのリーダーと……ショール……を組みたがっている相手だけど、彼《かれ》らに名前はあるの？》

確認の近香《ニアセント》。《こちらイタリ：ノット・オブ・マインズ*35》
握《にぎ》りしめ絡《から》め合わせた触手《しょくしゅ》のイメージと共に、密接な信頼感《しんらいかん》がソフト・ブレイドから伝わってくる。ノットとはジェリー同士が結束した集団の形を指すもので、共通する――破ることのない――大義を表しているのだとキラは理解した。
イタリは話をつづけている。《ショール・リーダーのンマリルの秘密を守るためにノットは結成された》
その名前を聞いて、キラは覚えがあることにぞくっとした。61シグニでジェリーの船のコンピューターシステムを調べていたとき、ソフト・ブレイドが見せた記憶《きおく》にンマリルという名前が出てきたのを覚えている。ゼノがそのショール・リーダーに並々《なみなみ》ならぬ愛情を持っていることをキラはまた思い出した。《こちらキラ：その秘密というのは？》
《こちらイタリ：アイディーリスがどこにあるのか、サンダリングの終わりにンマリルが隠《かく》した場所》
疑問だらけで、どれから訊《き》いていいのかわからなくなる。《こちらキラ：ンマリルはなぜアイディーリスを隠《かく》したの？》
《こちらイタリ：ショール・リーダーはアームズの掌握《しょうあく》を試みて失敗したから。アイディーリスを隠《かく》すことは、それを守り、わたしたちをそれ以上の腐敗《ふはい》から守る唯一《ゆいいつ》の方法だっ

たから。このアイディーリスが用いられていたら、サンダリングであっけなくウラナウイは滅亡《めつぼう》していてもおかしくなかった》

キラは少し時間を取って話を整理してから、ホーズに通訳した。

「きみはこのショール・リーダーを覚えてるのか？」中尉《ちゅうい》は訊《き》いた。

キラはイタリから目を離《はな》さずにうなずいた。「少しだけ。どこかの時点で確実にソフト・ブレイドと繋《つな》がってる」

ホーズは自分のほうを見るようキラに合図した。「はっきりさせておきたい。ノット・オブ・マインズはサンダリング——いつのことだか知らないが——のあいだにクーデターを起こそうとして、いままた同じことをやろうとしているのか？」

そんなふうに言われると、あまりいい感じがしなかった。「どうやらそのようね」

「だったら、当時の大義名分は、そしていまの大義名分は？」

ジェリーはすぐさま答えた。《こちらイタリ：かつてもいまも目的は同じ。われわれは従うべきよりよい流れがあると信じている。いまとらわれている流れは、このさざなみでもその他のさざなみでも、そこらじゅうでウラナウイの死をもたらすだけになりかねない》

《こちらキラ：じゃあ、指導者の交替《こうたい》に成功したら、ウラナウイに香りを発する者がノッ

ト・オブ・マインズにいるの?》
ジェリーはすぐには返事をしなかった。《こちらイタリ:それは生き残ったパターン[36]を持つ者による。ムデスンならこの任務にふさわしいかもしれない。ルフェットも考えられるが、ほかのアームズはツフェアの異端《いたん》[37]に従う者に応じるのを嫌《いや》がるだろう。いずれにしても、強く偉大《いだい》なクタインに取って代わるのは、どのウラナウイにとっても困難を伴《ともな》うはずだ》
その名前に、そのフレーズに、氷のように冷たいものがキラの背筋を流れ落ちた。夢で見た映像がよみがえって頭のなかをいっぱいにする。〈深海の密議《アビッサル・コンクラーベ》〉の中央に根付いた大きなかたまり。水中にその刺激臭《しげきしゅう》を染み渡《わた》らせている巨大《きょだい》で狡猾《こうかつ》な存在。《こちらキラ:クタインは名前、それとも称号《しょうごう》?》
《こちらイタリ:意味がわからない》
《こちらキラ:あなたたちのリーダーはみんなクタインと呼ばれているのか、それともひとりだけの名前?》
《こちらイタリ:クタインはひとりだけだ》
「ありえない」キラはつぶやいた。恐怖《きょうふ》でうなじがぞわぞわしている。《こちらキラ:クタインの年齢《ねんれい》は?》思わず「強く偉大《いだい》な」というフレーズをつけ加えそうになるのをこらえた。
《こちらイタリ：賢明《けんめい》な古のクタインはサンダリングのあった最後のサイクルからずっとアームズを導いてきた》
《こちらキラ：それはあなたたちの太陽の周りを何周したことになる？》
《こちらイタリ：数字はなんの意味もないだろうけれど、参考になるかわからないが、ンマリルがアイディーリスを保管場所に置いたのは、あなたがたの種族が初めてホームワールドの外へ出ていったころだった》
キラは頭のなかで計算した。二世紀半以上前だ。《こちらキラ：その間ずっと、クタインが水を統治していたの？》
《こちらイタリ：それからもずっと》
《こちらキラ：ずっと同じ形態で？》
《こちらイタリ：そうだ》
《こちらキラ：ウラナウイはどれだけ生きるの？》
《こちらイタリ：いつ殺されるか次第だ》
《こちらキラ：じゃあ、もし……殺されなければ？　老衰《ろうすい》で死ぬまでにどれだけの時間がある？》

理解の近香《ニアセント》。《こちらイタリ：二形態よ、われわれは年齢《ねんれい》のせいでは死なない。いつでも孵化《ふか》したばかりの幼生形態に逆戻《ぎゃくもど》りして新たに成長できるのだから》
《こちらキラ：孵化《ふか》したばかりの幼生形態……？》質問すればするほど、ジェリーのライフサイクルについてますます混乱するばかりだ。卵、幼生、繭《まゆ》、根付いた形態、可動の形態、知覚力のなさそうな形態、それにイタリが示しているように、特定の役割や環境《かんきょう》に適応した形態の持ち主がいる。ジェリーの生態の特異な性質に専門家として興味をそそられ、キラはいつの間にか宇宙生物学者という役割に立ち返っていた。どうしても理解できない。複雑なライフサイクルは別に珍《めずら》しくもない。地球とアイドーロンにいくらでも例はある。けれど、イタリが話していることの断片のひとつひとつがどうすればまとまるのか、キラにはわからなかった。把握《はあく》したと思うたびに、ジェリーは新しいことに言及《げんきゅう》する。パズルみたいにいらだたしく刺激《しげき》的だ。
ホーズには別の考えがあった。「卵についての質問はもう充分《じゅうぶん》だ。感傷的なことはあとにしてくれ。いまはもっと大きな問題がある」
そこからは、キラがあまり興味を持てないけれど、やはり重要であることは確かな話題が中心になった。艦隊《かんたい》の配置や数、造船能力、ジェリーの前哨《ぜんしょう》地点の移動距離《きょり》、戦略、技術力など。ほとんどの質問にイタリは率直に答えたが、問題によっては、はぐらかしたり答えることをきっぱり拒否《きょひ》したりすることもあった。そうした質問の多くはジェリーの世界の所在地に関することだった。時にもどかしくなったものの、無理もないことだとキラは思った。
どんなことを話題にしていても、キラはまだ強く偉大《いだい》なクタインのことを考えずにはいられなかった。恐《おそ》るべきクタイン。キラはとうとうホーズの質問の流れをさえぎって、自分の訊《き》きたいことを尋《たず》ねた。《こちらキラ：どうしてクタインはわたしたちと協力してコラプテッドと戦うことを拒《こば》んでいるの？》
《こちらイタリ：無慈悲《じひ》で飢《う》えたクタインは年と共に尊大になり、その傲慢《ごうまん》さゆえ、助けがなくてもウラナウイはコラプテッドに勝てると信じているから。ノット・オブ・マインズはそうは思っていない》
《こちらキラ：クタインはよいリーダーなの？》
《こちらイタリ：クタインは強いリーダーだ。クタインのおかげで、われわれはショールを再建して、ふたたび星のあいだに広がることができた。だが多くのウラナウイは、ここ数サイクルにクタインが下した決断に不満を抱《いだ》いているため、新しいリーダーを立てるべく戦っている。大した問題ではない。次のさざなみはよりよいものになるだろう》
ホーズが焦《じ》れているような声を発し、キラは中尉《ちゅうい》の質問に戻《もど》り、クタインの話題はそれっきりとなった。

イタリと話をつづけているうちにジャンプ警報が響《ひび》きわたり、〈ウォールフィッシュ〉号はまた亜《あ》光速空間へ移行した。

「あと二回」ホーズは袖《そで》で額をこすりながら言った。

マルコフ・バブルのなかにいるあいだ、船の空気は熱くムッと息詰《いきづ》まるようになっていて、キラさえも違和感《いわかん》を覚えはじめていた。ほかのみんなにとっては、どれほど不快なことだろうか。

グレゴロヴィッチが〈ウォールフィッシュ〉号を新たな方向に向かわせるあいだ、キラたちは壁《かべ》の握《にぎ》りにつかまっていて、やがて船はふたたび光よりも何倍も速く飛び立った。

イタリへの質問はつづいた。

三度目のジャンプは前回よりも短く――たった十五分間――四度目はさらに短かった。

「まさに宙返り飛行をしているだけだな」とグレゴロヴィッチは言った。

その後〈ウォールフィッシュ〉号はマルコフ・ドライブを停止し、ラジエーターを広げ熱で内部を脈動させながら、星間空間の暗い深みに一見すると動いていないように漂《ただよ》っていた。

「グレゴロヴィッチ、ジェリーかナイトメアの気配は？」キラは尋《たず》ねた。

「微塵《みじん》もない。毛ほどもない」シップ・マインドは答えた。

キラはわずかに緊張《きんちょう》を解いた。もしかしたら、ひょっとすると、本当に逃《に》げ切れたのかもしれない。「無事に脱出《だっしゅつ》させてくれてありがとう」

スピーカーから柔《やわ》らかな笑い声が響《ひび》いた。「わが身も危険にさらしたが、お肉袋《ミートバッグ》よ、いやはや、どういたしまして」

「よし、ひとまずジェリーへの質問はここまでにしておこう。充分《じゅうぶん》な資料が手に入った。連盟の諜報部《ちょうほうぶ》がこの情報をすべて解析《かいせき》するには何年もかかるだろう。通訳ご苦労様」

キラはソフト・ブレイドでつかんでいた壁《かべ》の握《にぎ》りを離《はな》した。「どうも」

「まだ行かないでくれ。もう少し通訳してもらいたい。部下たちを落ち着かせないと」

ホーズがクライオ・チューブのない海兵隊員たちを呼び、イタリがひとりずつ繭《まゆ》に包むあいだ、キラはその場に残っていた。海兵隊員たちはそうすることに不服だったが、理にかなった代案もなく、同意するよりほかなかった。

繭《まゆ》に包まれた海兵隊員たちが貨物室に安置されると、すぐにホーズと残りの隊員たちもその隣《となり》に冷凍《れいとう》されることになり、キラは彼《かれ》らのもとを離《はな》れ、連盟星に戻《もど》る三か月間の飛行に備えて〈ウォールフィッシュ〉号の準備を整えているクルーを手伝いに行った。

「グレゴロヴィッチから最新情報は聞かせてもらった」キラのいるほうへ中央の梯子《はしご》を下

りてきながら、ファルコーニが言った。

助かった。おかげでイタリに聞いたことをすべてくり返す手間が省ける。「答えよりも疑問が増えている気がする」

ファルコーニは曖昧《あいまい》な返事をし、キラの前で止まった。「ホーズに話さなかったんだな」

なんのことか、キラにはわかった。「ええ」

青い目がキラを釘付《くぎづ》けにしている。「いつまでも避《さ》けてはいられないぞ」

「わかってる、でも……いまはまだ。戻《もど》ってから。戻《もど》ったら連盟に話すつもり。どっちみち、いま話してもなんにもならないはずだから」キラはわずかに懇願《こんがん》するような口調で話した。

ファルコーニはなかなか返事をしなかった。「わかった。だが、それ以上は先延ばしにするなよ。いずれにしても、このことと向き合うしかないんだからな」

「そうね」

ファルコーニはうなずくと、梯子《はしご》をさらに下りていき、汗《あせ》に混じったムスクの香りがわかるほどキラのすぐそばを通り過ぎた。「じゃあ、来いよ。手伝ってもらおう」

3

〈ウォールフィッシュ〉号が冷えていくあいだ、キラはファルコーニと一緒《いっしょ》に働き、装備を固定したり、水を流したり、必須《ひっす》ではないシステムをシャットダウンしたり、その他にも来るべき飛行に向けて船の準備を整えた。片手だけでは簡単なことではなかったが、直接つかめないものはソフト・ブレイドを使って握《にぎ》ることでどうにか済ませた。

そのあいだじゅう、キラはイタリとの会話について考えつづけていた。ジェリーが話した数々のことに頭を悩《なや》ませていた。まったく意味をなさない言葉やフレーズに。ジェリーの言葉の曖昧《あいまい》さのせいだと簡単に片付けることもできる、表面的には害のない表現だが――注目すればするほど――重大な未知のことをほのめかしているように思えた。

そういう未知のことがあるのは不安だった。モーの真実を知ったあとでは。

確実に済ませておくべき大きな仕事があらかた片付くと、ファルコーニはキラとスパローに命じて、水と数袋《ふくろ》分の砂糖をイタリのもとへ届けさせた。長期的に見れば理想的な食事ではないものの、砂糖の単純な分子ならその形態で難なく消化できるとジェリーは言っていた。

幸い、期間の長さは問題にならなかった。〈ウォールフィッシュ〉号が超光速《ちょうこうそく》に戻《もど》ったら、イタリは自らを繭《まゆ》に包むことになっている。とにかく、ジェリーはそう言っていた。ほかのみんなが周りの状況《じょうきょう》に気づかない昏睡《こんすい》状態にあるようななかで、ジェリーが起きているかもしれないと思うと、キラは落ち着かなくなった。

背甲《はいこう》の内面にあるくちばしみたいな口に袋《ふくろ》の砂糖を流し込《こ》んでいるジェリーを残して、キラたちは船の中央付近にあるストーム・シェルターへ向かった。

キラは寂《さび》しさを募《つの》らせながら、またクルーがひとりずつクライオ・チューブに入っていくのを見守っていた（エントロピストたちはすでに自室に引き上げて、なかのチューブに入っていた）。

ヴィシャルが蓋《ふた》を閉じる前に言う。「そうだ、ミズ・ナヴァレス、伝えるのが遅《おそ》くなった。医務室に新しいコンタクトを用意しておいたよ。申し訳ない。シンクの上の戸棚《とだな》を確認してくれ」

「ありがとう」

61シグニのときと同じように、ファルコーニは最後まで待っていた。彼《かれ》は片手で握《にぎ》りにつかまりながら、反対の手を使ってブーツを脱《ぬ》いだ。「キラ」

「サルヴォ」

「この前みたいに、帰りもゼノの特訓をする気か？」

キラはうなずいた。「やってみるつもり。コントロールはできているけど……まだ足りない。もっとゼノの感覚がつかめていたら、トリッグを助けられたかもしれないから」

ファルコーニは理解を示した表情でキラを見つめた。「とにかく気をつけろよ」

「そうする」

「起きているのはきみだけになるから、ひとつ頼《たの》まれてくれるか？」

「もちろん。何？」

ファルコーニは横にあるロッカーにブーツをしまい、ベストとシャツを脱《ぬ》ぎはじめた。

「俺《おれ》たちがクライオに入っているあいだ、ジェリーを見張っておいてほしい。あのジェリーが逃《に》げ出してみんなを殺すことはなさそうだが、正直なところ、俺《おれ》はまだ信用できなくてね」

キラはゆっくりうなずいた。「わたしも同じことを考えてた。エアロックの外に網《あみ》を吊《つ》るして、そこに隠《かく》れておくこともできる」

「完璧《かんぺき》だ。ジェリーが脱出《だっしゅつ》したときに備えてアラームをセットしてあるから、警戒《けいかい》は充分《じゅうぶん》できるはずだ」ファルコーニはゆがんだ笑みを見せた。「通路じゃそんなに快適に過ごせないだろうが、ほかにマシな選択肢《せんたくし》がないもんだから」

「平気よ。心配しないで」

ファルコーニはうなずき、シャツを脱《ぬ》いだ。それからズボンと靴下《くつした》も脱《ぬ》ぐと、ロッカーにしまい、あいているクライオ・チューブのところまで移動していく。その途中《とちゅう》、トリッグのチューブの側面を撫《な》でて、マシンを覆《おお》っている霜《しも》の層に三本の指の跡《あと》を残した。

ファルコーニがチューブの蓋《ふた》をあけるあいだ、キラはそばについていた。不覚にもつい、彼《かれ》の背中の筋肉の動きに惚《ほ》れ惚《ぼ》れしてしまう。

「大丈夫《だいじょうぶ》そうか？」ファルコーニは意外なほど思いやりに満ちた顔でキラを見つめている。

「ええ。問題ない」

「もう少しのあいだ、グレゴロヴィッチは起きているし、忘れるなよ――話がしたくなったら、いつでも構わないから俺《おれ》を起こすんだ。本当に」

「そうね。約束する」

ファルコーニは躊躇《ちゅうちょ》していたが、キラの肩《かた》に手を置いた。彼《かれ》の肌《はだ》の熱が自分のなかに広がっていくのを感じながら、キラはその上に自分の手を重ねた。ファルコーニはそっと力を込《こ》めたあと、手を離《はな》してクライオ・チューブのなかに入った。

「ソルでまた会おう」

歌詞だと気づき、キラはほほえんだ。「月影《つきかげ》のなかで」

「あの緑の地球の光に照らされて……。おやすみ、キラ」

「おやすみ、サルヴォ。ぐっすり眠《ねむ》って」

ファルコーニの顔の上でクライオ・チューブの蓋《ふた》が閉じ、マシンがブーンという音を立てはじめ、冬眠《とうみん》状態へと導く薬品が注入された。

4

キラは寝具《しんぐ》の包みを慎重《しんちょう》に運びながら船の廊下《ろうか》を進んでいく。片手を自由にしておきつつ、ブランケットがどこかへ漂《ただよ》っていかないようにするため、ソフト・ブレイドの巻きひげを何本か使って包んであった。

キラがエアロックに着いたとき、イタリは船の外側についたドアのそばに浮《う》かびながら、透《す》き通ったサファイア色の舷窓《げんそう》から外に散りばめられた星を眺《なが》めていた。

〈ウォールフィッシュ〉号はまだ超光速《ちょうこうそく》に戻《もど》っていない。グレゴロヴィッチは船の熱が完全に冷めるのを待っていた。ラジエーターの作用によって、すでに気温はぐっと下がっている。

キラは左舷《さげん》の貨物室から持ってきた網《あみ》と留め具を使って、ブランケットを床《ゆか》に固定した。

次に、このさきに待ち受けている長旅で必要になりそうな食料と生活用品をいくつか取りにいった。水、レーションバー、タオル、ごみ袋《ぶくろ》、ヴィシャルがプリントしてくれた替《か》えのコンタクトレンズ、それにコンサーティーナも。

ささやかな巣作りに満足すると、キラはエアロックのドアをあけた。開いたドアの枠《わく》に身体を繋《つな》ぎ止めながら話しかけようとしたとき、ジェリーが先に話しかけてきた。《こちらイタリ：あなたの香りがいつまでも消えない、アイディーリス》

《こちらキラ：どういう意味？》

《こちらイタリ：さっきあなたが言ったこと……あなたの種族と私の種族は肉体だけでなくさまざまな点で異なっている。理解しようと努めているが、この形態の理解を超《こ》えているようだ》

キラは頭を傾《かたむ》けた。《こちらキラ：わたしも同じ気分》

青白い瞬膜《しゅんまく》で黒目をさっと覆《おお》いながら、ジェリーはまばたきした。《こちらイタリ：アイディーリス、二形態にとって神聖なものとは？〈消え失せし者〉でないならば、なんなのか？》

その質問にキラはたじろいだ。エイリアンを相手に宗教と哲学《てつがく》について話し合えというの？　宇宙生物学の授業では、そんな特殊《とくしゅ》な可能性について扱《あつか》っていなかった。

キラは自分を励《はげ》ますように深呼吸した。

《こちらキラ：神聖なものはたくさんある。正しい答えはひとつじゃない。どの二形態も自分で決めることなの。それは……》キラは〝個人〟という言葉の訳を必死に探した。《……二形態のそれぞれが自分で選ばなければならない。ほかの者より簡単に選べる者もいる》

ジェリーの触手《しょくしゅ》の一本が背甲《はいこう》の上でのたうった。《こちらイタリ：アイディーリス、何を神聖だと思っている？》

その質問にキラはかたまった。何を神聖だと思っているって？　神や美といった概念《がいねん》ほど抽象《ちゅうしょう》的なものはない。キラはニューマニストのように、数字を神聖視していない。エントロピストのように、科学知識も神聖視していない。人類と答えようかとちょっと思ったけれど、それも正しくない。限定的すぎる。

結局キラはこう答えた。《こちらキラ：命。わたしはそれを神聖だと思っている。命がなければ、ほかはすべて重要じゃなくなる》ジェリーはすぐには返事をしなかった。《ウラナウイはどうなの？　あなたは？　〈消え失せし者〉のほかに神聖だとみなしているものはある？》

《こちらイタリ：われわれ、ウラナウイだ。アームズと、星の渦《うず》へのわれわれの広がり。

生得権と運命とすべてのウラナウイが身を捧《ささ》げている理想。時には大義を果たす方法について意見が合わないこともあるにしても》

その答えにキラは困惑《こんわく》した。あまりに狂信《きょうしん》的で、排外《はいがい》主義的で、帝国《ていこく》主義的なきらいがあって、気に入らない。ホーズの言ったとおりだ。ジェリーと平和に暮らすのは簡単なことではないだろう。

困難は不可能ということにはならない、とキラは自分に言い聞かせた。

キラは話題を変えた。《こちらキラ：自分のことを話すとき、この形態と言うことがあるのはなぜ？　ウラナウイにはたくさんの異なる姿があるから？》

《こちらイタリ：その者の形態がその者の役割を決定している。別の役割が求められれば、その形態は変えることができる》

《こちらキラ：どうやって？　考えるだけで肉体のあり方を変えることができるの？》

《こちらイタリ：当然だ。考えることもなく、なぜ転移の巣を訪れようというのか？》

ソフト・ブレイドを通じても理解できなかった言葉だ。《こちらキラ：転移の巣というのも〈消え失せし者〉の製作物のひとつ？》

《こちらイタリ：そうだ》

《こちらキラ：じゃあ、幼生形態や根付いた形態に変わりたければ、転移の巣を訪れて

――》
《こちらイタリ：違《ちが》う。それは誤解だ、アイディーリス。それらは最初の肉体の形態だ。転移の巣は製造された形態に使われている》
キラはハッとした。《こちらキラ：つまりいまの形態はつくられたものだということ？マシンのなかで？》
《こちらイタリ：そうだ。必要とあらば、転移の巣で別の形態を選ぶこともありうる。この肉体が滅《ほろ》びたときにも、別の形態を選ぶ可能性がある》
《こちらキラ：だけど、その形態が滅《ほろ》びるのであれば、あなたは死ぬことになるでしょう》
《こちらイタリ：転移の巣にパターンが記録されているのに、どうして死んだりするものか？》
キラは理解に苦しみ、顔をしかめた。さらにいくつか質問しても、あまりはっきりしなかった。パターンというのがなんにしても、それと肉体との区別をジェリーにつけさせることはできないようだった。
《こちらキラ：あなたの形態がいま滅《ほろ》びたとしたら、あなたのパターンはすべての記《き》憶《おく》を保有しているの？》

《こちらイタリ：否。〈消え失せし者〉の惑星系《わくせい》を出発してからの記憶《きおく》はすべて失われるだろう。ツェッロを遺宝箱に派遣《はけん》したときのように、極秘にする必要がない限りは、常にシェルをふたつかそれ以上泳がせるようにしているのはそのためだ》

《こちらキラ：だったら……パターンはあなたじゃないわけね？　そのパターンは古いコピーということになる。過去のあなたということに》

ジェリーが控《ひか》えめな淡《あわ》い色になる。《こちらイタリ：そのパターンも私に決まっている。違《ちが》うはずがないだろう？　いくつかの瞬間《しゅんかん》を過ぎたところで私の本質は変わらない》

《こちらキラ：古い形態がまだここに残っているのに、あなたのパターンに新しい形態が与《あた》えられたとしたら？　そんなことはありうるの？》

嫌悪《けんお》のニアセントが空気をピリッとさせた。《こちらイタリ：それはツフェアの異端《いたん》だ。ほかのアームズのウラナウイは誰《だれ》もそんなことをやろうとはしない》

《こちらキラ：じゃあ、あなたはルフェットを支持していないの？》

《こちらイタリ：われわれの大義はわれわれの差異より重要だ》

キラはそのことについてしばらく考えていた。ジェリーは自らの意識を、あるいは少なくとも記憶《きおく》を、別の肉体にアップロードしているというわけだ。だけど、実際の死はどうでもいいと思っているようだ……。イタリが個人の運命に無関心らしいことがキラには理解できなかった。
《こちらキラ：あなたは生きたくないの？　この形態を保ちたくないの？》
《こちらイタリ：私のパターンが持ちこたえている限り、私は持ちこたえる》触手《しょくしゅ》の一本が差し出され、弾力《だんりょく》のある付属肢《ふぞくし》で胸を突《つ》かれ、キラは後ずさりしないようこらえた。ソフト・ブレイドは攻撃《こうげき》されそうになっているみたいに硬《かた》くなった。《形態は重要ではない。たとえ私のパターンが消されたとしても――遠い昔にクタインがンマリルにしたように――あとに起きるさざなみのなかで広がりつづけるだろう》
《こちらキラ：なぜそんなことが言えるの？　〝さざなみ〟とはどういう意味？　〝あとに起きる〟ってなんのこと？》
ジェリーは赤と緑に明滅《めいめつ》し、背甲《はいこう》を触手《しょくしゅ》でぎゅっと包んだが、答えようとはしなかった。キラはさらに二度問いかけてみたが、返事はなかった。さざなみについてジェリーから引き出せたのはそれだけだった。
そこで別の質問を投げかけてみた。《こちらキラ：知りたいことがあるの。ノット・オブ・マインズがアイディーリスの眠《ねむ》っている場所にやって来たとき、わたしが召喚《しょうかん》されるのを感じた〝ツーロ〟って何？　この惑星《わくせい》系を除いて、あなたたちのどのシェルからも感じたんだけど》

《こちらイタリ：ツーロも〈消え失せし者〉の神聖な遺物のひとつだ。それはアイディーリスに語りかけ、説きつけて誘《さそ》い出す。あなたと結びついていなければ、アイディーリスは自発的に応じ、召喚《しょうかん》しているもののところに現れているはずだ。ツーロを使うことで、ウラナウイのシェルはどこでもアイディーリスを探している》

《こちらキラ：サンダリングの終わりから、ほかにアイディーリスを見つけた？》

《こちらイタリ：あれ以来？　否。あなたのそれが最後の生き残りだ。だが、われわれは〈消え失せし者〉がほかにも見つけられるよう製作物を残していることを願っており、今度は前よりずっと分別をもって扱《あつか》うつもりでいる》

キラは手の甲《こう》に編まれた繊維《せんい》をじっと見つめた。黒く輝《かがや》き、複雑に入り組んでいる。

《こちらキラ：あなたの形態は――ノット・オブ・マインズは――結合した相手からアイディーリスを取りはずす方法を知っている？》

ジェリーの皮膚《ひふ》が侮辱《ぶじょく》の色で濁《にご》り、近香《ニアセント》に衝撃《しょうげき》と憤怒《ふんぬ》が入り混じる。《こちらイタリ：どんなささなみでそんなことを望むというのか？　アイディーリスと一体になるのは名誉《めいよ》なことだ！》

《こちらキラ：わかってる。単に……興味があるだけ》

ジェリーはそのことに苦しんでいるようだったが、最後にこう言った。《こちらイタリ：この形態が知っているアイディーリスと切り離《はな》される唯一《ゆいいつ》の方法は死だ。ルフェットやほかの支配形態は別のやり方を知っているのかもしれないが、たとえ知っていたとしても、それをにおわせていない》

キラは甘《あま》んじてその知らせを受け入れた。驚《おどろ》いてはいなかった。ただ……失望していた。

するとグレゴロヴィッチの亡霊《ぼうれい》の声がスピーカーから響《ひび》いてきた。「ラジエーターの格納。四分後に超光速《ちょうこうそく》に移行する。汝《なんじ》、覚悟《かくご》せよ」

そのときになって初めてキラは、エアロックの手前の部屋がひどく冷えていることに気づいた。これ以上質問する時間がないことに不満を抱《いだ》きながら、キラはイタリにジャンプが間近に迫《せま》っていることを知らせると、戸口から下がってエアロックのドアを施錠《せじょう》した。

明かりが船の夜を照らす鈍《にぶ》い赤色に切り替《か》わり、〈ウォールフィッシュ〉号の後部付近からかん高い音が響《ひび》く。マルコフ・ドライブが作動して、露出《ろしゅつ》した頬《ほほ》の皮膚《ひふ》がヒリヒリするのをキラは感じている。船はこの旅の最後にして最長の行程へと出発した――太陽系への旅へ。

5

イタリが触手《しょくしゅ》の下側から分泌《ぶんぴつ》したべとべとするものを使って自らを繭《まゆ》で包んでいくさまを、キラはエアロックの窓を通して興味深く眺《なが》めていた。その粘着性《ねんちゃくせい》の物質はあっという間にかたまり、ほんの数分で、エアロックの床《ゆか》にくっついた少し緑がかった不透明《ふとうめい》な繭《まゆ》のなかにジェリーの姿は隠《かく》れてしまった。

このエイリアンは目覚めるときをどうやって知るのだろう、とキラは不思議に思った。わたしの知ったことじゃない。

キラは自分の小さな巣に引っ込《こ》み、網《あみ》で身体を固定して、ブランケットにくるまった。エアロックの手前の小室は暗く、夜の照明に照らされて恐《おそ》ろしげな感じだった。向こう三か月を過ごすのに心地よい場所ではない。

キラはとうとう寒さを感じ、身を震《ふる》わせた。

「あなたとわたしだけね、変人さん」キラはかつての天井に呼びかけた。

「案ずるなかれ」グレゴロヴィッチがささやく。「おおヴァルナストラ、そのまぶたが重くなり、眠《ねむ》りという柔《やわ》らかな砂がその心を鈍《にぶ》らせるまで、私がきみにつき合おう」

「それは心強いわね」キラはそう言ったものの、完全な皮肉というわけではない。話し相手がいるのはありがたかった。

「抑《おさ》えきれない好奇心《こうきしん》を許してほしいんだが」グレゴロヴィッチはクックッと笑う。「触手《しょくしゅ》を備えたわれらが客人と、どんな奇妙《きみょう》な香りを取り交わした？　きみはあそこにかなり長いこと立っていて、その敏感《びんかん》な鼻孔《びこう》を苦しめる悪臭《あくしゅう》にすっかり動揺《どうよう》しているようだった」

キラは鼻を鳴らした。「そうとも言えるかもね……。あとでちゃんとした報告書を書くわ。詳細《しょうさい》はそれを読んでもらえれば」

「ただちに役立つ情報は何もないということだな」

「ええ。でも……」キラは転移の巣について説明し、こう締《し》めくくった。「イタリは言ってたわ、〝形態は重要ではない〟って」

「昨今では確かに肉体は代替《だいたい》可能なものとされる傾向《けいこう》がある」シップ・マインドは淡々《たんたん》とした口調で言った。「きみも私も知っているように」

キラはブランケットを身体にきつく巻きつけた。「シップ・マインドになるのは大変だった？」

「簡単という言葉では決して表現しないだろうな」とグレゴロヴィッチは答えた。「あらゆる感覚を剝《は》ぎ取られ、置き換《か》えられ、かつての自分、自意識の土台そのものが、いかなる自然の限界も超越《ちょうえつ》して広げられた。混乱に次ぐ混乱だった」

その経験は不快きわまりなく思われ、キラは——いくぶん嫌悪《けんお》を催《もよお》しながら——ソフト・ブレイドを伸《の》ばしたとき、あわせて自己の感覚も伸《の》ばしていたことを思い出した。

キラは身震《みぶる》いした。無重力状態によって身体がぐらつき、キラは大きく息を吸い、内耳を落ち着けようと壁《かべ》の一点を集中して見た。その部屋の暗さと〈ウォールフィッシュ〉号のからっぽの感じは、いやになるほど心に影響《えいきょう》を与《あた》えていた。ナイダスの通りで戦っていたのは、本当に半日足らず前のことなの?

まるで一週間前の出来事みたいな気がした。

突然《とつぜん》の寂《さび》しさを払《はら》いのけようとして、キラは話した。「わたしがここに来た初日、あなたが前に乗っていた船が墜落《ついらく》して取り残されたこと、トリッグが話してくれた。どんな感じだった?……そんなに長いあいだ、ひとりきりでいるのは」

「どんな感じだったか?」グレゴロヴィッチは頭がどうかしてしまったかのように笑い、キラは踏《ふ》み込《こ》みすぎたことに気づいた。「どんな感じだったか?……死んだような感じだった、自己を喪失《そうしつ》したような感じだった。精神の周りにあった壁《かべ》が崩《くず》れ落ち、顔のない宇宙を前にして無意味なことを絶えず早口でしゃべりつづけた。私は全人類の知識を集結させたものを意のままにできた。あらゆる科学的発見、あらゆる学説と定理、あらゆる方程式、あらゆる証明、数えきれないほどの書籍《しょせき》や歌や映画やゲームの知識があった――どんな人間にも、シップ・マインドでさえも、一個人ではとうてい消費しきれないほどの。それなのに……」グレゴロヴィッチの言葉はため息になった。「それなのに私は孤独だった。クルーが飢《う》えて死ぬのを見届け、皆《みな》がいなくなってしまうと、暗闇《くらやみ》に座って待つことのほかにできることは何もなかった。方程式を解き、きみのその取るに足らないちっぽけな脳では決して理解できない数学的概念《がいねん》に取り組み、読み、観察し、ニューマニストがするように無限大に向かって数を数えた。それでできたのは、暗闇《くらやみ》をあと一秒食い止めることだけだった。あと一瞬《いっしゅん》。私は叫《さけ》んだ、叫《さけ》ぶ口はなくても。私は泣いた、涙《なみだ》を流す目はなくても。私は時空を這《は》い進んだ、気の触《ふ》れた神の夢でつくられた迷宮を少しずつ進む芋虫《いもむし》のように。私が学んだことはこれだ、肉袋《ミートバッグ》よ、私が学んだのはこれだけだ――空気、食料、避《ひ》難所《なんしょ》が確保できているとき、大切なのはふたつだけだ。仕事と仲間。ひとりぼっちで目的を持たないというのは、生ける屍《しかばね》になるということだ」

「それはそんなに意外な新事実？」キラは静かに問いかけた。

シップ・マインドは忍《しの》び笑いをし、その声から彼《かれ》が狂気《きょうき》の淵《ふち》で揺《ゆ》れているのがわかった。

「少しも。まったく意外なことではない。ハハハ。わかりきったことだろう？　陳腐《ちんぷ》とさえ言える。道理をわきまえた人間なら誰《だれ》もが同意することではないか？　ハハハ。だが、読んだり聞いたりすることと、実際に体験することは同じではない。全然違《ちが》う。真実の発覚がたやすいことは滅多《めった》にない。そんな感じだった、おおスパイクを持つ者よ。それは真実の発覚だった。もう一度あんな経験に耐《た》えるぐらいなら、死んだほうがマシだ」

それだけはキラも認め、共感できた。自らの真実の発覚も、キラを壊《こわ》しかけた。「そうね。わたしも同じ……。あなたが乗っていた船の名前は？」

グレゴロヴィッチは答えようとしなかったが、じっくり考えてみると、結果的にはそれでよかったのかもしれないとキラは思った。墜落《ついらく》について話すことは、グレゴロヴィッチをますます不安定にさせるだけのようだから。

キラはオーバーレイを立ち上げて、見るともなしに眺《なが》めた。どうすればシップ・マインドにセラピーを施《ほどこ》せるのだろう？　そう疑問に思ったのはこれが初めてではない。シップ・マインドの治療《ちりょう》を行う精神科医の大半はシップ・マインドだとファルコーニは言っていたけれど、だとしても……。キラはグレゴロヴィッチが求めている心の平穏《へいおん》を手に入れることを願っていた——彼《かれ》のためにも、同じく自分たちのためにも——が、彼《かれ》の悩《なや》みを解決することはキラにはできなかった。

6

長い夜がのろのろと過ぎていく。

キラはイタリとの会話を書き留め、コンサーティーナを弾《ひ》き、〈ウォールフィッシュ〉号のデータベースのなかからいくつか映画を観て——どれも大して印象にも残らなかった——、ソフト・ブレイドの特訓をした。

ゼノと訓練を始める前に時間を取り、自分が達成しようとしている目標について考えた。ファルコーニに話したように、制御《せいぎょ》するだけでは不充分《ふじゅうぶん》だ。それよりも必要なのは……統合だ。ソフト・ブレイドともっと自然に一体化すること。信じること。そうでなければ、ゼノの行動はもちろん、自分の行動にも常に疑念を抱《いだ》くことになるだろう。過去に犯した失敗を思えば、そうなるのは当然だ（キラはモーのことに思いを馳《は》せていた。意志の力で、物思いから自分を引き戻《もど》した）。苦痛に満ちた経験を通して学んだように、自分を疑うことは過剰《かじょう》に反応することに負けず劣《おと》らず致命《ちめい》的になりかねない。

キラはため息をついた。どうしてこんなに厄介《やっかい》なことばかりなのだろう？

心のなかに目標を設定し、キラは前回と同様の訓練を始めた。アイソメトリック・エクササイズ、不快な記憶《きおく》、肉体と精神の緊張《きんちょう》……ソフト・ブレイドを試すのに思いつくことはなんでもした。これまでになくゼノをしっかり掌握《しょうあく》した自信がつくと、キラはようやく絶対的な支配を緩《ゆる》めることで実験を始めた。最初はほんの少しだけ。ごくわずかな自由裁量を与《あた》えて、ソフト・ブレイドがどんな行動に出るかを確かめた。

結果はさまざまだった。だいたい半分ぐらい、ゼノはキラが望んだことを望んだとおりのやり方で実行した。皮膚《ひふ》に何かの形をつくることであっても、緊張《きんちょう》状態の維持《いじ》を助けることであっても、キラがこの有機体に与《あた》えたほかのどんな課題を成し遂《と》げることであっても。おそらく四回に一回は、ソフト・ブレイドはキラが望んだことをするにはするが、期待したやり方ではしなかった。そして残りは、完全に不相応あるいは無分別に反応し、四方八方にスパイクや巻きひげをくり出した。当然それはキラが何よりも懸念《けねん》している事態だった。

充分《じゅうぶん》やり尽《つ》くして訓練をやめたとき、目立った進歩が少しも見られないような気がした。そう思うとくじけそうになったけれど、ソルに着くまでは三か月以上あるのだから、と自分に言い聞かせた。ソフト・ブレイドの訓練をする時間はまだたっぷりある。ありあまるほどの時間が……。

グレゴロヴィッチはまたすぐにキラと会話しはじめた。いつもの彼《かれ》に戻《もど》ったみたいで、ホッとした。ふたりは何度かゲームの〝トランセンデンス〟[*38]をプレイして、毎回グレゴロヴィッチが勝ったが、キラは気にしなかった。どんな相手であっても、話し相手がいてくれることが嬉《うれ》しかった。

キラはナイトメアやモー、あるいはプレインティブ・バージの奥底《おくそこ》で熟考している強く偉大《いだい》なクタインのことさえ、あまり考えすぎないようにしていた……が、幾度《いくど》となく引き戻《もど》され、リラックスできないせいで旅を乗り切るのに必要な休眠《きゅうみん》状態になかなか入れずにいた。

数時間かもしれないし、一日以上が過ぎていたかもしれないが、ついにキラはおなじみの身体がだるくなっていく感覚を覚えた。食事と活動が不足していることにソフト・ブレイドが反応し、キラがただの眠《ねむ》りではない眠《ねむ》りに就くための準備を始めたのだ。冬眠《とうみん》状態に入るたびに、前より入りやすくなっていくようだった。ゼノがキラの意図をちゃんと理解するようになり、ふさわしい行動を取るようになっていった。

キラは毎週鳴るようにアラームをセットして、目を閉じながら言った。「グレゴロヴィッチ……もう眠《ねむ》りそう」

「ゆっくり休むといい、肉袋《ミートバッグ》よ」シップ・マインドはささやいた。「私も眠《ねむ》るとしよう」

「……夢を見るかもね」

「いかにも」

グレゴロヴィッチの声が小さくなっていき、代わりにバッハの協奏曲の柔《やわ》らかな旋律《せんりつ》が聴《き》こえてくる。キラはほほ笑み、ブランケットに潜《もぐ》り込《こ》んで、とうとう緊張《きんちょう》をほどいて忘《ぼう》却《きゃく》に身をゆだねた。

7

恐怖《きょうふ》、希望、夢、後悔《こうかい》の痛み。まとまっていない考えと衝動《しょうどう》に満ちた、形のない時間が過ぎていった。週に一度、キラはアラームに起こされ――ふらふらしながら、かすんだ目で――ソフト・ブレイドと訓練した。骨折り損だと感じることはしょっちゅうあったが、それでもキラはあくまでも継続《けいぞく》した。ゼノも同じく。キラはゼノが自分を満足させたがっていることを感じ取り、マスターしたとまでは言わなくても、行動の反復によって意図がはっきりしていき、ソフト・ブレイドが切望していることをなんとなく察知しはじめた。ソフト・ブレイドはその取り組みにおいて、ある種の芸術性、独創性を求めているかのようだった。大部分において、キラはそうした本能にしり込《ご》みしていたけれど、好奇心《こうきしん》を掻《か》き立てられ、しばしば子ども時代の温室と、発芽して巻きついて葉を出して健康な命を広げている植物の、長くて深い奇妙《きみょう》な夢を見た。

二週間に一度、〈ウォールフィッシュ〉号は超光速《ちょうこうそく》から出て、キラはスパローの簡易ジムに降りていき、船が熱を冷ましているあいだ、心と身体を極限まで追い込《こ》んだ。そのたびに、右手がないことが残念でならなかった。物をつかんだり持ち上げたりするのにソフト・ブレイドを代わりに使っていても、右手がないことは数知れないほどの困難をもたらした。ゼノをそんなふうに使うのはいい練習になる、そう考えて自分を慰《なぐさ》めた。そして、それは本当だった。

キラが貨物室で訓練しているとき、海兵隊員たちが近くの備品棚《だな》のあいだから見ていた。青く照らされたクライオ・チューブのなかで凍《こお》っているホーズとほかの三人。サンチェス、タトゥポア、モロス、あともうひとりは、トリッグの命を救ったのと同じ繭《まゆ》に包まれている。そこにいる彼《かれ》らを見ていると、キラは死者の魂《たましい》を守るために設置された古代の像が並んでいるところにうっかり入り込《こ》んでしまったような気分になった。ちょっと迷信じみているけれど、キラは彼《かれ》らに近づかず、なるべく見ないようにしていた。

体力を維持《いじ》するために運動のあとでレーションバーを食べることもあったが、たいていは水を飲んで冬眠《とうみん》状態に戻《もど》った。

最初の一か月の途中《とちゅう》まで、空虚《くうきょ》な夜の時間にイタリのエアロックの外に浮《う》かんでいるとき——周りの世界に対してほとんど無感覚になって——、閉じたまぶたの裏にある幻影《げんえい》が貼《は》りついていた。別の時間、別の精神の記憶《きおく》。

高いアーチ型天井の謁見室《えっけん》にふたたび召喚《しょうかん》され、彼女《かのじょ》と彼女《かのじょ》の肉体は集まった〈七頭政治《ヘプターキー》〉を前に証人として立ち会った。高くなったところにそれぞれ三人ずつ、〈いと高き方〉がそのあいだに位置している。

中央の封《ふう》が破られ、模様のある床《ゆか》から輝《かがや》くプリズムが浮上《ふじょう》する。切子面のある檻《おり》のなかには、フラクタル構造の黒い種がひとつあり、荒《あ》れ狂《くる》う怒《いか》りにのたうち回り、その透明《とうめい》な牢獄《ろうごく》をめったやたらと振動《しんどう》させ、突《つ》き刺《さ》し、掻《か》きむしり、絶え間なく打ち叩《たた》いている。彼《か》女《じょ》の肉体の果肉、だがいまでは邪悪《じゃあく》な意思に汚《よご》れてねじれている。

「さてどうするべきか？」〈いと高き方〉が問いかけた。

ヘプターキーはさまざまな声で答えたが、ひとりの声が誰《だれ》よりもはっきり告げる。「枝を切るべきだ。根を燃やすべきだ。胴枯病《どうがれ》を広めるわけにはいかない」

けれど別の声が反対意見を表明する。「われらが庭を守らねばならないのは確かだが、一瞬《いっしゅん》立ち止まって考えてみるのだ。われらが計画を超越《ちょうえつ》する生命の可能性がここにある。それを吟味《ぎんみ》もせずに無視するとは傲慢《ごうまん》にもほどがあるのでは？　われわれは全知全能ではない。混沌《こんとん》のなかには美も宿っているかもしれず、われらが希望の種のための肥沃《ひよく》な土壌《どじょう》もあるかもしれぬぞ」

長い議論がつづき、大半が怒《いか》りで、そのあいだじゅうずっと、捕《と》らえられた黒いものは逃《とう》がれようともがいていた。

やがて〈いと高き方〉が立ち上がり、〈蒼《あお》き杖《つえ》〉で床《ゆか》を打って言う。「罪はわれらにあるが、胴《どう》枯《がれ》病を生き残らせるわけにはいかぬ。その危険はあまりに大きく、その報いはあまりに不確かで、あまりにわずかだ。光は闇《やみ》から現れるかもしれぬが、闇《やみ》に光を覆《おお》わせるのは間《ま》違《ちが》っているであろう。許せる域を超《こ》えた行いというものも存在する。影《かげ》を照らせ。胴《どう》枯《がれ》病を始末せよ」

「胴枯病《どうがれ》を始末せよ！」ヘプターキーは叫《さけ》んだ。

すると虹《にじ》色のプリズムが目のくらみそうなまばゆい光を放ち、なかに存在する悪意は悲鳴をあげ、破裂《はれつ》して燃えさしを降らせる雲になった。

第4部
フィデリタシス
〔忠誠〕

F i d e l i t a t i s

われわれは自分のためだけに生まれたのではない。

——マルクス・トゥッリウス・キケロー

第1章 不協和音

D i s s o n a n c e

1

キラはパッと目をあけた。

なぜ目が覚めたのだろう？　なんらかの環境《かんきょう》の変化がソフト・ブレイドを目覚めさせ、キラを起こしたのだ。〈ウォールフィッシュ〉号を循環《じゅんかん》している空気の流れの、ほとんど気づかないほどの変化。作動している機械類のブーンという遠い音。そのままなら息が詰《つ》まりそうな気温のわずかな低下。何か。

キラはハッとして、すぐそばのエアロックに目をやった。ジェリーのイタリは、いまもエアロックのなかのいるべき場所にいた。長い船の夜を照らすぼんやりした赤い光の下、分泌物《ぶんぴつぶつ》でできた繭《まゆ》に包まれている姿がかろうじて見える。

キラは安堵《あんど》の息を吐《は》いた。ジェリーと戦うなんてまっぴらだ。

「グ、グレゴロヴィッチ?」使い古したスパナみたいに錆《さ》びついた声。咳払《せきばら》いをしてもう一度呼びかけたけれど、やはりシップ・マインドの返事はない。キラは別の方針を試した。

「モルヴェン、そこにいる?」

「はい、ミズ・ナヴァレス」〈ウォールフィッシュ〉号の疑似知能が返事をした。

「ここはどこ?」喉《のど》がひどく乾燥《かんそう》していて、か細いしわがれ声になる。口のなかにも水分がないのに、キラは唾《つば》をのもうとした。

「たったいま目的地に到着《とうちゃく》したところです」とモルヴェンは答えた。

「ソル」キラはガラガラ声でつぶやいた。

「そうです、ミズ・ナヴァレス。太陽系。〈ウォールフィッシュ〉号は四分二十一秒前に超光速《ちょうこうそく》から出てきました。標準の到着《とうちゃく》手続きが実施《じっし》されています。ファルコーニ船長とクルーは間もなく目覚める予定です」

やった。本当にやり遂《と》げたのだ。半年前に61シグニを出発してから起きていたかもしれないすべてのことを思うと、怖《こわ》くてたまらない。

半年間も飛行してきたなんて嘘《うそ》みたいだ。人為《じんい》的なものであろうとなかろうと、冬眠《とうみん》の驚異《きょうい》だ。

「誰《だれ》かから連絡《れんらく》はあった？」キラは訊《き》いた。

「はい、ミズ・ナヴァレス」モルヴェンはこの上なく迅速《じんそく》に答えた。「ＵＭＣの監視《かんし》局から十四回、連絡《れんらく》を受けています。現在クルーは具合が悪いと説明しておきました。しかしながら地元当局は、この船が元々はどの惑星《わくせい》系から来たもので現在の任務はなんなのか、早急に明かすようにとしつこく要請《ようせい》しています。彼《かれ》らはかなり動揺《どうよう》しているようです、ミズ・ナヴァレス」

「そうね、わかった」ＵＭＣのことはファルコーニがクライオから出たら対応してくれるだろう。そういうことにかけてはお手のものだから。それに彼《かれ》は〈ウォールフィッシュ〉号の代表として話をしたがるはずだ。

不快なほど身体がこわばっているのを感じ、キラはエアロックの近くにブランケットと網《あみ》でつくってあった寝床《ねどこ》から出ようとした。

手が。

ジェリーの船で切り落とした前腕《ぜんわん》が……再生している。驚愕《きょうがく》し、信じられない思いで腕《うで》を上げ、どの部分も見えるようひっくり返し、指を開いたり閉じたりしてみる。

幻覚《げんかく》じゃない。この腕《うで》は本物だ。とてもじゃないが信じられず、反対の手で触《ふ》れてみて、指が指をすべる感触《かんしょく》を確かめる。最後に目を覚ましてからたった五日しか経っていないのに、そのあいだにソフト・ブレイドはキラが失った肉体の完璧《かんぺき》なレプリカをつくりあげていた。

本当にそうだろうか？

ふいに恐怖《きょうふ》が思考に影《かげ》を落とした。息を吸い込《こ》み、手の甲《こう》に意識を集中して、意志の力でソフト・ブレイドを引っ込《こ》めようとする。

ソフト・ブレイドが引っ込《こ》むと、手が内側にへこみ、暑い夏の日のアイスクリームみたいに溶《と》けてなくなるのを見て、キラは弱々しい悲鳴をあげた。心身ともに萎縮《いしゅく》し、キラは集中力を失った。ソフト・ブレイドはさっと形を取り戻《もど》し、キラがなくした手をふたたび形作った。

目に涙《なみだ》がにじみ、苦い喪失感《そうしつかん》を味わいながら、キラはまばたきをした。「最悪」自分自身に腹が立っていた。失った手のことで、どうしてこんなに動揺《どうよう》しなきゃならないの？腕《うで》や脚《あし》を取り替《か》えることなんて、大したことじゃないのに。

だけど本当は大したことだった。キラはキラの肉体であり、キラの肉体はキラだった。心と身体は切り離《はな》せない。バグハントに行くまで生まれてからずっと、手は自己像の一部になっていて、その手をなくして不完全さを感じていた。一瞬《いっしゅん》また完全になれたと希望を抱《いだ》いたのに、違《ちが》った、そうはならなかった。

とはいえ、手というものがあるにはあり、ないよりはマシだった。それにキラがなくした手をソフト・ブレイドが複製してみせたという事実は、楽観的な考えをもたらした。なぜソフト・ブレイドは前にやらなかったことを、いまになってやったのか？　旅の終わりが近づいていることを知っていたから？　バグハントからの帰りにずっと訓練を試みていたことに対して、協力的なところを示してみせた？　キラは不思議だった。答えがどうであれ、その結果によって報われた気がした。ソフト・ブレイドは自らの意志を働かせ（口には出していないキラ自身の望みに導かれたのかもしれないけれど）、建設的な方法で行動したのだ。

もう一度キラは自分の手をまじまじ眺《なが》めて、その細部に驚嘆《きょうたん》した。見た限りでは、元の手の完璧《かんぺき》な複製だ。キラが気づいた唯一《ゆいいつ》の違《ちが》いは、密度にわずかな差があることだけだった。新しい腕《うで》は、髪《かみ》の毛一本分だけ重そうな感じがする。けれどそんなことは些細《ささい》な違《ちが》いで、ほとんど気づかないぐらいだ。

まだ新しい指の動きを試しながら、キラは寝床《ねどこ》から這《は》い出ていった。オーバーレイでデータを開こうとしたとき――バグハントへの飛行時と同じく――ソフト・ブレイドがコンタクトレンズを吸収してしまったことに気づいた。

遅《おく》ればせながら、ヴィシャルがプリントしておいてくれた替《か》えが入った小さなケースのことを思い出す。ブランケットに埋《う》もれていたのを見つけ出し、左右の目に対応した透明《とうめい》のレンズを慎重《しんちょう》にそれぞれ入れた。

まばたきをして、オーバーレイのおなじみのヘッドアップディスプレイが表示されると、ホッとした気分になった。これでよし。これでまた完全に機能する人間になれた。

ニュースを確かめたくなるのを我慢《がまん》して、エアロックから離《はな》れ、壁《かべ》に手をついて進んでいくと〈ウォールフィッシュ〉号の中心部に着き、メインシャフトを上りはじめた。

船はいまも静まり返り、暗くがらんとしていて、まるで見捨てられたみたいだ。生命維《い》持《じ》の換気扇《かんきせん》の音がなければ、いつ終わるとも知れずにぽつんと宇宙空間を漂《ただよ》っている遺棄《いき》船であってもおかしくなかった。キラはかつて誰《だれ》かが住んでいた船の廊下《ろうか》を動き回っているハイエナにでもなった気分だった……あるいは、何世紀も前の霊廟《れいびょう》を開いている探検家か。

ナイダスの街と、そこでの悲惨《ひさん》な発見に思いを引き戻《もど》されていく。キラはうめき、いらだちながら首を振《ふ》った。想像ばかりが膨《ふく》らんでしまっている。

管理室の下の階に着いたとき、スラスト警報が鳴り響《ひび》いた。キラは注意しながら足を床《ゆか》に着くと、適度な重みを身体に感じ——また下に地面ができた！——、〈ウォールフィッシュ〉号の核融合炉《かくゆうごうろ》が轟音《ごうおん》を立ててふたたび稼働《かどう》した。

エンジンの噴射《ふんしゃ》を歓迎《かんげい》し、キラは安堵《あんど》のため息をついた。

周囲の照明が点滅《てんめつ》し、赤から船の日中を示す青白い光に変わっていく。薄暗《うすぐら》い闇《やみ》のなかで長期間すごしてきただけに、その明かりは痛いぐらいまぶしい。キラは目が慣れるまで顔を覆《おお》っていた。

キラがストーム・シェルターに着いたとき、ファルコーニとほかのクルーたちはちょうどクライオから出てきたところだった。スパローが両手両足を床《ゆか》につき、毛玉を吐《は》いている猫《ねこ》みたいに空嘔《からえずき》する。

「うう、長距離《ちょうきょり》飛行はこれだから」そう言って、スパローは口を拭《ふ》いた。

「よかった、起きたのね」キラは声をかけた。

ファルコーニがうなった。「こんな状態でも起きたと言えるならな」ファルコーニもスパローに負けず劣《おと》らず顔色が悪く、残りのクルーと同様、目の下に黒いくまができている。これほど長期にわたるコールドスリープの副作用は、キラにとって羨《うらや》ましいものではなかった。

スパローはまた空咳《からせき》をしたあとでふらふらと立ち上がり、ファルコーニとニールセン、ファジョンのいるところへ行き、ロッカーにしまってあった服を着た。ヴィシャルはみんなより時間がかかった。医師は服を着ると、キラがよく知っている小さな青い薬を配って回った。この薬は吐《は》き気を抑《おさ》え、身体から失われた栄養素も補給してくれる。

キラも薬を勧《すす》められたが、断った。

「どんな様子だ?」ファルコーニがブーツを履《は》きながら尋《たず》ねた。

「まだわからない」とキラは答えた。

そこへグレゴロヴィッチのからかうような笑い声が割って入った。

「ごきげんよう、愛しい者たちよ。生者の世界へよくぞ帰ってきた。いやはや、まったく。われわれは虚空《こくう》を渡《わた》るこの壮大《そうだい》な旅を生き延びた。またもや闇《やみ》に抗《あらが》い生還《せいかん》したのだ」そう言って、笑い声を船内に響《ひび》きわたらせた。

「上機嫌《きげん》な人もいるみたいね」ロッカーを閉めながらニールセンが言う。そこにヴィシャルが近づいていき、首をかしげて小声で彼女《かのじょ》に何かを尋《たず》ねた。

「ちょっと」スパローがキラをまともに見た。「いつの間に新しい腕《うで》を?」

キラは気まずさを覚えて肩《かた》をすくめた。「ソフト・ブレイドがね。目覚めたらこうなってたの」

「へえ。なくさないよう気をつけなよ」

「そうね、ご忠告どうも」

トリッグのものを除いて、すべてのクライオ・チューブが開いた。キラはトリッグに挨《あい》拶《さつ》しに行った。霜《しも》で覆《おお》われたプレートの向こうで、少年は前と変わらない様子をしていて、その表情は不安になるほど穏《おだ》やかだ。死人のように青白い肌《はだ》をしていなければ、眠《ねむ》っているだけかと思うほどだ。

「さてと」ファルコーニがドアへと向かう。「何がどうなってるか確かめるとするか」

2

「ふざけんな、ちくしょう」スパローが吐《は》き捨てた。隣《となり》でファジョンが眉間《みけん》にしわを寄せ、とがめるような声を発したが、ホログラムからは決して目を離《はな》さなかった。誰《だれ》もが釘付《くぎづ》けになっている。

ファルコーニが太陽系の隅《すみ》から隅《すみ》までを映し出した画像をスクロールしていく。ソルは戦場と化していた。反物質貯蔵所の残骸《ざんがい》が水星の軌道《きどう》の内側に浮《う》かんでいる。金星と火星の上空には船の破片が散乱している。小惑星《しょうわくせい》では居住ドームが卵みたいに割れている。破《は》壊《かい》された宇宙ステーション、リング、オニール・シリンダーが太陽系の至るところに打ち捨てられて漂《ただよ》っている。ハイドロテック燃料補給所の穴のあいた貯蔵タンクからは燃焼した水素の煙《けむり》が吐《は》き出されている。地球では——こともあろうに地球とは！——衝突《しょうとつ》クレーターが北半球と南半球をめちゃくちゃにし、黒葉枯《はが》れ病がオーストラリアの一部を覆《おお》っていた。

多数の船と軌道《きどう》プラットホームが植民惑星《わくせい》の周りに集まっていた。UMCの第七艦隊《かんたい》*39はデイモスのそばに集結している。すぐに飛び出せるぐらいマルコフ・リミットに近く、かといって緊急時《きんきゅうじ》に地球型惑星《ちきゅうがたわくせい》を掩護《えんご》できないほど離《はな》れてもいない。

複数の場所で戦闘《せんとう》がつづいていた。ジェリーは遥《はる》か先の冥王星《めいおうせい》に小さな作戦基地を設置し、火星の北極地方の地下にある数々の入植地を侵略《しんりゃく》していた。トンネルのせいでUMCは空襲《くうしゅう》を仕掛《しか》けてエイリアンを片付けることができなかったが、周辺の民間人の救出を試みるのと同時に、ジェリーを排除《はいじょ》すべく地上作戦が進行していた。それ以上に深刻なのはオーストラリアについた染みだった。ナイトメアの船がそこに墜落《ついらく》していて、数時間のうちに腐敗《ふはい》した組織が土壌《どじょう》に広がって汚染《おせん》が定着した。地球にとって幸いなことに、墜落《ついらく》した場所は住む人もない不毛の地だったため、即座《そくざ》に軌道上《きどうじょう》の太陽電池を使ってその一帯を焦《こ》がして溶《と》かしたことで汚染《おせん》を封《ふう》じ込《こ》められていた。わずかな組織も駆除《くじょ》されずに残ることがないよう、活動はまだ継続《けいぞく》していたが。

「なんてことだ」ヴィシャルが十字を切った。

ファルコーニさえもが被害《ひがい》の甚大《じんだい》さに呆然《ぼうぜん》としているようだ。

ニールセンが苦しそうな声を発し、金星のニュース一覧のウインドウを開いた。キラが垣間見《かいまみ》た見出しの一部には、こう書かれていた。宙から落下する都市——

「電話しないと」この一等航海士は言った。死人のように青ざめた顔をしている。「確かめないと、まさか……まさか……」

「行ってこい」ファルコーニはニールセンの肩《かた》に手を置いた。「あとは任せておけ」

ニールセンは感謝に満ちた顔をして、管理室から飛び出していった。

キラは残ったクルーたちと不安そうに視線を交わした。ソルがこの惨状《さんじょう》なら、ほかの連盟星はどうなってしまっているのだろう？　ウェイランドは！　突然《とつぜん》キラは絶望にのみ込《こ》まれそうになった。

故郷のニュースを調べようとしたそのとき、グレゴロヴィッチが言った。「エヘン、ご提案したいのだが、ＵＭＣがばかなことをする前に応答しておいたほうがよいのでは。こちらが速やかに飛行情報を提供し、目的を明らかにしなければ、ＵＭＣはありとあらゆる暴力に訴《うった》えると脅《おど》しをかけてきている」

ファルコーニはため息をついた。「片付けておいたほうがよさそうだな。向こうは俺《おれ》たちが誰《だれ》か知っているのか？」

シップ・マインドはおかしくもなさそうに笑った。「あの取り乱した通信の様子から判断するに、間違《まちが》いなく知っているはずだ」

「わかった。繋《つな》いでくれ」

キラは管理室の後ろのほうに座り、グレゴロヴィッチが繋《つな》いだ相手とファルコーニが話すのを聞いていた。「はい」ファルコーニは言った。「……いや……そうだ。UMCSの〈ダルムシュタット〉号が……グレゴロヴィッチ、きみは――……そうか。彼女《かのじょ》はここにいる……わかった。了解《りょうかい》。通信終了《しゅうりょう》」

「それで？」キラは尋《たず》ねた。

ファルコーニは顔をごしごしやって、キラ、スパロー、ファジョンを順番に見やった。ただでさえひどかった目のくまが、ますます濃《こ》くなっている。「こっちの話は真剣《しんけん》に受け止めていた、ということでまずは第一歩だ。UMCはこの船をただちにオルステッド・ステーションにドッキングするようにと言っている」

「そこまでどれぐらいかかる？」キラは訊《き》いた。

キラがオーバーレイを開く前に、ファルコーニが答えた。「七時間だ」

「オルステッドは、木星の衛星のひとつ、ガニメデのそばにあるハブリングだよ。UMCはそこを主要な拠点《きょてん》にしてる」スパローが説明した。

なるほど、そういうことだったのね。ソルのマルコフ・リミットは木星の軌道《きどう》のすぐそばにある。ソルについて多くを知っているわけではないけれど、そのことだけは恒星《こうせい》地理の授業で習ったのを覚えていた。

「この船にジェリーを乗せていることは話さなかった?」キラは尋《たず》ねた。

ファルコーニはボトルの水を長々と飲んだ。「話してない。むやみに警戒《けいかい》させたくなかったからな。なんとかなるだろう」

「ばれたら相当怒《おこ》られるわよ」

「だろうな」

そのとき、クライオのせいでしわがれたホーズの声がインターコムから聞こえてきた。「キャプテン、俺《おれ》たちはクライオ・チューブから出たが、残りの連中をこのむかつく繭《まゆ》から出てこさせるのにジェリーが必要だ。切り裂《さ》こうかと思ったが、なかのやつらにどんな影響《えいきょう》があるかわからない」

「中尉《ちゅうい》、了解《りょうかい》した。誰《だれ》かエアロックに寄こしてくれ、こっちもキラを行かせる」

「感謝する、キャプテン」

ファルコーニは天井を見やった。「グレゴロヴィッチ、ジェリーはもう起きたか?」

「ついいましがた」とシップ・マインドは返事した。

「なんで起きる時間がわかったんだ?」ファルコーニはぼそりとつぶやいた。

ファルコーニが見たとき、キラはもうドアのほうへ向かっていた。「行ってくる」

3

イタリを貨物室に連れていき、三人の海兵隊員を繭《まゆ》から引っ張り出し――また別の分泌《ぶんぴつ》液《えき》を使って――目覚めさせるあいだ、キラは四十分近く待っていた。通訳していないときは、備品棚《だな》のそばに立ってウェイランドからのニュースをあさっていた。

希望の持てるニュースではなかった。

とにかく、ある記事によると、ウェイランドはハイストーンの近くに軌道爆撃《きどうばくげき》を受けたらしい。家族が住んでいるのはハイストーンのものすごく近くというわけではないけれど、それなりの近さではあるので、ますます心配になった。

ウェイランドの南半球にある入植地のトスカ付近にジェリーも上陸していたが、最新のニュースによれば（一か月近く前のものだが）ジェリーはとどまりはしなかった。惑星系《わくせい》の外側を何艘《そう》かのナイトメアの船が通過し、ジェリーと激しい戦いをくり広げたが、それらの船はすべて次々と超光速《ちょうこうそく》に入っていったので、その後どうなったかは不明だった。連盟はウェイランドの惑星系《わくせい》に増援《ぞうえん》部隊を派遣《はけん》していたとはいえ、少数の特別部隊に過ぎなかった。船の大半は地球を守るべく太陽系の周辺にばかり集められていた。

イタリが海兵隊員を繭《まゆ》から出してしまうと、キラは記事を読むのをやめて、ジェリーをエアロックまで送り届けた。キラがオルステッドのことを伝えると、イタリは丁寧《ていねい》にお礼を言っただけで、あとは何も言わなかった。〈ウォールフィッシュ〉号がどこへ向かっているのか、あるいは着いたら何が起きるのかということに、このエイリアンは驚《おどろ》くほど興味がなさそうだ。キラがそのことを訊《き》いてみると、イタリはこう答えた。《こちらイタリ：波紋《はもん》は広がるように広がる》

ジェリーをエアロックに戻《もど》すと、キラは調理室《ギャレー》にちょっと寄って食べ物を入手してから、また上階の管理室に戻《もど》った。キラと同時にニールセンも来たところだった。一等航海士は頬《ほほ》を紅潮させ、目に涙《なみだ》を浮《う》かべている。

「大丈夫《だいじょうぶ》か？」ホログラムのテーブルの向こう側からファルコーニが声をかけた。

ニールセンはうなずきながら、壊《こわ》れた椅子《いす》に身を沈《しず》めた。「家族は生きていたけど、娘《むすめ》は、娘《むすめ》のヤンは家を失った」

「金星の？」キラは尋《たず》ねた。

ニールセンは鼻をすすり、黄褐色《おうかっしょく》のシャツの前面を撫《な》でつけてしわを伸《の》ばした。「街全体が撃墜《げきつい》されて。娘《むすめ》はかろうじて逃《に》げたの」

「くそっ。だが、本人は無事だったんだな」ファルコーニが言った。

一分ほど沈黙《ちんもく》がつづいた。ニールセンは身をこわばらせながら、あたりを見回した。

「ヴィシャルはどこ?」

ファルコーニはうわの空の様子で、船の後方に向かって手を振《ふ》った。「医務室を確認しに行った。海兵隊員の検査をするとかなんとか言ってたな」

「彼《かれ》はこの太陽系にあるハブ・シリンダーに住んでたんじゃなかった?」

ファルコーニの顔に不安が広がっていく。「そうだったか? 初耳だぞ」

ニールセンは腹立たしそうな声を発した。「あきれた。自分から訊《き》いてみようとしていたら、知っていたでしょうに」ニールセンは乱暴に席を立ち、大股《おおまた》で管理室から出ていった。

ファルコーニはかすかに困惑《こんわく》の表情を浮《う》かべて、ニールセンが出ていくのを見つめていた。そして説明を期待するようにキラのほうを見た。キラは肩《かた》をすくめて、オーバーレイに視線を戻《もど》した。

恒星《こうせい》間戦争はゆっくり進行していった――ジェリーほどの高度なテクノロジーをもってしても――が、起こっていたのは気が滅入《めい》るほど同じようなことばかりだった。ウェイランドが経験したことをほかの植民星もそっくり再現していた(スチュワートの世界での戦いは、ソルでの戦いと同じような規模だったけれど)。
そして、ナイトメアがいた。月日が過ぎるにつれて、ナイトメアはますます広がってい
き、UMCがジェリーと同じぐらい頻繁《ひんぱん》に彼《かれ》らと戦うほどにまでなった。ナイトメアは現
れるたびに姿かたちが違《ちが》っているようで、あたかも絶えず変異している結果のようだった。
あるいは、キラはこちらの可能性のほうが高そうだと思っていたが、ナイトメア——人間
とウラナウイ、ソフト・ブレイドの不自然な融合《ゆうごう》から生み出された、ぐちゃぐちゃのモー
——に隠《かく》された高い知性が、戦うのに最も適した肉体を見つけるために、異様な熱意で手
当たり次第に試しているかのようだった。
ナイトメアが人々に与《あた》えているだけではなく、自らも耐《た》えているに違《ちが》いない苦しみの大
きさを思うと、吐《は》き気を催《もよお》した。
戦争によってかつてないほど人類が結束することになったと知っても、キラは驚《おどろ》かなか
った。力を合わせて共通の敵と戦うため、ザリアンさえもが連盟との意見の相違《そうい》を脇《わき》にや
っていた。闇《やみ》のなかの怪物《かいぶつ》から攻撃《こうげき》を受けているというのに、人間同士で争って何にな
る?
それなのに、全人類の力を合わせても、この襲撃者《しゅうげきしゃ》を撃退《げきたい》するには足りなかった。情報
は断片的だったが、このままだと人類が負けるのは火を見るよりも明らかだ。あらゆる努

力に反して、人類は敗北しつつあった。

圧倒《あっとう》され、気が重くなり、疲《つか》れ果ててしまうニュースだった。ついにこれ以上は耐《た》えられなくなり、キラはオーバーレイを縮小し、頭上にずらりと並んだスイッチやライトをじっと見つめ、すべてが崩壊《ほうかい》しつつありそうなことについて考えないようにしていた。

視界の下端《かたん》に通知が表示された。一件のメッセージが届いている。グレゴロヴィッチからだろうと思いながら、キラはそれを開いた。

違《ちが》った。

受信箱に入っていたのは、61シグニで家族に送ったビデオメッセージへの返信だった。母親のアカウントからの返信。

キラは呆然《ぼうぜん》と見つめていた。ハッとして、息をするのも忘れていたことに気づく。返事が来るとは思っていなかった。キラがいつどこに帰ってくるのか、家族は知っているはずもなかったのに、なぜこの太陽系にメッセージが届いていたのだろう？　まさか……。

キラはかすかに震《ふる》えながらファイルを開いた。

目の前に映像が現れる。暗いウインドウに地下壕《ちかごう》らしきものが映し出されている。ウェイランドの初期の入植者が放射線遮蔽《しゃへい》に使用していたものだ……。両親が工具や医療《いりょう》用品が散乱したデスクの周りに集まって、こちらを向いて座っている。その後ろにイサーが立ち、父と母のあいだから不安そうな顔をのぞかせている。

キラは息をのんだ。

父の右腿《もも》には包帯が巻かれている。痛々《いたいた》しいほど痩《や》せ細って見え、キラの記憶《きおく》にあるよりも目と鼻の周りのしわがずっと深くなっている。幹細胞《かんさいぼう》注射を予定通り打っていたらあるはずのない白髪《しらが》がもみあげにまじっている。母のほうは、花崗岩《かこうがん》を削《けず》り出した鷲《わし》の彫像《ちょうぞう》みたいにますます手ごわそうになり、髪《かみ》は短くなっている。ほとんどの時間をスキンスーツで過ごす入植者が好むヘアスタイルだ。

イサーだけはほとんど変わったところもなく、そのことにキラは少しホッとした。

母が咳払《せきばら》いをした。「キラ、昨日あなたからのメッセージを受け取ったわ。一か月遅《おく》れだけど、ちゃんと届いた」

次に父が話す。「おまえが生きているとわかって本当に嬉《うれ》しいよ。本当によかった。しばらく心配していたんだ」父の背後でイサーがうなずいた。妹が口を挟《はさ》まなかったことにキラは驚《おどろ》いた。遠慮《えんりょ》するなんて、普通《ふつう》ではない。もっとも、いまは普通《ふつう》ではない時代なのだ。

母は父とイサーのほうを見たあと、またカメラに視線を戻《もど》した。「キラ、あなたのチームメイトのことを聞いて残念に思ってる、家族みんながね。それに……アランのことも。

いい人そうだったのに」

「つらい思いをしてるだろう」父が言った。「これだけは覚えておいてくれ、父さんたちはいつもおまえのことを思っていて、幸せを願っているよ。連盟の科学者たちはきっと、そのエイリアン――」そう口にして、躊躇《ちゅうちょ》した。「――そのエイリアンの寄生体を取り除く方法を見つけてくれるはずだ」

母が励《はげ》ますように父の腕《うで》に手を置いた。

母が話した。「あなたのメッセージが送信されるのを、なぜ連盟が許したのかはわからない。見落としただけかもしれないけれど、なんだとしても、受け取れてよかった。わたしたちが家にいないのは見ての通りよ。数週間前にジェリーが襲来《しゅうらい》して、ハイストーンの近辺で戦闘《せんとう》が行われていた。それで避難《ひなん》しなきゃいけなくなったけど、わたしたちは無事よ。みんな元気にしてるわ。暮らす場所もあって、ニーメラーゼという人たちと一緒《いっしょ》に――」

「山の向こう側にいる」と父がつづけた。

母が頭を傾《かたむ》ける。「当面はこのシェルターに住ませてもらうことになってるの。安全面の不安はないし、充分《じゅうぶん》な広さがあるわ」キラにはそこに充分な広さがありそうには見えなかった。

「ジェリーに温室を燃やされちゃった」イサーが低い声で言う。「燃やされちゃったよ、お姉ちゃん。ぜんぶ焼かれちゃった……」

そんな。

両親は落ち着かない様子でもぞもぞしている。父は膝《ひざ》に置いた大きな手を見下ろし、「そうなんだ」とつぶやいた。こんなに悲しそうで打ちひしがれた父は見たことがなかった。父はうつろな笑い声を漏《も》らした。「慌《あわ》てて逃《に》げようとしたときに、このかすり傷を負ってね」脚《あし》の包帯を軽く叩《たた》き、作り笑いを浮《う》かべている。

母が背筋をピンと伸《の》ばして言う。「キラ、よく聞いて。わたしたちのことは心配しないのよ、わかった？　あなたはやるべきことをして、遠征《えんせい》の旅に行ってらっしゃい、わたしたちはここで帰りを待っているからね……。この記録を連盟のすべての惑星《わくせい》系に送っておくわ、あなたがどこに到着《とうちゃく》しても受け取れるように」

「愛してるよ」父が言った。「おまえのことも、おまえのしている仕事のことも、本当に誇《ほこ》らしく思っているぞ。どうか無事で、またすぐに会おう」

さらにもう少し話がつづき、母とイサーからお別れの言葉があったあと、映像は終わった。

オーバーレイが濡《ぬ》れてすっかりぼやけている。キラはしゃくり上げ、自分が泣いていることに気づいた。ディスプレイを閉じ、背中を丸めて両手に顔をうずめる。

「なあ、おい」ファルコーニは驚《おどろ》くのと同時に気遣《きづか》うような声で話しかけてきた。彼《かれ》が近づいてきて、肩甲骨《けんこうこつ》のあいだにそっと手を触《ふ》れるのを感じた。「どうした?」

「家族からメッセージを受け取ったの」

「家族は――」

「ううん、違《ちが》う、無事だった、でも――」キラは首を振《ふ》った。「家を出なきゃならなかったのよ、わたしが育った家を。それに、家族の顔を見ただけでも……父も母も妹も、つらい思いをしてるみたいで」

「いまはみんなそうだ」ファルコーニは優しい口調で言う。

「わかってる、でもこれは――」キラはファイルの日付を確かめた。「二か月近く前のものなの。二か月よ。ジェリーがハイストーンに軌道爆撃《きどうばくげき》を仕掛《しか》けたのは一か月ほど前のことで――家族がいまは……」声が小さくなって途切《とぎ》れた。ソフト・ブレイドがキラの感情を反映し、腕《うで》の表面に小さな棘《とげ》が出てきた。左手に涙《なみだ》が一粒《つぶ》こぼれ落ち、あっという間に繊維《せんい》に吸収されていく。

ファルコーニはキラの横にひざまずいた。「何か俺《おれ》にできることは?」

キラは驚《おどろ》き、少し考えた。「大丈夫《だいじょうぶ》、だけど……ありがとう。あなたでも、わたしでも、誰《だれ》だとしても、助けになるためにできることといえば、この忌々《いまいま》しい戦争を終わらせることだけよ」

「確かに、それがいいだろうな」

キラは手のひらの付け根で目元を拭《ふ》いた。「あなたの家族はどうなの？ まだ――」

一瞬《いっしゅん》、その目が痛みを宿して暗くなった。「さあ、連絡《れんらく》するには遠すぎるところにいるから。どっちみち、俺《おれ》からの連絡《れんらく》なんて欲しがってるかどうか」

「そんなのわからないじゃない。確かなことは。ここで起きていることを見て。すべてが終わりを迎《むか》えてもおかしくない状況《じょうきょう》なのよ。両親と連絡《れんらく》を取るべきよ。いましなくてどうするの？」

ファルコーニはしばらく黙《だま》り込《こ》んでいたが、キラの肩《かた》をぽんぽんと叩《たた》いて立ち上がった。

「考えておこう」

それだけでは足りなかったけれど、これ以上は望めそうもない。キラも立ち上がった。

「部屋に戻《もど》るわ。オルステッドに着く前に返信しておきたいから」

ファルコーニはホログラムに気を取られながら、うなるように返事をした。「きみがメッセージを送ることを連盟が許すとは思えないけどな。連盟にしてもジェリーにしても。ウェイランドの通信がこの船倉のトイレ並みに使えなくなってることに、バケツ一杯《ぱい》分の金《ビッツ》を賭《か》けてもいい」

つかの間、キラの自信は揺《ゆ》らいだ。けれど、ありのままの状況《じょうきょう》を受け入れて、落ち着きを取り戻《もど》して言った。「関係ない。とにかく、やれるだけやってみたいの」

「ふうん、きみにとって家族はそんなに大切か？」

「当たり前でしょ。あなたは違《ちが》うの？」

ファルコーニは返事をしなかったが、肩《かた》の筋肉が緊張《きんちょう》して盛り上がったことにキラは気づいた。

4

七時間。

それは思っていたよりも早く過ぎていった。キラは家族への返事を録画して――バグハントでの出来事について話したが、ホーズに話したときと同じように、自分がモーを生み出してしまったことについては言わずにおいた――、手を上げて手のひらに〈真夜中の星座《ミッドナイト・コンステレーション》〉の花を形作り、ソフト・ブレイドにどんなことができるのか披露《ひろう》さえしてみせた。それを見た父が笑顔になることを願った。話したのはほとんどが当たり障りのないことで、無事を願ったり、無茶をしないよう伝えたりして、最後にこう締《し》めくくった。「どうにかして来週あたりにこのメッセージが届くといいんだけど。連盟がわたしに何をさせるつもりか知らないけど、しばらく家族と連絡《れんらく》を取らせてもらえなくなりそうだし……。ウェイランドで何が起きても、なんとか持ちこたえて。ジェリーと和平を結ぶ可能性はあるし、できるだけ早く実現するようがんばるから。だから諦《あきら》めないで、わかった？　諦《あきら》めないで……みんな愛してる。じゃあね」

そのあとキラは、暗い部屋で少し自分のために時間を取って、明かりを消したまま目を閉じ、呼吸をゆっくり整えて身体のほてりを冷ました。

そして冷静さを取り戻《もど》すと、管理室に戻《もど》った。そこにはヴィシャルがいて、ファルコーニとスパローと低い声で話をしていた。医師はふたりの背丈《せたけ》に近づくよう首を曲げて立っている。

「――気の毒にな、ドク」とファルコーニが言った。「本当に。船を降りたいと言うのなら、無理強いはしない。別の誰《だれ》かを探すことも――」

ヴィシャルはもう首を振《ふ》っていた。「いや、その必要はない、キャプテン、だが感謝するよ。わかり次第、叔父《おじ》が知らせてくれることになっているんだ」

スパローはぴしゃりと肩《かた》を叩《たた》いてヴィシャルを驚《おどろ》かせた。「あたしたちがついてるよ、ドク。あたしにできることがあれば、なんでも言いなよ、そしたら――」スパローは口笛のような音を出した。「――ヒュッ、と駆《か》けつけるからさ」

初めのうちヴィシャルはスパローのその気安さにムッとしているようだったが、すぐに態度をやわらげて言った。「ありがとう、ミズ・スパロー。心から感謝しているよ」

キラは席に着きながら、ファルコーニに問いかけるような一瞥《いちべつ》をくれた。

どうしたの？――キラ

ヴィシャルのハブ・シリンダーをジェリーが破壊《はかい》した。――ファルコーニ

ひどい。彼《かれ》のお母さんやお姉さんは？――キラ

間一髪《かんいっぱつ》で脱出《だっしゅつ》したかもしれないが、いまのところ、なんの知らせもない。――ファルコーニ

キラの席のそばにある自分の椅子《いす》のところにヴィシャルがやって来ると、キラは声をか

けた。「いまファルコーニに聞いたわ。お気の毒に。なんて言ったらいいか」

ヴィシャルは椅子《いす》に腰《こし》をおろした。暗い顔で眉間《みけん》にしわを寄せているが、その声は穏《おだ》やかなままだ。「お気遣《きづか》いありがとう、ミズ・キラ。神の思《おぼ》し召《め》しで、きっとすべてうまくいくはずだ」

それが正しいことをキラは願った。

キラはオーバーレイに視線を向けて、縞《しま》模様のかたまりである木星と、ぽつんと小さな円盤《えんばん》に見えるガニメデに近づいていくところを眺《なが》めるため、〈ウォールフィッシュ〉号の後部カメラからの映像を開いた。

オレンジ色に輝《かがや》く木星を見ていると、アドラステイアの空に浮《う》かんでいたゼウスの姿を、痛いほど強く思い出させられた。何も不思議じゃない。ふたつが似ていることから、最初の調査団はあの星にゼウスと名付けたのだから。

それに比べてガニメデは、小さすぎて取るに足らないものに思えた。たとえ――キラのオーバーレイの情報によると――ガニメデはこの惑星《わくせい》系にある最大の衛星で、惑星《わくせい》である水星よりも大きいといっても。

目的地であるオルステッド・ステーションはというと、ガニメデのぼこぼこになった地表の上空に浮《う》かんでいる塵《ちり》のようなものだった。その軌道上《きどうじょう》にいくつかのさらに小さなきらめく塵《ちり》があり、その塵《ちり》のひとつひとつが基地の周りに集まっている数々の輸送船や貨物運搬船《うんぱんせん》、ドローンの位置を示している。

キラは身震《みぶる》いした。身震《みぶる》いせずにはいられなかった。宇宙の広大さを理解した気になることはしょっちゅうあっても、違《ちが》う、本当はわかっていないということに、何かのきっかけで気づかされることがある。人間の脳では、その距離《きょり》や規模を把握《はあく》することが物理的に不可能なのだ。少なくとも、そのままの人間の場合は。シップ・マインドなら違《ちが》うかもしれない。あの宇宙のからっぽの広がりに比べると、人間がつくってきたもの（あるいは、これからつくるもの）など、ものの数にもならない。

キラは気を取り直して視線を基地に戻《もど》した。あまりに長く虚空《こくう》を見つめすぎていると、どんなに経験豊富な宇宙族《スペーサー》であっても正気を保てなくなりかねない。

太陽系を訪れるのはずっと昔からキラの目標のひとつで、なかでも生物学の宝の山である地球に行ってみたいと思っていた。まさかこんなふうに訪れることになるとは想像もしなかったけれど。戦争の影《かげ》で、苦しみながら慌《あわ》ただしく。

それでも木星を見ると驚《おどろ》きで胸がいっぱいになり、アランも一緒《いっしょ》にいてこの経験を分かち合えたらよかったのにと思った。ふたりで何度か話し合ったことがある。ソルへのバケーションに行けるだけのお金を稼《かせ》ぐことについて。じゃなければ、会社の負担で太陽系への旅ができるよう研究助成金を獲得《かくとく》することについて。とはいえ、どれも希望的観測に過ぎなかった。起こりうる未来への無益な期待。

キラは別のことを考えようとした。

「万事整然と片付いているか？」数分後にニールセンが管理室に入ってくると、ファルコーニは尋《たず》ねた。

「この上ないほど整然と」とニールセンは答えた。「検査官に文句をつけられることはひとつもないはずよ」

「イタリを除けば」キラは言った。

一等航海士は冷淡《れいたん》な顔に笑みを浮《う》かべた。「そうね、でもともかく検疫《けんえき》を破ったと責められはしない。最初からジェリーに対する正式な生物学的封《ふう》じ込《こ》めはなかったんだから」

そう言うと、ニールセンはヴィシャルの向かいの席に座った。

スパローがうんざりしたような声を発し、ニールセンを見やる。「恒星党《こうせいとう》*40が何を企《たくら》んでるかわかる？」

「うーん。拡張党*41や保護党*42ほど悪くはないでしょう。与党《よとう》になったらやることは同じよ」

スパローは首を振《ふ》った。「はいはい、そう自分に言い聞かせてるんだね。首相はこの緊《きん》急《きゅう》事態を利用して植民星を弾圧《だんあつ》する気なんだ」

「うえっ」キラは声をあげた。意外でもなんでもない。恒星《こうせい》党は常に太陽系をいちばんに考えている。ある程度は理解できるが、満足するべきだということにはならない。

ニールセンはすがすがしいほどの無表情を決め込《こ》んだ。「それはずいぶん極端《きょくたん》な意見ね、スパロー」

「まあ見てなって」ショートカットのこの女性は言った。「このごたごたが片付いたら、もし片付いたあとがあるとしたらってことだけど、地球本部《アース・セントラル》の許可なしには唾《つば》も吐《は》けないってことになるだろうから。保証するよ」

「大げさな――」

「あたしの言ってることが？　あんたは金星出身だ。そりゃあ地球を支持するのも当然だよね、ふわふわしながら育ってきたほかの連中と同じで」

ニールセンはしかめ面になり、言い返そうとしたとき、ファルコーニが口をはさんだ。

「政治の話はもう充分《じゅうぶん》だ。あとは耐《た》えられるぐらい酔《よ》っぱらったときまで取っておけ」

「イエッサー」スパローはぶっきらぼうに答えた。

キラはオーバーレイに注意を戻《もど》した。恒星《こうせい》間政治の細かな事柄《ことがら》については、流れを把握《はあく》できたためしがない。ころころ変わる部分が多すぎる。だけど恒星《こうせい》党が嫌《きら》いだということだけは、はっきりわかっていた（それを言うなら、ほとんどの政治家も）。

眺《なが》めているうちに、オルステッドが次第に大きくなっていき、船尾《せんび》の映像を独占《どくせん》するまでになった。この基地は重々しく殺伐《さつばつ》とした感じがあり、ゴシック様式のジャイロスコープみたいに、黒っぽい色をして角が鋭《するど》かった。静止したシールドリングは損傷を受けていないようだが、対になった回転しているハブリングは、ひとつの四分円に沿って複数の大きな亀裂《きれつ》が入っていた。まるで怪物《かいぶつ》がかぎ爪《づめ》でオルステッドを引っ掻《か》いたかのように。爆《ばく》発《はつ》の減圧によって、穴のへりに沿って外殻《がいかく》がめくれ上がり、金属板がぎざぎざの並んだ花びらみたいになっている。花びらのあいだから、霜《しも》に覆《おお》われて白く輝《かがや》いている部屋が見えた。

オルステッドの中央ハブの上面（上面とはガニメデの反対側を指している）には、アンテナやパラボラアンテナ、望遠鏡や武器が密集し、摩擦《まさつ》のない軸受《じくうけ》の上にじっと立っている。設備の大半は壊《こわ》れているか溶《と》けているようだ。幸い、攻撃《こうげき》はハブの芯《しん》に埋設《まいせつ》された核《かく》融合炉《ゆうごうろ》までは到達《とうたつ》しなかったらしい。

オルステッドのハブの下面から数百メートルにわたって伸《の》びている筋交いになった細長いトラスは無傷に見えるが、それを縁取《ふちど》る透明《とうめい》のラジエーターの多くは穴があくか粉砕《ふんさい》されるかしていて、切断された血管から溶解《ようかい》した金属をしたたらせるナイフのような破片と化していた。何十台もの修理ボットが破損したラジエーターの周囲を飛び回り、冷却液《れいきゃくえき》の流出を止めようとしている。

トラスの片端《かたはし》に搭載《とうさい》された補助通信機と防御《ぼうぎょ》アレイは、焼け焦《こ》げてめちゃくちゃになっているようだ。思いがけない幸運によって、マルコフ・ジェネレーター（基地のFTLセンサーの動力源）のなかの格納容器は破られていなかった。このジェネレーターにはいかなるときもごくわずかな量のアンチマターしか入っていないが、封《ふう》じ込《こ》めが破られてしまっていたら、アレイが丸ごと（それにトラスの大部分も）消滅《しょうめつ》していただろう。

基地の左舷《さげん》には四艘《そう》のUMCの巡洋艦《じゅんようかん》が吊《つ》り下げられていて、連盟の軍事力を目に見える形で示威《じい》している。

「まったく《トゥール》」スパローが着席しながら言う。「あの基地もボコボコにされたらしいね」

「オルステッドに行ったことは？」キラは尋《たず》ねた。

スパローは唇《くちびる》を舐《な》めた。「一度だけ。休暇《きゅうか》中に。また行きたいとは思わないけど」

「シートベルトをしたほうがいい」管理室の向こう側からファルコーニが言う。

「イエッサー」

全員がシートベルトを着用したあとで、噴射《ふんしゃ》が終わった。無重力に戻《もど》り、キラは顔をしかめた。〈ウォールフィッシュ〉号は最後にもう一度斜め宙返り《スキューフリップ》を行い（それで船は基地へ機首を向けて飛んでいる）、グレゴロヴィッチが言う。「十四分後に到着《とうちゃく》予定」

キラは頭を空《から》にしようとした。

すぐにファジョンが加わり、バレエダンサーのような優雅《ゆうが》さで管理室に入ってきた。顔に嫌悪《けんお》の表情を浮《う》かべ、いつにもまして不機嫌《きげん》そうだ。

「ランシブルとミスター・ファジーパンツはどうしてる?」ファルコーニが訊《き》く。

マシン・ボスはいやそうな顔をした。「あの猫《ねこ》、また漏《も》らした。オエッ。そこらじゅうウンチだらけだった。自分の船を買うことになったら、猫《ねこ》は乗せない。豚《ぶた》はいい。猫《ねこ》はだめ」

「掃除《そうじ》してくれてありがとう」

「ふん。危険手当を出してもらわないと」

しばらく沈黙《ちんもく》がつづいた。やがてスパローが口を開いた。「生物学的封《ふう》じ込《こ》めといえば、ルスラーンの連中はあたしたちにあんなに怒《おこ》ることはなかったんだよ」

「どうして?」ニールセンが尋《たず》ねる。

「あの逃《に》げた動物たちは、栄養としてええようだから」

キラもみんなと一緒《いっしょ》にうめいたけれど、それは形だけの抗議《こうぎ》だった。ほとんどのクルーは、いつもの冗談《じょうだん》を飛ばすトリッグがその場にいないことが残念なだけだろう、とキラは思った。

「神《トゥール》よ、ダジャレからわれらを救いたまえ」ヴィシャルが言う。

「これならまだマシなほうだ」とファルコーニ。

「ほう？　というと？」

「スパローなら物真似だってやりかねない」

スパローに手袋《てぶくろ》を投げつけられて、船長は笑った。

5

〈ウォールフィッシュ〉号が減速し、胃が締《し》めつけられるような感覚を覚えているうちに、船はかすかな振動《しんどう》と共にオルステッドのシールドリングで指定されたドッキングポートに連結した。

数秒後、警報解除信号が鳴り響《ひび》いた。

「よし、聞いてくれ」ファルコーニがハーネスをはずしながら言う。「俺《おれ》たちが恩赦《おんしゃ》を受けられるよう、アカウェ船長が取り計らってくれた」ファルコーニはもの言いたげな目つきでキラを見た。「つまり俺《おれ》たちのなかで悪事を働いた者の話だが。連盟に記録は残っているはずだが、だからって自ら恥《はじ》をさらすことはない。説明を受けて状況《じょうきょう》がはっきりするまで、誰《だれ》も何も言うんじゃないぞ。きみに関してはなおさらだ、グレゴロヴィッチ」

「仰《おお》せのとおりに、キャプテン、おお、わがキャプテン」シップ・マインドは返事した。

ファルコーニはうなった。「それにジェリーのこともべらべらしゃべらないように。そこはキラと俺《おれ》で対処する」

「ホーズたちがもうUMCに報告してるんじゃないの？」キラは尋《たず》ねた。

ファルコーニは不気味な薄笑《うすわら》いを浮《う》かべた。「連中に通信のアクセス権を与《あた》えていれば、きっとそうしただろうな。だが与《あた》えていない」

「ホーズもカンカンになっているでしょうね」ニールセンが言った。

ファルコーニは気密扉《とびら》へと向かっていく。「知るか。俺《おれ》たちはこれからすぐUMCと話をするが、わが親愛なる隣人《りんじん》の海兵隊員たちからも報告を受けるのにいくらか時間を取られることになるだろう」

「全員行かなきゃいけない？」とファジョンが訊《き》く。「あれだけのジャンプをしたから、〈ウォールフィッシュ〉号はまだメンテナンスが必要だけど」

ファルコーニは身振《みぶ》りでドアのほうを示した。「ファジョン、船のことならあとで時間はたっぷりある。約束するよ。だから答えはイエスだ、全員行かないと」スパローはうなり、ヴィシャルは目を回してみせた。「オルステッドの連絡《れんらく》将校は、乗員全員とはっきり言ってきた。俺《おれ》たちをどうしたものか、まだ判断がつきかねているんだろう。地球本部の指示を確認する必要があると言っていたからな。それにキラひとりで行かせるわけにはいかない」

「……ありがとう」それは心からの言葉だった。

「当たり前だ。どのクルーもひとりで行かせるつもりはない」ファルコーニはニヤリとし、それは悪そうで危険な笑みだったけれど、キラは心強かった。「連中がきみをまともに扱《あつか》わなかったら、態度を改めるまで騒《さわ》ぎを起こしてやるよ。あとのみんなは、やるべきことはわかってるな。目ん玉をひん剝《む》いて、口は閉じておけ。忘れるな、これは上陸休暇《きゅうか》じゃない」

「了解《りょうかい》」

「イエッサー」

「もちろん、キャプテン」

ファジョンはうなずいた。

ファルコーニは隔壁《かくへき》を叩《たた》いた。「グレゴロヴィッチ、緊急離陸《きんきゅうりりく》が必要になった場合に備えて、船をいつでも飛ばせるようにしておいてくれ。それと俺《おれ》たちが戻《もど》るまで、全員のオーバーレイの監視《かんし》もな」

「もちろんだとも」グレゴロヴィッチは歌うように言った。「きみたちの目から送られてくる映像を、とくと見せてもらうとしよう。なんと愉快《ゆかい》な覗《のぞ》き見だ。なんと素敵な覗《のぞ》き見だ」

キラは鼻を鳴らした。長い眠《ねむ》りも、確かにグレゴロヴィッチを変えていなかった。

「問題が起きると思っているの?」管理室を出ていきながら、ニールセンが訊《き》いた。

「いや。ただ用心するに越《こ》したことはない」ファルコーニは答えた。

「同感」とスパロー。

ファルコーニを先頭にして、クルーは〈ウォールフィッシュ〉号の中央シャフトに行き、船首にあるエアロックまで梯子《はしご》をつたっていった。エントロピストたちもそこで合流した。自由落下でローブが風をはらんだ帆《ほ》みたいに膨《ふく》らんでいる。ふたりは頭をちょっと下げて「キャプテン」とささやき、速度を落として止まった。

「パーティーにようこそ」ファルコーニは言った。

九人全員が入るとなると、エアロックはぎゅうぎゅうになった——特にファジョンは三人分近く場所を取っている——が、押《お》したりつめたりして、どうにか入ることができた。

エアロックはいつもどおり、カチカチいったりシューシューいったり、そのほかにもなんだかわからない音を立てながら循環《じゅんかん》していた。外側のドアが開いたとき、一年以上前の

ことだがキラがヴィーボルグに到着《とうちゃく》したときに見たものとそっくりのローディングドック
が見えた。デジャヴでもなく、郷愁《きょうしゅう》でもない、不思議な気分になった。かつてはありふれ
ていて、ホッとさせてくれるほどだった光景が、いまは冷たく、よそよそしく――ただ神
経過敏《かびん》になっているせいだとわかってはいたが――不吉《ふきつ》に見えた。
　小さな球形のドローンが待ち構えていて、エアロックのすぐ左手に浮《う》かんでいる。カメ
ラの横のライトが点いていて、スピーカーから男の声が聞こえてくる。「こちらへどうぞ」
圧縮空気を吹《ふ》き出しながら、ドローンは向きを変え、金属被覆《ひふく》された長い部屋の反対端《はし》
にある気密扉《とびら》のほうへ飛んでいく。
「ついて来いってことだろうな」ファルコーニが言う。
「そうみたいね」とニールセン。
「こっちは急いでるんだってこと、理解してないの？」キラは言った。
　スパローが舌を鳴らした。「わかってないね、ナヴァレス。お役所仕事なんて、急かし
ても無駄《むだ》。普通《ふつう》の時間があって、軍の時間ってもんが別にある。さっさとやって、あとは
待て、それが標準業務手順だ」
　ファルコーニがエアロックの開口部から気密扉《とびら》へと飛び立った。着地したとき身体を支
えられるよう片手を頭の上にあげ、空中でゆっくり螺旋《らせん》を描《えが》きながら進んでいく。

「かっこつけちゃって」ニールセンはそう言うと、エアロックから這《は》い出て、近くの壁《かべ》の手すりをつかんだ。

ひとりずつ〈ウォールフィッシュ〉号を降りていき、貨物コンテナが動かないようにするための溝《みぞ》と回転台を備えたローディングドックを横切った。そうしているあいだにも、レーザーや磁石などの機器で身分証をチェックしたり、爆発物《ばくはつぶつ》やその他の武器をスキャンしたり、禁制品を隠《かく》し持っていないか探したり、そういったことが行われているのをキラは知っていた。おかげで皮膚《ひふ》がムズムズしたけれど、どうすることもできなかった。

一瞬《いっしゅん》、マスクで顔を覆《おお》ってしまおうかと考えた……が、その衝動《しょうどう》を押《お》し殺した。なにも戦いに行こうとしているわけではないのだから。

気密扉《とびら》をくぐり抜《ぬ》けると、ドローンはその先にある幅《はば》の広い通路へ勢いよく進んでいった。控《ひか》えめに見積もっても七メートルは幅《はば》があり、〈ウォールフィッシュ〉号でこれほど長期間を過ごしてきたあとでは、桁外《けたはず》れの広さに思われた。

通路沿いにあるドアはどれも閉じて施錠《せじょう》されていて、キラたちのほかはひとりの人間も見当たらない。そこにもいなかったし、最初の鋭《するど》い曲がり角の向こうにも。次の角にも。

「大した歓迎《かんげい》ぶりだな」ファルコーニが乾《かわ》いた声で言う。

「きっとわれわれを怖《こわ》がっているのだろう」とヴィシャルが話した。

「違《ちが》う」とスパロー。「怖《こわ》がってるのは、彼女のことだけだ」

「怖《こわ》がるべきかもね」キラはつぶやいた。

驚《おどろ》いたことにスパローはものすごい大声で笑い出し、その声は通路の端《はし》から端《はし》まで響《ひび》いた。「そりゃいいや。目にもの見せてやりなよ」ファジョンさえもが面白がっているようだ。


その通路はシールドリングに五つあるすべてのフロアに通じていて、最後はキラが思っていたとおり、リニアモーターカーが待っていた。リニアの側面についたドアがもうあいていて、なかの席には誰《だれ》も座っていない。

リニアの反対側に広がる暗闇《くらやみ》からは、回転するハブリングが絶えずぐるぐる回りつづけているささやくような音が聞こえてきていた。

「乗車する際は手足にご注意ください」ドローンがリニアの横に止まりながら言った。

「へい、へい」ファルコーニがブツブツ言った。

キラたちは席に座り、シートベルトをした。すると歌うような調子の音が鳴り、見えないスピーカーから女性の声が聞こえてきた。「間もなく出発します。シートベルトをしっかり締《し》め、荷物が散らばらないよう固定してください」軋《きし》みを立ててドアが閉まる。「次の停車駅――ハブ・セクションCです」

リニアはほとんど音もたてずなめらかに加速して前進した。ターミナルの端《はし》の密閉されていたところを通り抜《ぬ》け、ドッキングリングとハブリングのあいだに埋《う》め込《こ》まれた本線のトンネルに入った。そのうちにキラは車体が内側に回転するのを感じ――自分自身が回転するのを感じ――重さがかかる感覚によってシートに身体を押《お》しつけられていく。手足が安定し、数秒後には通常の体重を取り戻《もど》したような感じになった。

回転と加速が組み合わさっているのは妙《みょう》な気分だった。少しのあいだめまいでくらくらしていたが、やがて新しく下になった方向に慣れてきて視点が変わった。

足のあいだが下だった（本来の向きだ）。下は外側へ向いていて、シールドリングを抜《ぬ》けて基地のハブから遠ざかるほうを指している。

リニアはすっと止まり、乗り込《こ》んだのと反対のドアがプシュッと開いた。

「ふうっ。糸車に巻き取られていたような気分だ」ヴィシャルが言った。

「俺《おれ》も一緒《いっしょ》だ、ドク」とファルコーニ。

カチャカチャと一斉《いっせい》にみんながシートベルトをはずし、ふらつく足でまだうまくバランスを取れないまま、よろめきながらターミナルに降り立った。

一歩か二歩しか進まないうちに、ファルコーニが足を止めた。キラも隣《となり》で立ち止まる。

「くそ《シバル》」

そこに待ち構えていたのは、黒いパワードスーツに身を包んだ兵士の密集陣形《ファランクス》だった。全員が武器を構えている。それがすべてキラたちに向けられている。重装備の攻撃《こうげき》部隊がひと組、虫の顔を持つ冷淡《れいたん》な角張った巨人《きょじん》みたいに、後ろに立ちはだかっている。兵士たちのあいだには、地面に砲塔《タレット》が固定されている。さらに、無数の怒《いか》れるスズメバチのような音をあたりに響《ひび》かせているのは、戦闘《せんとう》用ドローンの大群だ。

リニアモーターカーのドアがピシャリと閉じた。

声が高らかに発せられる。「両手を頭の上に！　ひざまずけ！　従わなければ撃《う》つぞ！　さっさとしろ！」

O r s t e d S t a t i o n

第2章 オルステッド・ステーション

1

なぜ今度は違《ちが》うと思っていたのだろう。けれどキラは信じていて、UMCの対応に腹が立ち、失望させられた。

「きたねえぞ、くそ野郎《やろう》ども！」ファルコーニが叫《さけ》んだ。

またあの声がターミナルに響《ひび》きわたる。「床《ゆか》に伏《ふ》せろ。いますぐに！」

抵抗《ていこう》しても無駄《むだ》だ。殺されるだけだろう。キラじゃなくても、ほかのクルーが。あるいは兵士たちが、でも彼《かれ》らは敵ではない。とにかく、キラはそう自分に言い聞かせていた。

何がどうあれ、彼《かれ》らは人間なのだから。

キラは兵士たちから決して目を離《はな》さないようにして、両手を頭の上にのせ、ひざまずいた。周りでクルーたちも、エントロピストも同じことをした。

ブーツがガチャガチャいう金属的な不協和音を立てながら、十人足らずの兵士たちが駆《か》け寄ってくる。兵士たちのパワードスーツの重さで地面が揺《ゆ》れた。キラは脛《すね》にその振動《しんどう》を感じ取った。

兵士はキラたちの背後に回り、クルーの手首を拘束《こうそく》しはじめた。エントロピストも同様に。兵士のひとりに腕《うで》をつかまれたとき、ファジョンはうなった。彼女《かのじょ》はしばし抵抗《ていこう》し、押《お》さえ込《こ》もうとした兵士のパワードスーツが金属音を響《ひび》かせた。やがてファジョンは力を抜《ぬ》き、韓国語《かんこくご》で罵《ののし》り言葉をつぶやいた。

兵士はファルコーニたちを引きずって立たせ、気密扉《とびら》のある脇《わき》のほうへ追い立てていき、近づくと扉《とびら》が開いた。

「そいつらに傷つけさせるなよ！」ファルコーニがキラを振《ふ》り返って叫《さけ》ぶ。「触《ふ》れられたら、相手の手を引きちぎってやれ。いいな⁉」兵士のひとりがファルコーニの背中を小突《こづ》いた。

「くそっ！　俺《おれ》たちは恩赦《おんしゃ》を受けたんだ！　離《はな》さなければ弁護士を雇《やと》って、契約不履行《けいやくふりこう》でここを丸ごと解体させてやる。こっちには不利になることはひとつもない。俺《おれ》たちは――」

その声は小さく遠ざかっていき、ファルコーニは戸口をくぐって姿が見えなくなった。すぐに残りのクルーとエントロピストも行ってしまった。

ソフト・ブレイドの最大限の働きもむなしく、キラの指先がじわじわ冷えていく。またひとりきりになってしまった。

「こんなの時間の無駄《むだ》よ。指揮官と話をさせて。ジェリーについて一刻を争う情報があるの。嘘《うそ》じゃない、首相はわたしたちの話を聞きたがるはず」

兵士たちが脇《わき》によけ、目の前の道をあけるのを見て、キラは一瞬《いっしゅん》、自分の言葉が功を奏したのかと思った。すると、またあの威嚇《いかく》的な声がとどろいた。「コンタクトレンズをはずして床《ゆか》に落とせ」

ああもう。オルステッドに上陸したとき、コンタクトレンズを検知されていたらしい。「人の話を聞いてないの？」キラは半ば叫《さけ》んでいた。反応して、ソフト・ブレイドの皮膚《ひふ》が硬《かた》くなる。「こんなふうにわたしを困らせてるあいだにも、外ではジェリーが人間を殺してるのよ。指揮官は誰《だれ》？　このまま言いなりになんて――」

あまりの声の大きさにキラは耳が痛くなった。「**従わなければ撃《う》つぞ！**　時間を十秒やる。九。八。七――」

つかの間、キラはソフト・ブレイドに全身を覆《おお》わせて、兵士に撃《う》たせてみようかと思った。相手が最大の武器を出してこなければ、ゼノはきっと守ってくれるはずだ。でもナイダスでの戦いから判断すると、最大の武器であればキラを傷つけるのに充分《じゅうぶん》すぎるほどだし、ファルコーニたちにも影響《えいきょう》が及《およ》ぶだろう……。

「わかった！　わかったって！」キラは怒《いか》りを抑《おさ》えた。自制心を失うつもりはない。いまも、このさきも二度と。キラに促《うなが》されて、ソフト・ブレイドはゆるんだ状態に戻《もど》った。

またもやコンピューターにアクセスできなくなることにげんなりしながら、キラは目に手を伸《の》ばした。

コンタクトを床《ゆか》に落とすと、また声が聞こえてきた。「両手を頭の上に戻《もど》せ。よし。では、私の命令に従って、立ち上がりターミナルの反対側まで歩け。そこに開いているドアがある。そのドアをくぐれ。脇《わき》にそれたら撃《う》つ。引き返そうとしたら撃《う》つ。手を下ろしたら撃《う》つ。何か想定外のことをしたら撃《う》つ。わかったか？」

「ええ」

「では歩け」

ぎこちない動きになったが、キラはバランスを取るのに腕《うで》を使わず立ち上がった。そして前進しはじめた。

「急げ！」声が命じた。

キラは歩調を速めたが、それほど急ぎもしなかった。言われたことにすべて従うようプログラムされたサーバーボットみたいに、命令どおりに走るなんてまっぴらだ。

キラが歩く後ろから戦闘《せんとう》用ドローンがついてきて、頭がどうかなりそうなほど絶えずブンブンと音を立てている。兵士たちの前を通り過ぎると、彼《かれ》らは背後を包囲し、無表情で冷静な鉄の壁《かべ》を形作った。

ターミナルの向こう端《はし》に、声が言っていたとおり開いているドアがあった。その先に新たな兵士の一団が待ち受けている――二列になって武器の狙《ねら》いをキラに定めて。

キラは落ち着いた歩調を崩《くず》さずに、ターミナルを出てその先にあるコンコースに入った。そこは広い部屋で（贅沢《ぜいたく》な空間の使い方は頽廃《たいはい》的ですらある）、天井に埋《う》め込《こ》まれたまぶしいパネルに照らされて、室内全体が地球の標準的な日光を浴びているように見える。それでも壁《かべ》や床《ゆか》は暗かったため明かりが必要で、照明が明るくてもその暗い影《かげ》のせいで重苦しい雰囲気《ふんいき》があった。

ほかのところと同じく、この部屋の外へと通じているドアも通路もすべて密閉されていて、最近プレートが溶接《ようせつ》されたものもあった。ベンチ、端末《たんまつ》装置、いくつかの鉢植《はちう》えの木があたり一帯に碁盤目状《ごばんめじょう》に配置されているが、キラが特に注意を引かれたのは、コンコースのど真ん中にある建造物だ。

それはある種の多面体で、三メートルはあろうかという高さでアーミーグリーンに塗《ぬ》られている。多面体の形に完全に一致《いっち》した針金の枠組《わくぐ》みが、片手の幅《はば》ほどの隙間《すきま》をあけてそれを取り囲んでいる。その枠組《わくぐ》みには多数の分厚い金属の円盤《えんばん》（それぞれがディナープレートほどの直径のもの）が取りつけられていて、両者のあいだにあるからっぽの隙間《すきま》を最小にするよう配置されている。各円盤《えんばん》は背面にパネルがあり、ボタンと白熱している小さなディスプレイがついている。

多面体の向き合っている面にはドアがひとつあり、そのドアは開いている。多面体のなかは空洞《くうどう》になっていた。中には部屋がひとつあったが、薄暗《うすぐら》く陰《かげ》になっているので細々した部分は見えない。

キラは立ち止まった。

背後と上空で兵士とドローンも止まるのが音でわかった。

「なかに入れ。ぐずぐずするな！」と声が命じる。

相手の忍耐《にんたい》を試していることはわかっていたが、キラはもう少しだけ止まったままでいて、最後の自由を味わった。そして覚悟《かくご》を決めると、前に進んで多面体のなかに入った。

その直後、背後でドアが音を立てて閉まり、暗い牢獄《ろうごく》のなかでキラの死を告げる鐘《かね》のように響《ひび》いた。

2

数分が過ぎ、その間キラは兵士たちがこの監獄《かんごく》の横に装備を移動させようと動き回る音を聞いていた。

やがて新たな声がドアの向こうから聞こえてきた。訛《なま》りのきついざらついた声の男で、オーバーレイがあれば字幕をつけられたのに、と残念だった。

「ミズ・ナヴァレス、聞こえるか？」

壁《かべ》を隔《へだ》てているせいで声がくぐもっているが、充分《じゅうぶん》聞き取ることはできた。「ええ」

「私はシュタール大佐だ。きみの報告を聞かせてもらおう」

大佐《カーネル》。海軍の階級ではない。「あなたはなんなの？　陸軍？」

相手はしばし躊躇《ちゅうちょ》した。「いや違《ちが》う、マーム。UMCI。諜報部《ちょうほうぶ》だ」

なるほど。チェッターと同じね。キラは笑いそうになった。察しておくべきだったのに。

「シュタール大佐、わたしは逮捕《たいほ》されたの？」

「いや、マーム、そうじゃない。きみは星間安全保障法第34条に従って拘束《こうそく》されている、この条項《じょうこう》の内容は――」

「聞かなくてもわかってる」キラは言った。

シュタールはまた口をつぐんだが、今度は驚《おどろ》いているようだ。「そうか。きみが期待していた待遇《たいぐう》ではないことは承知しているが、ミズ・ナヴァレス、こちらの立場もわかってもらいたい。この数か月というもの、われわれはナイトメアのあらゆる凶行《きょうこう》を目の当たりにしてきた。きみが保有しているゼノを信じることができんのだ」

キラは嫌《いや》みな返事をのみ込《こ》んだ。「ええ、そうね。わかってる。じゃあ、いい加減――」

「まだだ、マーム。はっきりさせておきたい、そう、不慮《ふりょ》の事故がのちのち起きないように。この監房《かんぼう》の外できみも見たはずの円盤《えんばん》だが、あれが何か知っているかね？」

「いいえ」

「成形爆薬《ばくやく》。自己鍛造弾《たんぞうだん》だ。この監房《かんぼう》の壁《かべ》には電気が流れている。きみが電流を断ち切れば起爆《きばく》して、きみも周りのものもすべて押《お》しつぶされて、直径五十センチ足らずの融解《ゆうかい》した熱い球になる。そうなればきみのゼノでも生き延びられない。わかったか？」

「わかった」

「何か質問は？」

質問なら山ほどあった。苦悩《くのう》に満ちた質問が。質問が多すぎて、充分《じゅうぶん》な答えを見つけられるのかも怪《あや》しい。それでも、とにかく訊《き》いてみるしかない。「〈ウォールフィッシュ〉号のクルーはこれからどうなるの？」

「きみとスーツ、それにジェリーとどこまで関わっているのかすべて判定されるまで、留置されて尋問《じんもん》を受けることになる」

　キラはいらだちを抑《おさ》えた。UMCはそうするほかないだろう。だからといって満足する必要もない。それでも、シュタールを敵に回すのは無意味だ。いまのところは。「オーケー、じゃあこれから報告すればいいわけ？」

「そちらの準備ができ次第、ミズ・ナヴァレス。マルパート・ステーションできみとアカウェ船長が交わした最初の会話の記録があるから、そこから始めて最新情報を教えてくれないか」

　キラはシュタールが知りたがっていることを話した。すばやく簡潔に話した――可能な限り情報を整理して伝えられるよう奮闘《ふんとう》した。一番目に、61シグニを発ってバグハントへ向かった理由を説明した。二番目に、ナイダスで発見したことについて話した。三番目に、ナイトメアの攻撃《こうげき》を受けたときのことを物語った。四番目に、チェッターが架《か》け橋となり反乱を起こしているジェリーに友好関係を持ちかけられたことについて、細部まで入念に述べた。

　キラがシュタールに話さなかったことは、ナイトメアの誕生において自分が果たした役割についてい。話すつもりだった。話すとファルコーニに約束していた。けれど連盟から受けている扱《あつか》いのせいで、慈悲《じひ》の心など生まれるはずもなかった。この情報が戦争に勝つのに役立つかもしれないのなら、どんなにいやでも話していただろう。が、役に立つはずもなさそうだったから、話さなかった。

話が済むと、シュタールは長いあいだ沈黙《ちんもく》していて、まだそこにいるのだろうかと思いはじめたほどだ。やがて大佐は言った。「きみたちのシップ・マインドは確証を与《あた》えてくれるだろうか？」

シュタールからは見えないのに、キラはうなずいた。「ええ、彼《かれ》に頼《たの》むといいわ。〈ダルムシュタット〉号から送られた関連する記録もすべて揃《そろ》ってる」

「わかった」その簡潔な返事から、隠《かく》しきれない不安が伝わってくる。キラの報告は大佐を動揺《どうよう》させていた、それもかなり。「そういうことなら、すぐに確認したほうがよさそうだ。ほかに話がなければ、ミズ・ナヴァレス、私はこれで――」

「実は……」

「なんだ？」シュタールは警戒《けいかい》している。

キラはひとつ息を吸い込み、来るべきことへの覚悟《かくご》を決めた。「知らせておくべきね、〈ウォールフィッシュ〉号にはジェリーが乗っているの」

「なんだと⁉」

兵士たちが監房《かんぼう》に駆《か》け寄ってくる、太鼓《たいこ》を連打するような音が聞こえた。

「サー、異常ありませんか？」誰《だれ》かが呼びかけた。

「ああ、うん」シュタールはイライラしながら答えた。「問題ない。ここから出ていけ」

「イエッサー」重い足音が退却《たいきゃく》していった。

シュタールは小声で罵《ののし》った。「さて、ナヴァレス、〈ウォールフィッシュ〉号にジェリーの野郎《やろう》がいるとはどういう意味だ？　説明してくれ」

キラは説明した。

キラの話が終わると、シュタールはまた罵《ののし》った。

「どうするつもり？」キラは尋《たず》ねた。UMCが〈ウォールフィッシュ〉号に押《お》し入ろうとしたら、それを阻止《そし》するのにグレゴロヴィッチができることは多くはないだろう、自殺行《こう》為《い》ともいえる極端《きょくたん》な手段を取らない限りは。

「……地球本部に連絡《れんらく》する。これは私の手に余る問題だ、ナヴァレス」

シュタールが立ち去る音がして、そのあとに兵士たちの騒々《そうぞう》しい足音がつづき、高まりうねる音はやがて波が通り過ぎたようにやみ、キラは静寂《せいじゃく》のなかにひとり残された。

「だと思った」意地の悪い満足感をいくらか覚えながら、キラはつぶやいた。

3

キラはあたりを見回した。

多面体のなかには何もなかった。ベッドもない。トイレも。シンクも。排水管《はいすいかん》も。壁《かべ》、床《ゆか》、天井はすべて同じグリーンの金属板でできている。頭上には小さな丸い照明があり、唯一《ゆいいつ》の光源になっている。網目《あみめ》の細かいカバーで覆《おお》われた細長い孔《あな》が天井を縁取《ふちど》っている。通風孔《つうふうこう》だろう。

あとはキラがいるだけだ。切子面のある奇妙《きみょう》な監獄《かんごく》のただひとりの占有者《せんゆうしゃ》。

見えないけれど、きっとカメラがこちらを撮影《さつえい》していて、一挙手一投足をシュタールか誰《だれ》かに見られているはずだ。

見せてやろう。

ソフト・ブレイドに念じて顔を覆《おお》わせると、視野が広がって赤外線も電磁気も見えるようになった。

シュタールの話は嘘《うそ》じゃなかった。壁《かべ》が青っぽい力の環《わ》で光っていて、それぞれの環《わ》の先端《せんたん》のあいだにねじれた電気のリード線が走り、まぶしく輝《かがや》いている。その導線は壁《かべ》に組み込《こ》まれていなかった。電流は成形爆薬《ばくやく》を保持している枠組《わくぐ》みから来ているようで、多面体全体に点在している針金の接点を通って流れているようだ。床《ゆか》までもが誘導《ゆうどう》された磁場の柔《やわ》らかな靄《もや》で光っていた。

ドアの上と天井の隅《すみ》に、わずかな磁場《じば》の乱れがいくつか見つかった。細い電気の糸に繋《つな》がった結び目のような渦《うず》。予想どおり。カメラだ。

キラはマスクをはずし、床《ゆか》に座った。

ほかにすることは何もなかった。

つかの間、怒《いか》りといらだちに圧倒《あっとう》されそうになったが、キラはそれをはねのけた。いけない。自分ではどうにもできないことに取り乱すつもりはない。今度こそ。何が起きても、自制心をもって向き合えるようにしよう。ただでさえ大変なのに、それ以上自分で難しくすることはない。

それに、ソルに来ることは唯一《ゆいいつ》の選択肢《せんたくし》だったといっていい。ノット・オブ・マインズの提案は、連盟の別の惑星系《わくせい》から伝えようとして手遅《てお》れになるという危険は冒《おか》せないほど、重大なものだ。通信妨害《ぼうがい》や戦闘《せんとう》がつづいているなかで、情報が無事に届く保証はどこにもなかった。それにイタリがいる。あのジェリーはノット・オブ・マインズとの重要なつながりで、キラは通訳するためにその場にいる必要があった。ちょっと飛び込《こ》んで、連盟に情報を伝達して、また飛び出すこともできたはずだ。けれど、それでは責務の放棄《ほうき》になるだろう。何はともあれ、アカウェ船長のために、ジェリーのメッセージを直接伝える責任があった。

ただ、ファルコーニとクルーのみんなを自分の面倒《めんどう》に巻き込《こ》まずにすめばよかったのに。そのことで気が咎《とが》めた。うまくいけばUMCは彼《かれ》らをそんなに長く拘留《こうりゅう》しないだろう。ささやかな慰《なぐさ》めではあったが、いま思いつけるのはそれだけだ。

ひとつ深く息を吸い、また吸って、頭のなかをからっぽにしようとした。それがうまくいかないと、『タンガグリア』[*43]という大好きな曲を思い出し、考え事とメロディーとを入れ替《か》えた。曲に飽《あ》きると、別の曲に替《か》え、また替《か》えた。

時間が過ぎていった。

何時間も経ったように思われたあとで、パワードスーツの近づいてくる重い足音がした。パワードスーツは監房《かんぼう》の横で止まり、ドアについている細長いスロットが引きあけられ、金属で覆《おお》われた手が食事のトレイをキラのほうに押《お》しやった。

キラが受け取ると、手は引っ込《こ》んだ。スロットのカバーを元に戻《もど》し、兵士が言った。

「食事が済んだらドアを叩《たた》け」

そして足音が離《はな》れていったが、さほど遠くまでは行かなかった。

何人の兵士が警備しているのだろう。ひとりだけ？　それとも、一分隊の全員？

キラは床《ゆか》にトレイを置き、その前にあぐらを組んだ。ひと目見れば、食事内容の目録ができた。水が満杯《まんぱい》の紙コップ。レーションバーが二本、黄色いトマトが三個、キュウリが半分、オレンジ色のメロンがひと切れ載《の》せられた紙皿。フォークはなし。ナイフもなし。調味料もなし。

キラはため息をついた。このさき一生もちそうなぐらいレーションバーは食べていたけれど、少なくともＵＭＣは食事を与《あた》えてくれている。それに新鮮《しんせん》な野菜は嬉《うれ》しいご馳走《ちそう》だ。

食べながらキラはドアのスロットに目をやった。あの穴からは、爆発《ばくはつ》を引き起こさずに物の受け渡《わた》しができるというわけだ。繊維《せんい》の一、二本をこっそり合わせ目から通せば、監《かん》房《ぼう》の外の電流を切る方法が見つけられるかもしれない……。

だめ。逃《に》げるつもりはない。今回は。わたしが――もっと正確に言えばソフト・ブレイドが――連盟の力になれるのであれば、残る責任がある。たとえ相手がばかな連中だったとしても。

食事を済ませ、ドアに向かって何度か叫《さけ》ぶと、約束どおり兵士がやって来てトレイを片付けた。

キラは監房《かんぼう》内をうろうろしようとしたが、壁《かべ》から壁《かべ》まで二歩半しかなかったので、すぐに諦《あきら》めて代わりに腕立《うでた》て伏《ふ》せやスクワット、逆立ちをして神経の高ぶりを発散した。

運動をちょうど終えたとき、頭上のライトが暗くなって赤く光った。一分と経たずに、あたりはほとんど真っ暗になった。

心配したりくよくよ考えたりしないと心に決めたのに、それに疲《つか》れていたのに、キラはなかなか寝《ね》つけなかった。一日であまりにたくさんのことがありすぎて、とてもじゃないけどリラックスしていつしか意識をなくすことなどできなかった。思考がぐるぐる駆《か》け巡《めぐ》り――毎回ナイトメアに戻《もど》ってくる――、どれひとつとして役に立たなかった。床《ゆか》がかたいのも助けにはならず、スーツがあっても寝心地《ねごこち》が悪かった。

キラは呼吸を落ち着かせることに集中した。ほかのことは何ひとつ思うようにできなくても、これぐらいはできる。次第に鼓動《こどう》がゆっくりになっていき、首の緊張《きんちょう》がほぐれ、歓迎《かんげい》すべき冷たさが手足にじわじわ広がっていくのを感じた。

待っているあいだ、キラは監房《かんぼう》の面を数えた。全部で十二、ということは……十二面体《ドウデカヒドウラン》？　たぶんそうだ。かすかな赤い光のなか、壁《かべ》は茶色に見え、その色とくぼんだ形はくるみの殻《から》の内側を連想させた。

キラは静かに笑った。「――自らを無限の宇宙の王だと思い込《こ》むことは……」グレゴロヴィッチに見せたかった。誰《だれ》よりもこの冗談《じょうだん》を面白がってくれただろう。

キラはグレゴロヴィッチの無事を願った。ＵＭＣを相手に行儀《ぎょうぎ》よくふるまっていれば、何度か召喚《しょうかん》されて罰金《ばっきん》を支払《しはら》うだけで免《まぬが》れるかもしれない。比較的《ひかくてき》大きな違反《いはん》をしても、シップ・マインドは地上に留め置くにはあまりに貴重な存在だ。しかし、もしも彼《かれ》がキラと会話しているときに何度かあったように、ＵＭＣにぐちぐちまくしたてていたら、不安定だと判断されて、連盟は躊躇《ちゅうちょ》せず彼《かれ》を〈ウォールフィッシュ〉号から放り出し、飛行を禁止するだろう。いずれにしても、グレゴロヴィッチは精神鑑定《かんてい》の試練に耐《た》えなければならず、彼《かれ》が狂気《きょうき》を隠《かく》せるのか、あるいは隠《かく》すつもりがあるのか、キラにはわからなかった。もしできなければ――。

キラは自分にうんざりして、そこでやめた。こういうことは考えないようにしないと。なるようにしかならない。大事なのは、いまこの瞬間《しゅんかん》だけだ。言葉の城や憶測《おくそく》ではない。そしていま、必要なのは眠《ねむ》ることだ。

ようやく脳がキラにありがたい無意識のなかに沈《しず》むのを許したのは、午前三時近くになってからだったはずだ。ソフト・ブレイドが新たなビジョンを見せてくれることを期待して、夢を見るには見たけれど、それはキラ自身の夢だった。

4

監房《かんぼう》の照明が明るくなった。

キラはパッと目をあけて身を起こし、心臓をバクバクさせながら態勢を整えた。監房《かんぼう》の壁《かべ》が目に映り、どこにいるのかを思い出すと、うめき声をあげてこぶしで腿《もも》を叩《たた》いた。

連盟は何をそんなに手間取っているのだろう？　チェッターの仲間のジェリーが支援《しえん》するという申し出を受け入れるのは簡単なことだ。なのに、なぜこんなに時間がかかっているの？

立ち上がると、うっすら積もっていた粉塵《ふんじん》が身体から落ちた。ハッとして、身体の下の床《ゆか》を確認する。

前と同じに見える。

キラは安堵《あんど》し、ふーっと息を吐《は》いた。ソフト・ブレイドが夜中のうちに金属板を食べていたら、キラは不意の爆発《ばくはつ》に襲《おそ》われていただろう。けれど、ゼノにはちゃんとわかっていたのだ。キラと同じぐらい生きたがっている。

「お行儀《ぎょうぎ》よくするのよ」キラはつぶやいた。

ドアの外にこぶしがドンドン打ちつけられ、キラはビクッとした。「ナヴァレス、話がある」シュタール大佐が言った。

やっとだ。「聞いてる」

「いくつか追加の質問があるんだが」

「なんでもどうぞ」

シュタールは質問した。チェッターに関する質問――少佐の精神状態はまともそうだったか、キラが〈酌量《しゃくりょう》すべき事情〉号にいたころの記憶《きおく》のまま変わった様子はないか、などなど――、ジェリーに関する質問、シーカーと〈蒼《あお》き杖《つえ》〉、それにナイトメアに関する質問も山ほど。

ようやくシュタールは言った。「これで終了《しゅうりょう》だ」

「待って。あのジェリーはどうなった？　どう対処したの？」

「ジェリーか？　生物学的封《ふう》じ込《こ》めに移した」

キラはふいに恐怖《きょうふ》に襲《おそ》われた。「あれは……ジェリーはまだ生きてる？」

そう言われて大佐はいくらか気を悪くしたようだ。「もちろんだ、ナヴァレス。われわれをなんだと思ってる、どうしようもない出来損ないだとでも？　なかなか厄介《やっかい》ではあったが、きみの、あれだ、触手《しょくしゅ》で覆《おお》われた友人をどうにか〈ウォールフィッシュ〉号からこの基地へ移る気にさせたよ」

どうやってその気を起こさせたのだろうと気になったけれど、深く追求しないほうが賢《けん》明《めい》だろう。「わかった。それで、連盟はこれにどう対処するつもりなの？　チェッター、ノット・オブ・マインズ、そのほかすべてのことに」

「それは必知事項《じこう》だ、マーム」

キラは歯を食いしばった。「シュタール大佐、これまでに起きたことを考えたら、わたしもこの会話に加わるべきだと思わない？」

「かもしれないな、マーム、だがそれを決めるのは私ではない」

キラは深呼吸をして心を落ち着かせた。「せめていつまでここに閉じ込《こ》められることになるのか教えてくれない？」連盟がキラをＵＭＣの船に移動させる気なら、同盟の条件を協議する手伝いができるよう、ノット・オブ・マインズに会いに連れていくつもりなのはまず間違《まちが》いないだろう。

「きみは明日の〇九〇〇時に郵便船に移され、ラセルン研究基地でさらに検査を受けることになっている」

「なんですって？」キラは唾《つば》を飛ばしそうになっている。「なんで……だって、連盟はノット・オブ・マインズと話だけでもするつもりじゃないの？　ほかに通訳が務まる人がいる？　イスカ？　チェッター？　彼女《かのじょ》がまだ生きているのかさえわからないっていうのに！　ジェリーの言葉を本当に話せるのはわたしだけなのよ」

シュタールはため息をつき、答えたときには、ついさっきよりもずっと疲《つか》れているような口調だった。「彼《かれ》らと話をするつもりはないんだ、ナヴァレス」そう話したことで、大佐が決まりを破っていることにキラは気づいた。

ぞっとするほどの恐怖感《きょうふかん》に襲《おそ》われる。「どういう意味？」信じられずに、キラは問いかけた。

「ジェリーは信じるには危険すぎると首相と参与《さんよ》が判断したということだ。つまるところ、人類共通の敵《ホスティス・フーマーニ・ゲネリス》だからな。きみも聞いたはずだ。61シグニを発つ前にそう宣告されている」

「だったら、どうするつもりなの？」キラはささやくような声になっている。

「もう済んだことだ、ナヴァレス。チェッターが情報を伝えてくれた星に配置されたジェリーの艦隊《かんたい》を攻撃《こうげき》するため、今日、第七艦隊《かんたい》がクライン提督《ていとく》の指揮のもと出発した。約一か月半の距離《きょり》にあるK型主系列星へ。ジェリーが最も油断しているところを撃破《げきは》して、二度とわれわれを脅《おびや》かすことがないようにするのが目的だ」

「でも……」その計画のおかしなところならいくらでも思いついた。UMCは筋金入りのろくでなしの集まりかもしれないけれど、ばかではなかった。「ジェリーは第七艦隊《かんたい》がやって来るのを見るでしょう。そうしたら、撃《う》てるだけの距離《きょり》に近づく前にジャンプして逃《に》げてしまう。こちらの唯一《ゆいいつ》のチャンスは、指導部をやっつけて――」

「それは対処できる、マーム」シュタールはこれまでになくそっけないもの言いをした。「これまでの半年間、われわれは何もしてこなかったわけじゃない。ジェリーのほうが格段に強く火力も勝っているかもしれないが、人間が得意なことがひとつあるとすれば、その場その場で解決策を急ごしらえすることだ。ジェリーに見られないようにする方法はいくつかあるし、ジャンプで逃《に》げられるのを阻止《そし》する方法もある。長くはもたないかもしれないが、充分《じゅうぶん》なだけはもつ」

「じゃあチェッターの仲間のジェリーは？　ノット・オブ・マインズは？」

シュタールはうめいた。ふたたび話しはじめたとき、その声はどこか冷淡《れいたん》で、まるで自分を守ろうとしているみたいだった。「ハンター・シーカー[*44]の一群が合流地点に派遣《はけん》された」

「目的は……？」

「始末することだ」

殴《なぐ》られたみたいだった。連盟の大ファンではなかったけれど、積極的に悪事を働くとは思ってもみなかった。「どうなってるのよ、大佐？　なぜそんなことを？」

「政治判断なんだ、ナヴァレス。われわれは手がつけられない。誰《だれ》であろうとジェリーの指導者を生き残らせるのは、たとえそれが反逆者であっても、人類にとってリスクが大きすぎると決定された。これは戦争ではない。撲滅《ぼくめつ》だ。根絶だ。まずはジェリーを破り、そのあとナイトメアを殲滅《せんめつ》することに集中すればいい」

「決定された」キラは最大限の軽蔑《けいべつ》を込《こ》めて吐《は》き捨てた。「誰《だれ》の決定？」

「首相じきじきの」短い沈黙《ちんもく》のあと、シュタールはつづけた。「悪いが、ナヴァレス。そういうことなんでな」

大佐は歩き去りはじめ、キラはその背中に叫《さけ》んだ。「あっそう、首相もあんたもくたばればいい！」

キラは息を荒《あら》らげ、両手にこぶしを握《にぎ》って、その場に立ち尽《つ》くしていた。そのときになって初めて、ソフト・ブレイドが——自分が——ジャンプスーツからびっしり棘《とげ》を突《つ》き出させていることに気づいた。またもや怒《いか》りに流されてしまった。「まずい、まずい、まずい」ささやきながら、それが自分のことを言っているのか連盟のことを言っているのかわからなかった。

平静を取り戻《もど》しながらも、論理的で冷ややかな怒《いか》りに満ちたまま、キラはあぐらを組んで床《ゆか》に座り、この状況《じょうきょう》についてとことん考えようとした。振《ふ》り返ってみると、シュタールも首相の決定に賛成していなかったようだ。大佐が連盟の計画を明かしたことにはなんらかの意図があったはずだが、それがなんなのかはわからない。何か理由があって、前もって警告しておきたかったのかもしれない。

いまとなっては、それは大した問題ではない。連盟がいまにもノット・オブ・マインズを裏切ろうとしていることは、キラ自身の問題よりはるかに重要だ。和平のチャンス（少なくともジェリーとの）をやっとつかんだと思ったら、首相は試してみるつもりがないという理由でそのチャンスを捨ててしまったのだ。試してみることがそんなに大きな賭《か》けだとでも？

キラのなかの怒《いか》りに落胆《らくたん》が加わった。首相の意見に票も投じていないのに――誰《だれ》ひとりとして！――首相は人類がジェリーと永久に対立する方向へ向かわせようとしている。彼《かれ》らを駆《か》り立てているのは希望ではなく恐怖《きょうふ》だ、とキラは思った。そしてこれまでの出来事が教えてくれたように、恐怖《きょうふ》は確かに間違《まちが》った方向へと導く。

首相の名前はなんだった？　キラは思い出すこともできなかった。連盟はトランプみたいにシャッフルしてばかりいる。

ノット・オブ・マインズに警告する方法があればいいのに。それができれば、ある種の同盟は守られるかもしれない。ソフト・ブレイドがなんとかしてジェリーと接触《せっしょく》できないかと思った。でも無理だ、ゼノが発するどんな信号もめちゃくちゃみたいで、銀河じゅうに飛び散ってしまう。これ以上ジェリーとナイトメアを太陽系におびき寄せてしまっては、なんの助けにもならない。

どうにかして脱獄《だつごく》できたら、そうすれば――そうすれば、どうなる? キラはチェッターがアカウェに渡《わた》した情報のファイル(そして〈ダルムシュタット〉号が〈ウォールフィッシュ〉号にコピーして寄こしたもの)を見ていなかったけれど、そこに連絡《れんらく》先情報があるはずだと確信していた。回数、周波数、位置などについて。だけど、UMCの技術兵が〈ウォールフィッシュ〉号のコンピューターにそのファイルのコピーを一枚でも残すとは思えないし、グレゴロヴィッチがいくらかでも情報を記憶《きおく》しているか見当もつかない。

それが無理なら――別の方法を考えないのは無責任だろうと思った――、ノット・オブ・マインズに警告する頼《たの》みの綱《つな》はイタリだけだ。キラは自分自身を救出するだけではなく、イタリも救出しなければならず、ジェリーを船に乗せ、この惑星《わくせい》系から飛び去り、通信妨害《ぼうがい》の一切ないところへ行く。その間ずっと、UMCがキラたちを阻止《そし》しようと最善を尽《つ》くすことになるだろう。

うまくいくはずがないと自分でもわかっていた。

キラはうめき、切子面のある天井を見上げた。無力さを痛いほど感じている。人間が耐《た》えうる苦痛のなかで、それは――間違《まちが》いない――何よりも最悪だ。

朝食はまだまだ先だった。運ばれてきたときには、胃がひどく痛んで落ち着かず、ほとんど食べられなかった。トレイを片付けたあとは、監房《かんぼう》の中央に座って黙想《もくそう》し、自分にできることを考えようとした。

コンサーティーナがあればよかったのに。演奏すれば集中しやすくなるだろう、それは確かだ。

5

その日はもう誰《だれ》も会いに来なかった。怒《いか》りと失望は残っていたが、退屈《たいくつ》さがブランケットみたいにそれらを包み込《こ》んでいた。オーバーレイがないせいで、また頭のなかにあることで楽しむしかなかった。そしていま考えるのは、楽しみからはほど遠いことだった。

結局は、りゅう座σ星を発って以来、長い超光速《ちょうこうそく》飛行を耐《た》えるのにいつもしてきたことをして時間をやり過ごした。つまり、まどろんで、ソフト・ブレイドがキラの体力を温存しつつ次に何が起きてもいつでも動けるよう備えてくれる、朦朧《もうろう》として半ば眠《ねむ》った状態にいつしか入っていくのだ。

そうやってキラは一日を過ごし、中断したのは味気ない昼食と輪をかけて味気ない夕食を兵士が届けに来たときだけだった。

やがて明かりが暗くなって赤くなり、キラは半ば眠《ねむ》った状態から完全な眠《ねむ》りに落ちた。

6

床《ゆか》に振動《しんどう》が走った。

〈酌量《しゃくりょう》すべき事情〉号の記憶《きおく》が全身を駆《か》け巡《めぐ》り、キラはパッと目をあけた。いまは真夜中なのかもしれない。午前三時なのかもしれない。知りようがなかったが、長いあいだ横向きに寝《ね》ていたせいで、腰《こし》が痛くなり、腕《うで》がしびれている。

また振動《しんどう》、今度は最初のときより大きく、振動《しんどう》と共にリニアモーターカーで感じたのと似たねじれるような奇妙《きみょう》な感覚があった。一瞬《いっしゅん》めまいを覚え、支えを求めて床《ゆか》に手をつき、平衡《へいこう》感覚を落ち着かせた。

アドレナリンが噴出《ふんしゅつ》し、まだ寝起《ねお》きでぼんやりしていたのをすっかり目覚めさせた。説明となる事実はひとつしかない。ハブリングが揺《ゆ》れていた。やられた。まずい。まさにまずいとしか言いようがない。ジェリーかナイトメアか——何者かがオルステッド・ステーションを攻撃《こうげき》している。

キラはカメラのひとつを見た。「ねえ！　何が起きてるの？」けれど誰《だれ》も返事をしなかった。

三度目の振動《しんどう》が監房《かんぼう》を揺《ゆ》らし、頭上の照明がちらついた。どこか遠くで、爆発《ばくはつ》かもしれない重い衝撃音《しょうげきおん》がした。

生死にかかわる状況《じょうきょう》に陥《おちい》り、キラは冷静になった。この基地は攻撃《こうげき》されている。わたしは安全だろうか？　ミサイルやレーザーで撃《う》たれることがないと仮定すれば、この監房《かんぼう》の動力源次第だ。この監房《かんぼう》がメインリアクターに接続されていて、その原子炉《げんしろ》がオフラインになっていたら、周囲を取り囲んでいる爆発物《ばくはつぶつ》は起爆《きばく》しかねない。電流の激しい変動があっても同じことになる。他方で、もしこの監房《かんぼう》がバッテリー接続であれば、キラは無事でいられるかもしれない。とはいえ、一か八かの賭《か》けだ。大勝負だ。

ドドーン！

監房《かんぼう》が揺《ゆ》れ、キラはよろめいた。前にも増して明かりがまたちらつき、キラは心臓をわしづかみにされた。一瞬《いっしゅん》、自分は死んだのだと確信したが……宇宙は存在しつづけている。キラは存在しつづけている。

背筋を伸《の》ばし、ドアを見る。

ＵＭＣが何よ、連盟が何よ。ここから出ていってやる。

（下巻につづく）

用語解説〈中巻〉

＊1―**RSW7‐モロトク**：〈ルツェンコ軍需産業〉製造のカサバ榴弾砲《ハウイッツァー》。

＊2―**ルツェンコ軍需産業**：ルスラーンに本社を置く軍需企業。

＊3―**RM**：保有商標。ある言葉や表現、シンボルに対する法的保護を示すもの。

＊4―**RTC**：ルスラーン通信社《トランスミッション・カンパニー》。61シグニ（はくちょう座61番星）からのニュース配信。

＊5―**UMCN**：連盟軍司令部海軍。

＊6―**サーヤ**：「確かに」の意。直訳すると「私の確信」のほうがより近い。ルスラーンでよく使われる言い方。マレー語に由来している。

＊7―**UMCM**：連盟軍司令部海兵隊。

＊8―**エウロパ部隊**：星間連盟エウロパ部隊《リーグ・オブ・アライド・ワールズ・エウロパ・コマンド》（LAWEUCOM、短縮してEUCOM）は、太陽系のなかで連盟軍が配備されている七つの統合戦闘集団のひとつ。ローレンス・ステーションに本部が置かれていて、ガニメデ近くのオルステッド・ステーションにある製造施設から継続して物質的な支援を受けている。

＊9―**『イモリのヤニー』**：ルスラーンで人気の子供番組で、これをきっかけにペットにイモリを飼うことが大流行した。

＊10―**フィンク＝ノットルの敬虔なイモリ大商店**：地球で名高い両生類の小売店。二一〇四年頃にC・J・ウィーナスが創立した。

＊11―**ITC**：星間貿易委員会《インターステラー・トレード・コミッション》。恒星間通商の監督を任務とする連盟の一部門。基準の施行、関税の徴収、詐欺の防止に加え、人間の住む全宇宙において経済成長を促進するために融資や資金の提供を行うこともその権限に含まれている。

＊12―**『キアラの愚行』**：ある猫の災難を歌ったウェイランドのフォークソング。

＊13―**『トキソパクシア』**：太陽系周辺にあるハブリングの有名なジグ。

＊14―**ハイバナキュラム**：クライオ・チューブを表すエントロピストの言葉。

＊15―**バグハント**：かつて〈古の者〉が住んでいた惑星系の星にUMCがつけた呼び名。〈蒼き杖〉が最後に置かれた、ナイダスと呼ばれる惑星がある。

＊16―**七頭政治**《ヘプターキー》[上＊105]：〈古の者〉たちの統治評議会（〈いと高き方〉も参照）。

＊17―**スレッシュ**：アイドーロンの農村で生まれたハー

ドコア・スマッシャー・メタル。農具を楽器として使うことで知られている【訳注：〝スレッシュ〟は〝脱穀する〟の意】。

＊18―**ブラックノヴァ**：ハバネロの品種で、蝋のような外層に混じりけなしのカプサイシンを入れるよう遺伝子操作されている。〈トライソーラー唐辛子祭り〉の優勝経験もあるスチュワートの世界出身のアイネス・トレンティラによって開発された。

＊19―**アキュウェイク**：〈スティムウェア〉[上＊36]を参照。

＊20―**シャドウシールド**：原子炉と宇宙船本体のあいだにある放射能遮蔽栓。中性子遮蔽（普通は水酸化リチウム）とガンマ線遮蔽（タングステンか水銀）の二層で構成されている。基地とクルーをシールドが投じる〝影《シャドウ》〟のなかに保護するため、宇宙船は通常、機首からドックに入る。

＊21―**スマートファブリック**：電子機器やナノマシン、その他の拡張機器が埋め込まれたメタマテリアル。適切な刺激を与えることで形を変えることができる。

＊22―**フラッシュ・トレース**：ある事象によるリアルタイムの光を止まって見ることができるほど遠くまで超光速で移動すること。例：宇宙船Ａは宇宙船Ｂが過去のいつどこで太陽系を去ったのか知りたがっている。宇宙船Ａは太陽から必要な光時（この場合は二十四時間）を飛行して、宇宙船Ｂが太陽を離れていくのが見えるまでじっと望遠鏡を覗いておけばよい。

＊23―**『土星まで七分』**：ツァーン攻撃中に金星が地球からの独立を勝ち取ろうと試みて失敗に終わったことを題材にした、二二四二年にケンタウルス座α星で製作された戦争映画。

＊24―**神の罰**：〈ＳＪＡＭｓ〉[＊25]を参照。

＊25―**ＳＪＡＭｓ**：別名「神の罰」。タングステンの棒でできた不活性発射体で、軌道から落下させる。二十世紀にパーネル博士が構想を創案した。運動エネルギー兵器の一種。通常の爆発が実際的ではない場合（放射能を避けたいときなど）や、対発射体防衛策が懸念される場合に軍によって使用されている。

＊26―**堕落《コラプテッド》**：〈悪夢《ナイトメア》〉[上＊115]を参照。

＊27―**ＲＤ52**：絶対零度の何分の一以下まで冷やされた水素冷却カサバ榴弾砲《ハウイッツァー》。機雷として使われる。宇宙空間でのステルス兵器による初期段階の攻撃。

＊28―**転換の球《オーブ》**：ウラナウイのＦＴＬ駆動装置。船を光よりも遅い空間から光よりも速い空間へと〝転換させる〟。

＊29—**スクラッチ・セブン**：宇宙族《スペーサー》の伝統的なカードゲーム。カードの点数（絵札は数字どおりの点数とされる）を足すことで、できるだけ多く7か7の倍数を集めると勝ち。

＊30—**ストレート・スイープ**：スクラッチ・セブンで特例が発動していないときの最強の手。キングが四枚、クイーンが二枚、エースが一枚という組み合わせで、合計すると77になり、スコアは11となる。

＊31—**フル・スイープ**：スクラッチ・セブンで最強の手。7が四枚、キングが二枚、9が一枚という組み合わせで、合計すると91になり、スコアは13となる。

＊32—**ハンゾー・テンセグリティー社**：太陽系外に拠点を置く保険会社。顧客満足度は低い。

＊33—**サイクル**：ウラナウイの一年。地球を基準とした一年よりもおおよそ四分の一ほど長い。

＊34—**低音遠香**《ローサウンド・ファーセント》：ウラナウイが水中で長距離通信するのに使うふたつの方法の伝統的な組み合わせ。より一般的に言うと、無線通信のような亜光速《STL》や超光速《FTL》送波を指す言葉。

＊35—**ノット・オブ・マインズ**：一般に、単一の目的のために献身し結束したウラナウイの集団を指す。厳粛で神聖な集まり。伝統的に、触手／肢を互いに巻きつけることで絆を固める。従って、ひとつのノットはたいてい七名のメンバーしかいない（ウラナウイの主な形態に基本的に備わっている触手と同じ数）が、概念が広がってさらに増えていくことが多い。現代では、低音遠香《ローサウンド・ファーセント》を通じてノットが結ばれることもあるが、直接結んだものより結束が弱いとする偏見がある。具体的には：ショール・リーダーのンマリルと同輩によって創始されたノットで、クタインのリーダーシップに敵対し、のちにキラ・ナヴァレスと結びつくアイディーリスを保護することを目的としている。

＊36—**パターン**：シードの長期的な目標を定め導くのに埋め込まれた指令。

＊37—**異端**：〈ツフェア〉[上*98]を参照。

＊38—**トランセンデンス**：ある種族を知覚力の目覚めから近くの星の植民地化まで導けばクリアとなる、時間を競うコンピューターゲーム。

＊39—**第七艦隊**：星間連盟の番号付けされた艦隊。火星のそばのデイモス・ステーションに本部を置く。UMCの太陽艦隊に属する。UMCの前方展開兵力の最大艦隊。

＊40—**恒星党**：連盟の主な政党のひとつ。現在の与党。火星、金星、地球の主要な政府権力で構成された

孤立主義運動政党。シン‐ザーとの抗争とグレート・ビーコンの発見によって支持を得た。(〈保護党〉[*42]と〈拡張党〉[*41]も参照)

＊41—**拡張党**：連盟の主な政党のひとつ。太陽系の外に人類が広がっていくことを促進させるべく発足した党で、いまは太陽系外に設立された入植地の利益を守ることに主に注力しており、新たな入植地の設立を阻止しようとすることもしばしばあるほどだ。(〈保護党〉[*42]と〈恒星党〉[*40]も参照)

＊42—**保護党**：連盟の主な政党のひとつ。さまざまな異種星の植物相と動物相を保護することに注力している、環境保護に熱心な党。(〈拡張党〉[*41]と〈恒星党〉[*40]も参照)

＊43—**『タンガグリア』**：イタリアのボローニャの民謡。作曲者不詳。

＊44—**ハンター・シーカー**：監視と暗殺に使われる小型ドローン。

星命体

中

奪われた思惑

2022年7月19日　第1刷発行

著者
クリストファー・パオリーニ
訳者
堀川志野舞
発行者
松岡佑子
発行所
株式会社静山社
〒102-0073 東京都千代田区九段北1-15-15
電話・営業 03-5210-7221
https://www.sayzansha.com
装画
星野勝之
ブックデザイン
鈴木成一デザイン室
組版
アジュール
印刷・製本
中央精版印刷株式会社

Published by Say-zan-sha Publications, Ltd.
ISBN978-4-86389- 654-3 Printed in Japan